Newton Compton Editores

Título original: *The Counterfeiter of Auschwitz*

© 2025, Paul Schiernecker
© 2025, de la traducción por Raúl Rubiales Muñoz de León
© 2025, de esta edición por Antonio Vallardi Editore S.u.r.l., Milán

Todos los derechos reservados

Primera edición: junio de 2025

Newton Compton Editores es un sello de Antonio Vallardi Editore S.u.r.l.
Pl. Urquinaona, 11, 3.º 1.ª izq. Barcelona, 08010 (España)
www.newtoncomptoneditores.com

Gruppo editoriale Mauri Spagnol S.p.A.
www.maurispagnol.it

ISBN: 978-84-10080-75-1
Código IBIC: FA
DL: B 3.875-2025

Diseño de interiores:
David Pablo

Composición:
Sergi Godia

Impreso en junio de 2025 en Puntoweb s.r.l., Ariccia (Roma), en Italia.

Paul Schiernecker

El falsificador de Auschwitz

Traducción de Raúl Rubiales

Newton Compton Editores

Barcelona, 2025

Para Emily, hace una eternidad

Capítulo 1

Las flores no crecen en los campos de concentración.

Sé que es una frase obvia, pero concédele a este anciano sus cavilaciones sentimentales. Verás, todo lo que hago, todo lo que he hecho, ha sido siempre por mi perfecta flor, mi *ketzele*, mi Rose.

Lo que debes comprender sobre falsificar, es que es imposible hacer una copia de cualquier cosa idéntica al cien por cien. Un billete falso puede acercarse bastante al original, muchísimo, de hecho. Incluso puede que supere el escrutinio de varios pares de ojos antes de que lo identifiquen, pero al final la verdad siempre sale a la luz.

Ocurre lo mismo cuando se trata de la historia sobre cómo conocí a mi mujer; jamás habrá una réplica exacta del amor que hemos compartido. Simplemente es mi historia y poco se puede hacer por intentar reproducirla. En nuestros corazones, donde realmente importa, sabemos siempre lo que tenemos que darle al mundo. Sea fabricar dinero falso o estar sentado aquí contándote mi historia, siempre hay algún relato. Ahora no puedo contenerme, como no pude por aquel entonces... pues yo soy el falsificador de Auschwitz.

Pero estoy seguro de que te estarás preguntando por el dinero, ¿no es cierto? Eso es lo que te ha picado la curiosidad.

Bueno, déjame decirte que podía reconocer todos y cada uno de los billetes que fabricaba mi equipo, mi Kommando. Si esos billetes seguían en circulación en alguna parte o si de algún modo hubiese salido a la luz el destino que les había tocado en suerte, yo lo sabría. Pues en nuestros corazones, donde de verdad importa, siempre guardamos un rincón para lo que hemos creado.

La última vez que nuestro Kommando vio esos billetes falsos fue en aquellos pocos aunque bastante largos años, en el quinto campo de concentración que tuve la mala fortuna de ver. Jamás me imaginé que me encontraría retenido en un campo de concentración nazi, pero así son las cosas. Un hombre más listo que yo me dijo una vez: «La vida es lo que nos ocurre mientras estamos atareados haciendo otros planes». El campo era el KZ Schlier, y estaba anclado en las estribaciones idílicas de las montañas austríacas. *Springtime for Hitler* y todo eso.

En ese fatídico día, retiraron una cortina de camuflaje que cubría un pasaje secreto en la montaña, igual que hacen para desvelar los premios en los concursos televisivos, y seguimos a nuestro líder como si fuéramos un cortejo fúnebre. Por delante de nosotros se extendía un vacuo agujero negro abierto en la montaña mediante dinamita; otro elemento precioso destruido por los nazis.

De repente, se me trabó el pie y tropecé. La caja que estaba ayudando a transportar salió catapultada hacia delante y se estrelló contra el suelo. Si me hubiese caído encima habría significado el fin de mis días. La caja se abrió por las junturas, los clavos de la tapa se cayeron como si fueran bolos y miles de billetes de libras esterlinas se dispersaron por todas partes como si fueran confeti.

–Disculpe –lo interrumpió Rebekah, devolviendo de golpe a Georg Gottlieb al Londres del siglo XXI–. Sé que le he pedido que me contara la historia del dinero nazi, pero me gustaría que me relatara los hechos que ocurrieron antes, para dar algo más de contexto al lector.

Georg abandonó su postura expectante para acomodarse en su butaca favorita, cuyo material estaba tan raído que el contorno del anciano quedaba recortado en la tela verde como si lo hubiesen dibujado con tiza en la escena de un crimen. Estaba fumando, cosa que, a juzgar por el hecho de que las ventanas solo eran oscilantes, seguramente era un acto prohibido en la residencia de ancianos Golders Green en la que estaban.

–Lo que tiene que comprender, señorita Braham... –dijo Georg.

–Rebekah.

–Mi querida Rebekah –se corrigió él–, es que he esperado toda una eternidad para poder contar esta historia. Durante lo que me han parecido varias vidas no estaba bien visto hablar de ello y me preocupaba que nadie quisiera escucharla. Las cosas han cambiado y espero que ese nacionalismo repleto de odio se haya acabado de una vez por todas.

Rebekah arqueó una ceja. Anhelaba lo mismo, pero su cuenta de Twitter sugería lo contrario.

–Durante todo este tiempo –continuó Georg–, he meditado estas palabras incontables veces. Puede que ahora habite un cuerpo viejo, pero sigo teniendo la mente lúcida. De todas mis historias, esta es la más importante; una aventura de lo más singular. Aun así, lo digo a sabiendas de que jamás le podré hacer justicia.

Se llevó dos dedos de puntas amarillentas a la frente, señalando su cabeza.

–¿Cuál es su secreto? –preguntó Rebekah, con una sonrisa demasiado coqueta teniendo en cuenta el tema.

Estaba a un paso de recolocarse el oscuro cabello rizado detrás de una oreja.

–Los sudokus y el amor de una mujer.

–Qué tierno.

–Disculpa, debería haberte ofrecido algo de beber. Rose puede preparar un poco de té.

En la pequeña cocina adyacente, la radio colocada sobre un lavavajillas que traqueteaba, reproducía una pieza de *jazz*. Ambos siguiendo el compás de 4/4.

Rebekah observó el resto de la estancia. Al menos en la habitación 201 parecía que vivía alguien. Había personalidad entre las paredes blanquecinas y los visillos amarillentos. Había colgadas varias fotografías de hombres ataviados con trajes que lucían unas amplias sonrisas y el pelo engominado. Se saludaban encajando las manos exageradamente, en las que brillaban anillos de sello y dedos manchados de nicotina. Rebekah no pudo evitar pensar en las mujeres de esa época. ¿Qué estaban haciendo mientras esos hombres bebían brandi y fumaban puros? La respuesta se le apareció en el centro de la galería, donde Rose se mostraba radiante con un vestido de topos. Con el nítido contraste del blanco y negro, sus ojos oscuros sonreían por encima de unos hoyuelos tan perfectos que parecían dibujados.

En un aparador cercano había varios recuerdos que indicaban unas vidas felices y llenas de viajes. Una máscara ghanesa al lado de una caja de puros habanos y cerca de una menorá combada por el peso de años de cera de colores. La única foto a color enmarcada se situaba entre esos recuerdos, en ella aparecía un anciano Georg y una mujer más joven que lo ayudaba a tenerse en pie. Unos montones de libros distribuidos por todos lados le daban a la estancia un toque de personalidad no demasiado sutil. A Rebekah le llamaron la atención un ejemplar de *Lonely Planet: Buenos Aires*, *La danza de la muerte*, de Stephen King, y una biografía de Sammy Davis Jr., entre otros libros de aspecto más denso que llenaban el estante.

–No quiero importunar a nadie –dijo Rebekah–. Ya ha sido muy amable al ofrecerme su tiempo.

Georg se reacomodó y retomó sus pensamientos:

–Siempre me están diciendo que no puedo fumar aquí arriba –le explicó–. Quieren que baje al patio. ¿Qué más da si el humo igualmente sube hacia el aire?

Se quedó callado y analizó las Converse sucias de la muchacha, los tejanos ajustados y el enorme chaquetón. Era una de esas *millennials* de las que siempre hablaban en Radio 4.

–¿Braham? –añadió él, mientras su cerebro y su boca volvían a funcionar a la vez–. ¿Cuándo vino tu familia?

La pregunta incomodó a Rebekah, por más que el anciano la edulcorara con su ligero acento centroeuropeo. Aquel nonagenario –una palabra que había aprendido para el artículo y que estaba empecinada en usar– no perdía comba. Lo miró detenidamente y comprobó, observando sus orejas y nariz, que algunas partes del cuerpo no dejaban de crecer nunca; compartía algunos rasgos con Yoda.

Vestido con pantalón y americana de traje, aunque lo bastante abierta como para dejar entrever un chaleco y un pecho huesudo debajo, parecía estar listo para salir a pasear. Su aspecto la retrotraía a una época en la que los hombres sabían cómo vestir. Un par de tirantes sostenían todo el conjunto, completando el atuendo.

–Braham –repitió–. Supongo que es diminutivo de Abraham. No hay nombre más hebreo que ese. Me pregunto cuándo vinieron.

–No... No lo sé, señor. Mis abuelos nacieron aquí.

–Entonces no eres una *goy* –constató Gottlieb.

Siempre que había pasado tiempo con sus abuelos, estos habían intentado enseñarle algunos términos en yidis y aquella expresión la había acompañado desde el día de su nacimiento. La reciente avalancha de entrevistas que había llevado a cabo con los supervivientes había hecho aflorar inconscientemente lo aprendido en esas lecciones.

–No. No lo soy, señor Gottlieb.

–Por favor, no me llames así. El señor Gottlieb era mi padre.

Una sonrisa se abrió paso por sus labios, pero enseguida demudó el gesto, como si se hubiese acordado de pronto de que su padre estaba muerto.

–Gracias, Georg. Me he pasado meses investigando lo que ocurrió en Sachsenhausen. Como el último superviviente de la operación Bernhard, puede que sepas algo más y me preguntaba si estarías dispuesto a rellenar los vacíos de información.

Con lo que Rebekah definiría como una «demostración de fuerza», Georg se arremangó, revelando una serie de dígitos azules torcidos en la parte superior de su arrugado antebrazo.

–¿Ha sido Dubois quien te dijo que hablaras conmigo? –preguntó él.

–¿Dubois?

–Léon Dubois.

–Georg, Léon Dubois falleció.

–Esas circunstancias no van a detener a un caballero francés. Mantengo una estrecha relación con su hija, Verity. Es lo más cercano que tengo a una heredera. Rose y yo jamás pudimos tener hijos propios. En el aparador hay una fotografía en la que salgo con ella. Estos días me está amenazando con organizar una fiesta de cumpleaños. –Georg miró por la ventana con añoranza, sopesando si fumarse otro cigarrillo–. Cien años... No es moco de pavo, como solía decir mi madre.

–Increíble –dijo Rebekah.

Se dio cuenta de que estaban regresando a la historia de una manera u otra. La fotografía la ayudó a ponerle cara a la voz, puesto que recientemente había mantenido con Verity largas charlas sobre la unidad de falsificaciones. Había sido ella quien la había alentado a entrevistar a Georg, una vez que la había examinado y considerado apta para la tarea.

–¿Te importa si tomo algunas fotografías con mi teléfono? –preguntó ella–. Me ayudarán como punto de referencia cuando esté redactando.

El anciano se encogió de hombros, que en la fe hebrea podía tener multitud de significados.

–Adelante. Es impresionante lo que puedes hacer con un teléfono hoy en día. Yo tengo eso...

Señaló hacia una mesita donde había un teléfono fijo de botones enormes enchufado a la pared; su conexión con el resto del mundo.

–Verity me ha dicho que te llama casi cada día –terció la joven periodista–. Debe de estar contento.

–Sí, siempre y cuando no se le meta algo entre ceja y ceja. Ya se lo dije: ¡no iré a ninguna maldita fiesta de cumpleaños!

Rebekah se preguntó si podía cambiar la historia y versarla sobre los inminentes cien años que iba a cumplir el superviviente.

–Parece que se preocupa por ti –dijo ella, intentando hallar el equilibrio que todos los periodistas se esmeran por conseguir–. ¿Puedes contármelo todo desde el principio? Si no te incomoda compartirlo conmigo, claro.

–No me incomoda en absoluto. ¿Qué quieres saber?

–Según mis investigaciones, eran unas ciento cuarenta personas imprimiendo dinero para los nazis.

–Cuidado con cómo escribes eso –le advirtió Georg–, sobre todo cuando me menciones en tu periódico.

–Ah, no es un periódico. Es una revista. *Ident Magazine.*

Georg negó con la cabeza.

–No la conozco.

–Es como *Vice* –le dijo Rebekah, empleando la misma explicación que le había dado a sus padres apenas se habían sobrepuesto a la emoción inicial.

También era la misma coletilla a la que recurría cuando quedaba con un chico.

Georg se encogió de hombros. No era el público objetivo de ninguna de las dos publicaciones.

–Yo leo novelas. Sobre todo ficción, aunque mis ojos ya no son lo que eran. De ahí el tamaño de ese teléfono. Escucho la radio, pero evito a los políticos. Hubo un tiempo en el que era capaz de discernir la verdad y los detalles de todo. ¿Sabías que hay ciento sesenta elementos distintivos en un billete británico?

–No lo sabía –contestó Rebekah, mientras rebuscaba afanosamente en su bolso–. ¿te importa que use mi grabadora? Me será más cómodo así.

A pesar de que su teléfono era capaz de registrar audio, el zumbido de la cinta la entusiasmaba. El hecho de poder apoyarlo delante de sí para grabar una entrevista sin tener que trastear con él para comprobar su Instagram también jugaba a su favor.

–No, claro que no. Supongo que andas buscando lo mismo que todos los demás.

–¿El qué? –preguntó Rebekah, que había encontrado la grabadora entre los tiques, notas y envoltorios de chicle que abarrotaban su bolso.

–El dinero. Uno de los mayores misterios de nuestra época. Trescientos millones de libras desaparecidos. ¡Desvanecidos! Convertidos en humo, o no, quién sabe.

–Trescientos –musitó Rebekah, con la creciente sensación de haber dado con la gallina de los huevos de oro–. Todos los informes que he leído aseguraban que la cantidad rondaba los cien.

Colocó el aparato sobre el cristal de la mesita de ratán. Aparte del paquete abierto de cigarrillos y el mechero, artículos de contrabando en un lugar como aquel, la mesa estaba despejada. Un voluminoso cenicero de cristal descansaba en el reposabrazos de la butaca raída de Georg.

–Siempre le restan importancia a nuestros logros. Nadie visita las pirámides para apreciar la mano de obra que las construyó, así que tienen la desfachatez de decir que las levantaron los alienígenas. ¿Serías tan amable de pasarme ese libro?

Señaló hacia una pila sobre el aparador, entre una miniatura de la torre Eiffel y un tarro lleno de algo etiquetado como ARENA DEL SÁHARA. El tomo de encima del todo era un pequeño libro de oraciones, con letras doradas descoloridas en la cubierta en una mezcla de inglés y hebreo.

–Sabes leer hebreo, ¿verdad? –preguntó Georg.

–Lo tengo un poco oxidado.

–¡Como todos! Lo bueno es que puedes abrirlo por cualquier página, leer en diagonal y Dios se encargará del resto.

Rebekah lo abrió por la última página, que naturalmente era la primera. En el interior, el nombre Rose Gottlieb estaba escrito con una tinta negra desvaída. Leer aquellas líneas le pareció una intrusión, así que cerró el libro y no osó aventurarse más. Rebekah no tuvo las agallas de decirle a Georg que ni siquiera había celebrado la bat mitzvá. El día que su primo pequeño pasó a ser un hombre y Rebekah se percató de la cantidad de billetes que le habían prendido al cuello de la camisa comprendió que había dejado escapar una oportunidad única.

–¿A Rose no le importará?

–Para nada. Dicen que todas las respuestas que puedas necesitar están escritas en este libro.

–¿Aunque lea una frase cualquiera?

–Sobre todo si lees una frase cualquiera, la primera que veas. Si de verdad quieres oír mi historia, te la contaré con pelos y señales. Vamos a reconocerle a todo el mundo el mérito que merece. Espero que tengas suficiente cinta en esa pequeña grabadora.

–Siempre llevo de repuesto.

–Muy bien. Vayamos por orden –dijo Georg, entonces gritó

hacia la zona de la cocina–: Rose, mi *ketzele,* ¿puedes subir el volumen, por favor? –El *jazz* resonó un poco más fuerte en la habitación–. No quiero que nos escuche –añadió.

Rebekah se reclinó en la silla con ambos brazos a los costados y los dedos entrelazados sobre el regazo.

–Siempre he sido un auténtico judío –empezó a narrar Georg–. Hubo una época en la que se podía decir algo así con orgullo. Los niños en la escuela acercaban sus pupitres al mío para cotillear mis apuntes. Echaba humo con los problemas de matemáticas como si fuera una locomotora. Dados mis limitados conocimientos, a menudo erraba en las respuestas, pero a una velocidad impresionante. Todavía tenía que pasar mucho tiempo para que los números y las palabras me llegasen a servir para salvar vidas. De momento, tendrás que conformarte con la parte al estilo David Copperfield.

Capítulo 2

Nací y crecí en Praga, en Checoslovaquia. Yo la llamo la ciudad del amor, la ciudad que no duerme nunca y la ciudad de los ángeles. Ya pueden reclamar esos títulos todo lo que quieran París, Nueva York y Los Ángeles, que yo sé cuál es la verdad.

La tarde del 19 de diciembre de 1916 fue el primer día de Jánuca. Esas fechas oscilan basándose en la alineación de la luna con el rabino. Dicen que donde cae la sombra de su barba dictamina la fecha, como un reloj de sol judío. Estoy bromeando. Puedes reírte, incluso con un superviviente.

Desde un principio tuve claro que no me iba a perder esa fiesta.

Me llamaron Georg Jakob Gottlieb. Georg en honor a mi abuelo y Jakob en honor a mi padre. El apellido, Gottlieb, era el que todos los miembros de mi familia tenían en esa época, así que yo también me sumé a la moda.

El séptimo día, que coincidió con el Rosh Jodesh Tevet, me practicaron la brit milá. Bien, no te imaginas lo difícil que es encontrar a un *mohel* durante Jánuca. Vaya... Te acabo de soltar un montón de palabras en yidis seguidas. Sé que tu generación solo conoce Yom Kipur, ahora mismo te lo explico.

El Rosh Jodesh Tevet es el inicio del nuevo mes. La brit milá es la «ceremonia» que se practica a todos los niños judíos recién nacidos. Un *mohel* es quien lleva a cabo la circuncisión. Es muy importante que se haga antes de que el bebé sea consciente de lo encariñado que está con su *schmekel*.

Perdona, ¿me estoy pasando?

Schmekel hace referencia al aparato reproductor masculino. En el aprendizaje para ser *mohel* intervienen un bisturí y una hilera de salchichas de Viena. Nada, otro chistecito.

Como era Jánuca, nos atendió el *mohel* más joven, un aprendiz llamado Chaim. El muchacho estaba tan nervioso que incluso los parientes que estaban al fondo de la habitación podían ver cómo temblaba delante de mí y de mi comprensiblemente pálido padre. Jakob Gottlieb tuvo el honor de separarme las piernas. Yo debía de tener el aspecto de una carcasa de pollo lista para el caldo de sopa, acompañada de un par de bolas de *matzah*.

Debido a la torpeza de Chaim tengo una cicatriz torcida que recorre el contorno de mi *schwanz*. No se puede remediar algo así, se queda contigo de por vida. Este punto lo veremos más adelante. No literalmente. Quiero decir que volveremos a hablar de ello.

Hoy en día no puedo brindar sin pensar en ese torpe judío y su cuchillo curvado. *L'chaim!* ¡Salud!

Jakob Gottlieb era un hombre amable. Te darás cuenta de que muchas de las descripciones de mi historia estarán en pasado. A menos que te distrajeras en la escuela más que yo, sabrás que los judíos pasaron por muy malos momentos, así que no te encariñes con ninguno de los personajes. No creo que esto sea lo que los de tu generación llaman un *spoiler*.

Afortunadamente, no guardo ningún recuerdo de mi padre separándome las piernas para que Chaim hiciera de mí una fuente inagotable de cuchicheos en las duchas de los vestuarios. En cualquier caso, a nadie le sorprende que los judíos hablen sobre estos temas.

Los recuerdos que tengo de mi padre son de una felicidad sencilla. Hacer volar una cometa en el parque de Letná o lanzarme miradas traviesas desde la otra punta de la mesa antes de apretar la comida masticada para que le saliera por entre los agujeros de los dientes y hacerme reír. Papá, o *tato*, como decimos en checo, se divertía haciendo bobadas. Es la manera más acertada y menos dañina de describirlo: bobo y bromista, la combinación perfecta para un hijo único.

Una vez le pregunté a mi padre por qué tenía la nariz tan grande. Fue mucho después, demasiado tarde, de hecho, cuando descubrí que era hereditario. Esas son las cosas que permanecen cuando todo lo demás desaparece: las mejores anécdotas para describir a una persona.

Aunque no fuera por decisión propia, mis padres jamás me bendijeron con un hermano o una hermana con quien jugar. Tuve que conformarme con él y mi imaginación..., y cuando falleció, solo con mi imaginación.

Era un día frío de 1925 cuando mi padre cayó fulminado. Un ataque al corazón en alguna edad comprendida entre los treinta y los cuarenta, cuando los números dejan de tener importancia. Fue algo extraño para mi cerebro de niño. ¿Cómo podía ser que alguien estuviera presente para el desayuno y no volviera para comer el *gulash*?

Como ya sabes, enterramos a nuestros seres queridos lo antes posible una vez que nos dejan. Nos gusta darles sepelio cuando todavía están frescos. No lo entendía entonces y no estoy seguro de comprenderlo ahora. Por más macabra que pueda parecer la manera como tratamos a nuestros muertos, no era nada comparado con lo que estaba por venir.

El recuerdo más vívido que tengo de ese día es estar de pie al lado de la fosa cavada en el antiguo cementerio judío de Josefov, uno de los barrios de Praga, con las mangas arremangadas y la expresión desencajada. Ni siquiera un poco de pelusilla adornaba mis mejillas a los ocho años. El cielo era de un dramático tono gris, que no parecía real y recordaba más bien al telón de fondo de un escenario. Los elementos estaban dispuestos a la perfección para un recuerdo tan trascendental. Recortados contra ese horizonte se alzaban un seguido de ojos tristes, todos vestidos de negro.

A los judíos nos gusta el drama, así que los hombres de la familia son los encargados de enterrar el cuerpo. Se considera un rito de pasaje. Fui el segundo al que le dieron la pala, que pesaba más por el barro que se había quedado adherido a ella después de que mi tío la hubiese usado para empezar a cavar. Fue una tarea ardua para mi cuerpo escuálido. Tras mirar a mi alrededor, solo vi caras expectantes.

Mi madre, también con el semblante descompuesto, llevaba un chal colocado con sumo cuidado alrededor de la cabeza. El rabino, con su larga barba, nos observaba. También atisbé a Leib Zymermann, un chico al que conocía de la escuela. Mucho tiempo después supe que su madre lo había arrastrado allí para ofrecernos consuelo. Perder a un padre puede tener un efecto perjudicial duradero en un niño, algo que solo puede superar, por ejemplo, un genocidio.

Crucé la mirada con Leib por encima de la tumba de mi padre y él levantó los pulgares sin demasiado entusiasmo. Ese gesto tan anodino, que los demás presentes pasaron por alto, me trajo un rayo de luz que atravesó las oscuras nubes que cubrían el cielo y nos iluminó a ambos durante un breve instante. Un calor me recorrió la piel, acompañado de una determinación renovada. Ambas cosas me hicieron saber que, al final, todo iría bien. Apreté los labios, formando una recta línea de desquite cuando me puse manos a la obra, y transporté el barro grumoso con la pala hacia el agujero en la tierra en el que reposaba mi padre.

Dándole la vuelta torpemente a la herramienta, los terruños aterrizaron sobre la caja de pino. Espero que te falte mucho tiempo para que tengas que enterrar a alguien a quien quieras. Los ataúdes judíos son un símbolo de la fragilidad de la vida.

No te puedes llevar nada contigo y todos somos iguales ante la muerte; ese tipo de cosas. Como te puedes imaginar, todo esto fue un impacto difícil de procesar para mi joven mente.

Mis pies se dirigieron por cuenta propia a llenar otra vez la pala, e intenté encontrar tierra más ligera y manejable. Esta repiqueteó sobre la caja de madera, haciendo que pareciera que mi padre estaba golpeándola desde dentro, como si todo aquello fuera una broma suya que no hacía reír a nadie. Todos los demás esperaban con ansias el banquete que seguía a las fatigas del entierro. Los judíos son insuperables en el duelo y en las fiestas.

Tras un viaje más, satisfecho con haber hecho mi parte como cabeza de familia, dejé la pala clavada en el montón de tierra. Aunque lo habitual en la Fe es convertirse en hombre a los trece años, yo parecía llevar la delantera.

Compréndeme. No fue nada fácil.

Lo que ninguno de los presentes podía anticipar era que las cosas se iban a poner mucho peor.

El dramático cielo vertió un patético intento de lluvia mientras inclinábamos las cabezas para rezar.

Jakob dejó tras su marcha la sensación de que los demás adultos se tomaban la vida demasiado en serio y como resultado se perdían las cosas que de verdad importaba. He seguido su manera de vivir desde entonces. Te aseguro que ahora cuando hay puré de patatas para comer, lo aprieto por entre los dientes, ante la expresión absolutamente horrorizada de los idiotas del piso de abajo, obviamente.

Jakob Gottlieb me abandonó demasiado pronto, aunque me hubiese dejado regalos para recordarlo en su ausencia. Su aroma, a sándalo y tabaco, permanecía en los lugares más inusitados. Cuando regresaba a casa de su trabajo como director de planta de la fábrica esparcía ese aroma por todos lados.

Tenía las manos siempre callosas, no como resultado de una

corta vida de trabajo duro, sino debido a la caída de una motocicleta mientras servía en la Gran Guerra. Sus palmas estaban recubiertas por un duro tejido cicatrizado; un mapa de piel áspera. Se negó a contarme los detalles sobre esas experiencias y yo era demasiado pequeño para recordar su regreso en 1918.

Junto con un bigote que parecían las cerdas de una escoba, en todos mis recuerdos lleva puesto el mismo traje de lana áspera. Le gustaba fumar y escuchar música. Si estoy solo y el viento sopla por entre los árboles de una manera particular, todavía me parece que puedo escuchar su voz. De lo contrario, soy consciente de que se ha ido para siempre.

Me quedé con mi madre, que me quería más que a nada en el mundo pero cuyo carácter era más severo. Anna Gottlieb enviudó antes de cumplir los treinta años. Las calamidades envejecen a una persona, si no mírame a mí. No le habría gustado un pelo que te contara cómo envejeció... Como ves con ella también uso el tiempo pasado. Mi madre era justa y fuerte. Después de que mi padre falleciera, trabajó en la misma fábrica que él. No les importaba el sexo del empleado si el apellido Gottlieb aparecía en la nómina. Su ética laboral tubo el mismo impacto fantástico y duradero en mí que el humor de mi *tato*.

El color favorito de mi madre era el rosa. Se vestía con varias capas, sin importar el tiempo que hiciera. Le gustaba leer y se tomaba la vida demasiado en serio.

Crecí rodeado de mujeres fuertes, entre las que la contaba a ella y a nuestra anciana vecina, la señora Hess, que tenía una habilidad pasmosa para enterarse de los cotilleos de todos los residentes del barrio judío. Era capaz de detectar infaliblemente cuándo sus dos hijos, algunos años mayores que yo, se traían algo entre manos.

La señora Hess estableció un vínculo con mi madre porque ambas habían envejecido prematuramente y compartían la condición de viudez. Tenía los ojos circundados de arrugas de una mujer mucho mayor, las manos secas como el papel de lija y una ligera cojera a causa de un accidente sobre el que nunca me atreví a preguntar. Cuando mi madre trabajaba hasta tarde, me quedaba en casa de los Hess, pidiendo otro cuenco de estofado para llenar mis flacuchas piernas o aprendiendo todo lo posible sobre la vida adolescente de la mano de sus hijos.

La rigidez de las normas de conducta de la escuela siempre fue para mí como una piedra en el zapato. El papel de payaso de la clase no conllevó en ningún momento que me ganara algún tipo de popularidad en el aula. Me pasaba las lecciones entre bromas y chascarrillos, y a menudo recibía la caricia del bastón del profesor por causar alboroto, aunque dicho gesto nunca iba acompañado de la aprobación de mis compañeros de clase. «Merezco más reconocimiento», solía pensar cuando la dura vara de bambú hendía el aire en dirección a mis nudillos blancos.

La única persona que hizo algo más que poner los ojos en blanco al oír mis comentarios groseros fue Leib Zymermann, a quien mi madre consideraba un «buen chico» después de haberse quedado a mi lado cuando mi padre había muerto tan egoístamente.

Abandoné los estudios lo antes posible para ir a trabajar a la fábrica. Después de todo, lo que importan son los contactos.

Me gustaba el trabajo. El ruido estruendoso encajaba conmigo. Al principio me dedicaba a barrer el serrín del suelo, pero mis ocurrencias no tardaron en darse a conocer. El jefe de la fábrica me pilló cantando una serenata a los trabajadores usando la escoba como micrófono de pie improvisado y la radio puesta a un volumen atronador para que se oyera por encima del sonido metálico de las máquinas que te hacía traquetear hasta los huesos.

En vez de despedirme por perder el tiempo en horario laboral, el jefe, el señor Sandstrom, reconoció que lo que necesitaba era tener más trabajo.

Para cuando cumplí los veinte años, sabía cómo funcionaban la mayoría de las máquinas de la fábrica. Merodeando por la planta con las pretensiones de un hombre joven que sabe cuál es su destino, deambulaba por aquí y por allá mientras los pistones se sacudían y los émbolos se zarandeaban, con un cigarrillo sostenido en mis finos labios y ataviado con un mono de trabajo abierto que dejaba al descubierto la camiseta blanca llena de mugre que llevaba debajo. La maquinaria producía una especie de música y yo movía el esqueleto siguiendo el ritmo.

Si algo hacía un ruido extraño o se atascaba uno de los clisés, era al joven Georg a quien llamaban antes de contratar a un hombre de mantenimiento ajeno a la empresa a un coste desorbitado.

El problema era que la vida fluía demasiado bien, así que las políticas internacionales hicieron su entrada en escena para hacer saltar por los aires cualquier posibilidad de tener un futuro.

Sabíamos de la existencia de ese estúpido austríaco que sostenía ser el líder de una raza superior, pero durante mucho tiempo no fue más que un recurso para contar chistes, antes de que llegara el miedo. Solo se nos acallaron las risas cuando los nazis invadieron nuestro país.

Las cosas como son: Hitler era un orador maravilloso. Fíjate cómo uso el pasado otra vez, aunque en esta ocasión no debería sorprenderte demasiado.

La mañana del 15 de marzo de 1939, nos aconsejaron que no opusiéramos resistencia a la inminente ocupación, mientras columnas de motocicletas que traqueteaban seguidas de soldados despertaron la ciudad. La Praga en la que yo había crecido y a la que había amado se había esfumado para siempre.

Nos habían llegado rumores sobre su actitud hacia los judíos. Durante un tiempo circularon unos vulgares cómics alemanes en los que nos representaban como si fuéramos parásitos. Los judíos éramos los primeros en reírnos de nosotros mismos, pero aquello era excesivo. Estaba claro que no creían que fuéramos el pueblo elegido.

En mi habitación situada en el ático del edificio, miré hacia la calle que se extendía debajo; las caras de las personas asomadas a la ventana de enfrente reflejaban mi mismo pavor.

Hitler pasó esa primera noche en el castillo de Praga, paseándose por todas las habitaciones acompañado de un diseñador de interiores. Insistió a toda costa en adoptar la esvástica, plagiada de los hindúes, los budistas y los jainistas que la usaban como símbolo de bienestar. Robar su diseño para despreciar el bienestar de los judíos fue un gesto muy al estilo de Adolf.

El barbero, el señor Eherlich, y un sinfín de lugareños más fueron acosados por los nazis hasta que abandonaron sus trabajos. Unos grafitis horribles aparecieron al lado de las ventanas rotas, en los que se sugería que los judíos se fueran a casa. No sabía decir si tenía que volver a la casa que había compartido con mi madre o a nuestro hogar espiritual en Israel. Las pintadas a menudo son tajantes, pero rara vez específicas.

La adición de la estrella de David a nuestra ropa fue un punto de inflexión. Aunque en Checoslovaquia los cristianos fueran mayoría, todo el país se enorgullecía de las cosas buenas que profesaba la religión: las conductas amables que enunciaban los diez mandamientos. La mayor parte se encuentra en la primera edición de la Biblia o, como la llamamos nosotros, la Torá.

De vez en cuando me sorprendía musitando las pocas palabras de hebreo que había retenido después de mi bar mitzvá al pasar junto a algún amenazante grupo de soldados nazis. Ellos, a su vez, me clavaban sus ojos turbios, sabedores no tanto de «quién» era, sino, según su parecer, de «qué» era.

Cuando intentabas quedar con tus amigos, a menudo descubrías que había gente que había desaparecido durante la noche, ya fuera por decisión propia o porque la Gestapo había llamado a su puerta. Muchos creyeron que las pintadas en las paredes no eran más que la antesala de lo que estaba por venir.

El mayor problema que tuve con verme obligado a llevar la estrella de David fue que el amarillo no quedaba bien con mis prendas. En Praga siempre me había sentido cómodo celebrando ser distinto a los demás, así que fue raro que de repente la gente empezara a cuestionar mi apariencia. Ocurrió de repente, como si hubiesen levantado un velo para mostrarnos como aquellas grotescas representaciones de sus cómics.

Por suerte, ese tipo de conflicto no tuvo cabida en la fábrica. Gracias a haber estado tanto tiempo trabajando allí, nadie me puso mala cara por ser *yid*.[1]

Rebekah arrugó la nariz.

–¿Qué pasa? –preguntó Georg.

–Esa palabra.

Georg se encogió de hombros.

–No me molesta. ¿Quieres un poco de tarta? ¿O una taza de té? ¿Un cigarrillo? Estoy siendo un pésimo anfitrión.

Rebekah se puso en pie, incapaz de permitir que un hombre que le cuadruplicaba la edad le sirviera algo.

–Yo me encargo.

Se encaminó a la cocina antes de que él tuviera tiempo de reaccionar. La música seguía sonando, pero la habitación estaba vacía, a excepción de la tarta de manzana.

---

[1] Término ofensivo para referirse a una persona judía en inglés. (*N. del T.*)

Encendió la tetera y cortó una buena porción para él.

—Me la trajo Verity —le informó Georg. Por lo visto era capaz de distinguir lo que estaba haciendo ella por el roce del cuchillo sobre el plato—. Muy amable por tu parte, pero no hacía falta.

—¿Tomas el té con azúcar? —le preguntó Rebekah desde la cocina, sintiendo que acababa de adquirir a un nuevo abuelo.

—No, gracias, Rebekah. Ya soy lo bastante dulce.

La carcajada que profirió era contagiosa.

—Creo que Rose ha salido a dar una vuelta —dijo Rebekah, casi para sí misma.

Había divisado una cabeza y unos tacones cuando la anciana se había ido renqueando. Georg estaba demasiado inmerso en su historia.

—No podría hablar sin tapujos del amor de mi vida con ella presente, de todos modos.

Capítulo 3

Si alguna vez ha habido una mujer que me haya hecho querer vivir solo por el placer de hacerlo, esa ha sido Rose Izelis. Me cuesta expresar lo mucho que significa para mí utilizando solo las palabras, pero a veces las palabras es todo cuanto tenemos.

Muchas cosas en mi vida han ocurrido por pura casualidad; circunstancias que le llevan a uno a preguntarse si hay alguien o algo que esté moviendo los hilos de todo. Pero ya sea por intervención divina o por una simple coincidencia, puedo afirmar vehementemente que Rose me dejó la mente en blanco la primera vez que la vi. Por algún motivo, ella no experimentó la misma sensación de asombro al verme a mí. Tienes que entender que el verano del amor de 1969, no fue nada en comparación a como me sentí yo cuando conocí a Rose el verano de 1939.

Leib y yo habíamos mantenido una relación estrecha, como parte del pequeño círculo de judíos jóvenes del barrio. Hacía poco que se había casado con su novia, Maja, y la pareja estaba esperando a su primer hijo. Todas estas trivialidades sucedieron antes de que se los llevaran a los campos en 1942. ¿Qué le vamos a hacer? Durante nuestro verano del amor, Hitler pasó a ser un problema primero y un chiste después.

Una noche, Leib y yo bajamos las escaleras que crujían hacia una de las bodegas subterráneas que abundaban no solo en Praga, sino en cualquier ciudad europea en la que las temperaturas invernales bajaran lo suficiente como para castrarte. Los aromas cálidos de los bares que solíamos frecuentar cuando teníamos veintipocos estarán siempre enraizados en mi mente. Su calor se irradiaba hacia las calles como en vaharadas dibujadas, junto con el sonido rasgado de un gramófono que tocaba música americana de *jazz* importada mediante gruesos discos de acetato. Todas las mesas estaban ocupadas por grupos de amigos cuyo barullo iba aumentando a medida que avanzaba la noche, y solo era cuestión de tiempo antes de que despejaran el suelo adoquinado y apartaran los barriles de vino tumbados que hacían las veces de mesa para que los clientes tuvieran espacio para bailar.

Como yo no era más que un simple operario en una fábrica, mi fondo de armario era escaso. Para las noches del viernes y del sábado tenía dos camisas, una de las cuales había pertenecido a mi padre, que rotaba entre los dos días. El conjunto lo remataban mis pantalones «buenos», desgastados ya en las rodillas, y un par de zapatos de cuero calado. Rezaba para que aquel refinado atuendo pareciera estudiado y que me confiriera un aire de adepto al *jazz* o de bohemio. Leib y yo siempre llevábamos corbata, con la esperanza de que añadiera algunos años más a nuestra edad.

Maja me había prometido traer a una amiga para mí, pero, cuando llegaron, la muchacha a duras penas me miraba. Cuando nos presentaron, extendió la mano como si fuera a golpearme en lugar de estrechar la mía. No me habría sorprendido lo más mínimo que al retirarla hubiese descubierto dos señales de la mordedura con la que me había inyectado su veneno. Sus expectativas en la vida iban más allá de salir con un operario, aspiraba a estar con alguien más loable, como un médico o un contable.

Sentados alrededor de la mesa, la lánguida luz de las velas proyectaba sombras extrañas que se recortaban contra todas las paredes. Mientras nosotros titilábamos, todas las demás mesas permanecían envueltas en una combustión desatada. El silencio cayó sobre la sesión espiritista que estábamos organizando accidentalmente en un intento de invocar al espíritu de la diversión, mientras que la alegría del resto de los presentes impregnaba la sala. Una cacofonía preciosa y nebulosa. Los envidiaba a todos y habría dado lo que fuera por escapar de aquel destino.

Me excusé y fui a buscar otra botella de vino con la esperanza de que hiciera la velada un poco más agradable.

Te parecerá raro que la chica con la que me habían emparejado acabara siendo la persona de la que te he hablado con tanto cariño. Te lo contaré todo, ten paciencia.

La barra era un semicírculo en una esquina, donde la pequeña estancia que ocupaba el sótano permitía a un camarero bajito estar erguido tras ella o a uno alto verse en la obligación de encorvarse. Estar allí en vez de en nuestra mesa no me supuso ninguna dificultad. El lugar rebosaba de borrachos y las coronas tintineaban en las palmas cubiertas de sudor mientras sus propietarios pedían más de aquella bebida del demonio.

–Sería más rápido ir al valle del Ródano y machacar las uvas nosotros mismos –dijo la chica que tenía al lado por encima de la sonora música de Count Basie.

–Y que lo digas, yo...

La miré de reojo, a lo que le siguió el típico segundo vistazo, y me di cuenta de que era preciosa. Unos rizos oscuros enmarcaban la parte visible de su rostro mientras esperaba a mi lado, en el ángulo que queda entre la hora en punto y los cinco minutos. Tenía la comisura de los ojos marrones ligeramente caída y acentuada por unas gruesas pestañas. Sus labios, rojos y exhibiendo un visible mohín, hacían de acompañamiento a su nariz. Podían escribirse sonetos que versaran sobre su poder. Obras enteras. Era un abismo inexplorado en el que descubrir la gracia de su ingenio. El puente, elemento de enlace entre el verso y el coro de sus cejas y su prolabio.

Cuando Rose Izelis se volvió para mirarme, me quedé bloqueado, como Checoslovaquia.

–Perdona, ¿qué decías...? –me preguntó.

Su voz evocaba cigarrillos americanos importados, pinot noir y una onza de chocolate negro. Cortaba como hacían unas tijeras con un papel de regalo, haciéndolo trizas hasta desplegar una hilera de hombrecitos de papel estilizados con los brazos alzados en señal de rendición.

Intenté explicarme, pero no logré decir nada con sentido. Me erguí cuan alto era, sobrepasándola por los pelos con sus tacones rojos, y me quedé sin palabras. Llevaba puesto un precioso vestido de topos con escote cruzado. Es el mismo del de la foto de la pared. Un sofoco intenso me invadió tanto el cuello como la frente. Me aferré con más fuerza a la superficie de la barra. Aquellos hombros desnudos eran para mí un reto más desafiante que culminar la cima de los montes Tatra.

–La verdad es que no lo sé –contesté–. Tenía la esperanza de que se me ocurriera algo, pero por lo visto no. –Se extendió un silencio tan preñado como Maja–. Nada, que no me viene.

Dando por concluidos mis balbuceos carentes de sentido con el mayor encogimiento de hombros que pude conjurar, le lancé algunas coronas al camarero que esperaba y le musité lo que quería pedir antes de darme cuenta de que debería de haberle cedido el turno a ella. Había llegado a la barra después de mí y según los protocolos del bar, debían servirme a mí antes, pero se trataba de una situación especial. Estaba enamorado. Puse pies en polvorosa con una botella de tinto en la mano, tirando por la ventana de colores del sótano la oportunidad de hablar con la chica más hermosa de toda Praga.

A mi regreso me estaba esperando una reprimenda de Maja. Los ánimos no habían mejorado en la mesa, aunque me alegró saber que se había notado mi ausencia.

–¿Dónde estabas? –preguntó ella–. Has dejado a Agata sola.

Hice caso omiso al desasosiego de Maja mientras su amiga me taladraba con la mirada, incomodándome. Me parecía curioso que se llamara Agata, cuyo significado es «de buen corazón», porque nada tenía que ver con eso. Aunque en un inicio me había propuesto ponerle las cosas fáciles a Leib, las circunstancias habían cambiado.

—Tienes que ayudarme —le dije, agarrándolo del hombro.

—¿Qué diantres te pasa? —preguntó, molesto porque Maja estaba enfadada y porque los había abandonado a los dos con la agradable presencia de Agata.

—¡Hay una chica en la barra! —Se giró para divisarla. Tirándole de la corbata, lo refrené como se hace con las riendas a un animal—. No mires ahora, o me vas a poner las cosas más difíciles de lo que ya están. Es la criatura más bonita que he visto en toda mi vida, y eso incluye las esculturas del puente de Carlos.

—Georg, ya tienes una cita —se quejó y pasó los ojos a toda velocidad de Maja a Agata, ambas con los brazos cruzados en una clara muestra de desaprobación.

—Las citas van y vienen, Leib. Me he enamorado de ella.

En aquellos días le profesaba mi amor cada semana a una chica distinta. No hay nada que sugiera que no podría haber amado a cualquiera de aquellas mujeres, si me hubiesen dado la oportunidad. Era un romántico empedernido, y, a pesar de los años que han pasado, poco he cambiado en ese aspecto. Pero en ese momento sé que habría arrojado a cualquier otra chica al río Moldava por Rose.

Tras oír nuestra conversación, Maja acompañó a Agata al tocador que se hallaba en la parte trasera del sótano del bar cuando esta última estalló en un mar de lágrimas. Aproveché la oportunidad y no dejé de incordiar a Leib hasta que conseguí que se acercara a ella para preguntarle el nombre. Retorciéndome las manos al ritmo de la batería que marcaba el tempo de la noche, observé su conversación muda con la misma paciencia que un toro a punto de embestir.

–Olvídalo –me dijo, tras apresurarse de vuelta a la mesa–. Es una Izelis. La hermana pequeña.

–¿Y? –repuse, satisfecho de que no fuera una *shiksa*, una gentil. Aunque con aquella luz en el rostro no cabía la posibilidad de que lo fuera.

–Las Izelis te traerán problemas.

–Puedo lidiar con los problemas –repliqué, con el tono más despreocupado que fui capaz de emplear.

Las hermanas Izelis eran conocidas por ser infamemente difíciles. Eso era lo único que necesitaba para sentirme atraído por una. Leib y yo habíamos compartido el aula en la escuela con Ruth Izelis, que era una niña muy vivaz. Rose era la pequeña de la familia, cuatro años menor que su hermana.

A pesar de haber puesto toda la carne en el asador, pasó algo de tiempo antes de que Rose me diera el visto bueno. Cuando digo algo de tiempo... En realidad fue más de un año frecuentando los mismos círculos. La veía en los acontecimientos sociales, siempre rodeada de un grupo de muchachos de pintas sospechosas, que solo podían estar detrás de ella por el mismo motivo que yo... Para quererla para siempre.

Rose tenía una manera de reaccionar que nunca dejaba preguntas pendientes al aire. Era más embriagadora que todos los bares en los que había estado con Leib.

Un tiempo después, me reveló por qué siempre se la podía encontrar rodeada por esos extraños chicos que llevaban boina y se enrollaban sus propios cigarrillos. Rose había estado llevando a cabo algunos trabajos ilegales en secreto para el partido comunista. Cuando lo supe, todas las piezas encajaron.

Y así es como me hice comunista, por el único motivo por el que cualquiera lo hace: para impresionar a alguien con quien deseas tener una relación amorosa.

Me leí el *Manifiesto* con voracidad, tratando desesperadamente de entenderlo. Era para mí un extraño mundo nuevo, con facciones ya formadas y juicios aparentemente emitidos basándose en ellas. Asistí a reuniones y prometí ayudar en la medida de lo posible. Incluso desarrollé predilección por el vodka y me dirigía a mis compañeros comunistas como «camaradas».

Procuraban que las facciones fueran pequeñas para minimizar el riesgo de que las detectaran. Las reuniones eran ilegales tras la entrada en vigor de las leyes de Núremberg, implementadas después de que los nazis conquistaran Checoslovaquia. Como resultado, nuestra célula comunista estaba formada por cuatro miembros y uno de ellos me había robado el corazón para siempre.

Organizábamos las reuniones siempre en el sótano de una de nuestras casas, como si por llamarnos a nosotros mismos «célula» estuviéramos destinados a juntarnos en espacios cerrados diminutos. En aquellos días la mayor parte del tiempo que pasaba con Rose era en algún sótano. Cuando no trabajábamos, ella salía a bailar con su amiga Marion mientras yo bebía con Leib y brindábamos por su recién nacida un fin de semana sí, otro no. Maja y Leib habían tenido una preciosa niña, Sophie, más o menos por aquella misma época.

En una de las reuniones se me presentó como por arte de magia la oportunidad de impresionar a Rose.

—¡Eso podría hacerlo yo! —grité, volviendo a centrarme en la conversación, de la que me había desconectado para admirar con nula sutileza a Rose Izelis.

—¿Estás seguro? —preguntó el camarada Mendel.

—¡Sí! —confirmé, reparando en el gesto afirmativo que me había ganado de Rose—. Solo necesito que lo revisemos otra vez.

Mendel puso los ojos en blanco, claramente molesto por mi intervención, que quizá había minado sus posibilidades de ganarse el corazón de la joven.

—Necesitamos que alguien consiga que se firmen estos documentos.

—Ningún problema —aseguré.

Las promesas de afecto eran mi lenguaje del amor.

—Son falsificaciones.

—No pasa nada.

—Y el notario no puede sospechar lo que nos traemos entre manos.

Habría vuelto a afirmar otra vez con pasión, pero tenía la boca más seca que el cruce del mar Rojo.

—Es un trabajo peligroso, camarada Georg. Estamos hablando de papeles de nacionalidad falsos para aquellos a los que persigue el Estado. Si te descubren...

—No pasa nada —dije finalmente con los labios resecos, repitiendo mi nuevo y extraño lema.

Como había escrito F. Scott Fitzgerald: «La amo y ese es el principio de todo».

Obligado a posicionarme en el frente para contribuir a la causa, me ayudaban en mi nueva misión las ventajas que ofrecía mi puesto de trabajo. En la fábrica se producían documentos de todo tipo, tanto originales como copias. Como los nacionalsocialistas habían tomado el control de Checoslovaquia, las autoridades errantes esperaban que los documentos oficiales les llegaran bajo demanda. El aprendiz de la fábrica, Fredy Hirsch, llevaba esos papeles a los tribunales para que los firmara el notario. Aunque sospechaba que esos formularios se aprobaban automáticamente, eso no tranquilizaba al muchacho, que cumplía con la labor lleno de pavor, sudoroso y frenético.

Cuando el joven Fredy supo que no tendría que ir él se alegró mucho. Me entregó la caja llena de papeles y al segundo desapareció para atender otro recado de su interminable lista de cosas pendientes.

De camino a los juzgados, saqué los papeles falsificados de dentro de un sobre de cartón que llevaba oculto debajo de la ropa y los metí entre los documentos oficiales. Con dedos temblorosos, entremezclé los distintos papeles hasta haber escondido el as en la baraja.

El juzgado municipal sigue siendo hoy en día uno de los edificios más imponentes en los que he entrado. Con sus cuatro pisos, la fachada de color crema y el monumento en honor a Jan Želivský, que te observa desde arriba, al entrar hacía que sintieras todo el peso de la justicia. Tenía que aparentar que lo que estaba haciendo era una tarea rutinaria, aunque el miedo ardía en mi interior.

Entré y nadie me pidió nada; me hicieron pasar con un gesto de la mano. Ya hacía años que trabajaba en la fábrica y había hecho varias visitas al notario, por lo que me conocía la mayor parte del personal, desde los agentes de seguridad hasta los cargos más importantes.

Entré en la cámara del juez y coloqué con manos temblorosas la caja sobre el estrado. El notario bajó la mirada a través de unos lentes en forma de medialuna. Me pareció que el negro de su toga dictaba sentencia.

–Georg Gottlieb, ha pasado mucho tiempo desde la última vez que cruzaste el umbral de mi puerta. ¿Qué le ha pasado al joven Hirsch? ¿Está enfermo?

–No, señor –contesté–. Tenía algunos asuntos que atender por esta zona y he pensado que estaría bien ahorrarle el viaje.

Me parecía importante ceñirme a una mentira coherente. Cuando se trata del noble arte del engaño, gana quien es capaz de atenerse a una misma versión.

El montón de formularios que se alzaba sobre su escritorio se me antojaba un presagio macabro.

–Estos papeles van a acabar conmigo –refunfuñó.

«Con los dos», pensé, cambiando el peso de un pie al otro,

como si el comentario del juez requiriese una respuesta en mi lenguaje corporal.

Por el movimiento de sus ojos, supe que el notario simplemente leía los títulos antes de garabatear sobre la línea de puntos, sin prestar demasiada atención al espaciado, la redacción, el papel o la tinta usados. Oculté mi irritación porque el letrado pasara por alto los elementos en los que había estado cavilando durante semanas. El trabajo en la fábrica me había sido útil para discernir si algo era verdadero o no. Aquella experiencia se convirtió en un recuerdo importante; uno al que recurriría una y otra vez. Gracias a esa prueba aprendí a mentir sobre el papel, aunque jamás habría imaginado la envergadura que alcanzaría esa habilidad.

–Sírvete un poco de té –me ofreció el notario–. Esto me llevará algo de tiempo.

Para detener mi balanceo nervioso, me senté y le di sorbos a la bebida humeante. El montón se movía de un lado del escritorio al otro, con una pausa efímera entremedias en la que el notario garabateaba sobre el papel y lo estampaba. Intentando recordar en qué zona del montón estaban las falsificaciones, mis ojos se deslizaron hacia la pila de los papeles pendientes que iba menguando. No respiré tranquilo hasta que todos los documentos hubieron pasado por encima de la dura superficie del escritorio y recibido su sello correspondiente.

Le di las gracias y charlamos de algunos temas triviales antes de salir de la sala. Me apresuré por el pasillo y bajé los escalones de piedra hacia la calle, con el corazón en un puño.

Me detuve en el primer callejón con el que me crucé, flanqueado por hileras de edificios que siempre olían a humedad, y saqué las falsificaciones. Las devolví al sobre y las oculté otra vez debajo de la camiseta y los pantalones.

Esa noche, sentados en el sótano, brindamos con vodka en honor a mis esfuerzos mientras leíamos detenidamente los papeles de ciudadanía firmados que habíamos falsificado. Me sentía invencible, una sensación avivada por la manera como Rose me miraba.

—*L'chaim!* —clamaron.

Por desgracia, mis pensamientos se desviaron hacia el *mohel*, y cualquier atisbo de romance fue devorado por el miedo a que se pudiese percibir mi excitación.

Después de aquel primer encargo, mis apariciones en el juzgado municipal fueron mucho más habituales. Las visitas mensuales pasaron a ser de una a la semana.

Las peticiones que me llegaban a través de la célula comunista aumentaron. Era un trabajo complejo, pero en ningún momento me topé con algo que no se pudiera falsificar. Fuera un conjunto de documentos belgas ficticios o una partida de nacimiento modificada, producía habilidosas réplicas de todo. Me enorgullecía de ser capaz de identificar al dedillo las marcas de agua y las filigranas que distinguían el documento original. El hecho de que estuviera salvando vidas, deteniendo a los nazis y cambiando el curso de lo que todavía parecía una guerra de poca importancia significaba que era una causa noble y justa.

No solo me podían confiar aquel importantísimo trabajo, sino que también estaba en un puesto que me permitía fabricar certificados para ayudar a los nuestros. A medida que pasaban los meses, empezamos a abordar asuntos más relevantes. Me sentí más cerca que nunca a la causa comunista. Si me hacía un corte, mi sangre manaba del color rojo del comunismo.

La relación con Rose maduró, superando las palabras balbuceadas y las miradas de anhelo en un sótano. Tal vez fuera por mi antiguo espíritu rebelde o quizá por saber que, de un modo u otro, a lo mejor no saldríamos vivos. Esto lo mantuvimos al margen de la causa política, temiendo que pudieran ver como un conflicto de intereses que mi martillo se estuviera cruzando con su hoz.

Rose acabó siendo como me la había imaginado en aquellos primeros encuentros. A medida que nos fuimos conociendo, enamorados por la misma causa, lo que sentía por ella no hizo más que intensificarse. Ese doble afecto hizo que la vida fuera maravillosa. Comprendía las letras de todas las canciones de *jazz* que clasificaba siempre en una de estas dos categorías: lo bueno que era el amor o lo duro que era perderlo.

Estaba viviendo una existencia triple. Durante el día era el dócil operario de una imprenta y cuando caía el sol me convertía en un aguerrido combatiente por la libertad. Cada noche le robaba besos a mi amada en el camino de vuelta a casa, bailando entre las sombras para evitar que nos sorprendieran en la calle pasado el toque de queda. Fue una época peligrosa y emocionante, pero que yo no habría querido vivir jamás.

Tuvimos que aceptar que podía llegar el momento en que nos viéramos obligados a abandonar a nuestros camaradas y huir. En el año 1941, la amenaza se intensificó todavía más. Sin saber cómo se iba a materializar, preparé documentos para los dos y logré que los firmase el notario.

Si no fuera por el miedo a la muerte que flotaba a mi alrededor cada vez que suprimía un título o editaba algún clisé para mi propio beneficio, habría sido un proyecto la mar de divertido. Era parecido a armar un álbum de recortes, pero con una pistola apuntándome a la cabeza.

Creé documentos de ciudadanía falsos de Austria, Alemania y Polonia, curándome en salud por si no sabíamos en qué dirección tendríamos que huir, con variaciones en los nombres para evitar que nos descubrieran. También unas versiones mezcladas de nuestros certificados de nacimiento: era nuestro propio monstruo de Frankenstein. Le di copias a mi jefe, el señor Sandstrom, con unas instrucciones muy estrictas: «No abra el sobre bajo ninguna circunstancia. Sabrá cuándo lo voy a necesitar».

Ofrecí el mismo servicio a los comunistas. Como siempre, lo festejaron con aprobación y vodka. El número de documentos que fabricamos antes de 1942 ascendía a más de mil. No me podía imaginar que aquella nueva habilidad me salvaría la vida en el futuro.

Un fin de semana, consciente de que nos estaban recortando las libertades a diestro y siniestro, llevé a Rose a cenar y luego paseamos hasta llegar al puente de Carlos, donde le propuse matrimonio. No me importó la multitud de transeúntes que nos rodeaba cuando me arrodillé sobre una pierna.

–Rose Izelis –dije por encima del viento–, vivimos en tiempos locos, pero tú ya me has hecho perder la cabeza. Pase lo que pase, deseo que estés a mi lado. ¿Quieres casarte conmigo?

Sus ojos brillaban. Eran como ver todas las miradas robadas que nos habíamos dedicado en recovecos oscuros juntos. Me ayudó a levantarme y nos besamos.

–¿Eso es un sí? –le pregunté.

–Yo soy de mi amado –dijo ella, recitando el *sheva brachot*, las siete bendiciones que se leen durante la entrega del anillo en un enlace judío.

–… y mi amada es mía –terminé yo, sonriendo.

Me instó a que paráramos en el camino de vuelta en casa de mi madre para comunicarle la buena nueva.

–¿Qué hora es? –preguntó Rose, cogiéndome ambas manos con las suyas.

Giré la muñeca para echarle un vistazo al reloj que me había regalado ella por mi último cumpleaños, cuando había cumplido los veinticinco. Las manecillas plateadas brillaban bajo la luz de la luna.

–Falta poco para las ocho.

–Prométeme que, pase lo que pase y estemos donde estemos, siempre tendremos nuestras ocho de la tarde.

–Te lo prometo. Siempre tendremos nuestras ocho de la tarde.

Un rato después, informamos a nuestros camaradas de nuestra intención de casarnos. Al parecer, conocían desde un inicio nuestro supuesto secreto. Teníamos la esperanza de haber actuado con más discreción en otros asuntos, pero, aunque jugar a los espías y usar identidades falsas era divertido, los tiempos estaban cambiando rápidamente y el peligro iba en aumento.

Rose y yo nos casamos una semana después en la ceremonia más sencilla que nos permitieron celebrar, con nuestros padres y su hermana Ruth como testigos. Nos mudamos a un piso cerca del río. Era una maravilla tener un lugar al que llamar hogar y sobre todo tenerlo con ella.

El piso estaba formado por un único ambiente diáfano que nos permitía disponer de un montón de espacio para los libros que acarreábamos y cuyo contenido absorbíamos. Dormimos juntos por primera vez, entre una cómoda y un armario, pero lo que importaba era la cama. Fue allí donde nos descubrimos el uno al otro y confirmé el deseo que se había estado formando en mi cabeza.

Tenía claro que Rose Gottlieb era la persona con la que iba a pasar el resto de mi existencia. Veía mi vida a través de un filtro de color rosa: un cristal tintado de Rose Izelis. Ninguna otra persona tuvo un impacto tan grande en mí, ni siquiera Hitler.

Sigo siendo el hombre más afortunado del mundo. Incluso cuando abandone el reino mortal. Siempre nos quedarán las ocho de la tarde.

Capítulo 4

A medida que los nazis estrechaban el cerco sobre Praga, Rose y yo descubrimos que nuestra batalla para mantenerlos a raya llamaba cada vez más la atención.

Pero no nos íbamos a amedrentar. Lo que hacían estaba mal, por más que la justicia los amparara solo porque habían cambiado las leyes. La rabia que sentía por tener que agachar la cabeza ante normas burocráticas descabelladas y crueles no tenía parangón. Hacíamos lo que podíamos para compensar el desequilibrio, fabricando más documentos falsos que por lo visto no levantaban sospechas hacia nosotros. En cada viaje al juzgado municipal comprobaba que no me siguiera nadie tanto en el trayecto de ida como en el de vuelta, exaltado por mi nuevo estilo de vida de espía. Distábamos mucho de ser anarquistas y solo queríamos que regresara el poder de la democracia antes de inclinarnos hacia la izquierda…

La gente o bien estaba a favor de la extrema derecha, o bien se veía indefensa para detenerla. Nosotros no encajábamos en ninguno de los dos lados, así que aportábamos nuestro granito de arena como buenamente podíamos. Los nazis se asegurarían de que encajáramos bien en un campo de concentración a su debido tiempo.

Una mañana abrí la puerta de casa y me encontré con unos agentes de la Gestapo ataviados con uniformes oscuros que me pidieron amablemente si podían pasar. Solo tenía dos opciones: dejarlos pasar o que entraran a la fuerza y ganarme un puñetazo en el abdomen por las molestias.

Rose y yo jamás nos llevábamos el trabajo a casa, a sabiendas de que una visita de ese cariz era inevitable. Era importante no dejarnos llevar por el pánico, pero aun así aquella fue una situación invasiva. Jamás descubrimos qué trajo a la Gestapo a nuestra puerta. Pero no tenía importancia. Nuestra frustración, detención y consecuente encarcelamiento parecía ineludible. A la larga, nos llevarían a todos a los campos.

—Nos han llegado rumores de que habéis estado en contacto con los comunistas —dijo un hombre vestido de negro, en un forzado tono de villano que le sentaba de maravilla.

Se quitó la gorra y se atusó distraídamente el cabello que empezaba a clarear sobre un cuero cabelludo cubierto de manchas, mientras sus subordinados rasgaban los cojines y tiraban por el suelo los libros de la cuidada colección que teníamos en los estantes. Había pasado horas organizando nuestra librería por nombre de autor, así que estaba que echaba chispas.

—¿Comunistas? ¡No! Somos socialistas —respondí, alargando la mano en busca de la de Rose por si acaso era la última oportunidad que tenía de hacerlo—. *Heil Hitler!* —añadí con demasiado entusiasmo.

El líder de la Gestapo no dijo nada, esperando a que sus soldados encontraran algo aparte de nuestros libros de izquierdas.

Con los brazos cargados de tomos considerados inaceptables para una joven pareja socialista, los soldados se marcharon y sus pisotones retumbaron por el pasillo.

—¿Qué vamos a hacer? —me preguntó Rose mientras yo cerraba la puerta y los veía bajar los escalones, vociferando victoriosos por la cantidad de literatura que acababan de obtener para su fogata.

Vi nuestro futuro en sus ojos.

—Aguantar todo lo que podamos —contesté, levantando nuestras manos entrelazadas hasta sostenerlas en alto.

Le besé los dedos envueltos por los míos, que sobresalían como si fueran vértebras. El oro de su alianza hizo contacto con mis labios, frío, a pesar de la maraña de dedos de su alrededor. Bajamos las manos y me dio un beso intenso y profundo en los labios. Alguien volvió a llamar a la puerta y nos interrumpió.

Esperé un segundo y la abrí otra vez.

—Hay un sitio que hemos olvidado revisar —dijo el mismo agente, confundido por encontrarnos en el mismo lugar.

La banda se volvió a meter en nuestro piso, esparciendo habilidosamente todavía más barro sobre la moqueta.

Uno de los soldados regresó a la entrada, agitando en el aire un pequeño libro encuadernado en rojo. El líder lo cogió y profirió un sonido de amonestación, el tipo de advertencia que podía esperar de la vieja señora Hess.

—¿Qué pasa? —inquirí—. Marx es alemán.

Pronto llegó el inevitable día en que mi cotidianeidad en el trabajo se vio interrumpida por la irrupción de los milicianos. Unas manos me aferraron por debajo de los brazos y me sacaron a rastras de la habitación mientras los agentes policiales intimidaban con la mirada a cualquiera que pareciera dispuesto a objetar. Mis piernas daban círculos en el aire mientras se me llevaban, como si mis captores fueran algún tipo de monociclo innovador.

—Esperad —les pedí para intentar ganar algo de tiempo—. Tengo que lavarme las manos.

Los nazis me habían pillado con las manos en la masa. Varias copias de documentos falsificados se quedarían con el señor Sandstrom, pero no había nada que él pudiera hacer en aquel instante. Habían arruinado mis planes una vez más.

Los miembros de la Guardia de Hlinka que fueron a buscarme eran grandes y fuertes.

—¡Rose! —la llamé y me forzaron a entrar por la puerta como si fuera un fardo con una fuerza que hizo las delicias del soldado.

Por suerte, mi esposa no estaba en casa. Esperaba que hubiese ido a visitar a Marion o a su hermana. Sentía el piso frío sin ella.

—Haz la maleta —me dijo uno de los soldados—. Tenemos que irnos.

Sabía tan bien como ellos lo que eso significaba. Me quité el delantal del trabajo y saqué mi maleta de debajo de la cama. Los pantalones desgastados de la fábrica combinados con una camisa y unos tirantes me parecieron un conjunto lo suficientemente apropiado para cualquier destino que tuvieran en mente para mí. Me apresuré a ponerme una chaqueta y a meter varias camisas dobladas en la maleta. Algunos *tchotchke*, o bagatelas, se hicieron hueco en la base: una fotografía en la que salíamos Rose y yo, un candelero con la estrella de David y mi diario. Los lamentos por los escasos artículos que me llevé llegarían después, aunque no tuviera importancia una vez que me despojaran de todos ellos.

—Con eso basta —me dijeron demasiado pronto.

No había tiempo para razonar. Me levantaron y me sacaron de la casa. Se dirigieron hacia la puerta del apartamento con un martillo y clavos. Cuando colgaron el aviso de desahucio, una sensación renovada de pavor se aposentó en mis entrañas. No iban a dejar que Rose pudiera regresar a su hogar.

Llevado a la fuerza hasta la comisaría, las miradas acusadoras de los viandantes desconocidos fueron como unos azotes públicos. «¿Es esto la compasión vecinal?», me pregunté.

Cuando llegamos, me guiaron hacia una sala de interrogatorio con un brazo retorcido a la espalda. La habitación era básica y estaba hecha polvo; unas tristes motas de pintura caían como caspa azul cada vez que cerraban dando un portazo, que parecía ser la práctica habitual.

Obligado a sentarme a un lado de una mesa en la que se apilaban mis libros, nunca había estado tan molesto porque no hubiesen hecho arder mis posesiones. Mi interrogador llevaba puesto el mismo uniforme, pero el respeto que le mostraban los demás sugería que tenía un rango más alto. Un espeso bigote le ocultaba el labio superior, mientras que las patas de gallo le enmarcaban la comisura de los ojos.

–Herr Gottlieb –me llamó la atención, sentándose enfrente de mí–, ¿de quién son estos libros?

Me incliné hacia lo que sin duda eran mis posesiones requisadas.

–Tendría que comprobar el interior.

–Por supuesto, las cubiertas no son transparentes.

Sorprendentemente, estaba bromeando conmigo. Abrí la tapa del libro que estaba encima del todo de la pila y revelé mis iniciales escritas con cuidado en tinta negra.

–Son mis libros –constaté.

–¿Por qué guarda esta porquería?

–Para comprenderlos mejor –contesté, que era la respuesta más sincera que podía dar sin provocar que me mataran. Debía ser fiel a la misma mentira.

Se abrió la puerta. No me atreví a girar la cabeza para comprobar quién había entrado en escena. Eso era lo que querían. Más copos azules cayeron de la pared. El inspector se levantó de golpe e intercambió algunas palabras con el tercer hombre.

La puerta se volvió a cerrar. Cayeron más escamas.

–¿Para comprender a quién? –continuó con las pesquisas, retomando la conversación como si no nos hubiesen interrumpido pero sin pedir disculpas por la intromisión.

–Es importante leer de todo.

–Ya veo. ¿Forma o ha formado parte alguna vez de algún partido político ilegal? –me preguntó.

Sabía que esa pregunta estaba por venir y llevaba practicando la respuesta durante meses.

–¡No! Nunca.

El inspector esbozó una media sonrisa y se encendió un cigarrillo. El humo azul se apartó por el aire de una manera que me parecía imposible.

–¿Quién más estaba en la facción con usted?

–No sé de qué me habla. No conozco a ninguna de esas personas.

–No conoce a su esposa.

El horrible pavor que había sentido en el estómago después de que sellaran nuestro piso tenía nombre. No cabía duda. Ya la habían apresado.

–Ella no se involucraría nunca en algo así. ¡Y yo tampoco! ¡¿Dónde está?!

–Está bien, Gottlieb, tenemos información de sobra.

Sus preguntas eran como los trenes rumbo a los campos. Solo iban en una dirección.

Como si lo hubiesen decidido de antemano, la puerta se volvió a abrir. El interrogador tocó suavemente su cigarrillo para que la ceniza cayera en un cenicero de cristal que había sobre la mesa. Al mismo tiempo, la pared perdió más trocitos de pintura azul. Unas manos ásperas me asieron por debajo de los brazos y los mismos soldados me arrastraron fuera. Se aseguraron de propinarme un rodillazo rápido en el estómago por los problemas causados. Doblado en dos y despojado de mis libros, vi al inspector sonreír con la mano en el aire, sin dejar de aferrar entre los dedos su maldito cigarrillo.

Me llevaron a una vieja fábrica de munición en la periferia de la ciudad. Mi triste maleta era el único otro pasajero en la parte trasera de un viejo camión. La fábrica se había convertido en un punto de recogida para presos políticos. No hacía falta hacerle demasiados cambios al edificio para que pudiera albergar a los miles de personas que habían sacado de sus casas; una carcasa fría diseñada para alojar a un montón de carcasas frías.

Mi arresto fue parte de un movimiento más amplio cuya finalidad era atrapar a los miembros de la resistencia, fueran comunistas o de otras ideologías afines. Me tropecé con Leib Zymermann, quien buscaba frenéticamente a Maja y a la pequeña Sophie. Leib no tenía ninguna inclinación política en concreto. Ser judío parecía bastar para ser considerado un disidente político.

Ambos sacamos de las carteras unas fotografías arrugadas de nuestras parejas y preguntamos por entre la muchedumbre confundida. Nadie intercambiaba nada excepto el miedo. Pensar que Rose pudiera haber pasado por el mismo trato me helaba la sangre. Era más resiliente de lo que yo llegaría a ser jamás, pero eso no cambiaba el hecho de que no la había protegido, un asunto que me tomaba muy en serio por el hecho de ser su marido.

Los susurros apresurados que se extendían entre la muchedumbre nos alertaron de adónde pretendían llevarnos. Nos subieron en unos trenes en una estación cercana haciendo caso omiso a cualquier tipo de pregunta. Se extendieron los cuchicheos sobre el destino: una cárcel, algo sobre un campo. No podías confiar en la información obtenida de los guardias ni de los prisioneros.

El tren se fue llenando de cuerpos silenciosos, demasiado débiles para resistirse. Al menos disponíamos de algo de comodidad. Aquella manera de tratarnos no era algo a lo que debiéramos estar dispuestos a acostumbrarnos. Mi análisis sobre la manera como se relacionaban los nazis con los judíos había empezado.

El tren se detuvo en Žilina, un campo de concentración en una zona que en la actualidad se encuentra en el extremo norte de Eslovaquia. Hacía un frío penetrante, tan gélido como la actitud que exhibían los soldados. Arrastrando la maleta a través todas aquellas personas desplazadas, la visión de aquella inconfundible nariz a unos metros de mí en el andén helado me detuvo en seco. Un aire frío se me aferró a la garganta. Protegiéndome la cara del azotador viento, derramé unas lágrimas heladas, intentando centrarme en aquel aciago perfil que veía en la distancia.

–¡Rose! –la llamé, aunque el sonido que emergió de mi garganta fue más bien un plañido que un rugido.

No podía oírme por encima del barullo que producía tanta gente a la que habían sacado de sus casas a la fuerza. La situación era imponderable. Las molestias leves pertenecían a otra vida.

Intenté abrirme paso, disculpándome si era el caso y usando el hombro cuando lo consideraba necesario. Un mar arbolado de cabezas y hombros se agitaba, olas de desesperación, marea de derrota. Un miembro de la Gestapo me bloqueó el camino y detuvo mi avance hacia Rose, que se alejaba de mí, a la deriva.

–Vas en dirección contraria –me dijo, con ascuas por pupilas.

–Mi esposa –repliqué, sin aliento, desesperado por no perderla de vista mientras el oleaje de gente avanzaba–. Está allí.

–Lárgate, judío –me dijo.

La fiera amenaza de sus ojos me dejó claro que nuestro reencuentro no tendría lugar en aquel andén glacial.

Nos separaron por bloques. El nuestro olía a cerrado, desprendía la humedad de aquellos que lo habían ocupado antes que nosotros y estaba plagado de insectos que tenían peores modales que los nazis. Por el momento, manteníamos nuestras pertenencias pegadas al cuerpo. Arrojé mi maleta medio vacía sobre una cama destartalada para reclamarla como mía, aunque poco me importaba que siguiera allí cuando regresara. Rose ocupaba por completo mi mente. No solo pensaba en encontrarla, sino en hallar la manera de liberarla de aquella situación, aunque tuviera que sacrificarme para conseguirlo. Era lo único en lo que pensaba mi cabeza. Sabía que en ese momento no estábamos tan divididos como llegaríamos a estarlo y que actuar pronto era lo adecuado.

Fui de bloque en bloque, llamándola por su nombre y haciendo todo lo posible por no importunar el refugio de los demás.

Arrastrando los pies por caminos embarrados, el dobladillo de los únicos pantalones que poseía se llenó de fango y los zapatos me resbalaban a cada paso. Cuando llegué al último bloque, eché un vistazo a través de la sucia ventana.

Como si me estuviera esperando, ella estaba allí mostrando su precioso perfil. Aquella nariz.

—¡Rose!

Se dio la vuelta al instante y su rostro se iluminó con aquella expresión que solo me dedicaba a mí. Estaba de vuelta en nuestro bar favorito y el calor regresó a mi piel por primera vez desde el último turno que había hecho en la fábrica. El corazón me dio un respingo y se me ruborizaron las mejillas.

—¡Georg!

Desapareció de mi vista, esquivando a aquellas personas que compartían el espacio con ella y sorteando las camas improvisadas antes de personarse en la entrada abierta. Nos abrazamos entre lágrimas. Recobré todos los sentidos con nuestro reencuentro.

—¿Qué te ha pasado? —inquirí.

—¿A ti también se te llevaron?

—¿Te han hecho daño?

Nos hicimos las mismas preguntas mientras nuestras manos

palpaban hasta el último centímetro de piel en busca de signos de maltrato, contentos de haber recuperado nuestra conexión. Sus manos se apartaron empapadas de mi cara, las lágrimas no cesaban.

Nuestras historias eran parecidas. El arresto, el trato, las preguntas.

—Tenemos que escapar —dijo Rose, besándome en la mejilla húmeda—. Tenemos que aferrarnos a la esperanza por encima de todo.

Asentí, incapaz de articular palabra. No sabíamos si su hermana estaba a salvo. A pesar de eso, Rose permanecía serena mientras que mis ojos seguían produciendo lágrimas. Pensé en mi madre y me pregunté qué destino les esperaba a todas las personas con las que había trabajado. Incluso la vieja señora Hess se cruzó en mis pensamientos.

Un guardia dobló la esquina y silbó para pedir refuerzos. Me aferré a ella con fuerza.

—Reúnete conmigo aquí a las ocho de la tarde —me dijo Rose mientras la obligaban a entrar de nuevo en el bloque a empujones.

Y a mí, a mi vez, me arrastraron al mío. No perdimos el contacto visual todo el tiempo que nos fue posible, su mandíbula apretada firmemente contra la tiranía.

A pesar de la infracción, me empujaron hacia dentro del bloque sin ninguna consecuencia ulterior. Nos tragamos como pudimos una cena a base de pan rancio y sopa aguada, con un toque de queda a las nueve de la noche como postre. Nada fue particularmente satisfactorio, pero no me preocupaba si podía llegar hasta Rose.

Me pareció sensato no pedir más. No estábamos en una novela de ficción. Salí y seguí las huellas que habían dejado las pesadas botas de los nazis en el barro hasta alcanzar el edificio de Rose. Llegué pronto, me puse en cuclillas y me hice lo más pequeño posible. Mientras esperaba, mis pensamientos corrían a toda prisa, a la velocidad que no podía alcanzar físicamente. Hundiendo los dedos en el fango, dibujé unos raíles que me devolvían a Praga. Teníamos que hallar la manera de regresar a casa juntos. La X indicaba el destino.

Rose llegó a las ocho en punto y volvimos a abrazarnos. Me sentía sucio, aunque era consciente de que había cosas más importantes que la ropa limpia y la higiene. Agradecíamos estar vivos y la parte positiva era que estábamos juntos. Le había prometido que me aferraría a la esperanza.

—Quiero escaparme contigo —me dijo ella—. Debemos hacerlo pronto. Dudo que vayamos a estar cerca en el próximo campo.

—¿Campo?

—Los que van a Auschwitz no regresan jamás.

El nombre no significó nada para mí la primera vez que lo oí. No había manera de saber el miedo que debería haberme inspirado ni cómo lo ocurrido allí serviría para enseñar a las futuras generaciones lo malvada que puede llegar a ser el alma humana. Les mostrarían el miedo que albergaron diariamente sus prisioneros. Se harían incontables conferencias, libros y películas sobre el tema. Pero, para nosotros, en aquel instante, era un lugar como otro cualquiera.

—No pienso dejarme ir así —continuó Rose—. Somos combatientes. Eso es lo que hacemos. Peleamos.

A mí me habían asaltado pensamientos similares: no resignarnos a acabar siendo un montón de restos. Teníamos una familia en la que pensar. Había una batalla dentro de Rose que yo intentaba absorber egoístamente.

—No podemos escapar —la contradije—. No hay ningún lugar seguro al que ir. He visto las armas que llevan. Nos dispararían y luego irían tras nuestras familias. Como con todo lo demás, debemos resistir.

Rose puso una mueca.

–Siempre has sido el sensato de los dos –terció ella–. Aunque seas el más gracioso también.

–Gracias –le dije, sonriendo, contento de que todavía pudiéramos bromear cuando todo lo demás había adquirido un cariz más serio del que habríamos querido jamás.

Había pocas cosas en las que ocupar la mente, y los sonidos que salían de los demás bloques actuaban como una leña que alimentaba la estufa de nuestras pesadillas. La fábrica de munición de Žilina se nos antojaba como una sala de espera, aunque a donde íbamos era peor que cualquier dentista.

Una mañana temprano, el líder de la Guardia de Hlinka se subió sobre una mesa mientras estábamos tomando el exiguo desayuno consistente en pan y café.

–Preparad una maleta por cabeza y dejad atrás todo lo demás. Partiréis dentro de una hora.

Al dirigir la vista hacia la otra punta de la estancia, mis ojos se cruzaron con los de Rose; siempre conseguíamos encontrarnos en medio de la multitud. Tendrían que separarnos a la fuerza. Los afortunados que desconocían lo siguiente que iba a pasar podían regodearse en su propia ignorancia. Pero yo ya sabía cual era nuestro destino.

Capítulo 5

Unos guardias armados nos llevaron al patio, ignorando mis intentos de explicarles que había habido una confusión y decirles dónde estaban de nuestros papeles. Subieron a un tren, como si fueran ganado, a miles de hombres, mujeres y niños llorando. Maja seguía desaparecida y Rose fue incapaz de arrojar luz sobre su paradero. La mayoría tenía la esperanza de que el lugar al que nos dirigíamos fuera una parada más cercana a casa para reanudar sus vidas.

Hice todo lo que estaba en mi mano por hacer reír a Rose. Repasé en voz alta nuestra relación y la continué siguiendo un futuro esperanzador en el que éramos libres y estábamos de vuelta en Praga.

—Tendremos hijos, dos, quizá tres. Un niño y una niña; o niño, niña, niño. Yo seguiré trabajando y cuando llegue el momento me haré cargo del negocio. Tendrán que suplicármelo… Ambos sabemos que mi futuro está sobre un escenario. No habrá ninguna causa por la que deban batallar los combatientes por la libertad. Podrás hacer cualquier cosa, podrás dedicarle tiempo a los proyectos que quieras, pero sobre todo nos encargaremos de contar lo acontecido estos días para que no se repita nunca más.

—Podría escribir un libro —propuso ella.

—Escribirás un libro. Yo podría imprimirlo… y dejaría que te quejaras porque no luzca tan bien como los documentos que hemos falsificado.

Las falsificaciones ya no podían ayudarnos a salir de aquel calvario.

Tras dos días en los que dispusimos de incontables oportunidades para contarnos todo tipo de secretos, el tren se detuvo.

–Te veré cuando este terrible asunto haya acabado, de vuelta en nuestro precioso piso –me dijo ella.

La aterradora visión de los hombres uniformados de las SS cuando se abrió la puerta corrediza del vagón paralizó a sus ocupantes. Sin embargo, a mí me insufló la necesidad de proteger a Rose por encima de cualquier otra cosa.

A medida que todos, magullados y cansados, bajábamos del tren, las SS los apremiaban a avanzar con las armas alzadas. Obligados a quedarnos quietos bajo el embate del frío nocturno, nos aferramos a nuestras pocas posesiones. Se llevaron los cuerpos agarrotados de todos aquellos que no habían sobrevivido al viaje como si fueran maletas de piel.

–¡En fila! –nos exigió un guardia mientras sus colegas se reían, apropiándose de la comida de las bocas hambrientas.

La situación todavía estaba a punto de empeorar.

Una vez hecho el recuento, nos volvieron a subir al tren. La esperanza de que el tormento llegara a su fin se desvaneció por completo. Se oían susurros llenos de miedo. Eché mano de mi limitado conocimiento de geografía y dibujé un mapa de Europa en la pared llena de polvo. Intenté averiguar qué ruta estábamos siguiendo, pero de poco sirvió para tranquilizar a los demás. El trazado no era para nada fidedigno, pero un mapa era un mapa.

Dos días después llegamos a lo que para muchos sería el destino final. Las puertas se abrieron ante una planicie congelada. El sol salió, clamando su victoria sobre una noche más, pero incapaz de calentar la tierra con sus rayos. Nos aguardaban vallas y centinelas, así como soldados y prisioneros. Por detrás se extendían hileras interminables de bloques. En la distancia, una chimenea escupía algo negro y tóxico hacia la atmósfera.

A los pies de la pendiente, un grupo de guardias nos esperaba. Estaban enfadados y parecían estar preparados para pagarlo con nosotros. Todos los trabajos tienen su chivo expiatorio.

Estábamos en Auschwitz. Nadie nos lo dijo, no había ningún cartel. Simplemente lo supimos.

–Sacad el equipaje –gritó uno de los guardias–. Etiquetad vuestras maletas y dejadlas en la rampa.

Las instrucciones eran crueles, pero en aquel momento no teníamos motivos para dudar. Aterrorizados, los prisioneros etiquetaron sus pertenencias. Nombres completos y direcciones en el lateral de las maletas, escritas con su mejor caligrafía, llena de esperanza.

Costaba creer que hubiese algún tipo de plan para toda aquella marea de gente. Si no fuera por las circunstancias, podríamos haber pensado que aquel no era más que un andén de tren abarrotado en algún lugar de Europa. Cerré los ojos, me concentré en la algarabía y me imaginé que estaba en la Gare du Nord, una estación que no había visitado cuando había tenido la oportunidad. Eran tiempos oscuros para los soñadores... Todo estaba sumido en un ambiente pungente y atroz.

Cuesta decidir cuál de las brutalidades cometidas por los nazis fue la más abominable, pero separar a las familias fue particularmente cruel. Primero, apartaban a los maridos de sus esposas y arrancaban de los brazos de sus padres a los niños pequeños. Leib escrutó las filas sollozantes en busca de su esposa, Maja, y de la pequeña Sophie. Los gritos de los niños al separarse de sus madres habrían atormentado a cualquiera que tuviera alma. Era evidente que los nazis no tenían.

Rose me cogió de la mano, anticipando lo inevitable. Me dejé cautivar una última vez por la profundidad de sus ojos y su afilado mentón, aquellos labios y, por supuesto, la preciosa nariz. Por el bien de los dos, fingí ser valiente y sonreí. Quería que supiera el milagro que ella era para mí. No podía permitir que entreviera mi miedo. No podía perder la esperanza.

–Piensa en mí a las ocho de la tarde –me susurró cuando nos separaron unas manos fuertes.

Poco pudieron hacer nuestros débiles cuerpos.

Nos apelotonaron con movimientos frenéticos. Éramos carne enlatada. Nos envolvieron las vaharadas cargadas de hedor corporal mientras las manos arañaban en todas direcciones. Los ojos rojos por la falta de sueño se anegaron. Las mujeres y los niños gritaban a los soldados. Muchos cayeron al suelo; algunos no volvieron a levantarse. Analizando las hileras, buscaba desesperadamente obtener una última imagen de mi esposa que poder guardar en algún rincón de mi corazón.

Un médico de mirada ausente lanzaba tres preguntas a cada prisionero, que avanzaban en fila paulatinamente. Con la mano izquierda aferraba un pañuelo con el que se tapaba con firmeza la nariz y la boca para evitar inhalar el hedor colectivo. Era alemán y tenía un marcado acento. Sus ojos eran tumbas profundas de un color negro como el alquitrán, pero me atreví y le sostuve la mirada cuando llegó mi turno.

No debería ser posible determinar si alguien podía seguir con vida basándose en tres simples preguntas, pero eso era lo que el doctor Schwarz estaba haciendo.

–¿Edad?

–Veinticinco –respondí.

–¿Ocupación?

–Impresor.

–¿Estado de salud?

–Bueno –aseguré.

El doctor Schwarz hizo un gesto con la mano. Los soldados me llevaron a un lado.

—¿Edad? —le preguntó Schwarz al hombre que tenía detrás.

—Cuarenta y seis.

—Por aquí.

Los guardias arrastraron al hombre fuera de la fila, a la izquierda, con las mujeres y los niños. Ingenuamente pensé que le darían un trato preferencial, pero velar por las personas vulnerables no era el modo de obrar de los nazis.

El convoy en el que iban los hombres de más edad, las mujeres y los niños avanzó cruzando un paisaje igualmente estéril. De nuevo, las flores no brotaban en los campos de concentración.

Su destino era Birkenau. Un trayecto más largo para un destino peor. Marcando el paso había una ambulancia con una cruz roja pintada en los laterales y la puerta trasera. Suponíamos que se trataba de un vehículo de apoyo logístico para ayudar a los más indefensos. No habríamos podido imaginar que así era como los nazis transportaban los cilindros que contenían el gas que utilizaban para el exterminio de mi pueblo. El precio de mercado del Zyklon B estaba a punto de subir como la espuma.

Los que fuimos declarados aptos para el trabajo marchamos durante más de un kilómetro por el campo. Leib se abrió paso hasta mí. Su voz permanecía llena de un optimismo fingido, a pesar de haber sido incapaz de encontrar a su esposa y a su hija.

—Supongo que no hay demasiados Zymermann. Estos alemanes son muy organizados, encontrarán a Maja. Podremos volver a estar juntos, como una familia.

La creciente sensación de mareo que me embargaba al pensar que no volvería a ver a Rose. Me alegraba de que Leib pudiese estar animado, pero el velo que cubría sus ojos no tapaba los míos.

Caminar nos ofrecía algo de protección contra el viento gélido. Los primeros grupos de prisioneros que habían llegado al campo se habían ocupado de despojar el terreno de cualquier tipo de vegetación. Arrancaron los árboles de la tierra y los cortaron para construir los bloques y los postes de las vallas. No había ningún lugar al que ir ni sitio donde esconderse. El clima era atroz, era un frío que nunca había experimentado. Hundí las manos en los bolsillos de mis pantalones y moví los dedos para salvaguardarlos del aire.

Me asaltó la mente una retahíla de cosas que me habría gustado decirle a Rose. Cuatro días de trayecto deberían habernos bastado, pero yo siempre tenía más cosas que contarle. Centrarme en su supervivencia me impedía prestar atención a mi propio destino. Quería decirle que la amaba y que me aferraba a la esperanza que ella me había inculcado. La llevaba conmigo como una lámpara de aceite infinito; más allá del milagro que los macabeos habían presenciado en el desierto.

Un grupo parecido al nuestro caminaba en formación en sentido contrario, hacia nosotros. La masa anónima parecía un espejismo que emergiera en la lejanía. Pensé que quizá los nazis los utilizarían durante breves turnos de trabajo en el campo, hasta quedar satisfechos, y que después los dejarían volver a casa. A fin de cuentas, a los judíos se nos conocía por nuestras capacidades para los trabajos de construcción. Pero el espejismo se convirtió en personas de carne y hueso. Percibí los rostros enfermos, los cuellos largos y delgados y la línea clara que les surcaba la cabeza afeitada. Aquellos ojos hundidos eran cráteres de estrellas consumidas. Sus cuerpos eran muy enclenques en comparación con los espeluznantes guardias uniformados que lideraban y cerraban el grupo.

Vestidos todos con el mismo uniforme, un uniforme de rayas de talla inadecuada y zuecos, arrastraban los pies por la tierra húmeda. Temblando bajo mis capas de ropa, no pude imaginarme el frío que estaban pasando. Los pies helados que se movían en los zapatos de madera revelaron unos tobillos desnudos y sin calcetines. Eran huesos dentro de un saco de rayas. Criaturas demacradas y rotas que habían visto demasiadas atrocidades marchaban hacia un día de trabajo del que quizá no regresarían jamás.

Uno se atrevió a levantar la mirada. En ese breve instante en el que mantuvimos contacto visual, vi demasiadas cosas. Fue como un puñetazo en el estómago. Aquellas criaturas destruidas no eran hombres encogidos, sino mujeres, despojadas de cualquier reminiscencia de feminidad. Aquella simple mirada me contó lo que habían padecido y lo ciega que había estado Europa ante lo que estaba ocurriendo. Aquel era el resultado de todos los desaires en contra de mi pueblo. Cada incidente aislado había supuesto un paso más en el camino hacia el campo del que muy probablemente no saldríamos jamás.

Junto a los soldados había pastores alemanes que tiraban de sus cadenas, ladrando hacia el aire gélido y enseñando los dientes con ferocidad. Eran bestias malvadas, no el mejor amigo del hombre.

Arbeit Macht Frei.

Un lema que me perseguiría durante el resto de mis días. Cruzar la verja de Auschwitz significó rendirme al destino. Si no querías que te dispararan por la espalda, no había otra opción. «El trabajo os hará libres». Eso significaban aquellas tres palabras. ¿Alguna vez has oído algo más ridículo? Pero no contenían ningún deje de ironía, cosa que las hacía todavía más perversas. Los nazis no estaban allí en busca de sarcasmo o ingenio. Le habían robado la frase a Lorenz Diefenbach, el filólogo alemán. Tras haber sobrevivido a las penurias que me esperaban detrás de aquellas puertas, no es necesario que diga que no soy un gran admirador de su obra. Supe al momento que aquel cartel lo habían fabricado judíos. La letra B puesta del revés en la palabra *Arbeit* era un intento de desafío, un guiño lleno de humor negro.

No había manera de escapar de las vallas eléctricas por las que pasaban mil voltios y las señales con calaveras y huesos para aquellos que no hablaban el alemán y no comprendían los avisos de peligro mortal. Sin embargo, incluso aquellos que no sabían el idioma pronto todos aprendieron las frases que nos gritaban.

Aunque ya nos habían cacheado en busca de provisiones, nos arrebataron nuestras últimas posesiones: pequeñas cantidades de dinero, latas de tabaco abolladas y cualquier joya visible. Me sentía como si hubiese regresado a la escuela, donde los abusones me cogían de los tobillos, me alzaban al aire y me zarandeaban hasta que el dinero que llevaba encima caía al suelo y yo comenzaba a llorar. Pero esa vez no les iba a dar a aquellos matones ese placer. Con la vista al frente, un rifle enemigo hurgó en los bolsillos de mis pantalones, como un cerdo husmeando en busca de trufas. Me arrebataron la cartera, que contenía poco más aparte de la fotografía de Rose. Cuando me resistí, una mordaza apareció en mi cara con tanta rapidez que ni siquiera tuve tiempo de ver pasar la vida en un instante.

No estaba bien que le diera tanta importancia a la propiedad privada, al fin y al cabo era un comunista, pero que te lo quitaran absolutamente todo iba en contra de la naturaleza humana. Estoy seguro de que incluso el viejo Lenin habría pensado lo mismo en aquellas circunstancias.

–¡Preparaos para las duchas! –nos gritó un guardia.

Vestía un grueso abrigo que lo protegía del frío y le daba igual que temblásemos de frío. Nos pidieron que nos quitáramos la ropa y la colocáramos en una pila. Cumplíamos sus órdenes a ciegas.

Alguien tuvo la osadía de preguntar:

—¿Cómo sabremos qué camisa es la nuestra?

Los soldados, que exhibían una sonrisa burlona, nos hicieron avanzar sin darle una respuesta.

Leib se quedó cerca de mí. Estábamos extrañamente desnudos y pegados el uno al otro. El hombre que tenía detrás, el que había preguntado sobre la ropa, levantó el puño apretado y se metió algo dorado entre los labios. Al ver mi reacción, me guiñó el ojo con aire conspiratorio.

Cuando alcanzamos el primer peldaño del bloque, pateé con fuerza la piedra con mis pies helados para retirar parte del hielo. El suelo estaba tan frío como el horror del que acababa de salir. Tal vez más. Los dedos de los pies estaban a punto de hacérseme añicos. Los froté contra la parte interna del tobillo contrario, desesperado por mantenerlos calientes. Un zumbido me llegó por encima del chapoteo que hacían los pies húmedos sobre el suelo de baldosas.

A los que estaban primeros en la fila les estaban rapando la cabeza. El hombre que empuñaba la maquinilla no se parecía en nada al señor Eherlich, mi barbero de confianza de Praga. No es que fuera un hombre vanidoso, pero mi pelo me hacía sentir único. Se rizaba en los lugares menos adecuados y jamás permanecía engominado hacia atrás cuando quería, pero era mío.

No quería perder también eso. No quería estar allí.

Se me aceleró la respiración y el corazón me empezó a latir con fuerza. Me di la vuelta con la intención de echar a correr y recorrer toda la distancia de regreso a Checoslovaquia tal y como Dios me trajo al mundo. Si se trataba de luchar o huir, estaba dispuesto a salir corriendo.

—Abre la boca —ordenó alguien en alemán.

Mi plan de huida se rompió sobre el barro. Le estaban ordenando al hombre que tenía detrás, el que había escondido su alianza en la boca, que la abriera.

—No habla alemán —le dije en voz baja, tratando de ayudar pero sin acabar en el punto de mira de la ira del guardia.

—Lo hablará —aseguró el nazi, gesticulando para que el prisionero, que lo miraba con los ojos desorbitados por el pavor, abriera la boca.

En lugar de rendirse, intentó tragarse el anillo para ponerlo a buen recaudo donde nadie podría quitárselo durante varios días. Pero se le quedó atascado en la garganta y se atragantó.

Se inclinó hacia delante para recuperar la respiración entrecortada y la culata del rifle del soldado bajó a toda velocidad e impactó contra la parte de atrás de su cabeza, produciendo un horripilante crujido. El prisionero escupió el anillo y cayó de bruces sobre el barro, con la cabeza abierta como un huevo pasado de cocción. Algunos de nosotros nos quedamos paralizados, otros apretaron los puños y sacaron pecho, con las venas saturadas de adrenalina.

No pudimos evitar presenciar aquel final cuando el guardia lo arrastró hasta la valla. El prisionero se incorporó sobre las manos y las rodillas, hundidas en el barro. En el silencio que le prosiguió, su respiración pareció resonar para todos los presentes. Me miró una última vez. Con un gesto bien aprendido, el guardia levantó su rifle y disparó. El cuerpo se desplomó, las extremidades perdieron la resistencia como un elástico tensionado que se rompe de golpe. Pasó de ser un hombre a un objeto en cuestión de segundos. Me estremecí, esperando que pasara algo más, esperando ver cómo se elevaba hacia el cielo, libre, pero nada surgió del cadáver.

El soldado escupió al hombre muerto antes de limpiarse el barro que le había salpicado. Nadie se movió en la hilera; un nuevo silencio nos envolvió mientras esperábamos.

No hacía más calor en el pasillo, aunque el viento no podía traspasarlo. Me abrazaba el cuerpo como si todavía me quedara algo de dignidad. *L'chaim.*

—¡Siguiente!

«La nuca y los lados cortos, por favor. La parte de arriba un poco más larga».

La tensión de la cuchilla hincándose en mi nuca me sorprendió antes de que me diese cuenta. Cuando se deslizó por mi cráneo irregular se me escapó un gruñido. Derramando lágrimas que fui incapaz de reprimir, un mechón de pelo negro me cayó sobre el muslo desnudo. La maquinilla prosiguió con movimientos circulares, recorriéndome la cabeza sin piedad y dejando algunos cortes a su paso. Temía por mis orejas. La sangre me empapó el cuero cabelludo que me habían dejado en carne viva y noté el aire frío en él.

El ruido me recordó a las máquinas de impresión de mi antigua vida, atronadoras e incesantes. ¿Y si Rose estaba padeciendo el mismo destino? Las mujeres que había visto hacía escasos minutos volvieron a proyectarse en mi mente.

Una cachetada sobre mi cabeza me hizo saber que ya había terminado. No era momento para lamentaciones. Me levanté de la silla y seguí la fila de hombres desnudos que conducía a las duchas.

La habitación estaba tan llena de cuerpos que resultaba difícil acercarse a cualquier lugar donde cayera algún patético chorro de agua. Los restos de barro y pelo de los que habían pasado antes que nosotros taponaban los desagües, impregnando la habitación de un intenso olor a compost. Un frío barrizal asqueroso. Tras chocar con los demás constantemente sin querer, dejé de pedir disculpas. El agua helada nos privó de cualquier tipo de alivio. Fue como si fuéramos una gran familia y alguien hubiese gastado toda el agua caliente.

Regresamos trastabillando al patio, donde nos esperaba una casa de los horrores en la que unos cuerpos, que eran un reflejo de los nuestros, colgaban resignados al destino. Nos quedamos parados, desnudos, esperando a lo desconocido que nos deparaba el futuro. Se habían olvidado ya de nosotros. El agua fría seguía aferrándose a nuestra piel como una pátina húmeda. Tenía el vello del brazo de punta. Era más largo que el cabello de mi cabeza.

El sol, que se asomaba a intervalos por entre las nubes, poco hacía por calentar Auschwitz. El lugar era inmune al calor, indiferente a las estaciones. Siempre frío, mojado y triste, como yo.

Después de aproximadamente una hora que me parecieron varias vidas, un hombre de las SS y dos prisioneros a los que bien podría haber llevado con correas aparecieron sobre un escalón por encima de nosotros.

—Poneos en fila india por orden alfabético —berreó el guardia por encima de los lastimeros gimoteos de los prisioneros rapados y desnudos.

Esto produjo un aluvión de problemas, debido a las diferentes maneras de deletrear nuestros apellidos. Éramos doscientas personas apiñadas.

Me froté las manos y e encorvé para hacerme tan pequeño como fuera posible. Les ofrecí tanto a los nazis como al viento menos resistencia. El aire me acuchillaba con más saña. No me pude sacar el frío que me había calado hasta los huesos durante meses.

Algunos cayeron de rodillas, derrotados por el cansancio y el hambre.

—¡Levantaos!

A los que no podían ponerse en pie de nuevo los llevaban a un lado a rastras y les disparaban. Era un incentivo más que convincente para permanecer de pie.

El aire arrastraba un hedor a químicos; un olor extrañamente familiar.

En Praga, cuando el señor Eherlich cerró su tienda porque a los judíos se les prohibió regentar negocios legalmente, había acudido a un barbero distinto y aquello me había llenado de

preocupación. No tenía ni idea de lo que era la aflicción real…
Un poste blanco y rojo a unas pocas calles del castillo de Praga me llamó la atención. En la parte delantera había una barbería, pero de detrás de una cortina divisoria provenía un olor que encontraría tiempo después en el patio de Auschwitz.

Cuando aquella noche lo describí durante la cena, luciendo mi nuevo corte de pelo, mi madre me dijo: «¿Para qué diantres quieres un tatuaje? Los tatuajes los llevan los marineros y las prostitutas. ¿Cuál de los dos eres tú?».

Sentado en una silla de madera, extendí el brazo a un lado, como si estuviera pidiendo limosna. Los guardias se quedaron apostados cerca, pero fue un judío quien se ocupó de la tarea. Tenía sentido. Cuando se trata de números, siempre puedes confiar en uno de los nuestros. Con ojos de pena, el tatuador resiguió con el dedo una lista y localizó el siguiente número de la hilera. Contraje los dedos cuando me estiró la piel del antebrazo y marcó los números uno a uno. Pasé de ser Georg Gottlieb, un judío checo que trabajaba en una imprenta, un hombre que se preocupaba por su mujer y que tenía la lengua muy afilada, a ser el número 620056.

Aquello cambió quién era yo. No era un tatuaje en la palma de la mano o en la suela del pie, uno que podría llegar a borrarse con los años. Todavía hoy tengo adherido a mi cuerpo aquel número.

Primero me quitaron la ropa y no dije nada. Me raparon la cabeza y no dije nada. Me estamparon para siempre seis dígitos y tampoco dije nada. Las ovejas que pastaban en los montes Tatra también lucían números en el costado. Me había convertido en una posesión, pertenecía a una idea que aborrecía. No había nada que pudiera hacer.

¿Cómo habíamos llegado a ese extremo? ¿Qué podía hacer para esquivar el destino que estaba presenciando, el de hombres a los que les pegaban un tiro en la cabeza?

Le había prometido a Rose que me aferraría a la esperanza, así que me agarré el brazo como si fuera un cómplice del crimen y me levanté para salir de la habitación. La sangre manaba de las cifras negras, manchando la claridad con la que las habían escrito. Mi legado parecía estar rechazando la idea de convertirme en un simple número.

Cogí un fardo que tenía el tacto de un saco de arpillera. Lo estiré y me saludó el mismo diseño del uniforme que había visto en los demás. La humillación final. Al tener un físico medio, fui lo bastante afortunado de que la ropa me cubriera lo poco que quedaba de mi dignidad. Otros no tuvieron esa suerte, pero no tardarían en bajar de peso. Auschwitz ofrecía una dieta relámpago, eficaz como ninguna otra.

Vestido con todo lo que tenía, sintiéndome ligeramente más a salvo después de haber escondido mi *schmekel*, me rascaba de vez en cuando la tela áspera. Leib lucía unos agujeros deshilachados en la parte delantera y trasera, salpicados de sangre. Ropa de segunda mano.

Al calarme la gorra en la cabeza rapada sentí como si me la estuviera apretando con unas tenazas. La vergüenza de hallarme en aquella ridícula situación se sobreponía a cualquier tipo de miedo que pudiera tener, ya fuera a su fuerza, al futuro o a lo desconocido.

Un oficial de las SS me echó un vistazo y me ordenó que me quitara la camisa. Varios prisioneros cosieron parches y números en la ropa de los recién llegados.

–*Jude* –dijo el oficial, como una orden para los que cosían más que como una pregunta dirigida a mí.

Aquella era la palabra que más se usaba en los campos.

Uno de los prisioneros asintió y cogió una estrella amarilla para colocar en el frontal de mi camisa. Incluso después de que me lo hubiesen arrebatado todo, aún conservaba los rasgos, sobre todo la nariz, del pueblo elegido.

Nos tomaron fotografías. Rellenaron documentos.

Cada vez que daba una respuesta en un susurro, sabía que Rose estaba pasando por lo mismo. Haría lo que fuera necesario, todo lo que estuviera a mi alcance para sacarnos de allí.

Un Kapo nos guio a través de hileras de edificios de aspecto siniestro. Los quejidos de angustia no eran nada comparado con el hedor a muerte que impregnaba el aire. Los barriles de agua estaban dispuestos para marcar el camino estéril. Las flores no brotan en los campos de concentración.

Capítulo 6

Los seres humanos son criaturas de rutinas. Solo tienes que ver la alegría que nos da hacer cola para cualquier cosa. Costaba definir algo de Auschwitz como un hábito, incluso con la especie de rutina que los nazis nos imponían. Temíamos que las cosas pudieran empeorar en cualquier momento. Lo peor que podía pasar era que te sacaran a rastras de la cola. El alivio llegaba cuando te disparaban en la cabeza.

Había unos mil doscientos hombres encerrados conmigo en Auschwitz. Éramos tantas personas que el lugar estaba vivo; las paredes se movían, respiraban, se rendían lentamente. Había ruido constante; nunca de alegría, ni risas, sino el respiro lento y colectivo de tantos humanos que sobrevivían, existían. El repiqueo de los zapatos de madera contra el duro suelo. Las toses, los estornudos y los gruñidos que acompañaban el trabajo forzado.

La vida en Auschwitz no era nada fácil. Nos despertaban todas las mañanas a las cuatro y media los gritos de una orden que nos traía nuevas penas y dolores. Las tablas de madera donde descansábamos ofrecían poco alivio. Todos los lugares en los que esperarías encontrar algo de comodidad parecían haber sido diseñados para proporcionar el mínimo descanso. Incluso acuclillarse era como un castigo nazi.

Mientras el griterío seguía, hacíamos la cama. Una tarea difícil, puesto que no eran más que sacos de paja estirados sobre unas planchas de madera.

En aquellos primeros días, salía sin echarme siquiera un poco de agua en la cara. A menudo me empujaban fuera de la cola nada más meterme en ella. La ropa que nos habían dado al llegar pronto se llenó de suciedad y pestilencia. Mi propio olor corporal hacía que se me revolviera el estómago. La tela de mi uniforme se separaba de mi cuerpo como si fuera un disfraz de cartón, pegado con cola. El sudor dibujaba un mapa topográfico en blanco que me cruzaba la espalda y las axilas, royendo las costuras.

El desayuno nos denigraba casi tanto como lo hacían los guardias. No había opción a la carta ni bollería. La comida de la mañana consistía en un sucedáneo de café, una mezcla repugnante que se hacía a granel a partir de trigo y achicoria tostados. Parecía que hubiesen embotellado un lodazal; estaba desprovisto de consistencia. A veces una rebanada de pan acompañaba aquella mezcla aguada, pero era mejor no ilusionarse. El pan iba y venía, pero siempre podíamos contar con la maravillosa taza de café antes de un día de trabajos forzados. Eso nunca faltaba.

Antes de que el líquido tibio y marrón bajara por nuestras gargantas, nos ordenaban que saliéramos.

Aparte de Leib, me costaba establecer lazos con nadie más. El único propósito que tenía en aquellos lóbregos días era encontrar la manera de regresar con Rose y asegurarnos un pasaje seguro de vuelta a Praga. Tenía que averiguar cómo estaba, pues daba por hecho que estaría recibiendo el mismo trato humillante. Cada interacción que mantenía con los demás aumentaba mis ideas de huida, que se ramificaban formando una tela de araña como las grietas que se forman en un cristal tras el golpe. No sabía dónde se la habían llevado, aunque los rumores decían que estaban en el campo al final de la carretera.

Cuando me atreví a preguntar por su bienestar, me quitaron la esperanza de un soplido.

—Lo más probable es que tu mujer esté muerta.

Me lo dijeron en tantas ocasiones que me costaba pensar que estaban equivocados, pero pretendía aferrarme a la promesa que nos habíamos hecho en el tren mientras me quedara aire en los pulmones. Solo me quedaba esperar que el trato en Birkenau fuera mejor y que mi mujer fuera tratada con la dignidad de una prisionera.

Cuando no nos obligaban a trabajar, ocupaba la mente mortificándome por mi familia, preguntándome si los nazis los habían capturado también a ellos. Aunque no tenían ninguna inclinación política —o al menos no me constaba—, muchas de las personas que estaban allí tampoco tenían motivos de peso que explicasen su deportación a Auschwitz. Sin medios para enviar un mensaje al exterior, no podíamos avisar a los demás de nuestro sufrimiento. Rezaba por que mi madre estuviera bien, libre de cualquier conexión con mi secreta vida como comunista.

En la segunda etapa de mi vida, me había dedicado al trabajo, el vino y el baile. Una refinada existencia a base de chocolate negro, literatura y la tibiez del calentador de cama dio paso a la tortura, como si estuviera compensando los excesos previos. ¿Qué había hecho para merecer eso?

Los Kapos se quedaban en los bloques después de echarnos de él de una patada tras tomarnos el exiguo desayuno. Estaba claro que ellos no degustaban nuestro café, sino que holgazaneaban, riéndose apoltronados en las sillas y fumando cigarrillos confiscados. Reunidos fuera, éramos como pingüinos sin frac. En aquellos círculos, oí las historias más desgarradoras. Un trato espeluznante hacia los prisioneros, amigos y familiares que desaparecían en mitad de la noche o a los que sacaban a rastras cuando hacían el recuento o durante las marchas. Intercambiaba cualquier tipo de información que tenía a cambio de ayuda para volver con Rose. Parecía que las artimañas que había sido capaz de llevar a cabo cuando era un hombre libre en aquel lugar eran inútiles.

Poco podía hacer para cambiar nuestros destinos. No nos quedaba otra que permanecer a la espera de que llegara una oportunidad e intentar no desanimarnos con el paso del tiempo. Cuando lo mejor que te podía pasar era que te dispararan, empezabas a cuestionarte el sistema.

También se mantenían conversaciones en susurros sobre los Kapos, los jefes de los bloques; hombres malvados que hallaban nuevas e inventivas maneras de torturarnos.

—No son nazis. Los hombres de las SS los eligieron entre los prisioneros.

Otros rostros reflejaban mi perplejidad.

—No todos los que estamos aquí somos judíos, prisioneros políticos, gitanos u homosexuales. Algunos son criminales: asesinos, o algo peor, a los que han soltado entre nuestra gente. Los ponen al mando y son los que reparten los castigos.

Por ejemplo, nuestro *Stubendienst*, el ordenanza, era un violador convicto. El *Vorarbeiter*, o capataz, había matado a un hombre en su pueblo natal mucho antes de que las SS lo consideraran un deporte. Aquellas eran las características de los crueles villanos que habían dejado al cargo.

Debería haber intentado luchar por la libertad. Si eso hubiese superado mi fe judía, yo también podría haber sido un Kapo. En ese caso, habría permitido que los hombres durmieran hasta las siete de la mañana y les habría servido el desayuno en la cama.

Una mañana, un Kapo metió a la fuerza a un prisionero que se había «portado mal» dentro del barril de agua helada en el extremo del bloque. Los guardias estallaron en carcajadas cuando el aliento del prisionero salió disparado hacia el aire frío, formando enormes volutas de vaho. Cuando se cansaron de la broma, el jefe del bloque hundió la cabeza del prisionero hasta el fondo del barril. A aquel hombre no le quedaban fuerzas para pelear. Las semanas de desnutrición marcaron su carrera por la supervivencia.

El hombre forcejeó y las burbujas rompieron la superficie del agua. El Kapo se mantuvo firme, con los codos y la mandíbula tensos hasta que el agua se calmó. Sus ojos, con las pupilas dilatadas, me persiguieron en mis sueños discontinuos. La boca le espumeaba, rabiosa. Estábamos rodeados de psicópatas.

Varios de los prisioneros de nuestro bloque tenían dientes de oro. Los Kapos no tardaron en encontrar la manera de conseguir esos molares dorados: mataban a su propietario. Partían los dientes brillantes a pisotones y los intercambiaban por comida o alcohol en el mercado negro. Dudo que exista un mercado más oscuro que el que había dentro de Auschwitz.

Débiles debido a la falta de sustento, las palizas, el trabajo y las diferentes patologías, las fiebres y las enfermedades campaban a sus anchas. Estábamos tan apiñados que todo se propagaba. Siempre había alguien artrítico, con los ojos rojos y que tosía con flemas. La lengua era de un tono blanco como el yeso y se escondía tras unas mejillas consumidas. Las rayas de mi uniforme colgaban de manera distinta a medida que mi cuerpo macilento se empequeñecía. Los huesos empezaron a sobresalir por debajo de la delgada piel pálida.

No valía la pena desplomarse al suelo durante los recuentos. En las últimas hileras se escondían hombres adultos que tosían sangre y tenían la tez de un blanco cadavérico. Si una paliza no los obligaba a formar, los nazis los mataban delante de todos. Del *dreidel*, nuestra perinola, a la tumba.

Los días no significaban nada cuando dejabas de ser humano.

–¡Gorras fuera! –gritó nuestro Kapo.

Estaba de pie en el escalón de arriba. Acababa de desayunar y eructó sin tener tiempo de cubrirse la boca con la mano. Debía de ser un domingo. Era el único día que no trabajábamos. Nuestro *sabbat* cambiaba para acomodarse a la agenda de los nazis.

Repetimos el mismo saludo, quitándonos las gorras de un tirón y golpeándolas contra los muslos hasta que lo hicimos lo bastante sincronizados para su gusto. Sonábamos como el restallido seco de un látigo en el aire muerto. A pesar de habernos sincronizado a la perfección, el Kapo seleccionó a algunos prisioneros que no le gustaban basándose en su aspecto.

–Tus movimientos no han sido lo bastante fluidos –le dijo a uno de ellos–. ¡Llevas puestas las gafas! –le berreó a otro.

Sacados a rastras, el culpable de la falta de fluidez y el pobre cuatro ojos se quedaron a un lado mientras el resto continuábamos con el ejercicio.

–Quietos. Gorras puestas.

Alguien se rezagó inevitablemente. Otro hombre que no había entrechocado los talones al tiempo que todos los demás. Su macabro juego de las estatuas podía dar comienzo.

A los que habían separado, los obligaron a realizar una serie de ejercicios físicos que habrían hecho ruborizar a un entrenador personal.

–¡Corred!

–¡Estiraos!

–¡Marchad!

–¡Al suelo!

–¡Brincad!

–¡Saltad!

–¡Brincad!

–¡Marchad!

–¡Al suelo!

–¡Reptad!

–¡De pie!

–¡Marchad!

–¡Marchad!

–¡Marchad!

Mientras los tres prisioneros corrían por sus vidas, aquellos perros nazis les golpeaban en las piernas con las porras. Arriba y abajo, se arrojaban, sudando, jadeando, pujando por una pausa temporal de las palizas, usándose los unos a los otros como escudos humanos. Vi cómo el primero caía tras recibir un golpe que pretendía pararlo. Lo apartaron arrastrándolo por el suelo, inerte. Se cerró el telón para él, no hubo bis.

Los jefes de los bloques sonreían mientras apaleaban a la gente hasta la muerte. Algunas personas no están destinadas a ser salvadas.

Por la noche, siguieron el mismo recuento con una hora de silencio, dejándonos a la fría intemperie mientras ellos sofocaban las risas y bebían brandi robado en su bloque privado. Alejados de la luz, nos abrazamos anticipando las vueltas que nos iban a hacer correr. Cuando regresaron, nos separamos del montón y formamos en líneas. Era sorprendente lo rápido que nos movíamos, condicionados como el perro de Pávlov.

–¡Gorras fuera!

–¡Marchad!

–¡Atención!

Seleccionaron a más personas para dar ejemplo. Era cruel, pero aquella era otra carrera en la que yo no participaba. Vivía para morir otro día. La tortura de los Kapos no terminaría con una bala en mi cabeza y mi cuerpo caído en el suelo del campo de concentración de Auschwitz. Estaba destinado a algo más.

Mientras era testigo de todos aquellos horrores, flotando por encima de mí para disociarme, mi mente elucubraba con la necesidad de escapar. Solo tenía que hallar cómo hacerlo, conectar los puntos del viaje desde donde estaba, pasando por Birkenau y luego hasta Rose antes de la parada final: casa.

Cada noche, después del recuento, me quedaba sentado en mi litera compartida y me tomaba mi tiempo con la cena, un pedazo de pan y una cantidad ínfima de margarina. Leib levantaba su porción y la chocaba con la mía, como si hiciéramos un brindis. Era gracioso. Habría dado cualquier cosa por tener algo por lo que brindar.

–L'*chaim!*

Me vino a la mente, como siempre, mi *mohel*.

Con los ojos cerrados, aquella era la parte del día que esperábamos con más ansia. Una pausa de la hambruna. Al tragármelo, mi estómago respondía con un gorjeo enfadado. Nunca era suficiente y siempre se acababa demasiado pronto. Esperaba hasta las ocho de la tarde para pensar en Rose y musitar una plegaria, a sabiendas de que ella también estaría pensando en mí. Aunque todo parecía perdido, había un brillo en mi interior que me decía que un cambio en mi fortuna solo llegaría si encontraba la manera de incitarlo. Fuera cual fuese esa oportunidad, sería para Rose antes que para mí. De eso estaba completamente seguro.

Divididos en diferentes Kommandos de trabajo, un término que suena más emocionante de lo que era en realidad, mi primer cometido consistió en turnos de diez horas o más cargando pesadas rocas de pavimentación durante un kilómetro de trayecto siguiendo la carretera. Leib fue más afortunado y terminó en el Kommando de limpieza.

Cuando me di la vuelta al final del camino, noté la presencia de Rose en Birkenau y supe que ella también estaba sobreviviendo con la misma certeza con la que notaba las perlas de sudor deslizándose por la frente. Con las manos pálidas y agarrotadas, dejé caer la última piedra en su lugar y empecé el extenuante viaje de vuelta a Auschwitz a por otra.

Durante uno de esos recorridos, una fila de prisioneros exhaustos de otro Kommando se cruzó en mi camino y siguieron hasta un bloque de letrinas. Me detuve para recuperar el aliento mientras iban entrando de uno en uno, pero se me heló la sangre cuando el aseo se iluminó por el fuego de varios disparos.

Una vez que habíamos completado la tarea, nos daban las instrucciones inversas, que era recoger todas las piedras y devolverlas al campo. No había ninguna intención de construir una carretera. El objetivo era romper nuestros cuerpos y nuestros espíritus. Era un trabajo absurdo e improductivo. Recogían los cuerpos de los que se desplomaban con una enorme carretilla. La labor de empujarla para regresar al campo era un recordatorio claro: el hedor de la muerte se quedaba pegado a las fosas nasales de todos los que sobrevivíamos.

Después de un viaje particularmente agotador entre los dos campos cargado con las piedras, dos guardias de las SS me siguieron. Contaban con la ventaja de no acarrear ningún pedazo de hormigón. Insultándome, me golpearon con fuerza las piernas mientras me apresuraba para volver. Ningún respiro me aguardaba en el destino, pero lo único que podía hacer era correr presa del pánico.

Cuando me azotaron las piernas, me caí de bruces y me golpeé los dientes contra la piedra. Me traqueteó toda la cabeza. El sabor metálico de la sangre se sobrepuso a la rancia sequedad de mi boca mientras me palpitaban las encías. Escupí sangre y dos incisivos.

Un gesto inútil.

Me pasé la lengua por encima de la encía desdentada: mis dos incisivos frontales habían desaparecido.

Mientras me escabullía del lugar, con una mano apretada sobre la fuente de sangre y saliva, sus risas retumbaron por todo el terreno yermo. Las lágrimas que derramé fueron por la conmoción y el agudo dolor, pero me prometí que no dejaría que lo vieran.

Muchos prisioneros cayeron fulminados mientras construíamos aquel camino sin sentido. Habría sido estúpido pensar que yo sería diferente… Era cuestión de tiempo. Pero lo último que quería era acabar en el fondo de la carretilla con un montón de tipo muertos apilados sobre mí. Habría sido una manera terrible de abandonar el mundo.

El único nuevo puesto que había disponible era en el depósito donde se cortaba madera. Aquellos que trabajaban con la madera ya estaban condenados a la muerte y se arrastraban con las piernas y los brazos cansados como si su inminente final fuese una liberación. Costaba charlar en el lugar de trabajo, y a mí me gustaba hablar por los codos. Comparado con ellos, la vida estaba de mi lado. No apreciaban mi vitalidad ni mis preguntas para recabar información sobre Rose, pero no estaba dispuesto a parar.

El trabajo no se acababa nunca y desconocíamos el objetivo que tenía. Pasar los días cortando madera para algún propósito que sin duda no nos podía traer nada bueno no era vida. A pesar de todo, manejaba el hacha con la calma de un hombre que no sentía que se le fuera a caer encima. Seguía convencido de que Rose y yo sobreviviríamos gracias al poder de nuestro amor. Regresaría con ella y volveríamos a casa.

Llamaban a mi Kommando «la última parada». Sabes que tu situación es terrible cuando estás en la unidad de trabajo que los demás temen. Era la antesala de Dios. Un concepto algo parecido a la residencia de ancianos en la que me encuentro ahora.

Una noche, cuando regresamos al campo con las cabezas gachas, como siempre, nos gritaron:

—¡Kommando de madera, alto!

El siseo de los huesos y los cartílagos resonó cuando nuestra columna dejó de agitarse.

—¡Kommando de madera, media vuelta!

Aunque pueda parecer que ese era el fin, sabes que no fue así porque setenta años después sigo aquí. Lo supe entonces como lo sé ahora. La supervivencia estaba en mis cartas.

No había nada que pudiéramos hacer. Ningún lugar al que ir en aquella tierra estéril.

Para la mayoría, la muerte era un descanso como cualquier otro. Muchos de los miembros de nuestro Kommando padecían achaques que habían empeorado en Auschwitz. De lo contrario, les habrían destinado a la fila de mujeres, niños y enfermos el primer día. Que los sacaran de la miseria era el siguiente paso. Los nazis nos estaban manipulado: si te sientes como un inútil el tiempo suficiente, al final te lo acabas creyendo.

Los demás grupos de trabajo nos miraron con lástima al pasar por nuestro lado. Como si fuésemos cadáveres andantes. Nos llevaron a los aseos y mi mente iba a mil por hora. No había escapatoria. Lo único que me quedaba era esperar que se obrara un milagro.

El ambiente se tornó apropiadamente lúgubre cuando el soldado dijo:

—¡Kapos y capataces, salid!

En Auschwitz siempre era cuestión de «cuándo» más que de «si». Mis charlas con Leib sobre lo que haríamos cuando fuéramos libres. Encontrar a Rose y labrar juntos algún tipo de futuro. Volver a ver Praga. Todo se iría al traste si me resignaba a aquel desenlace.

Había sido solo una bravuconería, un intento de creerme algo más de lo que era en realidad. No había nada más aparte de lo inevitable en cualquiera de aquellos escenarios. El poder del Tercer Reich había hecho todo lo que estaba en su mano para reducir a polvo nuestra vida, nuestra esperanza y nuestra fe. Desgastarnos hasta convertirnos en subhumanos agotados. Allí estaba yo, mirando el cañón del arma que me causaría la muerte y compadeciéndome.

Los Kapos y los capataces pasaron por entre nosotros como en una partida de damas.

El silencio se extendió. Cerré los ojos. Algunas personas no están destinadas a ser salvadas. Aquella era mi vida y se estaba agotando minuto a minuto.

Detrás de la oscuridad de mis párpados me sentía a salvo, era como estar en el vientre de mi madre. Todo había ido cuesta abajo desde entonces, con la excepción de alguna luz ocasional. Ni siquiera tuve las agallas de mirar a la muerte a la cara cuando vino a buscarme.

Era el fin.

El fin.

Capítulo 7

—¡Dejadnos salir! ¡Podemos trabajar! ¡Liberad al Kommando de la madera!

Intentamos retener a los Kapos que se habían quedado atrapados y que procuraban escapar. El poco valor que nos quedaba estaba en el fondo de una petaca, pero eso no nos iba a impedir echar un trago.

Los guardias de las SS avanzaron gritando y con las armas levantadas. Empujaron a los prisioneros contra la pared, sacando a los Kapos de nuestra neblina. Lo único que separaba a los condenados de los que iban a salvarse eran las bandas que llevaban en el brazo. Mientras obligaban a la hilera de hombres a ponerse a un lado, tuve la oportunidad de hacer algo más que caer como mis compañeros. Algunos lo llamarán intervención divina, pero lo cierto es que aquel lugar estaba completamente dejado de la mano de Dios.

Abriéndome paso con la cabeza gacha, rodeado de Kapos y jefes de bloque, salí de la sala justo cuando comenzaron los disparos. Con la cabeza escondida tras la espalda del hombre que tenía delante, nos escabullimos siguiéndonos los unos a los otros en una fila única.

Una ráfaga de aire frío me golpeó y me provocó arcadas. Fuera, en mitad de la noche y entre los Kapos que no se habían percatado de nada, no me podía creer la suerte que había tenido. Oíamos los gritos de aquellos que se habían quedado atrapados. El peligro inminente hizo que mis piernas se moviesen mientras los Kapos miraban el interior de las letrinas, iluminado por la salvaje explosión de tiros.

Las voces de protesta enmudecieron.

Era mi pistoletazo de salida.

Aprovechando la confusión, corrí hasta detrás del edificio contiguo, con la espalda pegada a la pared. Tenía la respiración entrecortada y temblaba como un motor frío al alba. Lo que me salvaría sería seguir y poner distancia con los que habíamos dejado atrás. Pasé varios bloques más y me crucé con un Kommando que estaba quitando la nieve acumulada entre dos edificios con unas palas.

Me acerqué a ellos con descaro, cogí una pala y empecé a llenarla. Los que estaban a mi alrededor levantaron un segundo la cabeza al oír el crujido de mi pala, pero sabían que era mejor no hacerse preguntas y ocuparse de sus propios asuntos.

Observé cómo los demás amontonaban la nieve e hice lo que pude para integrarme. Aunque hubiese pasado mucho tiempo, me fue difícil no recordar el entierro de mi padre. Centrándome en mi respiración, intenté calmar los escalofríos y el miedo que me consumía y sujeté la pala con fuerza para que no me temblaran las manos. Un zumbido de adrenalina fría como el hielo me recorrió.

Unos instantes después, el capataz se acercó a donde estábamos y repasó la lista de prisioneros asignados a la tarea. Solo podía esperar a ver qué era lo que Dios querría hacer conmigo.

–¿Número? –preguntó.

Me subí la manga.

–620056, señor.

Garabateó mi número y guardó el cuaderno en el bolsillo delantero de la camisa. Cualquiera libre de trabajo podía unirse a aquella labor. Estaba registrado.

El capataz se alejó y aparecieron unos oficiales de las SS con fusiles. Habían contado los cuerpos de mis compañeros y les faltaba uno.

—¡Ese estaba allí! —exclamó uno, señalándome con su pistola.

Llené otra palada de nieve, ignorándolos y haciendo ver que no los escuchaba. Mi vida no dependía de mí y ni siquiera podía defenderme. De una manera u otra, estaba en manos de Dios.

—¿Qué está pasando aquí? —preguntó el capataz, apresurándose hacia la conmoción—. ¿Por qué estáis importunando a estos hombres?

—Ese prisionero se ha escapado —dijo el soldado, con el fusil todavía en alto. Enfatizó la frase meneando el cañón en mi dirección.

El capataz comprobó su lista.

—¡620056! Está conmigo. Aquí, mira.

El cuaderno era un escudo particularmente pequeño contra sus balas.

—¿Estás seguro? —preguntó el soldado con recelo. La pistola apuntaba firmemente a mi cabeza.

Sujeté con más fuerza el mango de la pala. Una sensación familiar de repulsión me subía por la garganta. Lo único que podía era tensar el cuerpo. Con los ojos cerrados, intenté evadirme de aquel lugar horrible. De repente me encontraba en el puente de Carlos, en Praga, y no empuñaba una pala, sino que cogía las manos de mi querida esposa y dábamos vueltas sobre nosotros mismos. La luz de las farolas nos iluminaba como si fueran luciérnagas mientras nosotros reíamos. Entonces ella se detuvo, como si hubiese reconocido que aquellos remolinos propios del cielo de Van Gogh no eran reales. «Tienes que encontrarme —me dijo—. No es así como tú y yo nos despediremos de esta vida». Le respondí en mi propia mente: «Lo sé».

–¿Estás seguro?

–Estoy seguro –confirmó el capataz, devolviéndome a la realidad.

Se fiaron de su palabra y todos regresaron a sus posiciones para seguir dando caza a un fantasma.

Jamás supe cómo se llamaba, pero aquel hombre me salvó la vida, igual que los prisioneros de aquel Kommando que fácilmente habrían podido venderme a cambio de un trato preferente.

Aquel encuentro con la muerte fue como recibir una patada certera en el *tuchus*. No podía rendirme. Tenía que salir de Auschwitz y volver con Rose.

Esa noche, después del trabajo, Leib se acercó a mí mientras yo me metía un pedazo de pan entero en la boca. Tras haberme salvado, la comida me pareció un manjar.

–No te vas a creer el día que he tenido –le dije, como si acabara de volver de un largo día en la fábrica.

Siempre se habla de la última cena, pero no de la primera, la que disfrutas cuando logras escapar de la muerte. Morder era como llenar los pulmones de oxígeno puro. Mi cabeza iba más rápido de lo que era capaz de procesar. Todo me parecía más fresco, los colores lucían más vibrantes.

Me guardé unas migas de pan entre los dientes que me quedaban. Era repugnante, pero era una manera de asegurarme la comida más adelante. Me tumbé en la litera y me pregunté qué hora era.

Las ocho de la tarde.

Pensé en Rose, y en cómo lucía su precioso pelo una mañana de domingo. En esas visiones, mi esposa era lo único en lo que debía y podía centrarme. Los recuerdos siempre venían acompañados de algo completamente nuevo. Cada día, algo distinto de Rose me llevaba lejos: imágenes de nosotros cocinando, bailando, riendo. Me recordaba a mí mismo que ella era la persona con la que debía estar. Sabía que con un poco más de esperanza se haría realidad.

Esa noche dormí como un hombre libre. Mi subconsciente continuó buscando maneras de evadirme y los sueños me llevaron a un salón de baile. Rose estaba allí, con un vestido rojo, susurrándome promesas que retumbaban por lo que parecía una expansión de terreno enorme. «Yo soy de mi amado», dijo, igual que cuando nos prometimos y cuando pronunciamos los votos matrimoniales. Bailamos en círculos y yo la guiaba como nunca había podido hacerlo en Praga. Los pasos de nuestro baile iban más allá del arte y del amor. Pero pronto las caras amables que circundaban la pista de baile se convirtieron en rostros pétreos de nazis. Ambos empezamos a proferir gritos mudos y Rose salió volando: me fue arrebatada antes de que pudiera incorporarme en la fría litera.

En cuanto a los deberes laborales, yo no tenía. No había manera de librarse del trabajo y tampoco existía un lugar donde esconderse. Tras obligar a los prisioneros a salir de la cama cada mañana, un guardia echaba a cualquiera que quedase en el bloque. Yo no estaba asignado a ninguna tarea porque todo mi grupo de trabajo había muerto. Además, los nazis complicaban mis indagaciones sobre el destino de Rose. Bastante difícil era cruzar la mirada con una mujer como para intentar entablar una conversación.

El trabajo que gozaba de mejor reputación era el *Kanada*, el Kommando donde trabajaba Leib. Lo llamaban así por Canadá, un país que supuestamente contaba con abundantes cantidades de comida y riqueza.

—Los prisioneros cogen los equipajes —le explicó Leib— y los distribuyen en pilas. Juntan cepillos de dientes, peines y ese tipo de cosas, y los objetos de valor se envían a Alemania.

Era un trabajo poco vigilado, así que los prisioneros no solo tenían la oportunidad de establecer su propio mercado negro, sino que además alardeaban de ello abiertamente.

Nos sentamos a comer pan seco acompañado de un tarro de mermelada sustraído del equipaje de alguien que lo más probable era que estuviera muerto y establecimos nuestro plan de supervivencia. Aunque nos conocíamos desde que éramos pequeños, el miedo y la rabia que compartíamos en Auschwitz había creado un vínculo más estrecho que dos décadas de amistad.

—Si logro que nos trasladen a Birkenau, estaremos un paso más cerca de Rose y Maja —le dije en voz baja.

—Eso está muy bien, Georg —susurró Leib, manteniendo bajo el volumen de la conversación…— pero no nos dejan saltar de un campo al otro. Conozco solo a cinco personas que han cruzado a Birkenau, y fue en circunstancias muy especiales.

Leib se quedó callado para abrir la tapa del tarro una última vez. Cuando se terminara la mermelada, tiraría el recipiente en el pozo negro que se encontraba bajo los retretes. Aquel era el único lugar seguro donde deshacerte de cualquier cosa.

—¿Crees que no lo sé? —repliqué—. Lo único que tenemos que hacer es maquinar una situación en la que nos necesiten en el otro lado de ese espacio de tres kilómetros.

—Lo creeré cuando lo vea —dijo Leib, rebañando el interior del tarro.

La mañana siguiente, después de un delicioso y nutritivo desayuno a base de sucedáneo de café y pan rancio, me dirigí al departamento político, con la cabeza erguida a pesar de la preocupación de Leib resonando en mis oídos. Nadie acudía allí por voluntad propia y regresaba para contarlo. Lo mismo se podía decir de otros lugares del campo: Auschwitz era un lugar muy peligroso.

Me dejaron pasar a regañadientes y dos oficiales de las SS me interrogaron. En aquella habitación verde, los elementos clave eran las pinturas de paisajes y varias fotografías enaltecedoras de Hitler. Se sentaron a un lado del escritorio mientras yo me quedé de pie en el centro de una antigua alfombra al otro lado, con las manos juntas y llenas de sudor. De fondo oía el sonido amortiguado de alguien tecleando en una máquina de escribir.

–¿Número? –preguntó uno de ellos.

Tenía el pelo corto, rubio y rizado. Me miraba mientras se acomodaba en la silla y anotaba algo meticulosamente en un formulario con un lápiz.

–620056.

–¿Te podemos ayudar en algo? –preguntó el otro, con el pelo oscuro peinado hacia atrás. Estaba seguro de que esa gomina le había sido robada a mi gente.

Había algo raído en su aspecto.

Me disculpé en silencio con Dios antes de empezar la explicación.

–He llevado una estrella amarilla desde que llegué aquí, incluso a pesar de haber insistido varias veces en que no soy judío.

El rubio se levantó y me miró de arriba abajo. Arrugó la nariz y me examinó ambos lados del cráneo, que era claramente visible bajo la piel. Sacó una regla y me señaló la nariz con ella.

–Tienes aspecto de judío –aseveró, hincándome el canto afilado en los orificios de la nariz con tanta fuerza que se me saltaron las lágrimas.

–También suenas como uno... Demasiados lamentos –dijo su amigo engominado.

–Sí –convino–, un quejica. Debe de ser la nariz. Todas sus mentiras se ocultan ahí dentro.

El rubio me golpeó los nudillos con la regla y regresó a su asiento riéndose. Sostuvieron las manos delante de las caras fingiendo que eran narices y se pusieron a emitir un sonido de tos seca procedente del fondo de sus gargantas. Siempre he sido el primero en hacer bromas, pero aquella no hacía gracia.

—Es una pena que no podamos verle los cuernos —dijo el engominado—. Entonces lo sabríamos seguro.

Ambos estallaron en carcajadas. Deberían haber estado en un escenario.

—No soy judío —les repetí cuando se hubieron calmado—. Si me lo permiten, mi antiguo jefe podría enviar mi certificado ario para demostrarlo.

Para mi sorpresa, el engominado de pelo moreno cogió un lápiz y algo de papel para mí. Se me hacía extraño tocar aquella madera después de tanto tiempo; parecía un artefacto olvidado de otra época. La punta se rompió en cuanto hizo contacto con el papel: el miedo me recorría la mano y había hecho que lo agarrara como si fuera un puñal. No me alargué en el escrito porque sabía que el papel pasaría por varias manos antes de llegar a su destino. Los que estaban a cargo rectificaban la información clave antes de que las cartas salieran del campo. Era importante que no me censuraran, así que mantuve un tono alegre a pesar de mis circunstancias.

El oficial rubio me arrebató la carta de las manos y la leyó, esbozando una sonrisilla. No me creían. No se podía confiar en los judíos.

—Te haremos saber si llega alguna respuesta. Personalmente espero que así sea. —Sonreí ante aquella muestra de amabilidad momentánea—. Espero que respondan diciendo que esos documentos no existen porque está claro que eres un judío repugnante. Y cuando eso ocurra te escoltaré hasta el muro negro yo mismo.

Tragándome la sensación de terror, me giré hacia la puerta. Poco podía hacer un prisionero en el campo, pero estaba intentando recuperar las riendas de mi destino.

Consciente de que cada instante que pasaba en el cálido edificio era en detrimento de tiempo de trabajo en cualquier otra tarea, me lo tomé con calma. El ritmo furibundo del mecanógrafo había cesado y había sido reemplazado por una retahíla de maldiciones en alemán. Identifiqué la puerta de donde provenían, que estaba entornada, me asomé.

–Hans, ¿qué le pasa a este trasto? –preguntó un corpulento oficial de rango superior y rostro rubicundo.

Estaba sentado detrás de un enorme escritorio de caoba colocado a un ángulo de cuarenta y cinco grados en la esquina más apartada de la habitación. Levantó la mirada, esperando encontrarse con el ayudante al que había llamado

–Ah, no eres Hans. No importa. ¿Puedes ayudarme? Está atascada.

Miré en todas direcciones y luego crucé el amplio espacio de su despacho, avanzando lentamente con los zuecos sobre la moqueta polvorienta.

–¿Tú cuál eres? –preguntó, mirando mi uniforme.

–620056 –musité, con los ojos fijos en la cinta atorada de su máquina de escribir.

–Es la primera vez que te veo.

Arrastró la silla hacia atrás, se levantó con esfuerzo y me hizo un gesto para que ocupara su sitio. El asiento desprendía un calor incómodo y el oficial apoyó una mano en el respaldo en un gesto amable para estabilizarla. Cabía la posibilidad de que cambiara el tono en cualquier instante e intentara estrangularme. No se podía confiar nunca en los nazis.

Metiendo mis delgados dedos alrededor del rollo de la cinta en la parte superior de la máquina de escribir, la liberé con cuidado. Varias teclas se habían quedado atascadas, probablemente como resultado de un arrebato de ira contra las recalcitrantes piezas. Trasteando con el teclado, pude soltar los percutores mientras admiraba la fabricación alemana de aquella máquina Orga Privat.

–Papel –dije con autoridad como si hubiese olvidado cuál era mi lugar en aquel extraño mundo. Aquella pieza de maquinaria me había impresionado.

La sorpresa hizo que el oficial me obedeciera: me pasó una hoja de papel y la metí diligentemente en el rodillo. Hacía meses que no tocaba una máquina de escribir, más o menos desde que había falsificado los últimos documentos en Praga.

La emoción me embriagó de repente. Tecleé:

```
Gutentag
```

–Muy bien –me felicitó el oficial–. Te llamaré la próxima vez que tenga que pegarle cuatro gritos a este maldito trasto. Soy el Hauptfeldwebel Meier, Lukas Meier.

Reconocí la oportunidad al vuelo.

–Lo siento, señor, pero no trabajo en el departamento político.

Herr Meier me dedicó una mirada desconcertada.

–Dime, seis dos lo que sea, ¿trabajabas con máquinas de escribir?

–No, señor –contesté. De repente parecía una entrevista de trabajo–. Trabajaba en una imprenta en Praga. Acudían a mí para que arreglara todo tipo de máquinas.

–Ah, eres checo, eso explica el acento. Aunque tienes un alemán muy bueno.

–Gracias.

–Deja que hable con algunas personas. Creo que podríamos sacarle mejor provecho a tus habilidades.

Cuando salí del edificio, mi alma estaba tan vacía como mi estómago. Leib estaba en la rampa, preparado para rescatar más equipajes.

–¿Y bien? –me preguntó cuando pasé junto a él de camino al que esperaba que fuera mi último día en aquel trabajo agotador.

–¿Qué? –inquirí yo a su vez.

–¿Qué te han dicho?

–Me han dejado que escriba una carta. Si no obtienen respuesta, me matarán. Si mi jefe no puede demostrar que no soy judío, me matarán también.

–Así que... –empezó a decir Leib, levantando una maleta– acabas de firmar tu sentencia de muerte.

–Ya veremos –le dije y me marché dando zancadas.

No quería explicarle los detalles de mi plan maestro hasta que los hubiera comprendido yo mismo.

Volví a concentrarme en Sandstrom, que tenía que recibir la carta y entenderla. Cuando consiguiera el traslado al otro campo, liberaría a Leib. Solo entonces podríamos idear un plan para salvar a Maja y a Rose. Lo único que necesitaba era paciencia, tiempo y astucia. Y, como prisionero, disponía de las tres cosas.

Si lograba salvarnos de la tortura, desplazarnos a Birkenau formando parte de otro equipo de trabajo sería el siguiente movimiento claro. Una vez allí sería más fácil encontrar a nuestras esposas y mis noches dejarían de estar plagadas de visiones terribles. Dicen que dos cabezas piensan mejor que una. Si los cuatro, Rose, Leib, Maja y yo, estábamos juntos, entonces sería solo cuestión de tiempo que saliéramos de los campos y regresáramos a Praga.

Tres días después de haber enviado la carta, nuestro Kapo, Herr Kier, se me acercó durante el desayuno.

–620056, hay dos oficiales fuera. Te van a llevar al muro negro.

Busqué con la mirada a Leib, que se encogió de hombros. Tenía los ojos rojos a causa de intentar contener las lágrimas: mientras me alejaba, me giré de nuevo hacia él y descubrí que estaba alisando la paja de nuestra cama.

Cada día nos enfrentábamos a la muerte y, una vez más, salí

con la cabeza bien alta y con la esperanza de que ese gesto se grabara para siempre en la memoria del resto. Dejé atrás a mis compañeros, que no eran capaces de pronunciar palabra, y tensé las rodillas para evitar que me cedieran. Después de todo, solo me quedaba mi nombre y mi postura.

Capítulo 8

Fuera, esperándome, estaban los oficiales. En mi cabeza proyecté todos los escenarios posibles. Habían descubierto no solo que era judío, sino también que había formado parte de una célula comunista como falsificador de documentos en Praga. Estaban a punto de contarme cómo habían matado a mi madre, a mi esposa y a mi jefe y, como medida de seguridad, matarían a Leib y a todos los que había conocido en Auschwitz. La culpa de sentirme responsable de la muerte de tantas personas era demasiado grande.

Entonces los dos nazis estallaron en risas.

–Madre mía, deberías de haberte visto la cara –dijo el rubio dándome un puñetazo en broma en las costillas que me dolió más de que lo que estaba dispuesto a admitir.

–Estabas cagado de miedo –añadió su cómplice.

Se burlaban de mí.

–No tenemos ni idea de cómo lo has hecho, pero has convencido al viejo Meier de que no podemos derrotar a los Aliados sin tu ayuda. Hoy será tu primer día de trabajo en el departamento político. ¡Espero que te guste barrer!

Volvieron a reír. El famoso sentido del humor alemán… Detrás de nosotros, una cadena de hombres salía de los bloques para empezar sus turnos de trabajo. Leib hizo una mueca imposible de interpretar: veía que yo seguía vivo y que los dos guardias estaban riendo en mi presencia. La culpabilidad me apretaba el cuello como una soga.

Mi primer día de trabajo en el departamento político empezó de una manera muy distinta a cualquier otro de los que había experimentado hasta entonces como prisionero en Auschwitz. Meier me enseñó dónde estaba mi escritorio.

–Aquí es donde vas a trabajar –me indicó, recorriendo la estancia y poniendo recto el retrato de Hitler que adornaba la pared– mientras decidimos cuál será la mejor manera de aprovechar tu talento. Hay despachos llenos de archivadores que se tienen que clasificar. A pesar de nuestros esfuerzos, tu gente sigue procreando.

Soltó una risotada alegre con las manos rollizas apoyadas sobre su protuberante barriga.

–Estaré al otro lado del pasillo, dejaré que te instales. No te puedo ofrecer comida, pero quizá sí un poco de café.

–Sí, café –dije distraídamente, antes de que Meier se marchara.

No me podía creer aquel golpe de suerte. Pasar de que casi me mataran, dos veces, a trabajar de sirviente para el departamento político en Auschwitz. El dicho era cierto: el que no llora no mama.

Las paredes del despacho eran de un familiar tono azul, el tipo de pintura barata que se descascarilla cuando se cierra la puerta con fuerza. Era como la sala en la que me habían interrogado. Tenía un escritorio con dos sillas y un archivador prácticamente vacío que podía etiquetar como mío. Cuando me cercioré de que no había peligro de que Meier regresara, miré en los cajones tanto del escritorio como del archivador en busca de cualquier cosa que pudiera ayudar a la causa. Puedes sacar al muchacho de la célula comunista, pero no puedes sacar a la célula comunista del muchacho.

En el cajón del escritorio había varios lápices mordisqueados, un abrecartas romo y una fotografía desgastada que imaginaba sería la pareja de alguien. Era demasiado pronto para empezar a esconder objetos en mi persona, pero lo apunté todo metódicamente.

Estaba reclinado en la silla delante del escritorio cuando Meier entró con una taza de café solo. Tenía la esperanza de que mi postura pareciera inocente. El guardia no podía imaginar que yo ya había levantado la caja del enchufe de pared con el abrecartas. El interior se convertiría en mi propio baúl del tesoro.

–¿Está todo a tu gusto, muchacho? –me preguntó.

En ningún momento Meier se tomó la molestia de aprenderse mi nombre. Supongo que creía que él estaba por encima de una cosa así.

–Sí, Herr Meier –respondí automáticamente, poniéndome en pie cuando se acercó a mí.

Colocó la taza sobre la mesa, vertiendo un tercio de su contenido por encima de la madera de caoba. Tras meses tomando un líquido que distaba mucho de un café de verdad, el aroma me distrajo.

–Puede que tu primera tarea te parezca un engorro, pero he hablado con los mandamases. No puedo permitir que vuelvas con tus pequeños amigos andrajosos y les digas que aquí te das la gran vida o querrán venir todos.

Sonreí con la esperanza de que eso fuera lo que se esperaba que hiciera. El antisemitismo acechaba siempre bajo la superficie.

–Te registrarán al final de cada turno, por supuesto. Mi confianza tiene un límite y no me la pienso jugar.

El guardia rubio y el engominado ensombrecieron el umbral de la puerta, cargados con pesadas cajas de archivos.

–Esto debería evitar que te metas en líos, judío –me dijo el engominado mientras colocaba la primera caja directamente encima del café derramado sobre el escritorio–. Iremos a buscar las demás.

Veinte minutos después, estaba rodeado de cajas. Aproveché esa situación y construí una pared delante de la puerta. Cualquiera que intentara entrar tendría que superar el obstáculo antes, dándome tiempo a disfrazar mis acciones. No era el Muro de las Lamentaciones, pero no estaba mal.

Doblándome por encima de la primera caja para rebuscar en su contenido e inspeccionarlo, encontré varias fotos de hombres, mujeres y niños. Estaban sujetos con un clip delante de sus respectivos formularios, escritos con una letra que demostraba que los habían redactado deprisa. En ellos se especificaba el color de pelo, el de los ojos y cualquier tipo de marca distintiva. Era meticuloso a la par que siniestro. Por la manera como almacenaban el papeleo, los nazis no podían saber quién estaba vivo y quién muerto. De mí se esperaba que organizara las cajas en orden alfabético para guardarlas en el archivador.

La pared que había erigido me ocultaba mientras robaba tesoros ocultos entre los montones de papeles. Si Leib podía salir de *Kanada* con pan, chocolate y todo tipo de manjares, entonces yo podía birlar material de oficina.

Cuando los rayos de sol que se filtraban por la única ventana visible alcanzaron el cénit del día, oí un crujido amortiguado que procedía de detrás de mí. Oculté los intentos que había hecho de copiar las letras manuscritas torcidas y regresé a los montones de cajas, mi metrópolis. No era Praga, pero aquella nueva ciudad era mi nuevo hogar.

–¡Buen trabajo, muchacho! –exclamó Meier, sorprendido por el caos que reinaba en la estancia–. Has convertido esta habitación en un museo de papeles.

Rio.

–Sí, Herr Meier –contesté, irguiéndome y empujando con mi zueco un montón de los tesoros que había encontrado debajo una pila de papeles.

—Sé que no se acostumbra a dar de comer a tu gente, pero puede que haya algo de pan y sopa para ti si no eres muy remilgado.

Meier tenía poco que ver con los quehaceres del día a día de los prisioneros. Vivía en la ignorancia, lo engañaban o ambas cosas. La última opción parecía la más probable.

Me quedé sentado en una esquina del escritorio, mojé un trozo de pan en un caldo de verduras acabado de hacer y me froté la barriga, que aprobó la recompensa con murmullos. Para mi cuerpo débil, aquella sopa de sabor intenso suponía un cambio incómodo.

No había manera de sortear la situación en la que me había metido. Gozaba de un trato distinto al de los demás prisioneros solo porque me había arriesgado tontamente a alcanzar otro lugar, a prosperar. Mi único consuelo era que podía usar mi nuevo puesto para llevar a otros conmigo, para sacarlos de allí o como mínimo ahorrarles las peores condiciones a las que nos veíamos abocados a enfrentarnos. Esto fue clave para las decisiones que tomé a partir de entonces. Estaba bien que yo mejorara mi situación, pero debía intentar mejorar también la de los demás.

Cuando hube ocupado demasiada superficie del suelo, metí los documentos en las cajas en orden alfabético, sin tener ninguna manera de marcar los contenidos para separarlos del caos que reinaba en el resto del despacho.

Me jugué el pellejo de nuevo: crucé el lujoso pasillo y llamé a la puerta de Meier. Como no me respondió nadie, la abrí. Solo cuando esta chocó con el archivador que había detrás, Meier se despertó.

—Disculpe que le interrumpa mientras está... —intenté hallar las palabras para evitar que me soltara un bofetón— trabajando. He metido algunos de los documentos en las cajas, pero no tengo ninguna manera de marcarlos antes de guardarlos en el archivador. ¿No habrá algún bolígrafo que pueda usar?

Confundido y haciendo un ruido sordo producto de la somnolencia, Meier se relamió y señaló hacia su escritorio.

—Coge lo que necesites, chico. Quédatelo hasta que acabes la faena.

En una esquina de la mesa había un tintero, un juego de plumas en una estilosa funda de cuero y un pequeño tarro con varios lápices y clips apiñados encima que le daban el aspecto de un erizo.

Como no quería perder la oportunidad y regresar más tarde para encontrarme a Meier más espabilado, arramblé con todo.

Abrí el estuche y dentro me encontré las plumas organizadas por grosor. Estaba claro que había dos que a Meier le gustaban especialmente. Los instrumentos de plata eran lisos y plateados, con algunas manchas de huellas. Los plumines estaban sucios de tinta y lo que asumí que era nicotina. Con el tiempo, la presión de la cantidad ingente de papeleo había doblado las puntas hasta dejarlas en una altanera posición hacia arriba. En el fondo del lapicero también había una caja de cerillas. Lo clasifiqué todo para usarlo más tarde, tal y como hacían los hombres del *Kanada*, archivando aquellos tesoros tan bien como los papeles que me habían encargado.

Cuando confirmé qué plumas eran, retiré el exceso de tinta usando la parte de debajo de la alfombra antes de devolverlas al estuche. Al cabo de una hora, encontré la pluma perfecta. Doblando las pruebas dos veces, las coloqué en el fondo de una caja etiquetada como «A». Reajusté las demás plumas para que no fuera tan obvio: tenía en mi posesión el instrumento adecuado para falsificar documentos. La caja de cerillas también desapareció del lapicero.

Ordené la habitación y guardé a buen recaudo la pluma y las cerillas detrás de la caja del enchufe. El resto de la tarde, hasta que vinieron a buscarme me dedique a archivar el papeleo sin prisa. Otro de los aspectos positivos de mi nuevo puesto era que mi jornada terminaba al mismo tiempo que la suya. Trabajar de nueve a cinco en un campo de concentración era una buena manera de ganarse la vida.

—¿Todavía no has terminado? —me preguntó el nazi rubio al asomar la cabeza por encima de las cajas apiladas convenientemente frente a la puerta.

—Teníamos la esperanza de poder acompañarte al muro negro antes de la cena —dijo el otro, que se colocó al lado de su compañero.

—Hay muchos papeles —aduje—. Me llevará semanas.

—Te lo dejaremos pasar por hoy —me advirtió el rubio—. Desnúdate.

Después de un día poco productivo, era justo que me recordaran cuál era mi lugar en el sistema: era el último eslabón. Me quité el uniforme y me quedé ante ellos como Dios me había traído al munto. El rubio señaló mis partes íntimas.

—El otro día nos aseguraste que no eras judío. ¿Qué es eso?

—Me operaron cuando era pequeño —argüí—. Se me inflamó el prepucio.

El oficial rubio palideció un poco.

—No digas ni una palabra más, judío. Date la vuelta.

Con las manos al aire me di la vuelta para que pudieran ver que no estaba ocultando nada.

—Es suficiente. Vístete.

Me subí los pantalones, que me quedaban holgados, antes de pasarme la camisa por encima de la cabeza rapada.

—Mañana a las nueve en punto aquí. Puede que tengas a Meier comiendo de tu sucia mano judía, pero te estaremos vigilando.

El oficial rubio echó la cabeza hacia atrás y dio un paso hacia delante, preparado para propinarme un cabezazo. Riéndose al ver cómo me encogía, me dejó salir. La amenaza bastaba para hacerlos reír.

Mientras me estaba haciendo lo más pequeño posible para escurrirme por entre los dos, el rubio me agarró de la muñeca y la levantó hacia sus ojos en un ángulo doloroso.

–Bueno, bueno, bueno, ¿qué tenemos aquí? –me preguntó, señalando el borrón de tinta negra que me recorría el dorso de la mano.

Sintiéndome como un ayudante en un truco de magia, mi capacidad para mentir se desarrolló por completo.

–Pues... –balbuceó mi estúpida boca.

–El muchacho vino a verme hace un par de horas –dijo Meier, que se había acercado atraído por el barullo que se había formado cerca de su despacho–. Me pidió prestado algo de material, ya que vosotros dos parece que sois incapaces de llevar a cabo una tarea de archivo básica. Estoy seguro de que lo encontraréis todo marcado y guardado. No es así, ¿chico?

–Sí, Herr Meier –contesté.

La mentira a la que debía ceñirme era que tenía las manos manchadas debido al trabajo que había estado haciendo para ellos.

–Habéis hecho que se desnude. Ya lo habéis examinado, ¿qué más podría llevar encima? –preguntó el hombre.

Pasaron unos segundos en los que nadie habló. Entonces añadió:

–A menos que alguno de los dos quiera ponerse unos guantes de goma, os sugiero que lo dejéis ir.

Sin disculparse, los dos guardias dejaron que me marchara.

En los aseos, me froté diligentemente la delatadora tinta que manchaba el dorso de mi mano. Ese tipo de errores podrían descubrirme antes de que pudiera salvar a nadie, mucho menos a Rose.

Llegué antes que el resto de mis compañeros y me tumbé en

la litera compartida mientras sentía unas punzadas de dolor en la cabeza.

Estar a cubierto y disfrutar de más comida tenía sus ventajas. Seguía teniendo un jefe nazi, pero prefería estar bajo el control de Meier que de cualquiera de los Kapos. Lo único que me daba fuerzas eran mis tareas y mi mantra: conseguir entrar en Birkenau para asegurarme de que Rose estaba a salvo. Debía asegurarme de que sobreviviríamos.

Leib regresó con el ceño fruncido junto al resto de prisioneros. Tiró de la cintura de sus pantalones y sacó una lata de sardinas y un poco de pan. La cosecha del día.

–¿Cómo ha ido? –le pregunté, igual que solía hacerlo Maja en otra época.

–No me puedo quejar –contestó Leib. Parecía exhausto.

–Bueno, eso está bien.

–No me puedo quejar porque entonces me darán más palos. –Esbozó una sonrisa triste–. ¿Qué tal tú, prisionero especial?

–Puede que haya encontrado la manera de entrar en Birkenau. Me tienen archivando papeles.

–Suena fantástico... –dijo Leib, forcejeando para abrir la lata de sardinas–, pero ¿cómo nos va a sacar eso de aquí?

Mi primera idea era cambiar su documentación y registrarlo como prisionero político en lugar de judío. Ya me había metido en problemas, pero hacerlo me había conducido hasta Meier. No había otra manera de verlo, estaba atrapado entre la espada y la pared. La segunda idea consistía en acceder a la máquina de escribir de Meier para falsificar cartas que nos permitieran el traslado a Birkenau. Aunque estuviéramos hacinados en un campo de concentración con el hedor de la muerte impregnado en el aire, esta me seguía pareciendo más peligrosa.

–Es una locura –me dijo Leib, emocionado. Giró la cabeza y tosió en su manga para ocultar el gesto–. ¿Crees que puedes hacerlo?

–Con un poco de tiempo, sí.

Leib me dedicó un gesto de victoria poco entusiasta.

A la mañana siguiente, seguí en la cama mientras los demás completaban ejercicios. Me sentía culpable, pero era un alivio poder acurrucarme en el catre mientras ellos ya estaban en marcha.

Incapaz de volver a dormir, mi cabeza permaneció nublada y descentrada. Divagaba y proyectaba imágenes de Rose, ya fuera con su precioso vestido de topos en algún lugar de Praga o rapada, hambrienta y desolada en Birkenau. No había un término medio. Sumido en aquel estado de confusión, imaginaba cómo los nazis la forzaban a completar los ejercicios, la castigaban por su condición de judía y sus tendencias comunistas y la obligaban a correr hasta que se desplomaba. «Aguanta un poco más –me dije a mí mismo cuando vi que no era capaz de alcanzarla–. Por favor».

Me alejé de mis pesadillas, bajé de la litera y me dirigí al lavabo sin interrupciones. Después me encaminé hacia el despacho político para comenzar otro día de trabajo. Tenía un nuevo propósito.

–Ven conmigo –me indicó Meier.

Me guio hasta el interior de su despacho, donde me esperaban los restos de un panecillo con mantequilla y un café tibio. Lo engullí todo dejando a un lado los modales que de pequeño me había inculcado mi madre.

Cuando Meier se excusó, empezó mi tarea. Si había alguna oportunidad de salvar a Leib de su destino, la presión recaía sobre mí. Una vez solo podría concentrarme en mi verdadero objetivo: conseguir que nos trasladaran a Birkenau.

Cuando llegó el mediodía, no había conseguido avanzar nada. No había encontrado el nombre de Leib Zymermann, pero había revisado una cantidad importante de papeles y nombres. Dispuse las cajas clasificadas a lo largo de la pared y necesité más de una para los apellidos más comunes: Abraham, Goldman y Stein.

Tras despertarse de la siesta, Meier me hizo otra visita y prometió traerme algo para comer. Los demás no sabían qué era lo que realmente ocurría con las raciones extra, pues Meier era lo bastante corpulento como para que dieran por hecho que se estaba alimentando por partida doble. Mi jefe me pedía que me mantuviese alejado para impedir que los ojos fisgones me descubriesen. Era un nazi, pero al menos en este aspecto era un *mensch*.

Me dejó un pedazo de pastel de carne y regresó a su despacho. Por la ventana pude ver a otros prisioneros que trabajaban cortando madera. Entre ellos atisbé a Piotr, otro de los prisioneros checos de nuestro bloque con el que a veces había compartido la litera. «Si no estuviera aquí dentro, estaría ahí fuera», pensé para mis adentros.

Seguí trabajando y al fin pude sostener el tesoro que había estado buscando bajo la luz mortecina del sol de la tarde. Observé la imagen del historial de mi único amigo real en Auschwitz: Leib Zymermann. Mi primer impulso fue el de enrollarlo y esconderlo en mi cuerpo. Sin embargo, dado el inminente cacheo al que sabía que me enfrentaría, no me pareció la mejor de las ideas.

Me decanté por el abrecartas. La chapa de cobre se separó de la pared para poder acceder al escondrijo secreto que había detrás del enchufe. Erigí un muro de cajas delante de la puerta, para esconder mis verdaderas intenciones y seguidamente hice los cambios necesarios en los datos de Leib para registrarlo como prisionero político. Dejé caer una mancha de tinta con cuidado sobre la entrada inicial y escribí al lado. Quizá el resultado fuera un tanto burdo, pero había encontrado errores legítimos en otros formularios, firmados con iniciales. Era poco probable que alguno de los agentes se diera cuenta.

Coloqué los papeles de Leib en la caja en la que se encontraban los prisioneros cuyo apellido empezaba por la letra Z y guardé la pluma especial de vuelta en su escondite detrás del enchufe. Pasé el resto de la tarde archivando documentos e imaginando cómo reaccionaría Leib al enterarse y cómo sería el momento en el que pudiésemos reencontrarnos con nuestras esposas.

Cuando acabó mi jornada laboral, de nuevo antes que el del Kommando de la madera, me quité el uniforme y me dispuse a sentir sobre mí los ojos fijos de dos alemanes nazis. Los agentes observaron cómo me desvestía mientras yo solo podía concentrarme en la tela de mis pantalones sobre mis zuecos. Humillado y recién vestido de nuevo, me apresuré hacia el bloque. Estaba ansioso por contarle a Leib que el plan había dado sus frutos.

Me acosté e intenté dormir, pero los gritos de los absurdos ejercicios me despertaron. El agotamiento de mis compañeros prisioneros reverberaba. Todos se pusieron en pie, se quitaron las gorras, se arrastraron por el suelo y empezaron a correr. Las súplicas comenzaron cuando separaron a alguien del rebaño. El escalofriante silencio que siguió al disparo me dijo todo lo que tenía que saber.

A medida que los hombres regresaban al bloque, un aura de abatimiento pendía en el aire. Una fragilidad y un silencio que denotaban que ocultaban algo. Asomé la cabeza por entre los delgados pilares y busqué a mi amigo. Era el último compañero que faltaba.

Lo comprendí de golpe.

Había un vacío.

No había regresado.

–¿Dónde está Leib? –pregunté, como si fuera incapaz de unir los puntos.

El único amigo que me quedaba en aquel horrible lugar, mi

último enlace con una vida normal. La persona que me había ayudado a impresionar a Rose años atrás en Praga. Mi compañero de búsqueda, la única persona en la que podía encontrar consuelo, con quien podría sobrevivir.

–Lo siento, Georg –me dijo Piotr.

Siempre dicen que las malas noticias duelen menos si te las comunica un amigo.

–No, no puede ser –dije con vehemencia.

–Se ha ido.

Capítulo 9

Después de haber hecho tantas cosas por mí para que siguiera adelante, no solo en el tiempo que habíamos pasado como prisioneros sino también durante los primeros años de mi vida, cuando perdí a mi padre, Leib había caído. Siempre estaba allí, en la otra punta del aula. Y luego, en el campo, allí volvía a estar. Saber que Leib se había ido hacía que me lo cuestionase todo. Mi cómplice y mi apoyo. Era posible que su esposa y su hija todavía lo estuvieran buscando, igual que él lo había estado haciendo con ellas. No podía comprenderlo.

Por encima de la tristeza estaba la culpabilidad de mis acciones. Si hubiese actuado con más celeridad, podría haberlo evitado. Lo habían asesinado mientras llevaba a cabo los ejercicios, algo que estuve cerca, pero no lo suficiente, de evitar que tuviera que hacer. Esa responsabilidad me pesaba como una losa sobre los hombros. Me repetía a mí mismo que algunas personas no podían ser salvadas. La cruz indicaba el destino.

Leib siempre mantenía la cabeza gacha, se alejaba de los problemas y, a diferencia de mí, no era un bocazas. ¿Qué le podían haber reprochado a Leib Zymermann?

—¿Por qué? —pregunté, como si importara, de regreso a la espantosa tierra de Auschwitz.

—Hacía semanas que estaba enfermo. Schwarz ha dicho que no se ha golpeado la gorra contra la pierna a tiempo. Ya sabes que eso basta para condenar a un hombre. Le han obligado a correr hasta que se ha desplomado. Después lo han levantado de un tirón, se lo han llevado a la verja y le han disparado en la cabeza.

Aprecié la franqueza, pero ahora sabía que esos escabrosos me perseguirían en mis pesadillas.

–¿Quién ha sido? –pregunté, aturdido y con los ojos llenos de lágrimas–. ¿El médico?

–Schwarz, sí.

–Terminó con su sufrimiento, ¿eh? ¡Maldito nazi retorcido!

Bajé de un salto de la litera y me dirigí a la puerta. Con mis holgados pantalones de rayas tenía un aspecto ridículo. Las manos me arañaban el torso como ramas. Me obligaba a no levantarlas, a no comenzar una pelea. La voz se me apagó cuando no pude seguir avanzando. Sentía que había lanzado al vacío mi corazón y corría para atraparlo.

Mis compañeros de litera me retuvieron y entonces, cuando mi rostro cambió y comencé a llorar, me sostuvieron. Un abrazo, en un momento como ese, era lo mejor que podía ofrecerme alguien. Me desplomé, una neblina oscura apagó las luces y se nos llevó con ella.

En la tristeza de mis sueños, Rose estaba dentro de uno de los barriles de agua helada del campo, vestida solo con ropa interior. No había bloques. Ningún alambre de espino ni guardias. Solo el telón de fondo de mi subconsciente y la mujer a la que amaba congelándose en el centro. Ya no había sitio para bailar. Teníamos que apañarnos con la única opción que se nos presentaba. Nuestras voces retumbaban como si estuviéramos gritando a la nada. «Tienes que encontrarme», me dijo. Sus ojos eran de cristal, como los de una muñeca, ya fuera por el velo de la muerte o empañados por las lágrimas que los vidriaban con un brillo centelleante. «Lo estoy intentando», contesté, y el barril abandonó mi mundo.

Me desperté y contemplé a través de los huecos del techo las estrellas muertas que todavía brillaban. Entre los cuerpos de mis amigos disfrutaba de algo de calor. Inmerso en mis propios planes, no me había dado cuenta de lo mal que lo había pasado Leib. Después de todo el tiempo que él había pasado siendo leal y a mi lado, yo sentía que había sido egoísta y mal amigo. Hacía semanas que respiraba con fatiga mientras dormía. A veces, los gestos más simples parecían costarle un esfuerzo desmesurado. ¿Cómo no me había dado cuenta de que mi amigo, mi único amigo, estaba enfermo? Tomé mi tiza imaginaria y lo añadí al número de bajas de aquellos a los que había conocido y que ya no estaban. Me recordé que las flores no brotaban en los campos de concentración y que, aunque lo hicieran, tampoco habría una tumba donde ponerlas.

Nos cruzamos con varios amores en nuestras vidas. Leib era sin duda uno de los míos. Otra persona que se sumaba al peso de mis hombros para el resto de mis días.

Cuando lloras la muerte de alguien, todo se vuelve automático. Duermes mal, comes mal, trabajas mal y a duras penas consigues esquivar el golpe letal de los nazis. Hice lo que pude para guardar la *shivá*, el periodo de luto judío. En esto me ayudaron las lágrimas y la falta de lugares donde reflejarme. Desde luego no tenía cabida en los planes de los nazis permitirme un luto ceremonioso, simplemente la ausencia de cualquier tipo de consuelo. Las siete etapas del duelo eran un círculo infinito. Si llegaba a la aceptación, la conmoción me devolvía a la negación otra vez. Sin duda, los nazis sabían cómo implementar un giro de guion repentino.

Llorar a Leib por todas partes tenía un lado positivo. Miraba el abandonado horizonte con los cambios de estaciones y sabía que estaba tentando a la suerte. Los lejanos árboles estaban vestidos en el verdor completo del verano, siguiendo mi llegada en abril. Tal vez el tiempo era un constructo humano, pero estaba viviendo unos días contados. Tenía claro que aquella debía de ser la existencia de Rose también, dirigiéndose hacia un final que ninguno de los dos quería. Había veces que la culpa se sentaba a mi lado. La pesadilla que experimentaba al despertarme era que ella estuviera en un Kommando construyendo una carretera mientras yo gozaba de una situación favorable como ayudante personal de Meier.

Trabajar en el departamento político me ofrecía una oportunidad. Era el mismo descaro que me había llevado hasta allí lo que me había envalentonado a hablar con Rose por primera vez, a convertirme en comunista, a correr riesgos y ayudar a los demás. ¿Qué me impedía hacer lo mismo en Auschwitz cuando se me había presentado la opción?

Habían pasado dos semanas desde el asesinato de Leib. Me resultaba difícil saber con exactitud cuántos días habían pasado, pues discurrían sin que sucediera nada destacable.

Un día, mientras Meier estaba en la pausa de la comida, me escabullí y entré en su despacho. Me acerqué a la máquina de escribir, pero era tan pesada que tuve que poner en práctica mis tejemanejes allí mismo.

En el borde del escritorio de Meier había una bandeja, que se recogía todos los días a última hora, llena de cartas dirigidas a Auschwitz o más allá de sus muros. Me inspiré en su estilo de escritura tomando muestras del montón de borradores que llenaban un cubo al lado de la pesada silla y escribí una carta con el papel con membrete de Meier. Era importante ceñirme a una misma mentira.

Herr Kier
Bloque 5, Auschwitz

Herr Kier:

Por favor, encárguese inmediatamente de liberar al prisionero 564745 de la tarea de cortar madera y trasládelo al

Kommando de limpieza en el lugar de otro prisionero del mismo bloque que, según me consta, ha muerto recientemente.

Cualquier pregunta que tenga puede guardársela para sus adentros.

Heil Hitler,

Lukas Meier

Tras firmar la carta con la pluma estilográfica que me esperaba sobre el escritorio, miré hacia la puerta, anticipando la llegada del oficial tras su almuerzo.

Actué con rapidez, doblé la carta por la mitad y la coloqué en un sobre que conseguí del cajón superior de su escritorio. Copié con cuidado la caligrafía de las cartas de la bandeja, moví la misiva para que se secara la tinta y la oculté en el montón como si fuera un truco de cartas. No era una gesta demasiado distinta al trabajo que solía llevar a cabo con el notario en Praga. Si no aprendemos de nuestros errores, estamos destinados a repetirlos. Tras recolocar todos los objetos en el lugar correspondiente, regresé de puntillas a mi despacho.

Mi tarea requería poca habilidad mental, lo que significaba que mi mente era libre de estar en cualquier otro lugar; una pausa más que bienvenida. Más allá de calcular en qué parte del alfabeto iba un apellido, mi monólogo interno podía imaginar todo tipo de escenarios. Hacerlo permitía que una oleada de planes para huir me inundara. Los examinaba mentalmente, pero para cada uno de ellos había algún tipo de impedimento y todos presentaban puntos débiles. Miré el reloj de la pared y deseé que se acabara el turno: cada día que pasaba estaba un paso más cerca de Rose.

Cuando dieron las cinco, me di cuenta de que había avanzado mi trabajo más que los días previos, seguramente porque otros proyectos me habían distraído. Los dos agentes de las SS, el rubio y el moreno, se presentaron como cada día y parecieron impresionados por mis esfuerzos.

—La cantidad de documentos que has podido archivar hoy hace que me cuestione si el resto de días no estabas holgazaneando —observó el rubio.

Fue su manera de decirme que había hecho un buen trabajo.

Al comentario le siguió el habitual escrutinio desnudo. Con los pantalones de rayas sobre los tobillos, giré sobre mí mismo para mostrar mi estrella de David marrón.

Liberado al fin de mis tareas, fui el primero en regresar al bloque. Me senté en el filo de la litera y me pregunté si falsificar la firma de Meier no había sido excesivo. Sentía como si hubiese puesto en peligro muchas vidas pero hubiese encontrado a la vez la manera de sobrevivir, no solo para mí sino también para los demás, haciendo lo que se me daba mejor.

Cuando regresaron los demás hombres, con las cabezas agachadas y los espíritus aún más doblegados por el trabajo, permanecí en silencio. Sopa y pan para la cena y luego una reflexión discreta de postre. Los que habían conseguido alguna provisión en el Kommando de limpieza la compartieron con los demás. Yo tenía el estómago más cerrado de lo habitual. El único respiro que sentía era cuando se acercaban las ocho de la tarde, cuando tenía que pensar en Rose, imaginándomela en una litera parecida a la mía, con la mirada levantada hacia el mismo cielo, pensando en mí. En mis visiones, se quejaba a su amiga Marion de que yo estaba tardando demasiado en sacarnos a los dos de allí, y las veía con las cabezas rapadas y los rasgos afilados como un diamante.

Entonces volvía a sumergirme en la inquietud hasta que el sueño se apoderaba de mí.

A la mañana siguiente, mucho antes de lo esperado, llegó la ansiada respuesta. Nuestro Kapo, Kier, irrumpió en el bloque con una hoja de papel de aspecto familiar entre sus dedos muertos.

–¿Prisionero 564745? –preguntó.

Piotr parecía preocupado cuando saltó de la litera. Los demás observaron cómo se marchaba y fingieron mostrar positivismo. Allí iba, mi pobre conejillo de Indias checo. Piotr me caía bien, por eso lo había elegido para darle unas mejores condiciones de vida.

–Señor –le dijo a Kier, poniendo las manos en posición firme.

–Tengo una carta aquí de Herr Meier. Tienes que presentarte en el Kommando de limpieza esta mañana. Ya no trabajarás cortando madera. –Kier miró al resto de los congregados, como si alguien fuera a poner en entredicho la decisión–. Te quiero fuera en cinco minutos –añadió antes de irse.

Libres de cualquier comandante, los hombres felicitaron a Piotr. La mayor aspiración de todos ellos era conseguir trabajo en *Kanada*.

–¿Meier? –dijo Piotr cuando los demás se separaron de él–. ¿No es el oficial para el que trabajas, Georg?

Todos los ojos se giraron hacia mí. No había tenido en consideración que existía la posibilidad de que mis propios compañeros de litera me acusaran. Me había preocupado de que los nazis no me descubrieran, pero no de mis amigos.

Intenté balbucear una respuesta, pero las palabras, como siempre, me fallaron.

–No tenías que interceder por mí –dijo Piotr.

–Yo no he hecho nada –contesté, mintiendo horriblemente mal pero con coherencia.

–Entonces, ¿estás diciendo que es una coincidencia que cuando llevas unas pocas semanas trabajando para ese oficial este le arroje a tu compañero de litera una cuerda salvavidas? –preguntó alguien.

Tenía que ceñirme a mi mentira.

–No me atrevería a hacer algo así –contesté, fingiendo una tos para ocultar mi media sonrisa.

Jamás se me dieron bien los juegos de cartas. Demasiadas pistas delatadoras.

–Sí que lo has hecho –zanjó Piotr–. Tiene sentido. Me dijiste que falsificabas documentos en Praga para ayudar a sacar a la gente del país.

Los ojos que me rodeaban se abrieron como platos ante la idea de haber osado hacer algo así en vez de intentar pasar desapercibido cuando las botas de los soldados retumbaban sobre los adoquines de Praga.

Retrocedí hasta que mi cabeza pelada se topó con la litera y me escapé del foco de atención. La situación se me estaba yendo de las manos.

–Eso fue distinto. No es lo que parece.

Pasé la lengua, nervioso, por el agujero que había entre los pocos dientes que me quedaban.

–Quiero ser el siguiente. Sácame del Kommando de construcción de carreteras, estoy harto.

–¡No, yo! –exclamó otro de los presos–. No quiero estar a la intemperie todo el santo día. Me va bien cualquier puesto en un cómodo despacho como el que tienes tú.

–¿Puedes enviar cartas al exterior?

Las preguntas llegaron en una tromba. Mirando a los rostros demacrados y asustados que tenía delante, mi responsabilidad aumentó. Hasta que se presentara mi propia oportunidad para escapar, debía ayudarlos a dejar sus deberes laborales.

–Escuchad –grité por encima de la algarabía, temeroso de que el inusual barullo pudiera atraer de vuelta a nuestro Kapo, o peor, a algún guardia–. Lo que yo pueda o no hacer es un asunto que no estoy dispuesto a tratar ahora.

–Pero ¿cómo lo has hecho? ¿Es una carta falsa? –inquirió Piotr, empujado hacia delante por la multitud de manos.

–Lo es –confesé.

–Estás falsificando documentos dentro de Auschwitz –dijo alguien detrás de Piotr.

Si bien un problema compartido puede reducirse a la mitad, ocurre lo contrario con una mentira. Tenía a veinte hombres delante de mí y corría el riesgo de mis días en Auschwitz estuviesen contados.

Las peticiones de los demás prisioneros eran abrumadoras y variadas. Algunos me pidieron que les cambiara de Kommando, otros querían que eliminara algunas indiscreciones previas de sus informes. Tal y como lo había hecho con los documentos de Leib, cambié la información de sus formularios y los registré como ciudadanos alemanes o les retiré el estatus de judíos con la esperanza de que eso les salvara de los peores tratos.

Nadie aceptaría una carta de Meier en la que se ordenara que los prisioneros debían recibir un copioso banquete antes de ser liberados y alejarse de la inscripción ARBEIT MACHT FREI. Lo único que podía levantar pocas sospechas era que «él» solicitara traslados entre Kommandos.

A medida que iban pasando las semanas, aquellos cuyos historiales había modificado presentaron sus casos. Lo último que necesitaba era que quince hombres se personaran en el departamento político el mismo día exigiendo que les cambiara la estrella de David amarilla por el triángulo rojo que los designaría como prisioneros políticos. Había una lista de tareas, unos pasos que seguir en todo el proceso.

Si hubiese sabido lo que le había ocurrido a Rose, también podría haber pensado algo para ella, pero todavía no me podía fiar del alcance de la influencia de Meier. Lo mejor que podía hacer era hallar la manera de entrar en Birkenau. Si alguien me descubría antes de que hubiese tenido la oportunidad de salvarme, ese sería el fin de mi pequeña operación.

Aparte de la falsificación final, la que debía sacarme de Auschwitz, esperaba ansiosamente una respuesta de mi jefe. Preguntarle a Meier habría sido como golpearme contra el muro negro donde habían impactado innumerables balas. Y los nazis que se encargaban de mi escrutinio no paraban de burlarse de mí y me amenazaban con que me iban a matar.

Los días pasaron y yo seguí trabajando para cambiar al menos en parte las circunstancias de mis amigos. Uno de los giros más extraños durante el pupilaje con Lukas Meier fue cuando al fin me topé con mi propio historial.

```
Nombre: Georg
Apellido: Gottlieb
Fecha de nacimiento: 19/12/1916
Pelo: castaño
Ojos: grises
```

Me sentí desconectado de la imagen en blanco y negro. Desvié la mirada hacia el terreno yermo del campo y los cambiantes tonos rojizos y marrones del otoño en el bosque distante y después mis ojos se enfocaron en el reflejo que me devolvía fijamente la mirada desde el despacho iluminado. Siempre había sido escuálido, algo que según la señora Hess era debido a ser un pozo sin fondo, pero la persona que ahora tenía delante era distinta. Distaba mucho del chico de la foto. No había ni un poquito de mejilla que pudieras pellizcar.

Consciente de que haber encontrado mi historial podía sacarme de Auschwitz, lo examiné largo y tendido. Me encontraba en una situación complicada al estar a la espera de recibir una carta de Sandstrom que parecía no llegar nunca. Pensar que mi antiguo jefe podría haber desaparecido de Praga, que mi madre se podría haber visto envuelta en todo esto y que Rose podría haber abandonado este mundo con Leib era un trago amargo.

Oí su respiración fatigosa antes de que llegara, así que no me sorprendí cuando Meier entró en el despacho. Aparté la mirada de mi propio historial y lo dejé sobre el montón que había en la caja más cercana como escondite improvisado. Después, saludé.

—No hace falta nada de eso, chico —me dijo. Al parecer había bebido—. Dime, ¿qué más eres capaz de hacer cuando hayas terminado aquí?

A pesar del caos que era mi vida, mis habilidades y la organización que había demostrado eran motivo de alabanza.

—Si le soy sincero, señor, tenía la esperanza de reencontrarme con mi mujer en Birkenau —le dije, sobriamente.

—Una cosa complicada, el matrimonio. Yo también lo he intentado. —Alzó la mirada, hacia algún lugar de su pasado. Tenía los ojos inyectados en sangre y algo hizo que sus labios se arrugaran en una mueca—. Dudo que te pueda ayudar en eso. Has demostrado ser un buen secretario, no te voy a soltar así como así. —Al ver mi decepción, Meier intentó ofrecerme un rayo de esperanza—. Veré si puedo enterarme de cómo está tu esposa.

Era lo más a lo que podía aspirar.

—Gracias, señor —le dije, satisfecho de que me hiciese el favor de averiguar si mi esposa estaba viva.

Resulta curioso lo que puede parecerte un favor cuando estás encarcelado.

Cuando Meier me dejó de nuevo a solas con mi trabajo y mis pensamientos, el resuello que emitía mi pecho me hincó de rodillas. Se me desenfocaron los ojos y comencé a ver puntitos brillantes. Un pitido que no se aplacaba me atoró los oídos. Aunque ya no trabajaba en el patio, me retenía el papeleo en vez del alambre de espinos que circundaba el campo y centelleaba con el rocío de la mañana. Ya había cambiado todo lo que estaba en mi mando para ayudar a quienes me rodeaban. No podía salvarlos del todo, pero podía ayudar para que estuvieran más cómodos.

Había llegado el momento de velar por Georg Gottlieb.

Aunque Meier no estaba dispuesto a dejarme ir, otros podían ser trasladados de Auschwitz a Birkenau. Mientras el oficial dormía en su despacho, examiné con interés las solicitudes que había sobre su escritorio. Una larga lista de números me llamó la atención: eran hombres destinados al campo vecino. Mi primer impulso fue manipular la solicitud y añadir el 620056 a la lista de prisioneros que iban a trasladar. El sello en el que se leía «Documento informativo» estampado en la parte de arriba revelaba que se trataba de una de varias copias. No podía editarlas todas, por más que quisiera.

Tenía que haber otra manera de salir.

–Venga, va –dijo el guardia rubio–. Acabemos con esto.

Me bajé los pantalones esperando que aquella fuera la última vez que debía pasar por eso y me di la vuelta lentamente, con los pies crujiendo extrañamente dentro de mis zuecos. El aire frío se filtraba en el despacho a medida que la estación iba cambiando. Poco ayudaba en aquella muestra pública de desnudez.

–Con esto basta –dijo el rubio para que pudiera al fin recoger la camisa del suelo y taparme.

–No puedo esperar a mañana –le dije mientras pasaba junto a ellos, satisfecho con los progresos que había hecho.

Más tarde por la noche, cuando Piotr se acurrucó en la litera a mi lado, el calor de su cuerpo enclenque junto al mío, le susurré:

–Por la mañana, ve al edificio político. Diles que estoy muerto y que te han enviado en mi lugar. Diles que trabajabas en una imprenta en Praga. No tendrán ninguna manera de confirmarlo.

Piotr se giró.

—Georg, ¿qué dices?

—Confía en mí. Debo hacerlo.

Antes de que pudiera responder, me bajé de la litera. Era importante ceñirnos a la misma mentira, aunque fuera tan evidente como mis rasgos judíos. No había perdido la esperanza. Había llegado el momento de salir y reclamar mi propio destino.

—Sé lo que vas a decir —intervino Rebekah cuando Georg detuvo la historia para toser contra su puño cerrado—. Me vas a consolar diciéndome que no estabas muerto cuando Piotr se levantó a la mañana siguiente.

Tras sacudirse, Georg pestañeó para retener las lágrimas en sus ojos arrugados.

—Chica lista. No estaba muerto, pero tenía que hacer que todos los demás creyeran lo contrario. Al final todo acaba bien. ¿Quieres más té? Puedo pedirle a Rose que...

—No te molestes, gracias —interrumpió ella—. ¿Piensas en Leib a menudo?

—La verdad es que lo hago cada día. Hay una fotografía allí de los dos para recordarle.

Georg hizo un gesto con la mano hacia donde estaban las fotografías en blanco y negro.

Rebekah se levantó de la silla y descubrió que había sido una mala idea sentarse con las piernas cruzadas durante tanto rato, así que se sacudió las extremidades dormidas y fue hasta la pared.

Todo la información que conocía ahora le permitió identificar a algunos de los personajes importantes de la vida de Georg. Destacaba una fotografía en la que aparecían Leib y Georg jóvenes en una bodega de Praga, mucho antes de los acontecimientos que le estaba narrando. Iban bien vestidos,

con camisa y corbata, justo como lo había descrito. Como todas las fotografías de la época, desprendían un aire de serie-
dad.

–Eras muy guapo, Georg –observó ella.

–¿Cómo que «eras»?

Capítulo 10

A la mañana siguiente, Piotr despertó y descubrió que yo no había vuelto a la cama. Meier se disgustó cuando se enteró de mi supuesta muerte, pero aceptó al muchacho nuevo como reemplazo. No le importaba quién archivara el papeleo y desatascara las teclas de su máquina de escribir.

Después de una breve explicación, dejaron a Piotr al cargo de ordenar las cajas. Recogió un archivo abandonado en el que encontró la información del joven Georg Gottlieb, un prisionero judío de Praga. A diferencia de los demás informes, a aquel le faltaba la foto de ojos tristes. Con el tiempo, nadie del departamento político se acordaría del aspecto que tenía el primer aprendiz de Herr Meier. Había desaparecido.

Una línea de tinta negra discurría de la esquina izquierda hasta la parte inferior derecha del historial, indicando que el individuo había muerto. Piotr cerró el archivo y lo dejó con aire pensativo dentro de la caja etiquetada con la letra G.

Al mismo tiempo, los miembros de *Kanada* formaban en la rampa para su traslado a Birkenau. Entre ellos se alzaba un hombre que jamás había trabajado en el Kommando de limpieza. Sin embargo, era un maestro del engaño. Lo único que tenía que hacer era imitar a los que tenía a su alrededor y no levantar sospechas.

Ese prisionero era yo, por supuesto, Georg Gottlieb.

A medida que decían los números en voz alta se me removió

en el estómago. No había tenido en cuenta que quizá debería pelear contra otro prisionero.

–698866.

Me miré el brazo, confirmé los dígitos cambiados y di un paso al frente. Nadie más avanzó. Quienquiera que hubiese sido el prisionero 698866, Anders Bloch, ese día cambió. De nada me iba a servir preguntarme qué le habría ocurrido.

Una vez más me había sonreído la suerte.

–Muéstrame el brazo –me dijo el Kapo con recelo, pues no me había visto en ningún turno de trabajo antes.

Preguntándose por mi aspecto, me dejó pasar tras asentir.

Estaba satisfecho con los dígitos tatuados en mi piel. Tomé asiento en el camión y comprobé la zona en busca de alguien que pudiera detenerme.

Lo que había ocurrido era lo siguiente. Después de darle las indicaciones pertinentes a Piotr y salir a hurtadillas del bloque, pasé desapercibido, agachado por debajo de las ventanas iluminadas donde los Kapos y los guardias disfrutaban de sus copas nocturnas. Su vocerío a duras penas contenido amortiguaba los sonidos que hacía al desplazarme con los pies doblándose dentro de los zapatos. Dejando atrás aquel jolgorio, llegué a los baños. Aunque no me sorprendió encontrarlo cerrado, me decepcionó. Las visitas al aseo en horario nocturno no estaban permitidas, pues se esperaba de nosotros que nos aguantáramos o simplemente nos alivieramos donde estábamos tumbados. Algunos prisioneros enfermaban tanto debido a las extremas condiciones que no les quedaba otra opción.

Un agujero circular abierto en la pared trasera de los baños permitía que saliera algo del hedor. Era demasiado pequeño para que un hombre entrara por él, pero la dieta había menguado mi cuerpo. Solo tuve que jugar un poco con mis hombros huesudos para cruzar la apertura. Los cantos la madera me hicieron cortes en las clavículas, la barriga y las caderas mientras me estrujaba por el agujero como un artista de circo patético.

Aterricé con las manos y acabé de sacar el resto de mi cuerpo con cuidado hasta ovillarme al lado del supuesto lavabo. La estancia olía incluso peor que nuestro bloque.

Con los ojos anegados, me quité el zapato y saqué la caja de cerillas, un clip, la pluma estilográfica de Meier con un cartucho entero de tinta extra y la fotografía de mi antiguo yo. Desdoblé el clip y dejé el resto del equipo al lado de la pared del bloque. No había modo de protegerme de las posibles enfermedades que hubiese en el ambiente. Una vez más, se trataba de una cuestión de vida o muerte.

Tras abrir la pluma estilográfica como si fuera un sujeto de pruebas, froté el cartucho hasta que los dedos se me quedaron pegajosos y la tinta negra recubría mis duros callos. Lo único que atiné a ver al encender una de las cerillas fue lo inconsciente que estaba siendo y lo mucho que me estaba arriesgado al alejarme tanto de mi zona de confort.

Calenté el clip en la llama y lo hundí en el pozo de tinta antes de apretarlo sobre el número dos de mi antebrazo. Se me aceleró la respiración y presioné hasta que la piel se desgarró bajo la opresión. Fue una liberación extraña y dolorosa, pero no mucho peor que lo que había experimentado en los meses precedentes. Había llegado a un punto en el que simplemente aceptaba lo que me sucedía. Mientras la aguja improvisada se alejaba, los músculos de mi brazo se contrajeron involuntariamente, las venas azulas enmarcaban los números que palpitaban gracias a la absurda idea que había tenido. La piel se liberó y lo sentí como un beso clandestino en mitad de la noche.

Actué con rapidez, haciendo un buen uso tanto de la tinta en la aguja artesana como de la adrenalina que me corría por las venas. Tracé una línea, pero, bajo la limitada luz, era difícil verla. Tras hundir de nuevo el clip en la tinta, volví a presionar para reseguir la línea. Cuando moví el brazo para que lo bañara la luz de la luna, la sangre seca y la tinta negra siguieron el movimiento. Limpié el tatuaje con el interior de mi manga: lo había logrado. Una delgada marca, hinchada e irritada, se encontraba junto al lado del número dos. Si lo mirabas sin mucha atención podía pasar por un nueve. Derrochando otra cerilla, reposicioné la tinta y la aguja bajo la luz mortecina antes de dibujar dos líneas en la mitad de uno de los ceros, convenciendo a la forma de que se convirtiera en un ocho.

La piel de la comisura de mis ojos se tensaba y se relajaba cada vez que apretaba el metal y este perforaba mi piel. Por lo menos aquella vez era yo el que estaba infligiendo la tortura. Pasó a ser algo extrañamente placentero. Tenía el puño en tensión. Limpié la sangre y la tinta para revelar un número ocho, la cruz hinchada del centro era como la marca del tres en raya. La X indicaba el destino. Repitiendo el movimiento, se le unió una cifra igual tras mojar la aguja improvisada.

Al flexionar los dedos salieron a la superficie varios puntos de sangre. Mientras los limpiaba, me vinieron a la mente fragmentos de la Torá: «No haréis sajaduras en vuestro cuerpo por los muertos ni imprimiréis en vosotros señal alguna». Supuse que Dios ya me interrogaría llegado el momento. Los nazis me habían obligado a hacerlo.

Pasé de ser el 620056 al 698866. Qué fácil fue deshacerme de su etiqueta.

Me puse en pie y me sobrevino un mareo repentino. Me dirigí al lavabo y me aferré al borde con las dos manos mientras la cabeza me palpitaba con la intensidad de mi motor. Abrí el grifo un ápice, preocupado por el ruido que pudiera hacer, y el agua arrastró consigo los últimos restos de tinta. Me temblaba el brazo, tanto por lo que había hecho como por la temperatura helada del agua.

La estancia se sumió en un silencio escalofriante.

«Los tatuajes los llevan los marineros y las prostitutas. ¿Cuál de los dos eres tú?». Bebí un poco para aliviar mi boca reseca, pero permanecí completamente aterrorizado por si me descubrían allí sin una explicación plausible.

Regresé de puntillas y recogí la fotografía. Prendí otra cerilla de la caja que deflagró con una llama naranja. Aquel rostro asustado desapareció para siempre, el humo se unió a la noche clara mientras el leve olor a azufre llegaba hasta mi nariz. Cuando la llama se acercó a las puntas de mis dedos, calentándolos, tiré los restos ennegrecidos de mi fotografía por el agujero sobre el montón repugnante de residuos humanos. La siguieron la pluma, el clip y la caja de cerillas. No podía quedar rastro de ninguna prueba. Pensé en cómo Leib se deshacía de los envoltorios de la comida.

No podía ir a ninguna parte antes de que amaneciera, así que, cuando el sueño se apoderó de mí, cabeceé.

Fue prácticamente imposible dormir con tantas preocupaciones en la cabeza. Las sombras de un nuevo día reptaban por la pared opuesta.

Cuando un soldado hizo tintinear una llave en el cerrojo, volví en mí y me puse tan alerta como un gato. Me apreté contra la pared, pero sus pasos revelaron que había seguido adelante sin revelar la habitación. Ya no tenía que estrujarme para salir por la ventana circular; me acababan de ofrecer una vía de escape.

Al oír el sonido de los prisioneros que se acercaban, estiré el cuerpo dolorido y me dirigí hacia la puerta. Era mucho más fácil caminar sin llevar un equipo improvisado de tatuaje oculto en los zapatos. Los dos guardias de Meier en ningún momento me revisaron los pies; estaban demasiado ocupados con desnudarme por pura diversión. Guardaba la esperanza de no volver a verlos nunca más y, en el fondo, sabía que la noticia de mi muerte les alegraría.

Nadie en su jerarquía podía responder por mi paradero. Antes que admitir que habían perdido a un prisionero, confirmarían la versión de Piotr, según la cual yo había muerto. Mis compañeros darían por hecho que me habían matado, pues era el final más probable. Yo tenía la esperanza de haber beneficiado, aunque fuera solo un poco, sus destinos y de haberme asegurado el traslado a Birkenau para encontrar a mi esposa. Aferrarme a la esperanza me había llevado hasta allí. Necesitaba que nos permitiera seguir vivos un poco más para que pudiera llegar hasta ella.

Bajo la luz del nuevo día, los cambios del tatuaje en el brazo inflamado eran más que evidentes. Ahuequé la otra mano en la tierra sucia del suelo y extendí una convincente capa encima de los números; actuaría como camuflaje. El dolor era temporal, el tatuaje no. ¿Qué más le daba un judío mugriento más al oficial que iba a recoger los números para llevarlos a Birkenau?

Aquel viaje lo hice solo. No reconocía a ninguno de los que trasladaban de *Kanada* si Leib no estaba entre ellos. Quienquiera que fuera el auténtico 698866 me había salvado igual que lo habían hecho otros: sin saberlo. No hicieron ninguna comprobación más, así que un simple intercambio de papeles me sirvió para llegar al otro lado. Si no estaba muerto, le debía una cerveza al verdadero Anders Bloch.

Incluso los presos más curtidos le temían a Birkenau. Construido sobre un pantano, todo lo que había allí estaba embarrado, comenzando por nuestros pies congelados. No había escapatoria ni respiro posible. Cualquier cosa que cayera al suelo quedaba manchada, y eso incluía a los prisioneros que perdían el equilibrio gracias a los crueles guardias.

Mientras que en Auschwitz se alzaban edificios de ladrillo, la velocidad con la que habían poblado el campo secundario había conllevado que tuvieran que usar como alojamiento unas barracas de madera de aspecto temporal. Tenían la apariencia y desprendían el olor de un establo. La única luz que se filtraba hacia su interior era debido a su construcción deficiente y apresurada, a través de los huecos que se abrían en las paredes por los que se colaban los rayos del sol. Unas hileras de literas de tres pisos flanqueaban ambas paredes del estrecho pasillo del Bloque 16. En los catres dormían hasta cinco personas, formas malnutridas enroscadas como virutas de lápiz. Creía que la situación en Auschwitz era triste, pero cuando llegué a Birkenau me di cuenta de la realidad.

Los internos se abrían paso a codazos para hacerse con las preciadas gotas de agua que cada mañana echaban en unos abrevaderos cuyo uso estaba pensado para los animales. Tras haberme acostumbrado al olor de los demás humanos en su forma natural, el hedor a enfermedad y heces era claro y pungente. Pestañeaba para contener las lágrimas: no me podía creer que un espacio tan pequeño pudiera albergar a seiscientas personas.

Mientras avanzábamos por el bloque, procurando encontrar un espacio en el que instalarnos, repetía mis afirmaciones mentalmente.

«Debes sobrevivir».

«Debes encontrar a tu esposa».

«Debes salir de aquí».

La presencia de Rose estaba en el ambiente, más de lo que la había percibido en Auschwitz. El traslado a Birkenau había sido un paso en la dirección correcta. Como un sabueso, seguía su rastro. Habían pasado cinco meses desde que nos habíamos visto forzados a separarnos. Me preocupaba haber cambiado tanto físicamente que no me reconociera. Consciente de la astucia que habíamos mostrado ambos durante los primeros años de nuestra relación, no veía el momento de descubrir cómo Rose había salvaguardado nuestro futuro.

Rose tenía la costumbre de hacerse conocer, de ofrecer su ayuda a los demás. Ese carácter le habría sido útil en el campo y por ello cabía la posibilidad de que alguien pudiera asegurarme que estaba bien.

Como era la primera vez que formaba parte de ese Kommando, fui el único al que le sorprendió el alcance de la operación. Dentro de un enorme almacén, los prisioneros distribuían en cajas los artículos que sacaban de unas maletas cuidadas con mimo, con nombres estampados en el lateral que destilaban una sensación de esperanza perdida. No quedaba más opción que ponerse manos a la obra, observando a los demás discretamente y siguiendo sus movimientos para catalogar los objetos, que en su día habían sido pertenencias. Éramos personas y habíamos pasado a ser objetos. Iba más lento que el resto, pero sabía que aprendería con la práctica.

Aquella noche, tumbado en la cama y acompañado de tres hombres más, levanté la mirada y el tono del cielo desveló que eran las ocho de la tarde. No tenía manera de saberlo a ciencia cierta, pero, con la esperanza de que fuera la hora correcta y a sabiendas de que mi mujer también estaría con los ojos puestos en el firmamento, pensé en ella.

—¿Georg?

Me incorporé en la cama, incomodando a aquellos que se apiñaban a mi alrededor. Con un vestido elegante y precioso, mi esposa estaba allí, brillando entre las literas de nuestro bloque. No exhibía ninguna de las muestras de aflicción que caracterizaba a los demás prisioneros. Tenía el pelo largo y cada uno de sus rizos caía perfectamente. La sonrisa mostraba todos sus dientes. Su espíritu no tenía la más mínima grieta. La veía con la misma claridad con la que distinguía todos los demás elementos del campo, pero seguía siendo producto de mi imaginación.

Cometí el error de frotarme los ojos y, cuando volví a mirar, ya había desaparecido. Había sido un efecto de la luz que mis sentidos agotados habían ampliado.

Tenía razón: la vida en Birkenau era diferente a la de Auschwitz y había llegado el momento de empezar de nuevo.

Tuve presentes las descripciones diarias que me solía dar Leib mientras disfrutábamos de los tesoros que había encontrado. El trabajo consistía en registrar entre los objetos personales, retirar las fotografías y los recuerdos, la ropa interior y los diarios y clasificar los artículos según el grado de utilidad que podían tener para los nazis. Era una tarea lo bastante repetitiva como para que pudiera usar el resto de mi materia gris para algo más provechoso como, por ejemplo, encontrar a mi esposa.

Durante las tres primeras semanas que pasé en Birkenau, aprendí a trabajar en el Kommando mientras intentaba informarme sobre Rose. Con la misma frecuencia algún desconocido me preguntaba si había visto a un ser querido suyo. Aportando tanto su apellido de casada como el de soltera, la esperanza radicaba en que alguien se hubiese cruzado con ella. Les contaba las historias sobre nuestra vida juntos a quien tuviera el valor de escucharlas.

Las mujeres del Kommando nuevo fueron mis primeros contactos. Se alimentaban de la comida que encontraban, por lo que todavía conservaban algo de color en las mejillas. No parecían tan frágiles y apesadumbradas como el grupo con el que nos habíamos cruzado en nuestro primer día. Si iban con cuidado con las SS, tenían a su alcance ropa interior nueva cada día.

Ninguna de ellas había oído hablar o visto a Rose, por más descripciones que les ofreciera. Lo más probable era que hubiese alguien con quien compartiera barraca o algún turno de trabajo, así que lo único que podía hacer era seguir insistiendo, hacer las preguntas adecuadas y perseguir a la Rose de mis sueños.

Mi rutina se basaba en despertarme, trabajar, preguntar y dormir, no tenía energía para nada más. Robaba lo que necesitaba mientras catalogaba las posesiones y mi único objetivo era dar con Rose. Incluso mientras dormía, la perseguía, gritaba su nombre por lóbregos pasillos y me perdía en el bosque de mi propia imaginación.

Un día, mientras me dejaba la piel en el puesto de trabajo, divisé a Marion, la amiga de Rose con la que solía a salir a bailar en Praga. A pesar de haberse quedado reducida a una figura demacrada, no me cabía duda de que se trataba de ella. La distancia que nos separaba mientras seleccionaba provisiones resultó ser demasiada como para que ella reparara en mi presencia.

Al ver que se alejaba, hice ademán de seguirla, pero me golpeé los huesos de la cadera contra el banco antes de recordar cuál era mi lugar. Me moví de lado rápidamente para alcanzarla, introduje a toda prisa unos cuantos objetos en una caja y me acerqué justo cuando ella salía del edificio.

–¿Adónde te crees que vas? –me preguntó un Kapo, con la mano sobre su enorme cintura, preparado para arrojarme algo.

Tenía saliva en los labios y los ojos llenos de odio.

–Tengo que llevar esto a la barraca de las mujeres –le expliqué, avanzando para que no se diera cuenta de lo que había metido en la caja.

Señaló hacia la puerta con la cabeza.

–De acuerdo, pero vuelve rápido.

–Gracias –le dije sin aliento, caminando tan rápido como me fue posible por el pasillo.

No me atrevía a poner un solo pie fuera de la línea.

Para cuando llegué fuera, ella había desaparecido.

–¡Marion! –grité.

En la distancia, la puerta lateral de una de las barracas se estaba cerrando, recluyendo consigo mis esperanzas. Una cabeza se asomó hacia el pasillo sombrío.

Con los zuecos de madera y el camino de tierra correr resultaba difícil, pero no tenía más opción. A medida que acortaba la distancia, distinguía más detalles de su rostro enjuto. Parecía haber envejecido una década por las condiciones del campo, sus ojos se habían oscurecido y los pómulos le sobresalían de manera antinatural. Estaba seguro de que había visto cosas horribles.

–Soy yo, Georg Gottlieb.

Tras haber fingido ser Anders Bloch, aquella era la primera vez que pronunciaba mi nombre desde hacía semanas. Todos los días sufría por que alguien pudiera relacionarme con Auschwitz.

Marion fijó la mirada en mí, escrutándome antes de que la luz le iluminara los ojos.

–Ay, Georg. De las noches de baile –dijo.

Me parecía surrealista encontrarme con alguien que había conocido en otro mundo. Esas cosas le habían sucedido a otra persona en otra época. Sintiéndome afortunado por haber acertado su nombre, le pregunté:

–¿Cómo estás?

–Todo lo bien que se puede estar –respondió–. Pero no podemos estar hablando aquí. Han matado a amigas mías solo por desviar los ojos en dirección a la barraca de los hombres.

–Tenía que seguirte. Estoy buscando a Rose. Rose Gottlieb. Rose Izelis. Mi esposa.

–¡Eh! –gritó alguien.

Nos volvimos. Un guardia se acercaba a nosotros.

–Está viva –soltó abruptamente Marion–. Trabaja en otro Kommando, pero sigue aquí.

No podía despegar los ojos del soldado, que acortaba distancias rápidamente. Su ira se vio suavizada por el filtro que me proporcionaban las lágrimas. Incluso con la vista emborronada, resultaba aterrador que un nazi se abalanzara sobre ti.

—Toma esto —le indiqué a Marion a la vez que le entregaba el conjunto de objetos inservibles—. Reúnete conmigo esta noche en el Bloque 16.

Capítulo 11

El guardia no aminoró la marcha y se abalanzó sobre mí. Con el codo doblado, me asestó un golpe en la cara. Di un paso atrás debido al ataque y, aturdido, conseguí mantener el equilibrio. Por lo visto acababa de tomar la peor de las decisiones. El soldado alzó una bota y me propinó una patada con la que me lanzó directamente al barro húmedo. Marion desapareció dentro de la barraca, oculta entre las demás mujeres rapadas que trabajaban en su mismo Kommando.

—¿Qué haces aquí? —me preguntó furioso.

Me incorporé mientras el aire abandonaba mis pulmones.

—Tenía que entregar algunos artículos. Una mujer estaba saliendo, así que le he pedido que los entrase ella.

—¿Estás mintiendo, judío?

—No, señor —aseguré.

—¡Vuelve al trabajo!

—Sí, señor.

Hallé la manera de volver a ponerme en pie sin dejar entrever el dolor que estaba sintiendo. El barro húmedo se apelmazaba contra mi espalda. Renqueé hasta la barraca y me tranquilicé al regresar a mi puesto de trabajo. El resto de la tarde discurrió fluidamente. Estaba un paso más cerca de volver a ver a Rose. Escondía cualquier cosa de valor que encontraba con la esperanza de que pudiera facilitar de algún modo la vida de Marion o de las demás mujeres del campo. A cambio, yo solo deseaba obtener información.

Cuando el sol se puso, me acerqué al Bloque 16 con un pequeño fardo. Dentro había cuchillas, calcetines, una tableta de chocolate y un osito de juguete enrollados con la funda de una almohada. No necesitábamos para nada esas fundas, ya que para eso primero necesitábamos almohadas y para las almohadas camas.

Esperé durante cinco minutos y di una vuelta con la esperanza de que Marion estuviera en la otra esquina o que simplemente se hubiese retrasado. Comenzaba a sentir que había dado un paso adelante y treinta hacia atrás en la búsqueda. Volvía a sentirme abandonado cuando, finalmente, Marion apareció.

–Muchas gracias por reunirte conmigo –le dije.

La abracé sin estar del todo seguro de cuál era el protocolo. Sus huesos rozaron los míos. Era dolorosamente consciente de que aquellas eran las circunstancias más extraordinarias y tristes que podían darse para un reencuentro.

–Te he traído esto –le indiqué, tendiéndole el bulto anudado.

Se lo guardó con destreza después de mirar en todas direcciones.

–Gracias –me dijo Marion, esbozando una media sonrisa. Parecía un médico a punto de dar malas noticias.

En Praga había sido la envidia de las demás chicas en las salas de baile y había atraído todas las miradas. Marion y Rose eran capaces de hacer que la gente se volteara con mucha facilidad, pero eso era otra época.

–Bueno... –empecé a decir después de mirarnos en silencio durante un rato.

Se me cortó la respiración, inseguro. El mejor escenario posible era que a Rose la hubiesen devuelto a Praga para seguir con su vida y que estuviera esperándome allí. Sin embargo, era tan poco probable que rápidamente la ilusión se rompió en mil pedazos.

–Está viva, Georg, créeme. La asignaron a un bloque cerca

del mío. Sé de muchas que se han rendido, pero Rose no es una de ellas. Rose es fuerte. No hace falta que te lo diga.

Las rodillas me flaquearon mientras me esforzaba por mantenerme en pie. Aquella era, en realidad, el mejor escenario posible. Era cierto: había estado conmigo cada día a las ocho de la tarde. Los ojos se me llenaron de lágrimas.

–¿Crees que podría hablar con ella? –pregunté con un susurro, receloso por si decirlo en voz alta pudiera dificultar mis intenciones.

–Me temo que no. A las de su Kommando las mantienen encerradas, aunque puedo pasarle un mensaje en los aseos.

–¿Harías eso por mí? –pregunté.

–Claro, Georg.

–Puedo encontrarte cosas –añadí, desesperado–. Compensarte el esfuerzo.

Algo en aquel extraño conjunto de obsequios hacía que pareciera una forma de pago. Marion sujetó el fardo y mudó el semblante. Sus ojos brillaban por unos bienes corrientes que, en nuestras circunstancias, se habían convertido en artículos de lujo.

–Tráeme lo que puedas y lo compartiré con las demás. ¡Con Rose! –exclamó, animada.

Pensar que aquellos paquetes podían hallar el camino hasta mi esposa me hizo sentir algo parecido a la alegría. Eran pequeñas muestras de afecto y mi única manera de expresarle amor dentro de un campo de concentración.

–¿De veras? –pregunté y dos lágrimas se deslizaron por mis mejillas.

Tenía la piel congelada. El viento de Birkenau nos azotaba.

Marion colocó la mano que tenía libre sobre una de las mías.

–Debemos cuidarnos los unos a los otros. Le diré que te he visto y que estás bien. Porque lo estás, ¿no?

Me limpié la cara sin mostrar ningún tipo de vergüenza.

—Lo estoy. ¿Puedes decirle que tengo un aspecto fuerte y sano? Estoy trabajando, pero en uno de los puestos más cómodos. Dile que estaremos de vuelta en Praga y que esto pronto no será más que un recuerdo terrible y distante.

Marion me dedicó otra sonrisa triste y ladeó la cabeza.

—Lo haré, Georg. El mensaje está a buen recaudo conmigo.

—Gracias.

Consciente de la posición vulnerable a la que me exponía al abrirme a Marion, alguien a quien no conocía tanto, cuadré los hombros y me aguanté las ganas de llorar. Fingí que todo iba a ir bien.

—¿Quieres que nos volvamos a ver aquí? —me propuso—. A la misma hora dentro de tres días. Así podré pasarte un mensaje de Rose.

—¿Nos harías ese favor?

—Claro, Georg —repitió, usando mi nombre de nuevo como si pretendiera establecer una conexión emocional—. Tenemos que cuidar de los nuestros.

Asentí, abrumado por su amabilidad.

—Ojalá puedas conseguir para la próxima vez algunos cigarrillos o maquillaje.

Fruncí el ceño. El gesto hizo que se pusiera a la defensiva al instante.

—Los médicos juzgan el estado de salud de las mujeres del campo. Algo de colorete en las mejillas o un pintalabios rojo podría salvar vidas.

—Ah, claro —contesté.

El razonamiento era obvio. ¿Cómo me había atrevido a pensar que me estaba pidiendo algo que no era de primera necesidad?

—Tengo que irme —me dijo, despejando cualquier otro pensamiento que pudiera tener sobre el asunto—. Tres días, en el mismo lugar. Cuídate, Georg.

Se fue con la misma rapidez con la que había llegado y se perdió en la muchedumbre, pasando a ser una cabeza afeitada más enfundada en un uniforme que flotaba en el lodazal.

Regresé a mi bloque. Me forcé a no transmitir una expresión de satisfacción y evitar despertar la furia de un guardia de las SS. La recompensa había valido hasta la última gota de mi sangre derramada. Sacaríamos las fuerzas el uno del otro, como habíamos hecho desde que nos conocimos. Me reencontraría con ella.

«Debes sobrevivir».

«Debes encontrar a tu esposa».

«Debes salir de aquí».

Descubrir que Rose había logrado llegar tan lejos hizo que mi ingenio se avivara de nuevo. Había ideado una manera de pasar de Auschwitz a Birkenau y las circunstancias habían alimentado mi descaro y mi valor, demostrándome hasta dónde podía llegar. Solo porque hubiera gente que no había podido salir con vida no significaba que no fuera posible. Tenía que haber una manera de huir para ambos.

Ya había perdido cualquier esperanza de que los documentos que había falsificado nos fueran a rescatar. Ahora me encontraba en Birkenau usando otro nombre, por lo que no tenía manera de reclamar los documentos en Auschwitz. Si mi jefe los había enviado, los guardias de Meier los habrían recibido con un encogimiento de hombros antes de arrojar el certificado ario falso a las llamas.

A los prisioneros a los que capturaban intentando escapar de Birkenau se los llevaban a un búnker que se encontraba debajo del Bloque 11. Era un tema recurrente entre los prisioneros más aterrorizados. Allí había celdas tan pequeñas que no había espacio suficiente ni para estar sentado o tumbado. Los nazis disfrutaban de los métodos de tortura medievales.

Algunas personas no están destinadas a ser salvadas. Otras se entregan para salvar al resto.

Me pasé semanas preparando los siguientes pasos, elucubrando sobre distintas posibilidades, recolectando cualquier cosa que me pudiera ser útil, cualquier información sobre los demás prisioneros.

Para el siguiente encuentro con Marion, tres días después, me guardé algunos cigarrillos en la manga de la camisa y una colección de pintalabios usados dentro de mis bolsillos. Era consciente de que esos objetos fácilmente podrían delatarme.

Llegué pronto e inspeccioné la zona por si había guardias. A pesar de haberme saltado las normas varias veces, si me descubrían no habría escapatoria: no podría ocultar el contrabando. El truco más habitual y obvio era esconder los artículos robados en la cintura del pantalón o en la boca, pero los nazis no tardaron en descubrirlo.

—¡Georg! —me llamó Marion, doblando la esquina con la respiración acelerada.

—¿Cómo estás? —le pregunté mientras se acercaba.

—Estoy bien... Bueno, tan bien como cabe esperar —contestó.

Sus ojos transmitían tristeza. Pensé que algo malo debía haber presenciado desde nuestro último encuentro. No me sorprendía, pues nuestras vidas se basaban en una exposición a atrocidades cada vez mayores. Cualquiera que saliera de allí con vida cargaría con aquellas visiones para siempre.

—Yo también —le dije—. Estoy vivo. No me han apuntado con una pistola a la cabeza en los últimos tres días.

—Eso está muy bien.

Sonrió y yo me liberé de los cosméticos. Los sostuve en la palma de la mano como si fueran una ofrenda para los dioses y uno de los pintalabios cayó sobre el barro. Cuando me agaché para recogerlo, varios más cayeron. Marion se puso de cuclillas conmigo, sacó una pequeña bolsa de arpillera y la llenó antes de metérsela en los pantalones sin miramientos. Al desenrollar mi manga, revelé los cigarrillos y ella los ocultó rápidamente en aquella bolsa secreta.

En aquel encuentro confirmé que Maja Zymermann y su hija, Sophie, ya esperaban a Leib en la otra vida. En parte sentí un gran alivio al descubrir que al fin estaban todos juntos.

–¿Te han dicho algo? –pregunté.

Pareció no comprender la pregunta.

–De Rose.

–Ah. No.

Un grito me sacó de la escena. Levanté los ojos hacia el guardia que intentaba avanzar por la tierra empantanada de la base del montículo.

–¡Vete! –azucé a Marion.

Eché a correr e intenté que los pies se adhirieran al barro. Haciendo caso omiso de los gritos del guardia, un laberinto de esquinas ocultó la ruta que había tomado. Me sentí como en una pesadilla en la que mis pasos eran cada vez más lentos. Ralentizado por el uniforme e intentando evitar que se le mancharan las botas, tuve la fortuna de que mi perseguidor no fuera mucho más rápido que yo.

Mi salvación se encontraba en la masa de prisioneros. Costaba diferenciarnos porque todos éramos delgados, rapados y vestíamos el uniforme de rayas. Solo allí podría camuflarme.

A pesar de mi convicción, solo un segundo después una mano me aferró de la camisa y me obligó con la otra a agachar la cabeza. El guardia me guio a través de una multitud de prisioneros que se apartaba a nuestro paso. Los delgados cuerpos anónimos se apresuraban a quitarse de en medio para que no los envistiera nuestra fuerza arrolladora.

Fue entonces cuando la vi. No era ninguna ensoñación, estaba seguro. La vislumbraba con la misma claridad que el tatuaje de mi brazo. Allí estaba Rose, en medio del campo de concentración.

«Debes sobrevivir».

«Debes salvar a tu esposa».

«Debes salir de aquí».

La situación la obligó a detenerse en seco, consciente de que no era el momento para un reencuentro apasionado. Nuestros ojos se encontraron. El guardia me arrastró más allá de Rose, que se encontraba a salvo entre un grupo de prisioneras. Rapadas y desoladas, todas me parecían iguales menos la mujer que se había hecho con mi corazón para siempre. Eso fue todo lo que pude obtener de aquel contacto visual. Ambos ansiábamos más, pero no quería ponerla en la línea de fuego del peligro al que estaba a punto de enfrentarme.

Oí el sonido de un acordeón soplando cuando cambiamos de dirección repentinamente. Por lo visto no estaba destinado al muro negro, sino al barril de la esquina. Ante los ojos de aquellos que regresaban de sus turnos de trabajo, estaba a punto de convertirme en otra advertencia pública.

Con la fuerza de tres prisioneros, el oficial me arrojó con los pies por delante dentro del agua helada. La empalagosa humedad me despojó de cualquier capacidad de raciocinio y el cerebro se me quedó congelado. Desesperado, volví a escrutar la creciente multitud de espectadores en busca de Rose.

Tiritando de miedo y con el frío arrasando todo mi cuerpo, las palabras me temblaban en los labios ateridos en un intento fallido de gritar su nombre. El guardia me empujó los hombros por debajo de la superficie del agua.

Y allí estaba ella de nuevo. El gris homogéneo que cubría el cielo se abrió y un rayo de luz brilló sobre sus hombros. Bajo el agua y abriendo las aletas de la nariz, sentía que había muchas cosas que debía decirle. Por más que mi muerte fuera inminente, no debía acercarse a mí. Ambos sabíamos que proclamar nuestra relación y nuestro amor a los cuatro vientos solo la pondría en un grave peligro. Apretó los puños. Estaba preparada para pelear, como la mujer valiente que era y de la que me había enamorado perdidamente.

El guardia tenía la atención puesta en el grupo, como un abusón en el patio del colegio. Extendió la palma de la mano, me agarró la cabeza como si fuera una bola de bolos y la empujó de nuevo hacia las profundidades del barril. El pánico me invadió. Me sacudí contra las paredes redondeadas, incapaz de repeler la fuerza del guardia. Sentía en todas las fibras de mi ser que aquel era el final.

Entonces ocurrió algo insólito. El miedo que me atenazaba el pecho aflojó su agarre y me poseyó una especie de calma. Después de lo mucho que la había buscado, del miedo y de la confusión, estaba preparado para abandonar el mundo sabiendo que Rose seguía viva. Tras tantos sueños y preocupaciones, preguntas y estratagemas, nuestros caminos se habían vuelto a unir. Si aquel tenía que ser mi fin, había llegado todo lo lejos que había podido y ahora sabía que ella estaba a salvo.

Se formaron arrugas alrededor de mis ojos y solté una burbuja de aire cargada con una risotada. Tenía la esperanza de que estallara en la superficie. Sería mi último regalo para los demás prisioneros.

En el agua, todo parecía como un espejismo en el horizonte, un oasis de calma. La luz moteaba mi cara como si se estuviera filtrando a través de las hojas de otoño, las escamas de un pez o un vitral. Los gritos amortiguados que oía eran en realidad obra del viento de Dios.

Después de lo que se me antojó una eternidad, me encontré doblado sobre el borde de la tumba acuática, resollando y vivo. Notaba el peso de la ropa y de la derrota sobre mi cuerpo. Medio sordo por el *shock*, seguía sin encontrarle sentido a los ruidos a mi alrededor. No había manera de saber qué me había salvado y era incapaz de centrarme en lo que veían mis ojos y escuchaban mis oídos en aquel extraño mundo nuevo.

Con medio cuerpo colgado del barril, mis ojos se volvieron a posar en Rose.

Una media sonrisa.

El ademán de acercarse.

Habíamos llegado muy lejos.

En nuestras vidas debía de tener cabida algo más que aquellos terribles desenlaces.

El aliento se me atoró en el pecho, en la garganta, en la boca. No conseguía articular palabra mientras colgaba como una marioneta rota.

Capítulo 12

Me di cuenta de que respirar me suponía un suplicio mientras el agua manaba de todos mis orificios. La parte inferior de mi cuerpo tiritaba dentro del barril y la mitad superior se convulsionaba. Si no me ahogaba, había muchas probabilidades de que muriera de una hipotermia.

A medida que el agua iba desocupando mi cerebro, los demás sentidos fueron regresaron. Conversaciones en alemán, murmullos y borboteos, gritos. Seguía percibiendo a Rose a pesar de la incapacidad de reaccionar. El agarre férreo del oficial me mantenía recto. Afloraron también el olor espeluznante de la muerte y un deje a orina. Eso al menos me calentó un poco.

El guardia levantó mi cuerpo destrozado por el frío y me arrastró como a un gato con correa hasta los peldaños del bloque más cercano. Lo único que atinaba a distinguir era el rastro en el barro que dejaba mi cuerpo inerte. Por más desesperado que estuviera por llamar a Rose, lo único que conseguí emitir fue un ruido tembloroso. Era mejor así. Hacer evidente nuestra relación habría hecho que ella sufriese el mismo castigo inclemente, pero por suerte nadie podía comprender lo que articulaba entre sacudidas.

Algo me golpeó en la nuca.

—El resto, meteos dentro.

La instrucción del guardia fue clara. Obligaban a mi amada a apartarse, lejos de mí, y dirigirse hacia un destino que desconocía.

Tanto el miedo como la confusión reinaron mientras los prisioneros se desperdigaban y eran encerrados hasta la mañana siguiente. O bien yo era alguien muy especial, o bien estaba metido en un problema muy gordo. Había muy poca distancia entre las dos opciones. Solamente podía pensar en la tortura que estaba convencido de que me esperaba y en que mi esposa se librara de ella.

El que sería mi asesino miró por encima del hombro para comprobar que ningún prisionero pudiese oírlo. Entonces se inclinó hacia mí con una espeluznante expresión de amabilidad.

—Deberías abrigarte —me dijo—. Hace un frío que pela aquí fuera.

Con las manos como garras, pegadas al pecho como si fuera un pollo asado, quedó claro que era inviable que me salvara yo solo, así que fue el mismo guardia quien me envolvió los hombros con una manta y me los frotó con un cuidado alarmante mientras me miraba fijamente a los ojos. Aquel acto de intimidad me parecía tan inmerecido que, durante un instante, me pregunté si me había enamorado

Sonrió.

—Estás bien —insistió, más para sí mismo que para mí.

Algo le había metido el miedo en el cuerpo. Nada sobre aquella situación explicaba por qué me había salvado del destino de morir ahogado en un barril. El espacio entre los bloques de la prisión y la carretera que conducía a los despachos albergaba un alarmante número de guardias, un hecho que atrajo mi atención. No sabía qué estaba ocurriendo, solo que era grave. Me había convertido en un sujeto de interés y eso jamás era algo bueno para un prisionero.

Lo primero que se me pasó por la cabeza fue que habían descubierto que había huido de Auschwitz. De ser así, todo terminaría en cuestión de minutos: me arrastrarían, me soltarían una reprimenda y probablemente me dispararían.

Mientras mi cabeza escurría el agua helada, eché la vista atrás hacia donde había estado Rose. Su grupo se alejaba bajo la atenta mirada de los guardias.

Mi cerebro no estaba conectado del todo. De lo contrario, habría intentado huir. Habría echado a correr hacia Rose y habríamos escalado los muros antes de despedirnos con el dedo corazón de quienes nos habían recluido. Pero yo ya no era más que una carcasa del hombre que había sido, así que podían hacer conmigo lo que se les antojara.

Me llevaron a rastras. Les costó mantenerme erguido mientras subíamos las escaleras de metal hacia el calor envolvente de los despachos. La ropa empapada me pesaba y entorpecía mis pasos.

Me sentaron en una silla dispuesta en un largo pasillo para que entrase en calor. Los soldados se encerraron en uno de los despachos. Me alegré cuando me dejaron solo, frotándome la manta contra la ropa empapada y notando cómo la temperatura de mi cuerpo iba subiendo grado a grado.

No había nadie vigilándome, así que era el momento óptimo para poner pies en polvorosa. Si podía estar con Rose, no necesitaría nada más en el mundo. Me puse en pie y un segundo después me fallaron las piernas y aterricé en el suelo, arrastrando la silla en la caída. Necesitaba conservar las fuerzas. Maldije mi poca musculatura e intenté desentumecer las articulaciones, pero la fuerza que necesitaba para correr abandonó mi ser. Aparté la silla y la recoloqué antes de hacer lo propio conmigo y sentarme.

Meneé la cabeza para liberarme de la tristeza y usé la silla como punto de apoyo para ponerme en pie. Cuando mis cobardes piernas me sostuvieron sin ceder, bloqueé las rodillas y me erguí, usando una mano para arrebujarme en la manta mientras con la otra tanteaba la pared en busca de un equilibrio precario. Allí la pintura también se estaba descascarillando. ¿Por qué los nazis eran tan ineptos decorando?

Me volví con pasos cuidadosos y me fijé en la puerta abierta, mi única posible vía de escape. A veinte pasos me aguardaba la libertad que me proporcionaba ocultarme en el anonimato del campo. A fin de cuentas, no era la primera vez que cambiaba de identidad y podía volverlo a hacer. Rose era mi deber.

–Gottlieb –me dijo una voz desde atrás.

Me quedé helaldo. Giré las rodillas maltrechas y los pies sin levantarlos del suelo para volverme hacia la música. Las palabras que sonaban en aquel momento eran «Hasta aquí he llegado».

Dos cabezas se asomaron por la puerta y me observaron con gesto adusto. No los había visto desde el último registro que me habían realizado en el departamento político de Auschwitz.

Eran mis viejos amigos, los oficiales de Meier. El rubio y el moreno.

–¿Te creías que ibas a llegar hasta aquí antes de que te pegáramos un tiro por la espalda como a un perro? –preguntó el rubio.

Había perdido mi superpoder, que era mi actitud descarada, y a Rose de nuevo. No podía huir. No se merecían el placer de dispararme por la espalda. La razón me decía que, si me hubiesen querido matar, el barril habría sido perfecto. No tenía ningún sentido que me salvaran solo para matarme unos minutos después.

Quizá estaban barajando una venganza. Quizá querían regresar siendo los afortunados y valientes que habían apretado el gatillo contra el falsificador de Auschwitz.

Me acerqué como un cachorro y, cuando estuve al alcance de sus puños, ambos se echaron a reír.

–Nos tenías contra las cuerdas, Gottlieb –dijo el rubio.

Ningún nazi me había llamado así antes. Para ellos siempre había sido un número.

–Quizá estaría bien que entraras –continuó mientras regresaba al interior de la habitación–. Teníamos que venir para verlo con nuestros propios ojos, y aquí estás.

Dando por sentado que me dirigía hacia un lugar lleno de nazis, los seguí con la esperanza de que mis esfuerzos por escapar se verían recompensados de alguna manera. Después de todo, el trabajo te hace libre y yo, entre ocupaciones legales e ilegales, estaba trabajando mucho.

Debía aferrarme a la esperanza. Por Rose.

La habitación era más grande que los despachos de Auschwitz y albergaba cómodamente a los Kapos y a los soldados que me habían llevado hasta allí: los dos guardias, Meier con una mirada decepcionada y un hombre con aspecto de comandante. Este último era el único que estaba sentado, apoltronado detrás del escritorio y con los pies en alto, mientras el resto se distribuía alrededor como si fueran un grupo de *jazz* experimental a punto de hacerse una fotografía.

Dejando clara su posición, el comandante del campo tosió para dar a entender que él estaría al mando de aquel interrogatorio. Ocupaba el lugar más alto de la jerarquía, que seguía con Meier, los guardias y en último lugar los Kapos. Después de todos ellos venía la suela de sus zapatos y luego estaba yo, el prisionero que se había fugado. Los números 620056 y 698866. Herr Georg Gottlieb, el falsificador de Auschwitz.

–Según me han contado –dijo el comandante–, estamos ante un talento nato para la falsificación.

Pasaron un par de segundos sin que ninguno de los allí reunidos respondiera, así que asentí.

–Creo que está hablando de mí y tiene razón.

Los demás reaccionaron como si aquella afirmación fuera

una prueba de última hora presentada de improviso en un juicio.

—¿Dónde aprendiste? —exigió saber el comandante.

Recordé en un abrir y cerrar de ojos quién era yo de verdad, todo lo que había aprendido y dónde había estado.

—Trabajaba en una imprenta en Praga.

Fui cuidadoso y no mencioné nada sobre los documentos falsificados para los comunistas o los historiales alterados de Auschwitz que había favorecido a mis compañeros y amigos. No me parecía una buena idea admitir nada que no fuera estrictamente necesario. Debía ceñirme a una mentira coherente.

—¿Qué número de prisionero tienes? —me preguntó el comandante.

—620056 —respondí.

Bajé la mirada y vislumbré mi nombre estampado en la parte superior de un informe que acababa de sacar de un cajón.

—¿Gottlieb? —dijo después de revisar el documento.

—Sí, señor.

—¿Por qué pone 698866 en tu brazo?

Le tembló el labio superior. Parecía listo para reír a carcajadas o golpearme con rabia. Los demás también parecían a punto de estallar. Con toda la información de la que disponían, aquel era un error administrativo grande.

—Lo cambié —contesté y la habitación se sumió en un caos de gritos.

Nadie se esperaba que un judío pudiera ser tan osado. Era confabulador y mentiroso, pero mi respuesta les sorprendía gratamente.

—¿Puedes darme más detalles sobre tu puesto de trabajo de Praga? ¿Qué hacías en la imprenta?

El Georg Gottlieb de Praga, el niño que dejó de estudiar y se pasó la vida trabajando porque le gustaba la energía y el ritmo de las imprentas, había desaparecido. Compartíamos el cuerpo, pero todo lo demás había cambiado.

—Trabajé allí desde los quince años hasta que me trajeron a Auschwitz hace unos meses. Aprendí a operar toda la maquinaria de la fábrica y arreglaba cualquier incidencia técnica que pudiera haber.

Me froté con el pulgar de la mano izquierda los callos de mis nudosos dedos de la mano derecha. ¿Sería capaz de llevar a cabo aquellas tareas después de tanto tiempo o había perdido mi toque mágico?

El comandante asintió. Sus labios formaban un rictus bajo el bigote. Si no me equivocaba, mi respuesta le había impresionado.

—Haga las maletas, Herr Gottlieb. Se va a Berlín.

—Pero mi esposa... —respondí.

Parecía un buen momento para forzar un reencuentro y poner las cartas sobre la mesa.

—No necesitamos a su esposa. Lo necesitamos a usted.

Capítulo 13

Atascado en un estado de *shock*, todo a mi alrededor evolucionaba mientras yo permanecía inmóvil. Que se refirieran a mí por el apellido después de tanto tiempo me hizo sentir que era una persona, que quizá el próximo paso sí sería el que me llevaría a casa. Vivir en una mentira conlleva un coste: perderte a ti mismo. Después de tanto tiempo como prisionero, mi propio nombre me hizo sentir extraño. Los graznidos que emergían de mis finos labios eran graznidos que no reconocía.

Nunca enviaban a nadie de los campos a Berlín, aunque allí era donde me habían dicho que me dirigía. El campo de Auschwitz-Birkenau era un destino solo de ida, como un tren fantasma.

Temiendo que pudiera volver a intentar escapar, los guardias me arrastraron hasta una celda. A pesar de mis protestas y reiteradas peticiones de ver a mi esposa, nadie me hizo caso. Los guardias parecían estar muy contentos consigo mismos mientras seguían la repugnante procesión. Tras haberlos eludido durante tanto tiempo, ver que pasaría la noche a merced del Führer era para ellos una pequeña victoria. Lo que más me dolía, lo que más me atenazaba el estómago, era que no iba a regresar a Praga con mi Rose. Berlín sería el lugar más alejado de casa en el que habría estado.

Habían tirado por el retrete las cartas que podía jugar. Rose tendría que esperar… Tenía la habilidad, la paciencia y la fe. Albergaba la esperanza de que las circunstancias fueran distintas en Berlín. Aquel instante fugaz con Rose había prendido mi fuego.

El Bloque 11 era donde retenían a los peores criminales antes de enviarlos a la colonia penal. No me cabía duda de que allí pasaría de mano en mano como una caja de cigarrillos del mercado negro. Mientras caminábamos, me obligaban a tener los brazos en alto por detrás de la espalda en un ángulo doloroso y los guardias se turnaban para burlarse de mí.

—Te hemos pillado, judío.

—Te van a torturar tantos días como los que te has escondido de nosotros.

—En Berlín ni siquiera tendrás las cámaras de gas como vía de escape —me aseguró el rubio.

—Todavía peor, allí hay alemanes —le solté.

Como respuesta tiró todavía más de mi codo para ayudar al guardia que me bloqueaba el brazo, haciendo que los dedos de la mano doblada me hicieran cosquillas en la escápula.

El Bloque 11 tenía por vecino el infame muro negro. Los nazis querían que la tortura y la ejecución estuvieran lo más cerca posible. La eficiencia alemana.

Detrás de la puerta que me obligaron a cruzar, me esperaba un oficial que me miró de arriba abajo y que claramente estaba esperando nuestra llegada. Por lo visto, mi reputación me precedía.

—Saluda a Berlín de nuestra parte —me dijo de nuevo el rubio mientras me empujaba hacia dentro.

La habitación no tenía las vistas al mar que prometían en el anuncio ni tabla de planchar. Si había algún tipo de máquina de té o café, solo preparaba sucedáneo. La cama era una tabla de madera. No merecían una reseña positiva.

Uno de los pocos beneficios después de casi morir ahogado, el proceso de identificación, el limitado interrogatorio y el camino hasta el Bloque 11, fue que llegué a tiempo para la cena.

Volví a cavilar sobre mis circunstancias cuando me sirvieron un cuenco de una sopa aguada en la que flotaba un pedacito de apio solitario que intentaba aportarle algo de sabor.

Por más que marcharme de Birkenau solo pudiera significar algo bueno, me carcomía la incertidumbre de no saber adónde me iban a llevar. ¿Cómo iba a saber Rose cuál había sido mi destino? Poco podían hacer Rose o Marion, personas que vivían en el campo y que me conocían de la vida anterior a aquellos nefastos días. Lo único que podía hacer era capear el temporal y rezar para no ahogarme.

Lo oscuridad me envolvió. No había ninguna ventana por la que ver el exterior ni ningún lugar donde hacer mis necesidades.

En mis sueños, fui testimonio de un ahorcamiento público en el que los guardias de Meier se burlaban de mi madre, de Rose, de Leib y de muchos más. Una multitud formada por arios de ojos azules y pelo rubio se congregó para observarlo, reteniéndome con fuerza por debajo de los brazos para asegurarse de que no pudiera girarme. Cuando cerré los ojos, más manos me agarraron la cara y me obligaron a abrir los párpados.

El jefe del bloque interrumpió los sueños en los que aparecía Rose en el patíbulo, aporreando la puerta como si me hubiese retrasado y ya tuviera que estar en otro lado.

—¿Sí? —grazné.

El aire frío de la noche se había aferrado a mi garganta seca y las palabras me salían con una aspereza que dolía.

—Me han dicho que vas a salir de este infierno. Necesitarás un uniforme nuevo.

La puerta se abrió y me llevé el brazo a la cara para protegerme los ojos del refulgente nuevo día La súbita luz emponzoñada obligó a mis pupilas a retraerse. Me encogí al ver una figura que me miraba con la nariz arrugada en una mueca de repulsa.

—Uno que no esté cubierto de mierda.

Tras dejar un pequeño cuenco con sucedáneo de café en el umbral de la puerta, el jefe de bloque siguió con su ronda. Hacía semanas que no me cambiaba la ropa y más tiempo todavía que no me aseaba como era debido. Tenía la piel tan apagada como las rayas del uniforme. Era incapaz de mirar mi reflejo al acercarme a los grifos del lavabo. Las tradiciones del luto.

Un guardia llegó después de haberme tomado el café del desayuno y haber hecho las abluciones. Mientras marchaba hacia la luz, otros me observaban. Un silencio letal envolvía la escena. El único acompañamiento era el sonido alternado de los golpes o crujidos de nuestros pasos, dependiendo del terreno sobre el que avanzábamos.

Nos alejamos de Birkenau, una gesta que parecía imposible. No volvería a ver aquel lugar como prisionero nunca más. En él estaban los cuerpos de mis amigos y los prisioneros que había conocido durante mi estancia. Leib Zymermann yacería para siempre en Auschwitz y, por más que en el campo hubiera experimentado todos aquellos castigos crueles, algo me unía a él.

No aminoramos el paso cuando nos acercamos a la estación. Se me cayó el alma a los pies. Sentía la misma sensación enfermiza vinculada a las cosas que le habían hecho a mi gente; la idea desgarradora de que me habían vuelto a mentir.

Dejamos la estación atrás y enfilamos el camino de regreso a Auschwitz. A aquellos arteros nazis les encantaba montar aquellas escenas sin sentido y engañar a los prisioneros para que tuvieran esperanzas de un futuro antes de segarles la hierba bajo los pies.

—Estarás en cuarentena durante cuatro semanas con los demás —me informó el soldado.

—¿Los demás?

Desvié la mirada hacia la barraca aislada donde él tenía puestos los ojos.

—Debemos asegurarnos de que no tengas ninguna enfermedad infecciosa. —Se quedó callado, meditabundo—. Bueno, aparte de ser judío.

Abrí la puerta lentamente, anticipando algo siniestro dentro. Los hombres del bloque de cuarentena parecían estar tan perplejos por mi llegada como yo de encontrarlos allí.

—Hola —me saludó un hombre con un acento francés.

—Hola —respondí.

En cuanto traspasé el umbral, la puerta se cerró y pasaron la llave. Me habían atrapado de nuevo. Cuando me disponía a dejar las maletas, me di cuenta de que no tenía nada. Lo único que anhelaba era a mi Rose, a mi *ketzele*. Los otros cinco hombres presentes tenían tan pocas posesiones como yo. Ataviados con los uniformes de presidiario y las cabezas rapadas, la escena desprendía un halo que sugería que una nueva etapa estaba a punto de dar comienzo.

Aunque la incógnita sobre el futuro era una constante, el bloque de cuarentena supuso un estándar de vida diferente a cualquier otra experiencia de las vividas en Auschwitz. Una baraja de cartas descansaba entre dos hombres sentados a una mesa. Todo aquello me parecía de lo más extraño tras un año de penurias.

En la parte trasera de la habitación había cuatro literas arrimadas a las paredes unas enfrente de las otras, como si fuera un cuartel imaginario. Había otros muebles: una librería aderezada con una cantidad limitada de literatura, un tablón de anuncios en el que destacaba un mapa de Europa continental agujereado varias veces con chinchetas y un balancín cuyo relleno se había desparramado tras años de uso.

—Me llamo Léon Dubois —se presentó el francés, dando un paso adelante al ver que yo no lo iba a hacer—. Bienvenido al bloque de cuarentena.

Ninguno de los presentes sabíamos para qué nos estaban preparando o cuál iba a ser nuestro destino, una realidad tan aterradora como esperar en la intemperie a que los nazis nos obligaran a hacer ejercicios. No parecía del todo descabellado que nos proporcionaran unas condiciones básicas de vida como parte de una estratagema para luego despojarnos de todo cruelmente, un nuevo tipo de tortura horrible.

–Yo llegué hace dos días –dijo Léon, orgulloso–. Fui uno de los primeros.

Al salir de la penumbra, se hicieron visibles sus pómulos afilados y la oscuridad que enmarcaban sus preciosos ojos marrones. Su mano encontró mi hombro y me guio hacia delante, hundiendo el pulgar en el hueco bajo mi clavícula.

–Te presento a Piotr y a Sal –dijo, señalando hacia los dos hombres que jugaban a las cartas.

Estaban tan inmersos en el juego que tardaron unos segundos en girarse. Un destello de reconocimiento parpadeó en el rostro de Piotr antes de ponerse de pie de un salto y mandar la silla al suelo. Envolviéndome el cuerpo con los brazos, levantó mi esquelética figura del suelo.

–¡Amigo mío! –exclamó con demasiado ímpetu–. Me dijiste que estabas muerto y de paso me salvaste la vida.

No me importó contarle a Piotr lo que había sucedido en las semanas precedentes: cómo me había colado en Birkenau para ir en busca de mi esposa y cómo me habían capturado inmediatamente después. A cambio, él me explicó el trabajo que había estado haciendo para Meier.

–¿Lograste todo eso sin que te descubrieran? –preguntó Léon, claramente impresionado.

–Sí, yo solo.

Asintieron con aprobación.

–Allí atrás están Friedrich y Hendrich –dijo Léon.

Dos hombres en literas opuestas se incorporaron como marionetas al oír sus nombres. Tras un gesto sucinto de la mano, volvieron a dejarse caer.

—La vida en cuarentena es lo más cerca que he estado de experimentar el campamento de verano que los nazis han perjurado al mundo que han montado aquí. Pero no te olvides que seguimos siendo prisioneros y no tenemos manera de saber para qué nos están preparando. Ven, siéntate.

Sentarme en una silla me pareció un lujo después de tanto tiempo. Léon cogió una vieja cafetera de metal y me sirvió algo negro y suntuoso en una taza esmaltada desportillada. El aroma de la bebida me golpeó: era café de verdad. Me tentaba los sentidos, despertando en mi cerebro sinapsis que hacía mucho que habían muerto.

—Nos mantienen aislados de los demás —prosiguió—, pero gozamos de ciertos «lujos». Es el mismo café que beben los Kapos todas las mañanas. No es un *espresso* italiano, pero no está mal.

Arrastré la taza hacia mi lado de la mesa como si fuera un movimiento ganador en una partida de ajedrez. Me acerqué a ella, inhalé profundamente y automáticamente me mejoró la visión al sentir la energía pura de la cafeína ir directamente hacia mi cerebro. Jaque mate.

—Algunas de las cosas que están prohibidas ahí fuera consiguen llegar aquí dentro. Dicen que el trabajo te hace libre, pero una buena partida al dominó es todavía mejor. También tenemos cartas y libros, si te gusta la propaganda de ultraderecha.

Léon me cayó bien al instante. Una entonación poética y apasionada hacía que todo cuanto decía pareciera importante, incluso cuando describía las comodidades más básicas de aquel lugar.

—Lo mejor es que no tenemos que trabajar.

—Beberé en honor a eso —dijo Piotr, levantando su taza esmaltada.

—Podríamos ser infecciosos —adujo Léon, acentuando la última palabra con un gesto irónico de las manos–. No quieren enviarnos a ninguna parte antes de estar completamente seguros.

Aunque todavía nos racionaban la comida, las porciones que nos servían no tenían nada que ver con la dieta hipocalórica que reinaba fuera y que suponía una sentencia de muerte. Además del café, que era casi decente, en el desayuno teníamos pan y salchichas. Durante la comida, nos traían más pan acompañado de una sopa aguada y para la ingesta de la noche tocaban alimentos variados. Era la mitad de lo que habría comido si fuera un hombre libre, pero era mejor que lo que tenía antes. Ya no sentía el dolor de mi estómago vacío al intentar conciliar el sueño; el hambre remitió gradualmente. La temperatura de mi cuerpo pasó a ser estable y cómoda. Por un momento creí que el frío del campo me había calado tan profundamente en los huesos que jamás volvería a atemperarme.

Cuatro semanas fueron tiempo suficiente para que los moretones se curaran. La banda formada por Léon, Sal, Piotr, Friedrich y Hendrich era algo maravilloso que daba sentido a mi vida ante las inciertas decisiones de los nazis. Mis nuevos camaradas disfrutaban de mi sentido del humor.

Disponíamos de un aseo en un bloque separado, por lo que tenía la oportunidad de lavarme sin temor a que otros prisioneros me apartaran de un empujón. No era lo mismo que darse un baño, pero nos sentíamos más humanos después de pasar por lo que denominábamos el «baño de caballeros», que consistía en salpicarse agua en la cara y en las zonas íntimas.

Llegamos a conocer las peculiaridades de cada uno. Hendrich mantuvo el puesto de campeón de las damas las cuatro semanas. Parecía que el apetito de Piotr era infinito. Friedrich estaba sumido en la paranoia e insistía en que nos estaban vigilando. Luego estaba el francés, Léon: delgado y con la cabeza rapada, tenía algo especial, había algo más en él. Un secreto guardado con el mayor recelo, un carácter admirable e inquebrantable. Como yo, Léon había combatido por la libertad en su vida anterior. Le venía por defecto: a los franceses les encantaban las revoluciones.

Era uno de los hombres más jóvenes del campo ya que apenas era un adolescente cuando había sido arrestado en 1942, pero los nazis esperaban que acarreara el mismo peso que hombres adultos que le doblaban en tamaño. Nos llevamos bien porque nuestras vidas se parecían. Hablando en susurros sobre la revolución y Marx, nuestras conversaciones eran explosivas. No habría sido ninguna locura pensar que Friedrich tuviera razón y que todavía nos estaban observando. Léon debatió conmigo sobre las ínfimas divergencias que había en nuestras respectivas versiones del comunismo. Nos entendíamos a la perfección y, tras la marcha de Leib, me alegraba de volver a tener a un amigo.

A pesar de la relativa comodidad, esta era en detrimento de saber que los demás seguían sufriendo. Aquella cuarentena era una especie de purgatorio en el que no teníamos manera de saber qué destino les había acaecido a los demás.

Cuando las cuatro semanas de cuarentena llegaron a su fin, seis guardias de las SS aparecieron en nuestra puerta. Nos despedimos de nuestra barraca, un excepcional respiro, un puerto en mitad de una tempestad, y nos dirigimos hacia otra dudosa localización.

Nos llevaron a la estación de tren y nos dieron unos pequeños paquetes con raciones, como si se tratase de una excursión escolar. El viento sacudía la tela que envolvía el pan y las salchichas. Esperando en el andén, éramos viajeros con destino desconocido y cuando nos asomábamos a las vías, sentíamos cómo la brisa soplaba desde la tierra libre. Con los ojos cerrados, me pareció volver a oír la voz de mi padre.

Los soldados se negaron a responder a mis preguntas. No

tenía ninguna esperanza de aclarar cuál iba a ser nuestro destino o el de mi esposa. Aferrarnos a la esperanza era lo único que nos serviría para volvernos a encontrar y solo el optimismo me ofrecía un abanico de escenarios para los dos que me permitían sobrellevar la situación.

El tren llegó y yo me froté los ojos para confirmar mi nueva realidad. Tras haber sido apaleado mental y físicamente todos los días durante un año, aquello superaba mis expectativas. Mantener la esperanza me había llevado a algo.

Había otras personas en el tren. No eran prisioneros, sino hombres y mujeres polacos que seguían con sus vidas y que lamentablemente se veían obligados a hacer parada en un campo de concentración. Las miradas furiosas que nos dedicaban desde el otro lado de las ventanillas no consiguieron estropearnos el buen humor. Nos aguardaba un compartimento reservado, apartado de los demás pasajeros, con asientos mullidos, persianas en las ventanillas y un suelo de metal que habían pintado no hacía mucho de un tono verde oscuro. Olía de maravilla y, en comparación, nosotros apestábamos. Los guardias hicieron turnos para vigilarnos mientras nosotros nos acomodamos en la medida de lo posible

Incapaces de creer la *mazel*, la buena suerte que habíamos tenido, subimos y bajamos las cortinas, explorando cuál era la altura perfecta. Al otro lado del tren, el aterrador aspecto del campo de concentración permanecía inamovible mientras el silbido anunciaba la inminente partida.

Vestidos como prisioneros no nos podíamos sentir como hombres libres. Aquel traje holgado eran nuestras esposas alrededor de las muñecas. La civilización pasó como un borrón por las ventanillas, una vida normal ajena a las terribles atrocidades que tenían lugar en Auschwitz. Allí fuera las personas conservaban a sus familias, sus trabajos y no eran perseguidos por sus creencias, su legado o el color de su piel. Habría dado cualquier cosa por que Rose y yo hubiésemos vivido como ellos, siguiendo con nuestra inocua rutina diaria.

La primavera había vuelto. Frondosos campos y bosques verdes. Lujosos colores y olores.

Los civiles que trabajaban en las pasturas nos saludaron con la mano cuando pasamos por delante de ellos a toda velocidad: vivían separados de las condiciones de Auschwitz por una ínfima distancia. ¿Cuánto tiempo tardarían ellos también en verse rodeados por centinelas y alambre de espinos? Una inmensa tristeza se extendía tanto por aquella tierra como por mis pensamientos. Si Hitler se salía con la suya, todo aquel que no perteneciera a su raza superior acabaría entre rejas.

—Sería maravilloso pasar un rato con el Führer —dijo Léon, riéndose de la situación.

Yo solo esperaba que nos tuviera preparado un buen banquete.

Dejando a un lado las bromas, no nos quitábamos de encima la inquietud. Ninguno de nosotros se hacía la menor idea de cuáles eran sus intenciones ni para qué nos trasladaban. ¿Éramos todos problemáticos? ¿Judíos? En apariencia, éramos simplemente un grupo de hombres ansioso por un cambio.

Las circunstancias de mi captura fascinaba a los demás. Se sorprendieron al enterarse de que el hombre checo de voz suave que los acompañaba era el falsificador del que habían oído hablar en varios rumores. Me sentí halagado.

—Pues qué decepción —dijo Léon—. Me dijeron que el falsificador medía dos metros y que podía levantar a cualquier nazi por encima de la cabeza.

—A mí me dijeron que habías logrado algo con la hija de uno de los jefes del bloque y que por eso desapareciste —añadió Friedrich.

Por más que me hicieran reír aquellas historias, en realidad mis engaños habían sido a escala mucho menor. De ninguna manera podía levantar a otro hombre después de haber pasado un año a base de porciones de comida ridículas y horas de trabajo forzado extenuante. Y solo había una mujer para mí y no tenía relación alguna con un Kapo. Nadie podría llegar a compararse jamás con Rose.

Sumido en un duermevela durante toda la noche, dejamos las persianas bajadas para no ver nuestro reflejo en la ventanilla oscura. Al otro lado, aquella campiña desconocida nos iba acercando a la siguiente ignota parada de nuestro viaje.

Llegamos a Berlín con una sacudida. La luz que se filtraba por las cortinas me sacó de mis sueños tenebrosos: mis nuevos cinco amigos y todos aquellos a los que ya había perdido o abandonado formaban en fila a lo largo del muro negro para que les fusilaran uno a uno. Me obligaban a contemplarlo como habían hecho en el sueño del ahorcamiento público. Rose era la última y gritaba para que nos dejaran marchar. El dolor de su voz fue suficiente para despertarme. Era la única manera de salvarlos.

Intentando calmar los nervios y secándome el sudor, levanté un palmo la persiana y eché una ojeada en silencio para no despertar a mis amigos. El color cítrico del día me llenó los ojos.

Había gente. Mucha gente. Todos se movían tan rápidos y decididamente que me costaba centrarme. Iban vestidos con ropa elegante y muchas más maletas que las que procesaba el *Kanada* en una semana. Al otro lado de la estación, aquellos desconocidos empujaban carritos y cargaban sus equipajes, apresurándose hacia los trenes. Las familias subían a ellos juntas, sin que un soldado las arengara. Se dirigían al destino que habían decidido, seguros de que llegarían a salvo. No los separarían de sus hijos para siempre ni los despojarían de sus posesiones. Costaba creer que la vida de aquella gente siguiera como si nada mientras yo había estado recluido en el campo. Aquella normalidad, aquella misericordia, aquella paz.

Tras bajar del tren, los civiles alemanes nos evitaron al vernos avanzar por la estación. Formábamos un grupo de lo más variopinto, aunque en el fondo eso no podía alejarse más de la realidad: compartíamos nuestra condena.

—¿Son malos? —preguntó un niño pequeño a su madre mientras ella lo protegía de nosotros.

Reprimí una mueca.

Nos subieron a un tren local, aún más tranquilo, y empezamos a hacernos a la idea de que nos alejábamos cada vez más de la vida en el campo. Los asientos no eran tan cómodos y hacía tiempo que habían quitado las persianas de las ventanillas. Aun así, el viaje fue mucho mejor que lo que había experimentado cualquier prisionero bajo el yugo nazi. La sensación de irrealidad no me abandonaba.

Se veían enormes extensiones de Berlín despejadas por las bombas. Pegué la cara al cristal para absorber todo cuanto veían mis ojos. Los ladrillos formaban ondas arqueadas y los niños jugaban en los lugares donde antes se erigían casas. El humo en el horizonte hacía las veces de alarma permanente. Los lugares de oración habían sido destruidos. Toda la información que habíamos recibido procedía de los recién llegados al campo.

Los que caminaban por encima de los escombros salvaban lo que podían de su ciudad. Intentos de rescate fútiles, brazos ensangrentados que tiraban de humanos inertes como muñecas de trapo de debajo de las ruinas, intentando resucitarlos. Se estaban perpetrando actos terribles tanto fuera de los campos de concentración como dentro de ellos. Berlín se encontraba atrapada en un estado de desnudez.

Pensé en Praga. Me pregunté si estaba en una situación similar de abandono y me sobrevino un estallido de recuerdos: olores, sabores, visiones tan esperanzadoras que me arrancaron las lágrimas de los ojos. Brindando con Rose, canturreando con Leib mientras volvíamos a casa borrachos, las reprimendas de mi madre... Nuestras vidas habían sido interrumpidas y la única solución lógica era hallar la manera de reencontrarnos.

Me prometí que cuando volviera a ver mi ciudad viviría, reiría y amaría con más intensidad que nunca. Aprovecharía al máximo el tiempo que me quedara. Aquellas eran las cosas que importaban y las habían hecho volar por los aires también.

Después de una hora de trayecto en el segundo tren, nos detuvimos en un pueblecito en mitad de la nada: Oranienburg. Los soldados se negaron a darnos ningún tipo de información. No quise insistir, dada su proclividad a la violencia. Cuando Sal les preguntó qué destino tenían pensado para nosotros, lo empujaron de vuelta al compartimento con tanta fuerza que incluso él se sorprendió.

Las tiendas estaban abiertas al público. El viento arrastró el sonido inconfundible de la risa de un niño. El suave intercambio de monedas por pan, periódicos o flores era real. Los sonidos y los olores me llevaron de vuelta a la vida antes de que aquella horrible guerra nos arrojara al abandono de todo principio ético. El aroma a masa fermentada nos rodeó cuando pasamos por delante de un horno.

Los ciudadanos de aquel pueblo alemán apartaban la mirada cuando pasábamos cerca de ellos arrastrando los zuecos y rompiendo por completo la estética del lugar. No sentían empatía. Ni siquiera nos miraban dos veces. Los soldados, más que nosotros, hacían que los civiles mantuvieran los ojos pegados al camino adoquinado, habituados a inclinarse sumisos ante su presencia.

Tras caminar durante media hora y ver cómo nos rehuían los habitantes de Oranienburg, se me cayó el alma a los pies. Nos arrancaron de un tirón todas las promesas sobre un futuro alejado de los bloques y los centinelas.

Capítulo 14

La llegada al campo de concentración de Sachsenhausen fue decepcionante. La única diferencia con Auschwitz era que ahora estaba más lejos de mi esposa y de mi casa que antes.

Entramos por la torre de guardia A, donde una ametralladora apoyada sobre un trípode servía como recordatorio a los reclusos y evitaba que intentasen escapar. Igual que en Auschwitz, la inscripción ARBEIT MACHT FREI se encontraba en la verja de la entrada. Pero solo la libertad nos haría libres. El trabajo nos hacía esclavos.

Después de rellenar los formularios de ingreso, nos asignaron nuevos números. Regresar a un campo implicaba retomar la vida de prisionero. Al menos esta vez no me tatuaron en la piel mi nuevo número, el 890292, que solo usaron para el papeleo. No me importó, pues sentía un apego especial por el anterior y las alteraciones que le había hecho.

Finalmente, entramos en la imponente formación semicircular del campo. Las instalaciones se abrían en abanico desde el puesto de guardia. Cada mañana y cada noche, miles de prisioneros formaban para el recuento. Sus días se repetían sin descanso. Desde allí veíamos un grupo de presos rompiendo piedras mientras los nazis los golpeaban o denigraban si osaban ralentizar el paso. Era una imagen habitual para nosotros… por lo visto, podríamos habernos quedado en Auschwitz-Birkenau.

Las primeras semanas las pasamos otra vez en una barraca

apartada del resto, donde languidecimos. No tenía ningún sentido que nos hubiesen aislado en cuarentena y que ahora tuviésemos que pasar por otra. Éramos ratones con los que jugaba un gato que tenía un radio de acción mucho mayor del que pudiéramos imaginar.

Abandonados a nuestra suerte, seguimos con la experiencia. Pasábamos el tiempo hablando sobre nuestras vidas antes de la guerra, nuestras familias y nuestros trabajos. Un día en cuarentena era una jornada en la que habíamos evitado la exposición a los trabajos forzados extenuantes, un motivo más que suficiente de felicidad.

Ya había oído muchas de las historias de Léon durante los últimos días de estancia en Auschwitz, pero era interesante oír lo que contaba sobre las hermanas que había dejado en París y su madre. Su sueño de ser farmacéutico se había hecho añicos tras el inicio de la masacre de la guerra y la marcha de los soldados nazis por las calles de la capital. El desesperado pánico por proteger el Louvre, la maraña de candados del puente de las Artes, ver cómo todo lo que habíamos conocido quedaba arrasado por su estúpida ideología ...

Sal era originario de España y pertenecía a una familia ambulante que había vagado por los confines de Europa hasta zonas que los nazis solo verían en sueños. Pero eso no les impidió encarcelarlo por gitano. Como muchos de nosotros, estaba enamorado, de Esme, una joven con quien esperaba reencontrarse cuando todo hubiese concluido. Con un pecho robusto y un espeso bigote, Sal tenía el aspecto típico de hombre de cartel publicitario.

En un primer momento Piotr era el más reservado, pero cuando fue cogiendo confianza nos habló sobre su juventud en Praga. Eso ayudó a estrechar nuestros lazos de amistad. Conocíamos los mismos lugares y más tarde descubrimos que teníamos amigos en común. Piotr era alto y muy delgado, alargado y desgarbado. La dieta del campo le había hecho un flaco favor a su físico. Siempre hundía los hombros de una manera que hacía que me preguntase si iba encorvado para adaptarse al entorno. Compartíamos la misma opinión de los guardias de Meier y me sorprendió saber que a él también lo habían obligado a desnudarse hasta los tobillos.

Todas mis hazañas previas al estallido de la guerra no eran nada en comparación con lo que había logrado Friedrich, quien había llegado a la mayoría de edad en Ámsterdam, ciudad ocupada por los nazis. Ellos esperaban que se uniera a su partido, pero en lugar de eso él se unió a un movimiento de resistencia e hizo todo lo que pudo para desestabilizar el *statu quo*, incluyendo arrojar a un general nazi a uno de los famosos canales de la ciudad. Al final tuvo que ocultarse en el sótano de un amigo suyo. Cuando se vieron con el agua al cuello y la situación se volvió desesperada, el escondite dejó de ser un lugar seguro y Friedrich escapó a la costa. Solo era cuestión de tiempo antes de que los nazis fueran en su busca. Allí estudió cómo fabricar explosivos caseros, con la esperanza de que cuando llegaran él pudiese acabar con algunos de ellos. No obstante, fue arrestado de noche y aquellas ideas experimentales se quedaron sin usar.

Friedrich era un muchacho tímido. Haber presenciado tantos horrores a una edad tan temprana le había conferido una actitud sumisa. No era judío, pero fácilmente se lo podía confundir por un miembro del pueblo elegido. No me habría sorprendido descubrir que sus antepasados fuesen judíos.

Hendrich estaba en el otro extremo. Originario de Alemania, Hendrich había visto de primera mano cómo las cosas se iban al traste. Las esvásticas que aparecían pintadas en las puertas de las tiendas sugerían que las intenciones de los nazis no se alineaban con nuestro derecho a la vida. Cuando lo capturaron y lo detuvieron, Hendrich rezó por que su familia hubiese tenido mejor suerte en llegar a la tierra prometida.

Todas aquellas historias me parecían la mar de interesantes. A fin de cuentas, las cosas que había visto y hecho formaban parte de un elaborado tapiz del que yo era solo un pequeño elemento.

Pasadas tres semanas y después de haber perdido toda esperanza de que nos rescataran de aquel purgatorio físico, un día la puerta de la barraca se abrió de golpe e irrumpió un oficial de las SS. La calma diaria que habíamos estado experimentando se resquebrajó y tropezamos con los muebles al intentar adecentarnos.

—Me llamo Herr Werner. Kurt Werner para vosotros. De ahora en adelante, responderéis ante mí. ¿Queda claro?

Lo miré de arriba abajo. Llevaba puesto el archiconocido uniforme impoluto y planchado. El labio superior le temblaba. Llevaba el pelo peinado con una raya hecha con tanta meticulosidad que el cuero cabelludo brillaba como una fea cicatriz. El único artículo personal que sostenía era un cuaderno con espiral.

—Sí, señor —respondimos todos al unísono.

—¡Seguidme!

Siguiendo los pasos de Herr Werner, rompimos la cuarentena en el extremo sur del campo. Los demás prisioneros nos observaban, sin duda preguntándose cuál sería nuestro destino. La conclusión tendía a ser la muerte. Estaba claro que sabían tan poco como nosotros; delgados y rotos, con los ojos hundidos en los rostros marchitos, al verlos regresé al aterrador mundo de la vida de prisionero. Las siete semanas de descanso nos habían conferido un aspecto distinto. El pelo crecía en nuestras cabezas formando mechones furibundos, incapaces de conectarse los unos con los otros tras meses de desnutrición. Nuestro aspecto destilaba la falta de trabajos forzados y las semanas de reposo. Nuestros pasos briosos destacaban en el campo.

La valla que rodeaba la que claramente era la zona adonde nos dirigíamos superaba lo visto en cualquier otro lugar. La coronaban unas púas impenetrables que se enroscaban una y otra vez, circundando los Bloques 18 y 19 y dotándole de un aspecto de jaula para pájaros. Aunque por descontado aquellos pájaros no podían cantar.

Werner saludó a otro soldado que estaba apostado delante de una puerta de metal, la verja de entrada al área de los dos bloques. Tras abrirla con una eficacia adquirida a base de práctica, el guardia se hizo a un lado.

Unos rayos de luz se colaban por las rendijas. Me recordaban que todavía existía el cielo azul.

Aquellos bloques tenían algo distinto. Las ventanas estaban pintadas de blanco. Estaba convencido de que algún tipo de tortura terrible debía de estar aguardándonos detrás de aquella fachada, pero yo estaba dispuesto a pelear hasta el final.

Del interior nos llegaron una serie de sonidos: el chasquido del metal sobre el metal y el estruendo tintineante que emite la maquinaria peligrosa. En mi mente solo tenían cabida los engranajes de algún artefacto asesino. Sin embargo, en la escena no se percibía el familiar hedor a muerte.

Werner hizo sonar una campana al lado de la pesada puerta que daba acceso al Bloque 18. Aquel nivel de protección era insólito dentro de un campo de concentración. Un hombre de las SS abrió la puerta del bloque y el estruendo a sus espaldas se amplificó. Reconoció a Werner y lo saludó. Después todos los seguimos hacia dentro, con las cabezas agachadas.

Estábamos en una habitación blanca despojada de cualquier tipo de cama o equipamiento que hubiera podido albergar en el pasado. Quedaban en el suelo algunas marcas que delataban dónde habían estado los muebles que seguramente habían sido retirados por grupos de prisioneros como nosotros.

Siguiendo el estrepitoso ruido metálico, llegamos a una hilera de mesas en lo que parecía un comedor. Contra a una pared, en una de las esquinas, había una mesa de *ping-pong*. A continuación, nos llevaron a otra sala donde una moderna maquinaria de imprenta zumbaba y repicaba dramáticamente. Después de tanto tiempo, el sonido tuvo el mismo impacto brutal que una ráfaga de disparos.

Unos hombres vestidos con ropa de civil limpia, cuyas cabezas no habían conocido el filo inclemente de las cuchillas nazis, estaban enfrascados en diferentes tareas. Sacaban largas tiras de papel de las prensas de impresión y las sostenían por encima de la cabeza hacia la luz de los fluorescentes del techo, puesto que la claridad mortecina que se filtraba por la ventana era opaca e inútil. Sus movimientos iban cargados de propósito. Cada uno de los trabajadores sabía perfectamente cuál era su tarea. Un aluvión de comentarios y burlas se elevó por encima de las máquinas.

La cacofonía nos silenció. Estábamos ante una imprenta nazi.

—Caballeros —nos reclamó Werner.

Nos sorprendió aquel trato cortés. El siseo de las máquinas que reducían el ritmo parecía desafiarnos. El tono de Werner se suavizó.

—En esta sala imprimimos billetes ingleses. Nuestro objetivo es producir falsificaciones de calidad que puedan derrotar a nuestros enemigos desde dentro. Nada es más importante que el dinero. Si logramos que sus economías colapsen, los tendremos a nuestros pies.

Mis ojos pasaban de una máquina a otra, incapaz de asimilar lo que me estaban diciendo. No podía ser. La vida en los campos jamás había tenido conexión alguna con la época previa, pero no cabía duda. La explicación que nos acababa de dar lo reafirmaba.

–Son ustedes expertos en su campo. Trabajarán aquí, en pro del esfuerzo bélico nazi.

Una sensación familiar de pavor hizo que se me encogiera el estómago. Aquella tarea era el antítesis de nuestras intenciones. Queríamos el fin de la guerra, la libertad, la paz. Teníamos familias, trabajos y vidas a los que regresar. No importaba qué tuviésemos que hacer allí, debía entorpecer sus objetivos mientras fingíamos ayudarlos.

Las manos me hormigueaban, ansiosas por ponerse a trabajar. Lo que teníamos en común y que no habíamos sido capaces de hallar se desveló de repente. Habíamos pasado por alto nuestras ocupaciones, pues eran inútiles en el campo ya que solo podíamos hacer lo que nos ordenaban. Incluso los estudios de farmacia de Léon le habían llevado a imprimir etiquetas y aprender gestionar los números en serie.

Entre el cuantioso personal que había en los Bloques 18 y 19 se contaban maquinistas y litógrafos, banqueros y decoradores. Los elementos comunes eran la atención al detalle y, lo más importante, la paciencia. Aunque el trabajo sería duro, los nazis lo eran más.

Werner nos guio lejos de las máquinas para que pudiéramos oír los engranajes de nuestros cerebros. Entre los trabajadores destacaba un hombre mayor de pelo blanco: era el jefe de bloque. Vestía con ropa de civil y emanaba, en lugar de la brutalidad nazi, un aire hospitalario.

–Él es Artur Lewin –nos explicó Werner–. Se encarga de supervisar el día a día de los bloques. Os dejaré con él.

Como la mayoría de jefes, Werner llevaba la batuta, pero no comprendía la mecánica del trabajo.

–Bienvenidos –nos saludó Lewin mientras encajaba una a

una nuestras manos–. Seguramente tendréis un montón de preguntas, pero primero os enseñaré las instalaciones.

Lewin nos llevó a ver cada una de las máquinas, interrumpiendo a los hombres que se encontraban estaban inmersos en el trabajo para presentarnos. Era imposible recordar tantos nombres: Lewinsky, Berger, Abrams.

Cruzando una puerta hasta una sala contigua, lejos de la maquinaria, se encontraba nuestro dormitorio. Se trataba de un espacio alargado y estéril en el que unas literas dobles se repartían por la habitación a una distancia regular. El olor a colada limpia impregnaba el aire. Había sábanas blancas, almohadas y mantas dobladas con cuidado en cada una de las camas.

Uno de los trabajadores se excusó al pasar junto a nosotros y se acercó a unas taquillas arrimadas a la pared que conectaba con la fábrica. La abrió y lo observamos boquiabiertos. Dentro había un montón de posesiones personales: calcetines, fotografías, lentes. Guardó algo dentro, cerró la taquilla y regresó a la estación de trabajo mientras silbaba como si no acabara de perpetrar el acto prohibido más extraordinario. Después de haber pasado un año en un campo, la idea de poseer cualquier cosa me parecía inconcebible.

–Se os asignará una litera a su debido tiempo. Hay taquillas para todos, aunque veo que os gusta viajar ligeros de equipaje.

Lewin sonrió ante su intento de broma, pero sus ojos parecían recordar su propia historia oscura. Bastaba con desviar la mirada hacia la ventana pintada de blanco para recordar cuál era la situación real. La culpa que sentía era tan repugnante como el trato que recibía nuestra gente.

Lewin nos llevó de regreso a la sala recreacional donde nos aguardaban unos largos bancos y algo que olía de maravilla.

–Por favor, tomad asiento –nos pidió.

Nos desplomamos todos a la vez, y proferimos un grito ahogado al darnos cuenta de que las cosas no habían cambiado. Lewin regresó con una hogaza de pan en los brazos y la colocó delante de nosotros sobre la mesa mientras observábamos el manjar patidifusos.

No pudimos esperar más y cogimos grandes pedazos de pan por turnos. Mi mano hurgó bajo la dura corteza y se adentró en la blanca suavidad de su interior.

Lewin nos explicó los demás protocolos.

—Nuestro trabajo se basa en falsificar billetes. En los altos mandos del gobierno nazi lo llaman operación Bernhard, en honor a nuestro líder y jefe, Bernhard Kruger. Escuchadme bien, vais a querer caerle bien. Aparte de Hitler y otros peces gordos, nadie más conoce nuestra existencia. Ningún prisionero fuera de nuestros bloques lo sabe. Si alguno de vosotros filtra información, le espera la muerte.

Mordisqueé el pan, desacostumbrado a la forma en que se desmigaba y se rompía en mi boca. Mientras lo aplastaba distraídamente contra el paladar, siguieron las explicaciones:

—La vida aquí es mejor que en otros lados. ¿Dónde estabais antes?

—En Auschwitz-Birkenau —musitó Piotr en nombre de todos.

—Muy duro —dijo Lewin después de una sonora exhalación—. Nos llega información de las nuevas incorporaciones a nuestro proyecto. Con vosotros seis seremos ciento cuarenta hombres. Permanecemos atrapados, quizá incluso peor que en Auschwitz.

Costaba comprender lo que decía. Los hombres que veíamos parecían estar de buen humor y gozaban de mejores condiciones que cualquier otra persona que hubiésemos visto en los campos en cualquiera de los trabajos. Se hacían bromas, no vestían nuestros uniformes y vivían sin la amenaza constante de ser objeto de algún experimento médico.

—No hay manera de salir —continuó Lewin—. Aplastan rápida y silenciosamente cualquier atisbo de revolución. Lo que conocemos supone una amenaza para el sistema nazi. Moriremos aquí antes de que los Aliados liberen este lugar.

El estómago me dio un vuelco. Estábamos condenados de todas maneras. En un callejón sin salida.

«No hace falta estar loco para trabajar aquí, pero ayuda», me dije.

En Birkenau, lo único que me había ayudado a seguir adelante había sido la lejana esperanza de escapar. Saber que Rose estaba cerca y que estaba luchando contra el sistema me proporcionaba algo de control. Pero Sachsenhausen presentaba un obstáculo muy distinto.

Cuando eras una marioneta en manos de los nazis y la muerte te podía llegar por un único camino en vez de ramificarse en varios senderos, no había ningún tipo de poder negociador. Y que Lewin sugiriera que éramos una excepción era una realidad difícil de digerir.

—Aquí no hay manera de escapar —dijo Lewin, usando las manos para enfatizar—. Nos ofrecen algo mejor, pero estamos aquí a su merced. A todos los recién llegados les cuento esta historia como advertencia. Uno de los nuestros quiso filtrar información a los Aliados. Los nazis rutinariamente mueven las taquillas y deshacen las camas para buscar contrabando. Tienen un departamento entero, el servicio de contabilidad, que registra cada uno de los billetes que fabricamos. En esa ocasión, el hombre escondió un billete de cincuenta libras real que nos habían dado para que lo copiáramos. Los nazis lo encontraron en su taquilla. Lo torturaron para sacarle información antes de que un médico de las SS acabara con él con una inyección letal en el corazón. Y al resto nos obligaron a presenciarlo.

Los ánimos en la mesa se desplomaron. Me agencié el último pedazo de pan mientras los demás estaban distraídos por nuestra inminente condena.

–Puede que el trato sea un poco mejor, pero en el fondo aquí son tan crueles como en cualquier otro campo. Tenemos ciertas ventajas: provisiones extra, ropa, incluso un espectáculo que organizan los propios prisioneros de vez en cuando, pero sigue habiendo muertes.

A pesar de lo que Lewin nos estaba diciendo, y di por hecho que lo del cabaré era broma, no podía evitar que mi mente se abstrajera con mis detalladas maquinaciones. Conectando distintos elementos, empecé a urdir una manera de salir de aquel atolladero. Habían pasado semanas desde la última vez que había visto a Rose. Para salvarla a ella, tenía que salvarme a mí primero.

Lewin nos llevó de vuelta al taller y nos presentó a Oskar Stein. Era una leyenda en la unidad, un hombre mayor de pelo ralo y una extraña panza; un rasgo inusual en un prisionero. En otra vida había sido abogado. Los hombres del Bloque 18 carecían del aspecto de muerto viviente que tan habitual era en Birkenau. No estaban bien nutridos, pero las condiciones eran mejor dentro de la operación Bernhard.

Stein también había estado en Sachsenhausen desde el nacimiento del taller, lo que significaba que compartía un aire fraternal con Lewin. Por su acento parecía checo, pero pensé que sería mejor no preguntárselo hasta no estar en un ambiente más tranquilo. Aunque el tiempo que llevaba siendo prisionero me había enseñado que el lugar de procedencia de alguien significaba muy poco, el juego de decir pueblos checos desconocidos era un pasatiempo divertido que había ayudado a que Piotr y yo estrecháramos lazos.

–Armamos estas máquinas de cero –nos explicó Stein parado al lado de una imprenta muy parecida a las que había en mi vida anterior–. Huelga decir que nuestro trabajo es confidencial.

Asentimos obedientes, conscientes de que estábamos a punto de recibir una nueva advertencia. Todo el mundo parecía estar obsesionado con decirnos lo increíblemente muertos que acabaríamos si nos íbamos de la lengua.

—No quiero que un novato eche a perder lo que tenemos aquí. No habléis con los demás prisioneros. Podemos estar en la zona que hay entre las barracas y la jaula, pero no nos podemos alejar jamás. La única excepción son los domingos, y solo para ir al bloque de las duchas. Cuando nos sacan los domingos, y sí, son duchas de verdad, siempre nos escoltan. Los demás prisioneros están encerrados en ese momento. Tenemos un acuerdo aquí. Nosotros hacemos lo que nos piden y, a cambio, las palizas son mucho menos frecuentes que en otros Kommandos.

Cuando me dieron la oportunidad de echar un vistazo alrededor, inspeccioné el lugar con las manos cogidas a la espalda como si estuviera en un museo de arte.

Yo seguía obstinado en encontrar la manera de escapar. En mi corazón, el único desenlace posible era el de estar con ella. En mi mente siempre tenía clara la trayectoria directa o indirecta de vuelta a Rose. No me importaba en qué campo estuviera.

Al preguntarles a los demás mientras echábamos una ojeada por el lugar, nos quedó claro lo aislados que estábamos.

—Pensad en los Bloques 18 y 19 como si fueran una isla —nos dijo Mika, otro prisionero francés que participaba en la operación Bernhard—. Incluso tenemos un médico, el doctor Kaufmann.

No había equipo de mantenimiento, no había otra opción. Todo el mundo arrimaba el hombro, aprendía observando, intentando, probando. Cuando se llevaban a alguien a rastras hasta el callejón para atravesarlo con una bala, un prisionero se encargaba de cubrir el proceso aunque estuviese con otro a la vez.

Por extrañas circunstancias, me sentía como pez en el agua. Si había llegado tan lejos era gracias a mis propias habilidades produciendo documentos falsos. Aquella destreza había evitado que el doctor Schwarz me matara el primer día en Auschwitz y se interpuso entre la cámara de gas y yo. Mis habilidades no solo me habían acercado a mi antiguo trabajo, sino también a Berlín.

Entre el equipamiento y las nuevas condiciones de vida, me entristecía por los que no lo habían logrado. De haberlo sabido, Leib y yo podríamos haber solicitado un traslado, pero mi amigo ya no estaba. Me encontraba en la mejor posición en la que había estado como prisionero.

Al final del turno, tras haber hecho poco más que hablar, nos apiñamos en la sala recreacional mientras los demás entraban para la cena. El aire se llenó de voces roncas de hombres que terminaban un arduo día de trabajo. Todos se reorganizaron educadamente, asegurándose de que los nuevos tuviésemos sitio.

Unas raciones de pan y sopa nos dieron la bienvenida al equipo. No era un hombre libre, pero la cena de aquella noche fue la mejor.

Lo más importante era que teníamos que evitar echarlo todo a perder. La vida en el taller de falsificaciones era mejor que en cualquier otro lugar del campo. Si poníamos en peligro el Bloque, no solo nos repercutiría negativamente a nosotros, sino también a todos los demás. Debíamos mantener el equilibrio y ayudar a los nazis lo justo para sobrevivir.

A pesar del ambiente distendido después de la cena, había un estricto toque de queda a las nueve de la noche. Cumplíamos las mismas normas que el resto de prisioneros de Sachsenhausen, ya que los otros bloques desconocían nuestra situación. Nos había caído del cielo una posición de privilegio, trabajando en pro del esfuerzo bélico nazi, separados de los demás encarcelados. ¿Cómo asimilar la condición en la que nos habíamos encontrado de repente?

Léon y yo decidimos compartir litera. Me agencié la cama de arriba, subí y deslicé mi ágil cuerpo por debajo de las sábanas. Dejé la camisa colgando de uno de los postes y me acomodé. La suavidad del algodón blanco contra mi huesuda espalda y mis costillas desnudas era abrumadora. Una lágrima se me deslizó por la comisura de uno de mis ojos. Froté la cara contra la almohada y apagaron las luces.

Mis ojos se mantuvieron abiertos durante horas. Estaba todo demasiado tranquilo. Con la maquinaria apagada, un silencio inquietante se adueñó del dormitorio. Me había acostumbrado a oír los sollozos de los demás, los ataques de tos flemosa y los azotes del viento furibundo. Ahora estaba a solas con mis malditos pensamientos.

No había manera de salir. Los nazis habían construido una maqueta que plausivamente les serviría para negar su implicación y que podían destruir con nosotros dentro. Estaban acostumbrados a hacer desaparecer a la gente y no iban a perder a ninguno de sus buenos hombres si cancelaban la operación de falsificaciones. Muy pocos sabían de su existencia.

Había peleado para abrirme paso primero por Auschwitz y luego Birkenau caminando por arenas movedizas. De una manera u otra, sabía que llegaría el momento en que dejaría de serles útil a los nazis y entonces ellos se asegurarían de que no pudiera vivir para contarlo. Era solo el primer día y ya había visto demasiado.

Hablé en susurros a la versión de Rose de mi imaginación. Le musité una plegaria para que rezara por su marido mientras ella luchaba por sobrevivir en Birkenau. Fueron estos deseos farfullados los que finalmente me hicieron sucumbir al sueño.

Capítulo 15

–Disculpa que te interrumpa en mitad de la explicación de *Sackhausen* –intervino Rebekah, regresando con el té.

–Sachsenhausen –la corrigió Georg, esbozando una sonrisa que sin duda alguna ella plasmaría en su escrito.

–Sí, disculpa, Sachsenhausen. Me preguntaba cómo podía funcionar todo eso.

Georg se echó hacia delante, inclinándose por encima del vapor de su taza de té.

–A Hitler no le importaba demasiado la ley. Ya fueran *pfennigs* o libras esterlinas, a él le daba lo mismo. Un equipo de científicos nazis trabajó en los primeros intentos de falsificación, pero después se dieron cuenta de que la mano de obra esclava era más *schlock*.

Rebekah frunció el ceño por de aquella palabra en yidis.

–«Barato» –tradujo él–. El proyecto llevaba el nombre en honor a Bernhard Kruger, quien supervisaba todo lo que hacía Kurt Werner y, por extensión, todo lo que hacíamos nosotros. Era un auténtico capullo. Ese tipo de ego te hacía llegar lejos en el partido nazi. ¿Sabías que hay ciento sesenta elementos distintivos en un billete inglés?

–Sí, eso ya me lo has mencionado –lo interrumpió Rebekah.

–Perdona –se disculpó Georg–. Son los noventa y nueve años. Pero todavía conservo la mente bastante lúcida. Cada uno de esos elementos se tenía que planchar, incluso la Britannia, la mujer del vestido holgado.

Rebekah le dedicó un pequeño gesto de la mano, disculpándose y pidiéndole que continuara a la vez.

–Los billetes eran así de grandes –añadió Georg, sosteniendo las manos a una distancia de unos veinte centímetros– y con los cantos suaves. Toda la tinta se concentraba en la parte central. Los caballeros ingleses juntaban los billetes cogiéndolos por una esquina antes de doblarlos y metérselos en el bolsillo. Muchas de las muestras presentaban varios agujeritos de las veces que habían cambiado de manos. Te voy a contar un secreto.

Rebekah se desplazó hasta el filo del asiento. Inclinándose por encima de la grabadora, no pudo evitar pensar en las tres horas que llevaban hablando y el consiguiente cambio de casete.

–Yo les hacía un agujerito justo a través de la insignia. –La sonrisa que esbozó Georg sugirió que, para el anciano, se trataba de un secreto fantástico–. Durante las falsificaciones, me aseguré de agujerear cada uno de aquellos billetes con un alfiler, de una manera que un inglés no haría nunca. Si lográbamos que esa información saliera del campo, entonces los ingleses podrían identificar las falsificaciones y podrían aquel plan de guerra nazi mientras nos permitían conservar la vida.

–¡Entonces sí que falsificó los billetes! –exclamó Rebekah.

–Al final sí. Ahora llego a esa parte. Retrasamos la tarea durante todo el tiempo que nos fue posible, subvertimos los cambios y hallamos maneras de no completar el trabajo. Hicimos muchas cosas para ganar tiempo, pero a medida que pasaban los días la situación era cada vez más tensa y exigían ver resultados. De todos modos, me bastaría con echarle un vistazo a cualquiera de esos antiguos billetes para saber si fueron obra mía.

Rebekah estaba muy sorprendida con la tranquilidad con la que Georg acababa de admitir haber formado parte de la operación más importante de falsificación del siglo XX. En aquel momento, se excusó e hizo una a pausa.

En el pasillo, tomó su teléfono e hizo una llamada rápida.

—¿Por qué me llamas? —preguntó Adam con la boca llena de comida desde la oficina de *Ident Magazine*.

Habían empezado a trabajar allí a la vez, y él llevaba encaprichado de ella desde entonces. Rebekah lo sabía y elegía ignorarlo a menos que necesitara ayuda para completar alguna tarea monótona de sus artículos.

—Te tengo que pedir un favor —le dijo en un susurro—. ¿Sabes lo que escribiste sobre la evasión de impuestos el mes pasado...?

Adam tragó. En el fondo esperaba que Rebekah le confesara que sus sentimientos eran mutuos, pero eso no iba a pasar.

—Sí —contestó finalmente.

—Necesito algo parecido. Sumérgete en el pasado de este hombre. Hay elementos de su historia que necesito verificar. Te mandaré su nombre y algunas fotografías. Haz tu magia, a ver qué descubres. Espera...

Rebekah se alejó el teléfono de la oreja. Le envió las fotografías enmarcadas de Georg y tecleó algunos detalles básicos para Adam antes de volver a la llamada.

—Te he enviado un correo electrónico con la información —le dijo.

—Dice que nació en 1916. No sé si podremos sacar demasiado de su huella digital.

—Haz lo que sabes hacer. Te debo una cerveza.

—Me debes más de una —replicó Adam, pero Rebekah ya había colgado.

—Perdón —se disculpó ella cuando regresó al comedor de Georg—. Me estaba contando cómo creó el dinero falso.

El anciano asintió y retomó la historia de inmediato.

—A pesar de todo, el enfoque de los nazis fue muy acertado.

Los números de serie de los billetes ingleses seguían una fórmula. Una vez descifrada, aquello fue coser y cantar. La operación Bernhard se convirtió en un estallido de oportunidades para los judíos.

—¿Cómo decidían a qué personal reclutar para esa tarea? —preguntó Rebekah.

—Desde la oficina central en Berlín enviaron una orden a varios campos: Buchenwald, Ravensbrück y Sachsenhausen. Buscaban prisioneros que tuvieran destreza con la imprenta, con el papel u otras habilidades clave. La orden incidía en que los prisioneros hablaran alemán, aunque fueran ciudadanos extranjeros.

Georg se encendió otro cigarrillo. Rebekah había perdido la cuenta de cuántos llevaba.

—Así que, a pesar de la necesidad de mano de obra —continuó Georg—, insistían en que hablaran alemán. Nosotros éramos el pueblo elegido y ellos por lo visto la raza dominante. Estaba claro quién necesitaba a quién en ese escenario. El Kommando comenzó en septiembre de 1942 con solo veintiséis prisioneros, entre ellos Lewin y a Stein. Pero pronto se dieron cuenta de que necesitaban más manos. Nos trajeron imprentas, tinta y papel especial, todo ofrecido por buenos negocios alemanes con sede en Berlín. Ya sabes, no querían «bazofia extranjera».

Georg esbozó una media sonrisa.

—Artur Lewin pasó de ser cajista en Berlín a supervisor de la zona de papel antes de obtener el puesto de jefe de bloque. Era el único Kapo del campo que no era un violador o un asesino… No podía decir lo mismo de Werner o Kruger.

Capítulo 16

Contemplé el proceso de principio a fin. Era similar a mi trabajo en Praga. Solo diferían los productos, con los que nos podían imputar el delito de traición.

Falsificar dinero era un proceso complicado. El papel llegaba con marcas de agua, un complejo sistema de líneas ondulantes que reseguían toda la hoja en vertical y horizontal, cuyo objetivo era precisamente evitar que la gente hiciera lo que pretendíamos hacer. Las palabras «Banco de Inglaterra» estaban estampadas en el patrón por partida doble, arriba y en la base. En el centro venía la denominación. Por encima de esas palabras había cuatro dígitos que hacían referencia al mes y al año de fabricación. Aquellos billetes me hacían viajar a esa lejana tierra e imaginarme las tazas de té, a la familia real y a su extravagante pueblo. No tenía ni idea en aquel momento de que un día sería mi hogar.

Los billetes se imprimían en pliegos de cuatro con una prensa de impresión automática. Al cabo de una semana, una de esas bestias le arrancó a Piotr la mitad del dedo anular. A partir de entonces, cada vez que pedía tres cervezas a los camareros le servían dos y media. El día del accidente, el doctor Kaufmann se apresuró a ayudarlo y le envolvió con una gasa lo que le quedaba de mano, mientras los hombres rebuscaban sin éxito la falange desgarrada entre el papel que cubría el suelo. Ya se había derramado sangre sobre aquellos billetes incluso antes de empezar el trabajo.

La hoja se cortaba entonces en cuadrículas. Tal vez los cantos fueran un poco toscos, pero el grosor se había elegido a conciencia. Amontonados en fajos de mil para su posterior inspección, no podía evitar llevar la cuenta. A pesar de que había abandonado pronto la escuela, se me hacía fácil calcular cuánto dinero producíamos cada vez.

Cuando los soldados de las SS daban el visto bueno, los billetes pasaban el escrutinio de unos habilidosos operarios, antiguos banqueros, a los que también retenían como prisioneros. Aunque los banqueros se merecen que los encierren en cualquier contexto. Sentados a unas mesas con una caja de luz en la base, su trabajo consistía en inspeccionar.

Los billetes se dividían después según el gradiente de la reproducción. Destruíamos las copias defectuosas al instante. Las que presentaban la más mínima imperfección se dejaban caer desde un avión en Inglaterra para devaluar su moneda. Aun así, el objetivo continuaba siendo quebrantar la economía británica mediante copias infalibles.

Un rulo enorme confería a los fajos un aspecto usado, sucio y arrugado, como yo.

Cuando nos incorporamos al trabajo, el equipo todavía estaba lejos de los estándares de calidad y aún no se había distribuido ningún billete. Cada tanda que inspeccionaban los banqueros tenía alguna imperfección, por minúscula que fuera, así que aquellos billetes no servían para nada, salvo, quizás, para arrojarlos desde los aviones.

Bernhard Kruger, el pez gordo, recogía las copias cada semana. Todo el mundo temía su llegada. Tenía una presencia formidable, la mandíbula marcada y cejas de villano. Cuando nos deleitaba con su presencia, era mejor quitarse de en medio.

Desde fuera, una vez que se cerraba la puerta, los fajos de billetes, ocultos en cajas, otorgaban al lugar el aspecto de un almacén de papel. Se fabricaron millones de libras en el campo.

Solo gracias a los registros de las SS supe que por nuestras manos habían pasado un total de 334.610.810 libras esterlinas.

Después de una semana de formación, Kruger me asignó la tarea de falsificar billetes yugoslavos, una prueba que les hacían a todos los novatos. Esa divisa era más sencilla que la libra. Así determinaban si teníamos tablas para el puesto.

—Si no consigues duplicarlo en los próximos días —me dijo Kruger, escrutando mis primeros trabajos—, no durarás mucho.

Algo en su tono me dejó claro que mi plaza en el bloque no estaba asegurada.

El primer sábado por la tarde desde que formábamos parte de la operación Bernhard, los miembros del equipo reorganizaron la disposición de los bancos del comedor.

—¿Qué ocurre? —quise saber al ver que lo únicos que no tenían ni idea de lo que pasaba éramos nosotros seis.

—¡Buscaos un buen sitio para ver el espectáculo! —dijo Oskar Stein con un nivel de entusiasmo más propio de un niño.

Cuando un prisionero escuálido pasó cerca, con aspecto soflamado, Stein lo agarró de los hombros y lo hizo girarse hacia mí.

—Georg Gottlieb, te presento a Gunther Levy. Él es el encargado del entretenimiento.

Gunther extendió la mano con una sonrisa de oreja a oreja, aunque sus ojos no paraban de desviarse hacia varios puntos de la habitación. Se la estreché y sentí los frágiles huesos de su palma.

—Es un placer conocerte, Georg. ¿De dónde vienes?

Hablaba con la desenvoltura de un anfitrión, no con el abatimiento de los prisioneros del campo.

—De Auschwitz —respondí.

—No, eso no. Antes. ¿De dónde eres?

—De Praga.

–Ah, bien. La Catedral de Praga es muy bonita. Ahora, si me disculpas, estoy muy atareado. Quizá podamos hablar después del espectáculo.

Dicho eso, Gunther Levy se fue, dándole instrucciones a gritos a un tramoyista de pega mientras se alejaba de nosotros.

El espectáculo debía de ser muy popular, a juzgar por el número de soldados de las SS que ocupaban las primeras filas. Los hombres talentosos de nuestra operación interpretaron canciones, sátiras y bailes. En una esquina de la habitación teníamos el escenario más caro del mundo, formado por cajas de billetes falsos con tablas puestas encima.

Lo que osaron hacer en aquellos espectáculos me impresionaba: una banda formada por miembros de la operación, un malabarista, Gunther como maestro de ceremonias y la interpretación *drag* de una de las primeras canciones de Édith Piaf.

Felicité a Gunther tras presenciar el primer espectáculo.

–Ah, pues... –El hombre abarcó con el brazo el escenario–. Si quieres unirte, ya sabes. ¿Tienes alguna habilidad especial?

No me vino nada a la mente. El trabajo que había llevado a cabo para los comunistas y el amor por la mujer más increíble del mundo no servían. Y hablar de esas experiencias habría sido exponerme demasiado: costaba saber de qué pie cojeaba la audiencia.

A finales de la semana siguiente, según mi parecer, la última versión que había hecho de la divisa yugoslava era una copia exacta de las muestras que me habían proporcionado. La amenaza de Kruger no se materializaría. El muchacho checo había demostrado que valía para el trabajo.

Corrí entusiasmado con mis impresiones hacia la sala de cortado, ondeando el papel por encima de la cabeza para que se secara. El peso de la tinta hundía la superficie de la hoja. Tanto Stein como Levy se percataron de mi euforia y me siguieron. Tras saludar al oficial que había en la puerta, se lo llevé al banquero, que estaba sentado ante la brillante luz de su mesa. Sobre la luz, mi trabajo proyectaba extrañas sombras en la cara del hombre. Oskar y Gunther se apretaron a mi lado. Con los ojos entornados, el banquero acercó la cabeza a la impresión para comprobar todos los detalles. Un pequeño grupo se congregó detrás de nosotros, ansioso por conocer el veredicto.

El banquero se echó hacia atrás con una mirada contenida y sacó un pequeño objeto circular de debajo de la mesa. A primera vista podría haber pasado por un vaso de chupito. Lo colocó sobre la impresión y lo arrastró con suavidad por los bordes, examinando hasta el último detalle con la pequeña lente.

—Está perfecto —sentenció después de una pausa tensa.

Aquello me garantizó el acceso a las imprentas y a formar parte del equipo que se encargaba de crear falsificaciones exactas de los billetes ingleses. Me prestaban atención cada vez que proponía algo. Al fin y al cabo, cualquier mejora disminuía las posibilidades de acabar en el muro negro.

Toqueteando los dinares falsificados, reconocí el increíble poder que teníamos en nuestras manos. Si no nos andábamos con cuidado, corríamos el peligro de que la tarea fuera un éxito y de que los nazis se salieran con la suya. El reto sacó lo mejor de mí.

Antes de llegar a Sachsenhausen, siempre habían residido en mí las reminiscencias de mi espíritu rebelde, que me había mantenido apartado de los demás prisioneros, trabajando en mis propios asuntos. Quería escapar para rescatar a mi esposa. A pesar del adoctrinamiento, la envergadura del reto me mantuvo sereno.

¿Adónde iba todo aquel dinero? No matábamos aliados en el frente, pero el plan nazi del que formaba parte era, como mínimo, de una naturaleza retorcida.

La otra cara de la moneda, aunque nos centrábamos exclusivamente en los billetes, era la falta de voluntad. Pasé aquellos días trabajando a cambio de que no me mataran, esa era la recompensa. Estaba limpio, seco y casi bien alimentado. Incluso me había empezado a crecer el pelo, mientras que a los demás grupos de prisioneros seguían rapándolos a menudo.

Pasar de producir documentos falsos para fastidiar a los nazis a ser su prisionero y hacer falsificaciones que ayudaran a sus esfuerzos bélicos contra los Aliados era irónico. Mi vida se había convertido en una parodia. Pero durante aquellas primeras semanas, exhausto después de pasarme el día trabajando, apenas me quedaban fuerzas y tiempo para pensar en las implicaciones morales, aunque siempre que podía buscaba maneras, algunas muy enrevesadas, de retrasar la producción. También pensaba en Rose, en Birkenau y en cómo volver allí para reunirme con ella.

Una de las ventajas de la operación Bernhard era que podíamos elegir. Los hombres del Bloque 18 no nos vestíamos con las mismas rayas apagadas que los demás prisioneros. Teníamos a nuestra disposición un enorme almacén lleno de ropa, si bien usarla implicaba aceptar que esas prendas habían pertenecido a otras personas del campo a las que despojaron de sus pertenencias. Pensaba a menudo en los prisioneros que, en la pendiente de Auschwitz, escribían sus nombres en las maletas, dando por sentado que se las iban a devolver más adelante.

El almacén parecía un mercadillo. A pesar de la repulsión que sentía, elegí algunos conjuntos que colgué en la taquilla que me habían asignado.

Entretanto, había trabajo por delante y debíamos satisfacer a Heinrich Himmler, el responsable de que se construyeran los campos de concentración. Himmler supervisaba lo que hacían Kruger y Werner desde la distancia. Lo sentíamos como una amenaza a nuestra supervivencia. Y no solo le complacía que le contaran nuestros avances, sino que también emitió la orden de que falsificáramos trescientas tarjetas de identidad del servicio secreto soviético.

—Si Himmler no queda satisfecho, rodarán cabezas —apuntó Kruger.

Nos enseñaron algunos documentos soviéticos reales. Dándole vueltas al librito entre los dedos, advertí varios detalles: las páginas interiores eran de un tono verde claro, en contraposición al color de la tapa, que era rojo brillante. La parte frontal tenía un sello dorado. Era preciso tener en cuenta cada minucia estética: no se podía ir con prisas en este trabajo.

Kruger ya le había comentado a Himmler las maravillas que su séquito era capaz de obrar. Werner aumentó la presión durante la jornada laboral y Kruger se dejaba caer de vez en cuando para comprobar cómo progresábamos. No tardamos en advertir que la tela que recubría la tapa no casaba con la usada en los originales. Cualquier soviético de a pie se habría dado cuenta de que eran falsos.

—No voy a ser yo quien se lo diga, pero me niego a entregar un trabajo tan chapucero —afirmó Gunther y otros asintieron.

Kruger tenía dos opciones: comunicar que nos retrasaríamos con el pedido o encontrar una tela roja idéntica para proceder con la encuadernación. Fabricar documentos de identidad no era lo mismo que falsificar dinero: se necesitaba un tipo de materiales que los nazis, acostumbrados a tomar lo que tenían delante sin pararse a considerar los detalles, no habían previsto.

—No hay tiempo para buscar algo mejor —se quejó Kruger sumido en el mismo pánico frenético que experimentaba cada vez que se le presentaba un problema.

Nos miraba con la severidad de los líderes nazis. Llevaba el pelo engominado hacia atrás y recortado por los costados al estilo militar. Siempre vestía el uniforme nazi, rematado con charreteras, broche en forma de águila y medallas.

–Deberéis trabajarlos más para que se asemejen a los originales. Espero ver el producto terminado cuando regrese la semana que viene.

–Lo lamento mucho, señor –levanté la voz; los demás no se atrevieron–, pero eso es imposible: aunque hayamos obrado milagros, no somos magos. Va a tener que encontrar una tela que case. Solo entonces seremos capaces de terminar el trabajo.

Kruger me miró como si hubiese sacado los pies del tiesto. Era mi primera conversación con él y claramente no le había causado buena impresión.

–Para vosotros los judíos las cosas solo son imposibles cuando vuestras vidas no están en juego. Ese parece ser el único idioma que entendéis. –Señaló a Piotr, a Gunther y a Felix, que estaban detrás de mí–. Vosotros tres seréis el desafortunado daño colateral de esta conversación. Si mañana a las diez en punto no están listos los documentos de identidad, os dispararán. Agradecédselo a vuestro compañero.

Esa actitud, la tranquilidad con la que había condenado a mis amigos, me recordó que Bernhard Kruger era como los demás nazis con los que me había cruzado. Mi interrupción solo había servido para acortar el tiempo asignado a solo un día.

Kruger se largó furioso de la sala y les dio a todos los presentes la oportunidad de dedicarme una mirada que sugería que yo sería el verdugo. El poco tiempo que tenía no me dejaba otra opción que opinar cada vez que se me presentaba la ocasión. Debía salir de allí, había una vida esperándome al otro lado de aquellos muros, que incluía a una chica judía guapísima y un piso en Praga. Lo único que me mantenía cuerdo era terminar el trabajo y usar aquellos documentos soviéticos para liberar a Rose. En mi cabeza se estaba formando un plan.

A pesar de las distracciones, a medida que el tiempo pasaba, menguaban las posibilidades de sobrevivir. Por eso, decidí actuar. El resto, por su parte, esperó a que el comité dividiera el trabajo en etapas. Tardó tres horas y ni siquiera miró las muestras.

—No podremos hacer que el encuadernado sea idéntico al original —advertí—, pero sí que sea muy parecido.

Había llegado el momento de dar un paso al frente, de que me vieran como un líder. Después de haberme pasado los primeros días en un segundo plano, observando, sabía lo que necesitaba el grupo para salir adelante.

—Podríamos prensar el diseño del encuadernado usando una lámina de latón. Eso debería ser suficiente para pasar una inspección rápida. En esta habitación están los mejores impresores del mundo, pongámonos manos a la obra.

Entre los ceños fruncidos se escucharon algunos vítores.

—Con un color y una textura similar debería funcionar.

Nadie me llevó la contraria, así que fuimos a buscar nuestras herramientas.

Felix, uno de los grabadores, cogió una lámina de latón y grabó las líneas siguiendo las del encuadernado original. El diseño contenía un intrincado sombreado con líneas cruzadas que replicó al dedillo. Aunque la idea fue mía, no tener que sentarme con una placa de latón y una regla para trazar las líneas fue una auténtica bendición.

Conseguir que los cartones rojos cuadraran con las páginas verdes de dentro mediante la fototipia fue la parte más fácil, dados los muchos expertos que había en la sala. Tras habernos pasado meses trabajando con aquellas máquinas, las comprendíamos mejor que sus creadores. A altas horas de la noche, dejamos las encuadernaciones aparte y esperamos a que Felix terminara la placa de latón. Producimos tapas de más para poder hacer pruebas.

El taller estaba sumido en el caos: los prisioneros gritaban y se derramaban el café por encima y sobre los demás. Costaba saber si los retortijones que sentía se debían a que había tomado demasiado sucedáneo o a que no paraba de pensar que había sentenciado a muerte a tres compañeros.

El equipo creó cada documento de identidad mediante producción en cadena, como hacían en el resto de campos. Manoseé tantas tapas que acabé con las puntas de los dedos doloridas y ensangrentadas cuando llegó la hora de las brujas. Me separé y metí las manos bajo el grifo para no arruinar el encargo. El agua fría hacía que me escocieran los cortes. Me servía para sentirme vivo.

Felix siempre tenía cerca a alguno de nosotros, que le ofrecíamos toda la ayuda que pudiéramos brindarle y más tazas de café de las que cualquier hombre debería consumir en una semana. Cada vez que levantaba la mirada, el diablo le había besado los ojos. Los tenía tan rojos como la bandera del Tercer Reich, con esvásticas por pupilas.

Le masajeé los hombros y lo animé mientras me agenciaba un par de documentos. Me los metí por dentro de la parte trasera de los pantalones. El gesto me recordó a los papeles ocultos en las misiones al notario de Praga. Unas horas después, liberado de mi deber, los oculté detrás de la impresora para que no pudieran acusarme. Era importante ceñirse a una mentira coherente.

A las siete y media, Felix terminó el último trazo. Dejó caer las manos y la placa de latón tintineó sobre la mesa al mismo tiempo.

—Nos quedan dos horas y media para la entrega —señaló Gunther.

Admiramos la placa terminada mientras Felix se acurrucaba en un banco para dormir.

Tras atornillar con cuidado la placa a la impresora, la presión pasó de Felix a mí. Después de calentarla, metimos uno de los libros. Los hombres se apiñaron alrededor. Entre la multitud, vi a Rose que me sonreía, pero solo era producto de mi mente cansada y del miedo de tener que actuar lo antes posible si quería volver a ver aquel hermoso rostro. Esas visiones no me sobresaltaban, dada su frecuencia. Me servían para redoblar mis esfuerzos y convencerme de que todavía no me la habían arrebatado del todo. Desapareció tras un pestañeo.

En cuanto la placa caliente entró en contacto con la encuadernación, nos golpeó un olor abominable, seguido de un humo químico que se elevaba en volutas. Giré la cara y me froté la nariz con el codo para liberarme del hedor que invadía mis fosas nasales. El tejido se había quemado.

La locura implica repetición. Repetí el proceso y quemé otro libro. Luego me detuve para pensar, exhausto por la acumulación de horas trabajadas y los ojos resecos. Todas las técnicas que se habían inventado durante mi década en la industria pasaron por delante de mis ojos, en vano.

–¿Y si... –pensé en voz alta, demasiado exhausto para hacerlo en silencio– recubrimos la placa? La cera absorberá el calor y así el lino no se chamuscará…

Teníamos una única oportunidad.

El tiempo jugaba en nuestra contra.

Felix había empleado toda la noche en crear un diseño muy complejo en una placa de latón y yo la recubrí de cera. Si aquello no funcionaba, ya no había nada que hacer.

Bajé la palanca con fuerza antes de soltarla lentamente, con la esperanza de que la presión fuera la adecuada. Era una versión letal del juego de la patata caliente. Alguien sacó el trabajo y todos se amontonaron alrededor de ese cartón a la parrilla.

–Bueno, ¿a qué estás esperando? –preguntó Sal, levantando una copia perfecta del documento de identidad soviético–. Haz los demás.

Los vítores de los hombres eran todo cuanto necesitaba para continuar. No solo la réplica era exacta, sino que la cera no se había derretido y podíamos usar la placa otra vez. Debíamos ser rápidos. Nos quedaban noventa minutos antes de la llegada de Kruger y teníamos que pasar por la prensa trescientos documentos.

Por la mañana, a las diez en punto, estábamos en posición en firmes, orgullosos y cansados, con los trabajos cuidadosamente apilados en bloques de treinta. Mientras los hombres ordenaban los documentos, yo saqué los dos que estaban escondidos. Usaría esos dos pases soviéticos para mis propios fines. Los encuaderné los últimos. Solo me sobraron unos segundos. Los metí dentro de una copia del *Mein Kampf* que había en la sala recreacional. Los pases eran lo bastante delgados como para que quedaran ocultos dentro del libro sin destacar demasiado en la pequeña biblioteca. Los demás estaban tan ocupados y cansados que no se dieron cuenta.

–Debo admitir que estoy impresionado –le estaba diciendo Kruger a Gunther cuando entré a toda prisa en la habitación, fingiendo que había estado allí todo el rato.

Los demás todavía se estaban colocando. El alemán le dio unos golpecitos con el dedo al primer documento del montón.

–Veo que amenazaros de muerte es un incentivo eficaz.

Le dio la espalda a la mesa, sacó su pistola de servicio y la encañonó a la frente del hombre que tenía más cerca: Felix. El pobre ni siquiera tuvo tiempo de agacharse. El estruendo me sobresaltó lo suficiente para que diera un bote y que los oídos me pitaran a una frecuencia horrible. Una sustancia húmeda me salpicó el puente de la nariz. Me temblaban las manos. Al abrir los ojos de nuevo, los restos de materia cerebral habían decorado elegantemente nuestros rostros. Una sola bala acababa de vaciarle los sesos a Felix y nos había pintado unas pecas rojas perturbadoras.

Pasmados, miramos a Kruger.

—Que esto os sirva de recordatorio —dijo—. Todos sois prescindibles.

Tras recoger los trabajos que se habían salvado del baño de sangre, abandonó el lugar sin remordimientos. Si algo solía resetear mis pensamientos sobre la capacidad de perdón de los nazis era la muerte inmediata de uno de los nuestros. Por muchos privilegios que nos concediesen aquí dentro, no teníamos escapatoria. Solo nos mantendrían con vida mientras les resultáramos útiles.

Seguimos los turnos habituales de trabajo ese día, a pesar de haber estado despiertos toda la noche por culpa de aquella tarea especial. La falta de sueño y el acoso constante de la imagen de cómo mataban a Felix hacían que mi corazón anduviera desbocado. Me obsesionaba la idea de escapar, de liberarme de los campos y sacar a Rose. Necesitaría dinero. Todo el mundo tiene un precio. Los nazis, un precio mayor.

—Os presento al famoso falsificador Salomon Smolianoff —dijo Kruger, orgulloso, la siguiente vez que vino de visita al bloque.

Arrastró hacia dentro a un hombre bajito con unas generosas entradas y una nariz que se había topado con el puño de alguien en más de una ocasión. Debía de ser unos veinte años mayor que yo, pero algo en sus patas de gallo y en su mirada amable me llamó la atención.

—Viene directamente de la cárcel. Con su ayuda, superaremos cualquier problema existente y completaremos esta tarea. Por la gloria del Tercer Reich y de nuestro Führer.

Esperaba que le hiciéramos la ola, pero Kruger tuvo que contentarse con un encogimiento de hombros. No sabía que hacíamos todo lo posible para retrasar la producción.

Una parte inquieta de mí se preguntaba si Smolianoff era tan bueno como decían. A fin de cuentas, yo ostentaba el título de «falsificador de Auschwitz».

El equipo le dio la bienvenida de todos modos. Era un hombre callado, estoico, interesante. Estaba contento de dejar de ser el chico nuevo. Al recordar lo abrumadores que habían sido nuestros primeros días, confiaba en que nuestra forma de hablar tranquilizara a Salomon. Mediaba un abismo entre la mirada psicótica de los asesinos y violadores descritos como antiguos prisioneros y los ojos arrugados cosidos en la cara de Smolianoff.

Fuera hacía frío. Cuando metí las manos en los bolsillos, me recordé lo que los demás prisioneros tenían que padecer. Yo al menos tenía calcetines y zapatos de piel. Casi había olvidado el dolor de pies que sentía por tenerlos embutidos en zapatos de madera. Por no hablar de que teníamos que pasearlos por el barro pringoso.

Los montones de ropa que se alzaban en la entrada del almacén eran más altos que yo y por descontado más altos que mi nuevo amigo ruso.

–Puedes llevarte lo que necesites. Los zapatos están allí –le indiqué, creyendo que así lo ayudaría a integrarse.

Me dedicó una mirada cargada de preocupación antes de coger la chaqueta que coronaba uno de los montones.

–Georg, ¿qué es esto?

La etiqueta de la chaqueta era bien visible, escrita con letras torcidas y sujeta con un imperdible. El nombre y la dirección del antiguo propietario. Di por hecho que habría muerto.

–Escucha, camarada, sé que es una barbarie. Me costó asimilarlo cuando llegué, pero debemos preocuparnos de nuestra propia supervivencia. Me he pasado mucho tiempo afligido por los muertos y no me ha servido de nada. Ojalá pudiera hacer algo más. Algún día espero tener el poder de salvar a todos los judíos de Europa. –El hombre sonrió–. Me encantaría ver a esos cerdos nazis en la cárcel por todas las cosas terribles que han hecho. Por ahora, me centro en mi propia supervivencia. No podré hacer nada por nadie si no miro por mi bien primero.

–¿Con eso justificas ponerte la ropa de un muerto?

Su comentario me caló más hondo de lo que me habría imaginado. Había llegado la hora: Rose no podía esperar para siempre. No paraban de llegarnos historias sobre asesinatos en masa de nuestra gente en otros campos. El tictac de cada segundo que pasaba era como una gota que caía del cielo. Al final, nos ahogaríamos. Había visto cómo mataban a Felix, reconocía la manera en que me estaba afectando el trabajo, poniendo de relieve mis debilidades, haciéndome perder la identidad, succionado por las terribles circunstancias. Había llegado el momento de actuar. Si de verdad iba a hacerlo, solo había un hombre al que me llevaría conmigo.

Cuando se hubieron apagado las luces esa misma noche, llamé al francés que tenía debajo.

–¿Léon? ¿Estás despierto?

–*Oui, mon ami.*

–Tengo que decirte una cosa.

Oí cómo se removía en el colchón antes de que su esquelética cara apareciera en la penumbra, preocupado.

–Voy a salir de aquí –le aseguré–. ¿Vienes conmigo?

–Estás loco. Por supuesto que sí.

Capítulo 17

Esperar a que apagaran las luces fue la parte más complicada de la Operación Ametie, el nombre que habíamos elegido para la huida. Léon y yo nos metimos en nuestros catres mucho antes que los demás. Me había subido las sábanas hasta la barbilla para disimular que iba vestido completamente de negro.

Aún cabía la posibilidad de que tuviera lugar la actividad favorita de los soldados nazis: una redada. Como precaución, habíamos esparcido nuestras posesiones por todo el Bloque 18. Habría sido una estupidez llevarme el ejemplar de *Mein Kampf* a la cama. Nosotros no éramos como esos nazis que dormían con una copia bajo la almohada. Los pases soviéticos seguían escondidos dentro del ejemplar que guardábamos en la modesta biblioteca.

Tras un rato eterno, apagaron las luces. Temía que los latidos de mi corazón hiciesen que los demás no se durmieran. Nadie más se había atrevido a cometer una osadía como aquella. Trabajábamos duro y a veces jugábamos duro al *ping-pong*. Nada más.

–¿Preparado? –me preguntó Léon cuando la habitación pasó del silencio a los toscos ronquidos.

–Preparado –confirmé y, al retirar las sábanas, dejé al descubierto el conjunto que me permitiría fundirme con las sombras.

Dicen que el negro adelgaza. En un prisionero de un campo de concentración, ese color no podía hacer gran cosa.

Dejé colgando las piernas como si fueran carámbanos y salté al suelo calzado con unos finos zapatos de cuero que esperaba que amortiguaran el sonido. Léon iba vestido de manera similar. Cogió su funda de almohada y se dispuso a seguirme, dando por sentado que, como aquella absurda idea había sido mía, sería yo quien lideraría la operación.

—¿Qué haces? —susurré con los labios lo más cerca de su oído que pude.

—El dinero —contestó y sostuvo en alto la funda blanca. Llamaría la atención incluso en la penumbra.

Los nazis se centraban en las mejores copias de los billetes fabricados y apenas prestaban atención a los defectuosos. Eso le había permitido a Léon coger las copias descartadas a puñados y metérselas en los bolsillos. De vuelta en el dormitorio, había rellenado la funda de almohada con ellos mientras los demás estaban distraídos con el almuerzo. Sería cuestión de tiempo que se percataran de que faltaban billetes, pero estábamos actuando muy rápido.

En las circunstancias adecuadas, con suerte amparados por la oscuridad, esperábamos que los billetes pasaran una inspección superficial y pudiéramos negociar o sobornar a alguien para asegurarnos una vía de escape al mundo exterior.

—No podemos ir por el campo con una tela así. Es demasiado clara. Demasiado brillante. Es...

Antes de terminar la frase, Léon se quitó el cinturón de los pantalones, un accesorio que necesitaba desesperadamente, dadas sus caderas esqueléticas, y se lo enrolló alrededor del estómago cóncavo, aguantando su jersey con la barbilla. Luego amarró la funda de almohada en su pecho antes de bajarse la ropa por encima del bulto. Era lo bastante delgado como para que no pareciera que tenía la barriga hinchada.

—Al taller —le indiqué.

Deslizándonos por las sombras, llegamos a la habitación contigua. Los alicates estaban donde los había dejado, apoyados contra la impresora, camuflados. Por lo general, las herramientas se guardaban bajo llave por la noche. Cuando alargué la mano para cogerlos, una sombra se movió en la otra punta de la habitación. Antes de que mi cuerpo pudiera reaccionar, Léon tiró de mí y nos agachamos por debajo del paisaje urbano que dibujaba la maquinaria. Me apreté una mano sobre la boca, temeroso de que mi respiración agitada nos delatara mientras un guardia nazi hacía su ronda. El haz de una linterna barrió la estancia por encima de nuestras cabezas. Esperamos tanto que empezamos a temer que el alba arruinara nuestro plan. El paso de ganso facilitaba determinar en qué dirección se estaba moviendo el guardia mientras se dirigía hacia el dormitorio, donde un montón de almohadas y sábanas ocultaban nuestra ausencia. Me metí los alicates en el bolsillo y seguimos hasta la sala recreacional, con pasos livianos y silenciosos.

El comedor reflejaba nuestro estado de ánimo. Alguien estaba sentado tomándose una taza de café, concentrado en el crucigrama de un periódico demasiado antiguo y alemán como para que su contenido tuviese interés. Controlando la respiración, le hice señales a Léon para alertarle del posible testigo y avancé por las sombras.

Me acerqué lentamente a la librería y reseguí con un dedo los lomos oscuros de los libros hasta que noté el forro agrietado de la obra del acomplejado Adolf Hitler. Al sostenerlo en las manos, se apoderó de mí la vaga idea de que podía quemarlo para calentarnos. O, mejor aún, quemarlo, solo por el placer de verlo arder. Junto con los restos de algunas páginas arrancadas estaban los dos pases soviéticos robados. Hasta ese momento había actuado con verdadera astucia. Sin embargo, estábamos a punto de toparnos con una de las situaciones más duras de mi vida.

Cada vez que Léon y yo estábamos en la sala recreacional,

algo que convertimos en un hábito una vez que concretamos el plan al dedillo, examinábamos las idas y venidas de los soldados. Guardaban los chubasqueros en un pequeño almacén lateral después de usarlos los días de lluvia, permitiendo así que quedaran secos por completo. Sería una pena que la humedad arruinara algo que Hugo Boss se había pasado tanto tiempo diseñando. Ya bastante costaba limpiarles la sangre.

Dejando a un lado la moda nazi, los chubasqueros eran lo único que nos podía ayudar a camuflarnos en el perímetro del campo.

Impactado por hallar la puerta abierta y sorprendido por lo absurdamente confiados que se mostraban nuestros captores, la abrí y revelé unos preciosos impermeables colgados de unos ganchos, como el guardarropa de un jardín de infancia. No me habrían desentonado unas etiquetas encima de los ganchos con los nombres de Hans y Fritz impresos en ellas.

Lancé uno de los chubasqueros hacia Léon y me cubrí con el disfraz nazi. Froté la tela. Me sentía poderoso. Nos admiramos mutuamente en la penumbra del espacio cerrado.

–Anda, ¡tienen bolsillos! –susurré.

No eran lo bastante espaciosos para el libro, pero ocultaría los pases soviéticos. Abrí la obra del Führer y los dos documentos de identidad se desplazaron hasta el bolsillo del chubasquero nazi. Abandonamos el libro a su suerte.

–Ya vuelve –anunció Léon con urgencia.

Tiré de la puerta del guardarropa cuando el guardia terminaba de comprobar el bloque. Estábamos a escasos centímetros de él. Observamos por el resquicio de la puerta cómo se dirigía hacia la verja de fuera. Lo seguimos de puntillas y Léon deslizó una arandela metálica en la cerradura antes de que se cerrara. Retrocedió y se me echó encima dentro del armario. Esperamos hasta oír el satisfactorio ruido metálico que indicaba que el guardia había salido de la verja del perímetro.

Fue una experiencia de lo más extraña estar en los confines de la que pensábamos que sería nuestra casa para toda la eternidad. Una llovizna brillaba a través de la luz de los focos reflectores apostados por todo el campo y caía goteando del alambre que se alzaba por encima de nosotros. Por la naturaleza confidencial de nuestro trabajo, la iluminación de la zona circundante era limitada, y la lluvia la hacía aún más sombría. En todas direcciones se erigían torres iluminadas para los guardias que hacían las patrullas nocturnas. En aquellas torres los esperaba su tentempié de medianoche: sándwiches de col fermentada.

Léon me sacó del ensimismamiento con una sacudida, consciente de que cuanto más rato estuviéramos parados más llamaríamos la atención.

—Vamos —me dijo, y manteniéndose pegado a la densa sombra que proporcionaba la valla, halló el camino hasta la esquina de la barraca donde había menos posibilidades de que nos detectaran.

El primer obstáculo real era el alambre de espino enrollado alrededor de los altos postes que rodeaban nuestros bloques, así como la red en la parte de arriba. Con el suficiente impulso podríamos acabar cortados en pedacitos.

Saqué los alicates y ataqué indiscriminadamente el seto de metal. Cuando hube abierto el espacio suficiente, me tumbé en el suelo e intenté cruzar. Creía que mis dimensiones eran como las de un gato: si podía meter la cabeza, me cabría todo el cuerpo. Me retorcí hasta que me quedé atrapado. A pesar de la acelerada pérdida de peso, debíamos abrir más el agujero para poder cruzar. Léon me arrastró hacia atrás, deslizando el chubasquero por el barro.

—Habrá que abrir más el agujero. Yo tengo que pasar con esto —susurró Léon, señalando el bulto de su estómago.

Al cabo de poco, habíamos abierto un arco en la red de alambre de espino y teníamos vía libre. El metal estaba oxidado por el frío y la humedad y mantuvo la forma a pesar de la curva. Podíamos cruzar reptando.

Yo pasé primero y arrastré a Léon después de mí. Estiró los brazos hacia delante, esperando que lo cogiera como si fuera un bebé.

Tras comprobar que nuestros bártulos para la huida seguían en condiciones, usamos los demás bloques de Sachsenhausen para ocultarnos. Alejarnos de una torre de guardia significaba acercarnos a otra.

Léon me detuvo colocándome una mano en el pecho. El haz de luz de otro foco barrió la intersección que teníamos justo delante. Entonces, se detuvo, igual que nosotros. Era un punto luminiscente lleno de confrontación. Preocupado por si estaba esperando a propósito, miré hacia la torre que se alzaba delante. El guardia engullía distraídamente algún tipo de líquido ambarino de una petaca para mantener el calor en aquella noche gélida.

—Es nuestra oportunidad —le dije.

—¡No! ¿Estás loco?

Era una pregunta retórica. Todos estábamos locos. Debíamos estarlo.

Liberándome de la mano de Léon, di un paso hacia la luz. El foco se meneó; el movimiento había sobresaltado al guardia. Me arrebujé en el impermeable para disimular que no llevaba uniforme debajo. Mis rodillas corrían el peligro de ceder. El largo de la tela impermeable tenía que ocultar que tampoco llevaba botas ni pantalones nazis.

—Heil Hitler! —dijo el guardia adormilado desde la torre, recobrando la compostura.

—Heil Hitler! —contesté, dedicándole el saludo del campo que les había visto hacer las suficientes veces.

Mi habilidad para replicar cosas había mejorado ampliamente, por si no había quedado claro ya. Avancé rápidamente, intenté emular el paso de ganso para alejarme del resplandor. Al darse cuenta de que aquella era la mejor manera que teníamos de avanzar, Léon me siguió.

–Heil Hitler! –gritó con demasiado entusiasmo.

Lo agarré del brazo y avanzamos hasta dejar la luz atrás y situarnos tras la siguiente hilera de barracas.

–¡Estás fatal! –exclamó una vez que estuvimos al cobijo de las sombras–. Debería haber sabido que no era una buena idea intentar algo así con un puto checo loco.

Mientras lo decía, la risa se abrió paso por su voz. En mi opinión, solo por seguirme, él también compartía parte de la locura.

En la cima de la pendiente se acababan las barracas y, por ende, el fin de los escondites. Como nunca nos habíamos aventurado tan lejos de nuestro bloque, estábamos avanzando a ciegas, en una oscuridad que me daba vértigo.

–Voy a ir hasta la valla –le dije–. Espera aquí y silba si ves a alguien.

–No –protestó Léon, pero fue demasiado lento para retenerme antes de que me escabullera.

Él se quedó en el sitio, obediente a cualquier orden después de tanto tiempo en cautividad.

Una espesa capa de hielo cubría la hierba. Mientras que el resto del campo se había convertido en un barrizal bajo el pisoteo constante de los zuecos de los prisioneros y las ostentosas botas de los soldados, el terreno que bordeaba la valla del perímetro exhibía una exuberante hierba, de la que colgaban gruesas gotas de rocío. La luna llena, mi primorosa enemiga, estaba al acecho. El foco reflector de la madre naturaleza. Una rueda de queso que supervisaba nuestra huida. Hacía meses que no me sentía tan cerca de casa, aunque la noche no había acabado y existían varios finales.

Las medidas de seguridad en el perímetro no tenían nada que ver con las que se aplicaban alrededor de nuestro bloque. Unos enormes soportes de madera servían de sujeción a unos pocos alambres, el último obstáculo antes de la libertad. La extensión de después sería el siguiente problema. A plena luz del día, interrogarían a cualquiera que se acercara al recinto. De noche, solo la luna podía traicionarme.

Corté la última línea de alambre y la enrollé al poste. Agaché la cabeza y los hombros hacia el suelo húmedo y el aire se me escapó de los pulmones. Quería alargar la mano y atrapar mi aliento visible para retenerlo antes de que me delatara. De delante de mí, en el espacio infinito entre donde permanecía prostrado en el suelo y la seguridad del bosque, me llegó el leve rasguño de unos pies sobre la hierba. Preocupado por si había francotiradores ocultos entre los árboles, me quedé inmóvil mientras con los ojos oteaba el horizonte en busca de cualquier movimiento en medio de las sombras que pudiera confirmar mis temores. Algo se acercó, algún enemigo anónimo que mecía la hierba.

Lo primero que vi fueron las astas del enorme ciervo. Estaba a una distancia lo bastante corta como para que nos incomodara a ambos y de repente se percató del aliento frío que emanaba de mí hacia la noche húmeda. El animal se detuvo y sus ojos negros se clavaron en mi cuerpo, calibrando si suponía una amenaza para él. Con las miradas fijas, una sensación de calma nos embargó a los dos. Pestañeé lentamente, mostrándole que no era ningún peligro. Algo en mis recuerdos me dijo que eso era lo que se tenía que hacer. Los animales confiaban en ti si te devolvían el pestañeo. Cuando abrí los ojos de nuevo, el ciervo seguía en la misma posición. No importaba nada más. Ni la huida ni Léon ni la guerra ni los nazis ni el dinero. Incluso Rose pasó momentáneamente en un segundo plano. Solo estábamos el ciervo y yo, conectados por la dulzura de aquel instante, de la noche, de la naturaleza.

Un suave silbido llenó la noche.

Delante de mí se extendía la oscuridad. La posibilidad. La oportunidad. El ciervo se dio la vuelta y trotó hacia la línea de árboles, instándome a seguirlo.

Un solo alambre de espino a la altura de la cabeza y luego... el misterio. La oscuridad del bosque a unos treinta metros de donde estaba a cuatro patas, la hierba húmeda empapándome los codos y las rodillas. Seguía viendo el contorno de las astas recortadas contra las puntas ascendientes de las ramas.

Volví a oír el silbido, que claramente era de Léon. La única oportunidad que tenía se me estaba escapando de las manos. Debo admitir que me pasó por la cabeza abandonar a mi amigo como a un camarada caído y echar a correr hacia los árboles. Si conseguía huir, quizá podría buscar ayuda para todos. Sería una traición transitoria en pro de un bien mayor. Sin embargo, la lluvia ahogó el demonio que tenía sobre el hombro.

Desanimado y consciente de que algo había ido terriblemente mal, me levanté y regresé a la barraca donde se había quedado Léon.

—Dos soldados —me explicó con la respiración entrecortada a pesar de haber estado quieto mientras yo corría—. Uno se ha ido a dar la vuelta por el otro lado.

—Movimiento de pinza. —Léon asintió—. ¡Son muy listos estos alemanes!

—¿Qué hacemos? —me preguntó en un susurro.

Nuestras palabras eran señales de humo en el ambiente frío. Entonces, vi miedo en sus ojos. En los míos había culpa. Al fin y al cabo, era culpa mía. Me encogí de hombros, esa era la única respuesta que pude darle.

—¿Corremos?

En un primer momento, solo nos recibió el azote del viento mientras regresábamos a toda velocidad, alejándonos de casa. Aquello no formaba parte de la Operación Ametie. La estábamos arruinando. Léon movía enérgicamente los brazos mientras avanzaba y me pasaba por delante. No podía permitirlo. No era una competición, pero estaba ganando. A nuestro alrededor, las luces se encendieron como si fueran ráfagas de metralleta.

Un soldado salió del primer bloque de un salto y nos sorprendió. No disparó a tiempo el fusil. Arremetimos contra él, lo lanzamos por el aire y aterrizó de espaldas con un golpe sordo en el barro húmedo. Noté como si el hombro se me hubiera separado del cuerpo, retrocediendo antes de que pudiera recuperarme. A pesar de la torsión, proseguí la marcha después de trastabillar un par de veces. Los dedos ansiosos por disparar del soldado apretaron el gatillo y el arma disparó al cielo.

Léon y yo intercambiamos una mirada llena de una alegría aterrada. Jamás habíamos osado derribar a un nazi antes. Con razón a Friedrich le gustaba tanto hacerlo. Era una sensación maravillosa.

Nos movíamos como murciélagos amparados por la noche, con los impermeables ondeando como si fueran alas membranosas. Nuestros radares nos avisaban de que se acercaban los depredadores. Se encendieron más luces, que proyectaron sombras desiguales sobre los límites verticales de los bloques de la prisión. Unos gritos cansados y furibundos rebotaban por los perímetros ignotos y me atronaban dentro de la cabeza. Cada bloque que dejábamos atrás significaba un paso más cerca de la seguridad del 18, nuestra casa. Habíamos sido unos estúpidos por intentarlo sin saber más sobre la disposición del resto del campo y nuestro pequeño ecosistema estaba estallando. Había puesto nuestras vidas en riesgo y peligraba la actividad que llevábamos a cabo dentro de nuestros bloques secretos.

Empezaron a sonar las sirenas. Más problemas, por si fue ran pocos. Ambos nos estampamos contra la reja que circundaba el Bloque 18.

El aire estaba saturado de palabrotas en alemán. Con las manos ensangrentadas y cubiertas de barro, rasqué por debajo del agujero de la valla, que parecía haberse encogido en el transcurso de aquellos preciados minutos. El impermeable se quedó enganchado. Al intentar liberarme, dejé la espalda expuesta al espino. La adrenalina empujó mi cuerpo cuando el dolor intentaba detenerme.

Léon se tiró al suelo y volvió a estirar los brazos hacia delante. Lo arrastré para que cruzara rápido la verja, haciendo caso omiso de su expresión dolorida cuando el alambre también le atravesó las diferentes capas y lo arañó.

La luz estalló sobre el alambre de espino; unas marionetas de sombra se proyectaron en la pared del bloque. Me protegí los ojos, necesitaba evitar que nos identificaran a toda costa. Debía tener una explicación plausible. Un grupo de soldados intentaba desesperadamente abrir la verja que nos separaba de los demás prisioneros y el resto del campo.

—Vamos —azucé a Léon, tirando de él por la pasarela entre nuestro bloque y la malvada reja.

Irrumpimos por la puerta. Léon retiró la arandela de la cerradura con manos temblorosas. Se cerró con un sonido metálico satisfactorio. Era un milagro que la hubiésemos dejado allí al salir.

Me quité el impermeable de los hombros; estaba tan hecho jirones que el gesto era inútil. Lo coloqué en el gancho más alejado antes de cubrirlo con uno limpio y así oculté una pequeña prueba de un crimen mucho mayor. Cuando Léon me pasó el suyo, servido como un bocadillo abierto, me acordé de los documentos soviéticos.

Metí las manos en todos los bolsillos y empalidecí.

—Los pases. No están —dije.

—Ese es el menor de nuestros problemas.

Los guardias estaban montando un buen alboroto en la verja, desesperados por encontrar a alguien que tuviera la llave. Por más que dijera mi compañero, no era para nada el menor de nuestros problemas. Había costado mucho ocultar los pases y parecía extremadamente poco probable que Kruger nos fuera a proveer más material. Aquellos documentos eran nuestra única oportunidad para escapar.

Tras recoger el libro de Hitler, nos apresuramos a cruzar el taller y regresar al dormitorio. Se encendieron las luces. Sentados con la espalda recta en las camas estaban todos los demás miembros de la operación Bernhard.

—Tenías que ser tú, Gottlieb —dijo Sal, tras lo cual todo el mundo bajó de sus literas.

El enemigo no nos había disparado, pero nuestros amigos parecían dispuestos a lincharnos.

Unos hombres limpiaron las pisadas fangosas, otros nos pasaron unos trapos por la cara haciendo círculos y nos quitaron toda la ropa. Me quedé desnudo y jadeante delante de ellos. Ese fue el castigo. Intentando recuperar el pudor de mi *schmekel* ladeado, Gunther, con mirada furiosa, me limpió la cara con tanta fuerza que hizo que me temblara el labio inferior.

—Ya hablaremos por la mañana —dijo Piotr mientras el equipo me alzaba como si fuera una tabla de planchar y me metía en la cama.

A Léon le quitaron la almohada atada al pecho y la dejaron en su catre antes de meterlo a él también. Después callaron todos y volvieron a apagar las luces.

Estábamos exactamente donde teníamos que estar cuando Werner entró con paso furioso en el dormitorio y se encontró a todo el mundo interpretando una imitación *amateur* de despertarse a la luz de una acusación.

Capítulo 18

–Nos han informado de una tentativa de fuga –nos dijo Werner con tono severo; le traicionaba el pijama de seda particularmente elegante con estampado de esvásticas que lucía debajo del chaquetón.

Los prisioneros del Bloque 18 permanecieron callados formando hileras a los pies de las camas. No nos traicionaron. Eran mejores personas de lo que creía. Eso me exasperaba.

A nuestro alrededor, los soldados volcaban taquillas y levantaban colchones en busca de pistas o artículos de contrabando.

–El problema es... –continuó Werner– que eso daña la imagen de los que están al mando, que en este caso resulta que soy yo. Si ninguno está dispuesto a admitir los hechos, entonces os castigaré a todos.

Se elevó un leve gruñido, pero eso fue todo lo que le revelaron esa noche.

–Tenéis suerte –añadió, fulminándonos con una mirada penetrante–. Es tarde y me duele demasiado la cabeza. Lidiaremos con esto mañana. A la cama todo el mundo.

Los prisioneros se subieron a las literas diligentemente mientras Werner se encaminaba hacia la puerta. Que todos compartiéramos este secreto nos proporcionaba una fuerza oculta. Bastaba con que solo uno de los hombres rompiera el pacto para que todo el castillo de naipes se derrumbara. Aunque se hubiesen cargado indiscriminadamente a algunos compañeros, en realidad nos necesitaban. Y eso podía cambiarlo todo. Proletarios del mundo, ¡uníos!

Werner se detuvo a medio camino, rodeado del caos que sus soldados habían esparcido por doquier. Cuando reparé en dónde tenía fija la mirada, con una expresión de confusión en aumento, sentí que se me salía el corazón.

Se agachó y cogió del suelo un ejemplar andrajoso del *Mein Kampf*. La frente se me perló de sudor. Mi mirada se cruzó con la de Léon, que estaba asomado desde su catre, apoyado sobre un codo. Aunque el libro ya no guardaba los pases soviéticos, a Werner no le haría ni pizca de gracia que hubiéramos diezmado su interior.

—Basta de desorden —dijo—. Voy a devolverlo a la biblioteca.

A pesar de mis disculpas a media voz, el equipo entero echaba humo.

Si creíamos que teníamos trabajo antes, no fue nada en comparación con el aluvión de pedidos de los días siguientes. Se trataba de una reacción directa al silencio del equipo tras el intento de huida. Como no habían podido romper nuestro pacto de silencio, decidieron doblegarnos un poco más. Kruger empezó a estar más presente y apartaba a Gunther a un lado para imponernos más órdenes al resto. Anegados en aquel torrente de trabajo, Léon aprovechó para devolver los billetes que había metido en la funda de almohada al lugar de donde habían salido hasta el siguiente intento de fuga.

Mientras un grupo terminaba los detalles de los billetes británicos, otros trabajaban en las nuevas solicitudes que recibíamos.

La noticia de nuestras habilidades se había extendido por el Tercer Reich. No podían saber quién estaba llevando a cabo las falsificaciones, pero todo el mundo se las arreglaba para hacer un pedido.

No hubo muchos más documentos oficiales que falsificar. En

cierto momento tuvimos que fabricar unos pasaportes brasileños y carnés de identidad tunecinos que usarían los nazis. Aquello despertó nuestra curiosidad, teniendo en cuenta que ninguno de esos países estaba involucrado en la guerra. Tiempo después descubrí que eran rutas de huida para alemanes en peligro.

—Escucha —me dijo Salomon Smolianoff mientras trabajábamos codo con codo—, no me importa que intentes escapar. Incluso estoy dispuesto a perdonarte por hacerlo a nuestras espaldas. Pero la próxima vez piensa en tu viejo amigo ruso. Puede que tenga algunas habilidades que te vengan bien.

—¡Yo también! —intervino Piotr a mi otro lado.

Gunther nos miró con recelo, deseando formar parte de la banda. Tenían todas las razones del mundo para querer verme muerto. Se me empañaron los ojos al saber que teníamos más opciones de conseguirlo si lo hacíamos todos juntos. Podíamos cooperar para crear algo increíble, dado que éramos las mentes más brillantes de nuestra generación. Podíamos sacudir el campo e incluso alcanzar la culminación de la guerra.

Mientras seguían trabajando, doblé el borde del sello para que la fototipia no se extendiera homogéneamente, la última innovación en los distintos métodos que había empleado para sabotear los pedidos. Cuanto más rápido fabricábamos el dinero para los nazis, más corta me parecía nuestra esperanza de vida.

—Lo pensaré —les dije y les guiñé un ojo.

Otros hombres me dedicaron miradas sombrías mientras trabajábamos. Pasaría algo de tiempo hasta que intentáramos una gesta así otra vez, pero estaba claro que iba a ocurrir. Seguía aferrándome a la esperanza de escapar. Allí fuera todos teníamos algo que queríamos. En mi caso era Rose.

Tenía que hallar la manera de ir de Sachsenhausen, en Alemania, a Birkenau, en Polonia. No era una empresa sencilla, pero el amor nunca lo es.

Manipulé pasaportes británicos y norteamericanos, certificados de bautismo holandeses y papeles con membrete del consulado palestino en Ginebra. Siempre elucubraba la manera de escapar. Nos habíamos estancado, habíamos caído en la rutina. Si algo me hubiese empujado a actuar en ese tiempo, me habría planteado darle otra oportunidad a la valla del perímetro, pero por el momento me dediqué a observar. A observar sin dejar de maquinar, eso sí.

A veces tenía la sensación de que estábamos atareados con un montón de trabajo inútil y me resultaba hasta atractivo construir caminos como otros prisioneros. ¿Había alguna diferencia entre fabricar certificados de matrimonio ingleses y arrastrar losas de piedra? Algunos hombres insensibles pensaban que el matrimonio era tan duro como cargar piedras.

Éramos sus duendes mágicos, los que les arreglaban las botas mientras dormían. Cada mañana se despertaban, nos robaban el trabajo y nos arreaban una patada con las suelas nuevas.

No se dijo nada sobre los pases soviéticos que había robado para la misión fallida y que había perdido. Cuando Léon y yo salimos al patio para estirar las piernas, nos acercamos a la esquina donde habíamos abierto el agujero en la valla de espino. La habían reemplazado al instante; de hecho, la habían reforzado. Los intentos de recuperar los documentos a escondidas no dieron resultado. Le di una patada al montón de tierra por donde habíamos reptado, pero no aparecieron. Se habían perdido, o quizá se habían deteriorado hasta desaparecer en el barro. La cuestión es que los nazis no los habían descubierto. Cuando tuve la oportunidad de inspeccionar detenidamente las estanterías, la copia adaptada de *Mein Kampf* estaba tal y como la habíamos dejado.

Uno de los trabajos que más demanda tenían era la confección de panfletos para el Tercer Reich. El contenido incluía instrucciones para volar puentes, hacer descarrilar trenes y sabotear entregas de armas. Tradujimos e imprimimos copias en todas las lenguas europeas.

Algunos se cosieron los panfletos sobrantes en el interior de las chaquetas para guardar el calor corporal. Aunque los Bloques 18 y 19 tenían un aislamiento mejor que los demás y podíamos incluso taparnos, el crudo invierno que azotaba el campo abierto no daba tregua.

Era llamativo ver cómo un grupo de hombres rudos se pinchaba los dedos mientras intentaba dar puntadas en el forro de sus chaquetas.

Mientras estaban ocupados, cogí la lata de aceite que se usaba para engrasar los engranajes y lo vertí en un bote nuevo de tinta para la impresora. Con eso me aseguraba una semana más de trabajos con acabados imperfectos, de baja calidad.

Después del éxito de los pases soviéticos, usar amenazas y tiempos de entrega ajustados pasó a ser la norma para sacar lo mejor de nosotros. Kruger nos encargó unos papeles argentinos falsos después de que los nazis retuvieran a un diplomático en la frontera el tiempo suficiente para que pudiéramos estudiar sus documentos.

Fabricamos tantos papeles oficiales que para nosotros carecía de significado de dónde era la gente o adónde se dirigía. Argentina no nos decía nada. Pero a ellos sí. Si todo se iba al traste en Alemania, Buenos Aires sería su tierra de la libertad, hogar de los cobardes.

Mientras trabajaba en estos documentos, Piotr vino corriendo desde la otra habitación en la que él, Salomon y otros todavía intentaban fabricar falsificaciones aceptables de los billetes británicos. Se detuvo y se aferró a la puerta, resollando tras haber dado unos pocos pasos. Hice todo lo posible por no quedarme mirando el nudoso dedo amputado de la mano con la que agarraba el pomo.

–Lo ha hecho. Smolianoff lo ha logrado.

Todos salimos en masa del taller hacia la cabina iluminada. Salomon estaba sentado como un adivino. El banquero que lo acompañaba parecía estar inusualmente emocionado, con el rostro iluminado de alivio. La reacción de Werner era similar.

–Ah, el ladrón ruso ha demostrado su valía –dijo a modo de cumplido.

Después de meses de trabajo, habíamos conseguido lo imposible, algo que habíamos retrasado todo el tiempo que pudimos.

La gente le dio unas palmadas en la espalda a Salomon, felicitándolo por el trabajo que el resto no habíamos sido capaces de completar. Me atravesó un pinchazo que hacía mucho tiempo que no experimentaba: los celos. Los demás siempre me habían alabado por mi trabajo. Que llegara otro y fuera mejor me escocía.

Lo celebramos esa noche como pudimos. El sucedáneo de café circulaba como si fuera vino y nos dieron un par más de hogazas de pan rancio.

Los que trabajaban en la moneda británica recibieron unos días de descanso antes de que Werner aumentara la presión. La producción se centró en los billetes. Fabricaríamos cientos de miles de libras esterlinas.

–Haremos también dólares americanos –anunció Werner al día siguiente durante el desayuno.

La línea de producción del dólar requería un total de ocho operarios. Todos queríamos formar parte del equipo de falsificación de dólares, a sabiendas de lo complicado que sería. Los nazis no encajaron demasiado bien las complicaciones que causaban el presidente Franklin en una cara y el Independence Hall en la otra de los billetes de cien dólares.

Como la producción de libras iba viento en popa, las SS establecieron unas expectativas altísimas y unas fechas de entrega muy ajustadas para el proyecto de los dólares, a pesar de que empezaba de cero. Ninguno confiaba en que los candidatos seleccionados alcanzaran las mismas cifras de producción que los compañeros al frente de los billetes británicos. Harían perder el tiempo a los nazis.

Werner y Kruger se turnaron para elegir a los miembros del nuevo equipo. Por supuesto, Smolianoff fue el primero al que llamaron para que liderara la operación. En la escuela, cuando jugábamos al fútbol, a mí me elegían el último antes de empezar con los asmáticos y los poco espabilados. Aquí pasó lo mismo. No parecía que me hubiese esforzado lo suficiente para estar en el equipo de los dólares. Había otros más aptos y veteranos que sabían manejar las prensas tan bien como yo, algunos incluso mejor. Mis esperanzas se desvanecieron cuando un tercer y un cuarto hombre dieron un paso al frente y chocaron la mano mientras se unían a Smolianoff, Werner y Kruger.

Cuando eligieron al séptimo hombre, di por hecho que no había nada que hacer. La vida trabajando en las impresiones británicas no estaba tan mal…

–Gottlieb –me llamó Werner tras una pausa deliberada.

Empujado por Léon, trastabillé hacia el taller. Werner me guiñó el ojo. Con las mejillas ruborizadas, me dije a mí mismo que debía mostrar un poco más de comedimiento. Aquel hombre seguía siendo un nazi.

Con mi nueva posición en el equipo, no tardaría en cuadrar un plan de huida. No sabía por qué Werner o Kruger me habían elegido a mí en lugar de a hombres con más experiencia. Fui el único de los seis de Birkenau que lo consiguió.

Nos habilitaron un espacio separado. El personal restante debía producir libras esterlinas al mismo ritmo. Me sentí mal por Léon, Hendrich y Sal. Todos sabíamos que la parte emocionante era la planificación y la ejecución. Una vez que hubiéramos pulido las imprecisiones, las máquinas hacían el trabajo por nosotros y solo debíamos encargarnos del mantenimiento.

En la habitación de los dólares todo era muy distinto. Llegaron nuevas máquinas de Berlín. Unos armatostes muy extraños que todavía no tenían ni una mancha de tinta.

Como había llegado mucho después de que instalaran las primeras máquinas, no había visto cómo se ensamblaba una impresora alemana en mi vida. Los modelos checos tenían los mismos componentes, pero había tantas piezas esparcidas por el suelo que el montaje fue muy complicado. Avanzamos a base de ensayo y error.

Igual que las máquinas, el papel lo enviaron desde Berlín. Abrimos las cajas tan emocionados como niños. Antes de usar aquel papel especial, ensayamos con retales de la producción británica. Los recortes se dejaban a un lado al final del día y nadie supervisaba qué se hacía con ellos ni cómo se destruían. Un punto débil en la armadura de los nazis. Registré esa información para utilizarla más adelante mientras observaba las idas y venidas de todo el mundo. Si de verdad había una manera de salir, tenía que elegir el momento adecuado.

Aunque a veces fuera frustrante, nos entretenía mucho aquel trabajo. Se había solicitado que mandaran un cargamento de dólares reales, pero por el momento nos apañábamos con dibujos mal hechos y fotografías de archivo. Señalábamos todos los retrasos con los que nos topábamos. Hicimos una montaña de cada grano de arena. Todo por salvaguardar el proyecto y nuestras vidas. La idea era asegurarnos de que seguíamos siendo importantes para los nazis. Kruger comprobaba siempre nuestro progreso con una mano en la cintura y con los dedos de la otra jugueteando con su revólver.

Una semana después, llegó un pequeño paquete que contenía cincuenta y un billetes de cien dólares. Los analizamos emocionados en la sala recreacional mientras los demás estaban ocupados produciendo libras esterlinas. Si a los nazis les parecía que estábamos inmersos en el trabajo, cabía la posibilidad de que cayera alguna ración extra de la cocina. Mayormente consistía en otra taza de sucedáneo, pero de vez en cuando se colaba alguna galleta rancia de las provisiones de las SS. Cuando te privan de todo, hasta eso te parece un premio digno. Por más que nuestras condiciones fueran mejores que las de los demás prisioneros, el hambre era insaciable. Los buenos modales hacían que las galletas se repartieran entre los ocho. Cualquier migaja restante, sin embargo, era el botín de quien se terminara su parte primero.

Werner hizo caso omiso cuando le comunicamos que la producción de dólares estaba siendo especialmente difícil. No sirvió para evitar que Kruger y él se retorcieran las manos mientras examinaban nuestros avances. Los dos se quedaban siempre al final de mi puesto de trabajo mientras yo trasteaba con algo que tenía que parecer muy complicado. Cuando dejé caer un bote de tinta junto a la impresora de fototipia, Kruger se me echó encima.

Me levantó del suelo hasta alcanzar su altura. Mi camisa arrugada en sus puños no podía protegerme del pungente hedor de su aliento de perro ni del sarro que decoraba sus prominentes dientes inferiores.

—Yo decido si vives o mueres. Hay más de cien hombres aquí al lado listos para reemplazarte. No lo olvides.

Me empujó contra la prensa. Unas extrañas manivelas de la máquina se me clavaron en los riñones y la columna. Kruger se alisó el uniforme y se volvió hacia Werner, dispuesto a proseguir con la inspección.

Cuando un hombre no tiene nada que hacer, empieza a perder la cordura. Trabajar en la impresión de los dólares me proporcionaba algo nuevo en lo que centrarme, un cambio que implementar. Fijar la mirada en aquellos cincuenta y un billetes de cien dólares hasta ver al presidente americano en sueños era preferible a una muerte prematura.

Una baraja de cartas hecha polvo de la sala recreacional, a la que le faltaba una jota y un as, se convirtió en nuestro primer proyecto. Debíamos demostrar que la impresora funcionaba a la perfección. Fabricamos malas copias del rey y de la reina antes de mostrárselas orgullosos a Kruger, con la esperanza de que nos alabara por el buen trabajo que estábamos haciendo.

–No son dólares –dijo, en cambio, con un resoplido antes de despacharnos.

Estábamos trabajando con un equipo nuevo, ensamblado de cero. Había más de cien hombres en la operación Bernhard, pero solo unos pocos recreando dólares.

Smolianoff era el miembro más entusiasmado y deambulaba por la habitación como un profesor loco. Siempre que alguno de nosotros se desmoralizaba después de arruinar una placa o de emborronar las impresiones él decía con optimismo que todo era parte del proceso. Éramos debutantes en su teatro.

–El resultado será satisfactorio, ya veréis –nos dijo, seguro de nosotros.

Con Smolianoff y las amenazas de los nazis no podíamos fallar. La incógnita sobre hasta cuándo podríamos alargar el periodo de experimentación me inquietaba muchísimo. Estaba claro por los resultados borrosos que salían de la impresora que no éramos capaces de producir ni una reina de corazones aceptable. Sería imposible imprimir los intrincados diseños de un dólar.

Durante las pausas debatíamos sobre los méritos y la moral de lo que estábamos haciendo y sobre el papel que desempeñábamos en la guerra nazi. Era un tema que nos dividía claramente, aunque solo fuéramos ocho.

–Si no hacemos lo que nos piden, nos matarán. Ya oíste a Kruger: tienen suficiente gente para reemplazarnos –dijo Salomon, que no compartía el plan de ralentizar el trabajo, por más que le insistiéramos.

Aunque evitaban ponernos en peligro, éramos reemplazables. Los hombres de las SS apreciaban nuestras habilidades, pero seguíamos siendo prisioneros. Por eso cada dos por tres nos daban alguna muestra de abuso brutal a modo de recordatorio. Cuando se paseaba por el taller, Kruger no se contenía de coger una llave inglesa o cualquier otra herramienta y repartir un poco de sentido común. El doctor Kaufmann tuvo que tratarme los moretones de la mano varias veces. Debíamos tener presente siempre la otra cara de la moneda.

—Si conseguimos fabricar dólares, podríamos cambiar el curso de la guerra.

Ninguno quería tener esa responsabilidad. Todos teníamos nuestras propias historias, sangre en las manos. Colaborar en la victoria nazi no era un hecho histórico en el que quisiera participar.

Podrían haberme despachado hace tiempo. Podrían haberme asesinado en el bloque de los aseos de Auschwitz. O haberme dejado morir de hambre o frío en Birkenau. Podrían haberme cazado durante la fallida Operación Ametie. Al fin y al cabo, me habían convertido en un número. Un potencial cadáver más. Una infinidad de versiones de Georg Gottlieb yacían en fosas comunes en una infinidad de campos de concentración. El trabajo que hacíamos, la guerra más allá, la calma de los bloques…, nada tenía sentido. Seguíamos adelante porque no nos quedaba otra. Después de largos periodos de muerte e incertidumbre, la comodidad radicaba en saber hacer tu trabajo.

Cuando los primeros billetes de dólar salieron de la impresora, armé un álbum para comparar los progresos y para que Kruger pudiera ver que dábamos pasos en la dirección correcta.

Las raciones extras de poco servían cuando nos deslomábamos de sol a sol. Aunque podíamos cubrirnos los unos a los otros, cualquier enfermedad se propagaba con facilidad. Según el punto de vista de los nazis, si no estábamos en condiciones de trabajar, no éramos útiles. Nos mataban con la misma brutalidad que en cualquier otro bloque, olvidándose de que nos habían reclutado por poseer unas destrezas muy concretas. Que nos permitieran ciertos privilegios no significaba que tuviéramos derecho a la concesión más importante: la vida.

El doctor Kaufmann hacía la vista gorda con algunos comportamientos e incluso nos administraba medicinas reservadas para los soldados nazis. Del mismo modo que nosotros habíamos desarrollado formas de encubrir nuestras indiscreciones, los garabatos del doctor contenían cierto secretismo.

Aun así, los soldados de las SS se enteraron de que Piotr estaba enfermo antes que yo. Los ojos de Piotr eran como dos agujeros rasgados y su piel presentaba unas ronchas escamosas. Lo obligaron a darle una muestra de flema al doctor mientras un guardia lo vigilaba y lo mandaron a trabajar. Apoyado sobre la mesa, aguantó valientemente. De alguna manera, mediante un increíble juego de manos, Kaufmann cambió la muestra por una suya. Un diagnóstico real habría revelado que Piotr padecía tuberculosis. Kaufmann enterró los resultados como hacía Piotr con los pañuelos manchados de sangre. Aquello hizo que Kaufmann se ganara el respeto de los hombres de la operación Bernhard, si bien se negaba a aceptar las exiguas muestras de gratitud: un cinturón de cuero del almacén o tazas de café extra con el pan de la mañana.

–Piotr, vamos a dar una vuelta –le dijo Kruger una tarde.

Nadie más los acompañó. El pobre y querido muchacho se despidió con un gesto de la mano, con sus cuatro dedos y medio. Lo único que podíamos hacer era subirnos a los bancos y mirar por las ventanas, por encima de donde la pintura blanca se había acabado descascarillando. Los nazis utilizaban pintura de pésima calidad en todos los edificios.

Kruger le ofreció a Piotr un cigarrillo. Eso nos bastó para saber que estábamos presenciando los últimos instantes de nuestro amigo. Por mucho que quisiera gritar, sabía a ciencia cierta que hacerlo no nos aportaría nada bueno ni a Piotr ni al resto de nosotros. Algunos se bajaron, ya habían visto suficientes muertes. Yo no me moví, estaba paralizado. Piotr no podía morir solo. Estaba con un nazi, lo cual era mucho peor. Si hubiésemos estado junto a su cama, le habría cogido la mano y le habría prometido que le diría a su madre que se había comportado como todo un *mensch*. Tenía serias dudas de que Kruger le fuera a ofrecer el mismo trato.

Cuando Piotr se acabó el cigarrillo y lo tiró al barro, Kruger se sacó la pistola y acabó con él. Un solo disparo en la nuca. El destino de algunas personas no es la salvación.

Su cuerpo todavía exhalaba el humo del cigarrillo cuando golpeó el suelo y fue como si su preciosa alma estuviera abandonándolo. El último estertor le sacudió los pulmones y le hizo agitar los pies.

Bajé y me enjugué las lágrimas antes de que los demás pudieran verme. La pérdida de otro amigo checo fue un duro golpe. Nunca te acostumbrabas a ver cómo mataban a alguien. Era un triste recordatorio de que te lo podían quitar todo en un santiamén. La brutalidad que mostraba Kruger en esos momentos era la verdadera cara de aquel hombre retorcido.

Reconocer el dolor que sentía me ayudaba a mantener la humanidad. Para los nazis era algo rutinario. Incluso los que se habían bajado de los bancos oyeron el disparo. No había manera de huir de la muerte.

Parado solo en el umbral, Kruger se sacudió las manos como si se estuviera limpiando la conciencia.

–Tenía tuberculosis. Era un peligro para todos los de esta sala. Tenía que dispararle. –Sus palabras no nos consolaron, lo que sorprendió al alemán–. Le he ofrecido un cigarrillo. No ha sufrido. Le he disparado en la nuca.

Satisfecho con su gestión del asunto, Kruger pasó por el almacén para hablar con Werner en su despacho. Si algo adoraban los hombres de las SS era argumentar que actuaban siguiendo las órdenes de otra persona y que asesinaban por nuestro propio bien. También parecían eludir cualquier tipo de responsabilidad de sus actos. ¿Cómo iban a ser culpables si todos estaban siguiendo órdenes? Recordé la aportación que estábamos haciendo al esfuerzo bélico de los nazis. Yo no era culpable de nada, me limitaba a cumplir órdenes.

La diferencia estaba en que los nazis no perdían el tiempo pensando en las atrocidades que cometían y en sus consecuencias. En cambio, yo sí. De hecho, me reconcomían. Tras los arduos días de trabajo venían las pesadillas, que me hacían gritar en mitad de la noche. Las vivencias de tortura más desagradables que podía imaginar arruinaban la paz del sueño. Todavía algunas noches pienso en lo que hice, en lo que me obligaron a hacer. Es difícil reconciliarme con la vida que he tenido, ¡y eso que yo era uno de los buenos!

¿Hasta dónde llegaría el dinero falsificado? ¿Quién moriría como resultado de lo que habíamos hecho? Las preguntas me volvían loco. Mirar a mis amigos a los ojos quedaba completamente descartado. A veces deseaba ser el siguiente al que se llevaran a dar un paseo.

Y también estaba Rose. Sufría por ella y por todo el tiempo que llevaba ausente. No sabía si estaba viva o muerta después de tantos meses y era imposible averiguarlo. No lo podía preguntar y lo último que debíamos hacer era mostrarnos débiles.

Ella tampoco era débil. La fuerza que poseía nos iba a salvar. A eso me aferraba.

Me apuesto lo que sea a que mientras tanto los nazis dormían a pierna suelta.

Capítulo 19

Cuando llegó 1944, faltaban pocos meses para que derrotaran a los nazis, lo que sin duda alguna significaba el final de la guerra. Era temprano para denominarlo «síndrome de Estocolmo», no se había definido de esa forma, pero parecía preferible ser prisionero de las SS a que las SS nos dispararan porque los aliados estaban avanzando.

De nuevo, retrasábamos la producción siempre que se nos presentaba la oportunidad. No estaba seguro de cuándo poner en práctica mi propio plan, pero necesitaba tiempo. Cada día cambiaba el grupo de personas que, llegado el momento, quería que se uniera a la misión. Había algunos puntos que debía definir antes de comentárselo a nadie.

El único hombre que no estaba de acuerdo con la decisión de demorar la producción era Smolianoff, un perfeccionista que quería demostrar que era capaz de fabricar dólares. Mientras los demás revoloteábamos de aquí para allá, él seguía con sus tareas. No parecía vislumbrar los nefastos efectos colaterales que tendría nuestro éxito.

El ruso tenía en sus manos la parte fundamental del proceso, retocaba el negativo al final de la tirada. Así se aseguraba de que los contornos y las líneas estuvieran bien definidos. Trabajaba hasta altas horas de la noche, llevando al límite su suerte y la paciencia de nuestros guardianes. A menudo se saltaba la cena o los descansos para terminar la tarea. Hacía pruebas nuevas todo el tiempo.

—¡No tiene ningún sentido! —exclamaba para cualquiera que pudiera escucharlo.

Seguía los mismos procesos que había usado durante años para crear falsificaciones, pero el resultado nunca le salía igual dos veces.

Smolianoff no sabía que estábamos saboteando sus esfuerzos, que añadíamos un componente químico para que la gelatina no estuviera en buen estado cuando se aplicaba al negativo, que, por el contrario, era perfecto. Sobrecalentábamos la mezcla o rascábamos la placa antes de meterla en la máquina. Había más formas de destrozar el trabajo de Smolianoff que de falsificar papeles.

Con el paso de los meses, cambiaron las estaciones, como es habitual. Llegué a los turnos de invierno con la combinación más variopinta de ropa. El equipo seguía cosiéndose propaganda nazi en el forro de la chaqueta. Los papeles del tamaño de un sobre no proporcionaban el suficiente aislamiento y dejaban agujeros por los que se colaba el frío. Además, las hojas sueltas arañaban los riñones. Me retiré del círculo de costura, esperando que llegara una oportunidad mejor.

Werner había encontrado otros asuntos en los que emplear su tiempo y concentración. Estábamos ansiosos por descubrir qué podía ser.

—¡Gottlieb! —me gritó un día cuando pasé corriendo delante de su despacho, empeñado en sabotear los esfuerzos de un Smolianoff cada vez más frustrado.

Me apresuré a mi zona de trabajo y recogí varios pedazos de papel encerado, aquellos que Smolianoff no había hecho trizas después de salir de la máquina arruinados. Los coloqué encima del mapa que tenía Werner extendido sobre el escritorio. Las marcas hechas en él con bolígrafo rojo eran indescifrables, pero un mapa de Europa era un mapa de Europa.

Werner cogió un fajo de billetes, los ató, los metió debajo de un listón de madera suelto del suelo y anotó los números en el pequeño cuaderno que parecía llevar a todos lados. Por más que de vez en cuando tuviera algún acto de bondad con nosotros, no bajé la guardia. Era un nazi, a fin de cuentas.

–Bueno, Gottlieb –dijo, irguiéndose y recomponiéndose.

Algo en su actitud sugería que la producción de billetes era un secreto incluso para sus propios hombres. Una parte de mí se preguntaba si su intención siempre había sido que yo descubriera la verdad.

–¿Estas falsificaciones sirven de algo?

–De poco –contesté, al tiempo que cogía una de las muestras que le había estropeado a Smolianoff y por extensión a las SS aquella misma mañana–. Si mira el margen de sangrado...

–Estoy seguro de que voy a ver un sangrado de una manera u otra –intervino de manera arrogante, con una mirada de psicópata que me resultaba familiar.

Las venas del dorso de la mano le palpitaron. Tragué saliva y comparé un billete real con el pedazo de papel desgarrado que tenía en la mano. A pesar de lo tenso que estaba Werner, mis ojos se deslizaron hacia la esquina, hacia el problema.

–Los colores no coinciden, no son tan intensos como en el original. Cualquiera con un mínimo de experiencia en el campo se daría cuenta. También hay detalles borrosos aquí. –Señalé el perfil emborronado de Benjamin Franklin–. Esto no está tan definido como en los billetes reales.

Estaba diciendo la verdad en parte. Era importante ceñirse a una mentira coherente. Uno de los motivos por los que resultaba tan complicado duplicar los dólares, aparte del sabotaje, era la insistencia de Werner de seguir usando la técnica de la fototipia. Es la que se estaba usando en la producción de la libra esterlina y esperaba salvar tiempo, espacio y dinero para su preciado Führer. El problema radicaba en que los americanos no usaban la fototipia para fabricar los dólares.

—No quiero oír ni una excusa más. ¡Ya hemos tenido suficiente paciencia! Sabía que no podía confiar en un judío para que hiciera el trabajo de un hombre.

Hice caso omiso del comentario antisemita. Solo era una oleada de odio más que se estrellaba en mi cabeza. Werner levantó una mano hacia mí, irritado.

—Espere —le dije, encogiéndome—. Puedo ayudarlo a ocultar el origen de ese dinero.

Werner bajó el brazo. Fue una de las raras ocasiones en que se apartaba del escritorio: se levantó, miró a los demás prisioneros, fingiendo que no estaba prestando atención, y luego cerró la puerta.

—Muy bien. ¿Qué crees que sabes?

Tenía la mano derecha puesta ligeramente encima del revólver de servicio que llevaba como si fuera un apéndice más.

—No estoy en posición de juzgar a nadie —le contesté—. Estoy trabajando para los nazis. Todos los hombres tienen su propia batalla moral. Imagino que la suya es asegurarse un futuro.

—Mi familia —contestó Werner, que separó la mano de su tercera extremidad metálica y relajó los hombros—. No soy estúpido, Gottlieb. Veo que esta guerra podría terminar de manera poco favorable para mí y para los hombres a los que sirvo. Para cuando Alemania vea las orejas al lobo, yo ya me habré ido.

Werner regresó al escritorio y limpió la superficie en silencio. Después enrolló el mapa con cuidado. Había zonas ralladas de azul que se unían entre los picos de las montañas.

Después, el hombre levantó el listón suelto del suelo. Aparecieron a la vista unos fajos de libras esterlinas tan gruesos como unas novelas de tapa dura. Trabajar en la unidad de falsificaciones me había insensibilizado y no me sorprendían las grandes cantidades de dinero, pero algo en aquellos fajos me emocionaba. Había dos maneras de salir del campo: ayudándolo en secreto o dejando que me ejecutara.

–Empecé llevándome solo algunos billetes –me explicó Werner–, pero perdí el control. Tengo en mente una cantidad que me permitirá salir de Europa de forma segura. Lo estoy calculando todo.

Le dio unos golpecitos al cuaderno.

–¿Adónde tiene planeado ir? –pregunté con los ojos muy abiertos.

–He oído maravillas de Argentina. Todos los cargos, desde los más bajos hasta Himmler, tienen planes para huir en barco a Sudamérica usando documentación falsa. Están prediciendo los peores escenarios.

Notaba los fuertes latidos del corazón en el pecho; sobre aquella mesa, junto con el dinero falso, se me presentaba una oportunidad.

–Existen formas creativas de desviar este dinero. Mantenerlo en cuentas en el extranjero como garantía.

–¿Qué sabrás tú? –me soltó–. No le voy a confiar mi dinero a un judío...

Arrugó la frente al tiempo que recordaba algo sobre un cómic alemán en el que salía un hombre de negocios judío.

–Podríamos hacer una contabilidad... creativa y después abrir una cuenta bancaria en algún país neutral, Suiza, por ejemplo, donde harán pocas preguntas.

–Eres un prisionero judío en un campo de concentración. No puedo traerte una calculadora de esas con manivela y dejar que escondas mi dinero.

–Lo único que pido es que piense en proteger sus activos y asegurar el futuro de sus hijos. Yo haría lo mismo. Mi esposa está en Birkenau. Lo que más quiero en el mundo es regresar con ella. Quizá esto nos podría beneficiar a los dos.

Se movió más rápido que nunca. Rodeó el escritorio como una exhalación y me agarró la camisa. Yo le aferré las muñecas, impidiendo que me estrangulara del todo mientras me levantaba del suelo. El corazón me latía con fuerza por el susto. Jadeaba. Él también.

–No olvides con quién estás hablando –me advirtió–. Ya sabes lo que esto significa para mi familia. Si le dices una palabra a alguien, me aseguraré de que no vuelvas a ver la luz del día. Recuerda cuál es tu lugar. No hay nada que me impida matarte. Ningún juicio, ningún castigo. Serás eliminado junto con cualquier ser querido que hayas tenido.

Levanté las manos en señal de rendición y luego me sequé su saliva de la mejilla.

–Entendido, señor –le dije mientras me soltaba. Las arrugas que habían dejado sus poderosas manos se negaron a irse cuando intenté alisarlas–. Si necesita algo más, hágamelo saber.

–Empieza a producir esos dólares antes de que acabemos los dos en una fosa común –me dijo en un intento de acercar posiciones.

Detrás de la ira de los nazis había miedo. Me resultó muy útil ver que nuestros captores no estaban exentos de él. Ya tenía un pie fuera del despacho cuando un destello de serenidad le apareció en el rostro, suavizando sus rasgos.

–Meditaré la oferta.

Hice un gesto de asentimiento y salí, fingiendo que no habíamos intercambiado nada más que las réplicas habituales. Al igual que mi plan de huida definitivo, aquella conversación no podía salir de mi cabeza hasta que llegara el momento oportuno.

El encargo de los dólares falsos terminará en una semana. Si el equipo no es capaz de cumplir el plazo, que los fusilen.

Eso decía la última nota de Himmler, con pequeños corazones que hacían las veces de puntos sobre las íes. Algo en aquella amenaza de muerte antes de que terminara el mes cambió nuestra perspectiva, porque rebasaba los vagos avisos de nuestro día a día. Smolianoff obtendría su victoria y a su vez proporcionaría a los soldados la suya. El tira y afloja por el poder había llegado a su fin. Se había impuesto la teoría económica del efecto derrame.

Cuando Werner estaba fuera, contemplando el lento asesinato de los ciento cuarenta hombres que trabajaban bajo sus órdenes, me colé en su despacho. Si bien la propaganda nazi era demasiado pequeña para coserla en mi chaqueta con el fin de mantenerme caliente, no se podía decir lo mismo del mapa que tenía sobre el escritorio. Retiré todo lo que tenía encima y me lo metí bajo la cintura del pantalón. Nadie me disparó por el robo.

Pasados tres días, le pedí ayuda a Léon. Cortamos el mapa por la mitad y cosimos cada parte al forro de nuestras chaquetas. El áspero lienzo funcionaba como una capa aislante mucho mejor que los panfletos alemanes, que ponían a mis compañeros la carne de gallina. Al cuerpo no le puede ir bien tener tanto odio frotándole la piel. Eva Braun es ejemplo de ello.

Smolianoff nos presentó un negativo perfecto. Quizá era el número doscientos que componía sin ningún tipo de fallo. Lo colocamos en la placa de cristal embadurnada de gelatina y después lo expusimos a la luz. Acto seguido, vertimos una capa de glicerina que retiramos rápidamente antes de apretar la imagen sobre el papel. Levanté la placa con cuidado y puse en marcha los pesados rollos. La máquina escupió veinticuatro billetes de dólar perfectos. Smolianoff se inclinó sobre ellos y se quedó parado durante demasiado rato, congelado en el tiempo.

Me preocupaba que estallara en lágrimas. En el grupo no había ningún problema con que alguien llorara, pero después de haber retrasado el placer de que no nos mataran sería difícil de soportar verlo tan emocionado. Smolianoff había logrado lo imposible. Dólares estadounidenses creados mediante la fototipia. Si aquello no era el toque de Midas, nada lo sería.

Gracias a nuestros esfuerzos conjuntos habíamos resuelto los problemas ficticios. Era sospechoso haberlo logrado tan cerca de la fecha de entrega letal, pero los nazis siempre creían que teníamos un as bajo la manga. Tal vez no habríamos podido retrasarlo más tiempo, pero había prisioneros fuera de los Bloques 18 y 19 a los que podríamos haber ayudado a largo plazo. Sin embargo, ¿a quién le importaban las consecuencias de terminar el trabajo? Yo solo podía pensar en que Smolianoff era mejor falsificador que yo. ¿Quién iba a escuchar el discurso del segundo mejor falsificador del campo?

Esa noche se imprimieron billetes por un valor total de veinte mil dólares estadounidenses en una barraca de Sachsenhausen, en Alemania. No habría conseguido ganar esa cantidad ni trabajando cinco años en la fábrica. El trabajo legítimo rara vez le reporta a alguien algo bueno.

Kruger llegó al día siguiente para comprobar el milagroso acontecimiento. Kaufmann pasó los billetes falsos por la pulidora y los sacó tan aturdidos como estaba yo.

El hombre felicitó primero a Smolianoff y luego al resto por haber logrado lo imposible. Si hacíamos exactamente lo que nos pedía, apenas nos pasarían cosas malas. Dispusieron nuestras copias como lo había hecho Werner en su despacho. Treinta billetes de cien dólares al lado de los ejemplares reales. Me daban ganas de revolcarme por encima.

Kruger invitó a sus soldados a entrar para que inspeccionaran el dinero. Levantaron los billetes, los olieron y los manosearon en busca de imperfecciones. El propio Kruger se acercó un fajo de billetes a la nariz y lo inhaló profundamente.

—Aseguraos de volver a colocarlos en el mismo sitio —les rugió Kruger a sus torpes hombres.

Los billetes reales solo se podían identificar por la posición que ocupaban en la mesa. Así de buenas eran las copias.

—¡Lo ha hecho! ¡Ese puto loco lo ha hecho! —gritaron algunos, aliviados por que no fueran a matar a todo el grupo.

No quise insistir en lo mucho que habíamos aportado los demás. Además, había sido más difícil evitar que nuestro compañero imprimiera los dólares que fabricarlos.

Aquella noche, Kruger llamó a su viejo colega Himmler. Por lo visto, le dijo que no tendrían que malgastar ocho balas y que el trabajo para falsificar los dólares podría empezar de inmediato. La amenaza sobre nuestras vidas se había rebajado un punto.

Mientras los hombres lo celebraban, un acto de lo más inusual en un campo de concentración, Werner se asomó desde su despacho y me hizo gestos. Miré alrededor y me encaminé hacia él.

Bajó la persiana de la única ventana que daba al taller y regresó a su escritorio. Así empezamos nuestros asuntos.

—He localizado tu historial —me dijo, señalando un tomo de aspecto pesado que había sobre la mesa.

En él estaba todo lo que había hecho para sobrevivir en los campos. Muchos otros no habían tenido tanta suerte y su historial consistía en una única hoja tachada. Seguía siendo el falsificador de Auschwitz. Estaba todo allí, en blanco y negro.

—He pedido que localicen a tu esposa —me informó.

Mis débiles rodillas me traicionaron y oí cómo se me escapaba una exhalación. Mis articulaciones se desmoronaron, se sacudieron como si las hubiesen metido en la pulidora de piedras.

—Mi esposa —dije con voz ahogada.

Después de tanto tiempo, me sentía conectada a ella. Era algo más que una idea.

—Rose Gottlieb. Así se llama, ¿verdad?

Oír pronunciar su nombre la trajo de vuelta de las garras de la muerte, el final que me había imaginado para ella los días más duros. Conseguí mantenerme de pie, aferrándome al canto de su escritorio.

—Si está viva —prosiguió Werner—, podríamos trasladarla aquí. Aunque no puede formar parte de la plantilla de la operación, al menos podemos organizar un encuentro. Supervisado, por supuesto.

—Por supuesto —repetí mientras la cabeza me daba vueltas.

Después de tanto tiempo preguntando por las esquinas si alguien tenía noticias de mi esposa, oír que la estaban buscando era a la vez positivo y negativo. El hecho de que no me pudieran decir al instante si uno de sus prisioneros estaba vivo me preocupaba. Por cómo era Rose, sabía que habría causado problemas. Su historial debía de abultar el doble que el mío.

Werner colocó una mano sobre la otra, apretándose los nudillos, amontonándolos, formando un enorme doble puño en mitad de su escritorio.

—¿Recuerdas la otra cosa de la que hablamos? —me dijo, demasiado asustado para mencionarlo incluso en la seguridad de su despacho.

—Sí.

—Si de verdad puedes hacerlo..., las posibilidades de que encontremos a Rose, de que la traigamos aquí, bueno..., digamos que aumentarían exponencialmente.

No pude evitar preguntarme si ya habían encontrado a Rose y la estaban usando como elemento de negociación para asegurarse de que cumplía con mi parte del trato. No habría sido nada nuevo en la mente de un nazi jugar a un juego así. En cualquier caso, Rose estaba en grave peligro.

—Puedo hacer que funcione —le aseguré, recobrándome de las noticias.

Era un salto hacia delante en la búsqueda de mi esposa y una oportunidad de alcanzar la libertad. Si la traían hasta mí, si la llevaban a Sachsenhausen, la huida sería distinta.

—No debes decirle nada a los demás.

—No sé nada —respondí rápidamente.

Werner sonrió. El espacio que había entre sus incisivos me resultó amenazador.

—Trabajarás desde mi casa en Oranienburg. Le he dicho a Himmler que tengo un trabajo para ti. La mano de obra esclava es más barata que contratar a alguien.

Esbozó una sonrisa engreída ante su propio chiste. Yo no le di esa satisfacción.

—Tienes que hacer que sea más fácil desviar el dinero. Pequeñas cantidades. Nada que llame la atención.

La perspectiva de seguir con los engaños y excluir al único grupo de hombres en el que había llegado a confiar durante aquella guerra, y en particular a Léon, me sentó como un jarro de agua fría. El pobre muchacho solo me había seguido la corriente en mis planes. Lo único que podía hacer era devolverle el favor llegado el momento.

—Tendrá que ser en Suiza —contesté con la garganta seca—. Es un país neutral. Aceptan todo tipo de fondos. Joyas, diferentes divisas, metales preciosos...

Era una sensación de lo más extraña sacarle ventaja a tu captor, saber más sobre un tema. En mi mente se agolpaban maneras para aprovecharme de ello.

—Prepárate para marcharte —contestó Werner—. Te estará esperando un coche aquí por la mañana. Ahora, largo.

Capítulo 20

Cuando salí del Bloque 18 a la mañana siguiente, sentí que el sol era un compañero amigo. Un conductor me estaba esperando con la puerta abierta como si fuera un ser humano que merece respeto y no una despreciable paliza. Era un cambio agradable.

Me vinieron bien las ventanas translúcidas de nuestro bloque. Lo último que necesitaba era que los hombres de la unidad de falsificaciones me vieran. Mientras terminaba de orquestar el plan, tenía suficiente con sus duras miradas.

El coche era negro, con una graciosa curvatura en la parte delantera y trasera, más elegante que cualquier modelo que circulara por Praga entonces. El vehículo era conocido en todos lados como el «coche del pueblo». Se me hace complicado ver coches Volkswagen por la calle todavía, después de la contribución que hicieron los nazis en su diseño. Lo mismo se podría decir de las marcas IBM, Hugo Boss o Kodak. Y muchos negocios más que florecieron con el apoyo nazi. Dicho esto, el asiento mullido de cuero de la parte trasera del coche fue un auténtico regalo.

Cuando arrancó el motor, las ventanas del campo se llenaron de rostros, todos con la esperanza de que la tan anhelada caballería hubiera llegado al fin. Lo que vieron fue a un hombre de aspecto extraño al que se llevaban en coche y que no vestía el uniforme de preso ni el uniforme nazi. A sus ojos yo era solo un visitante.

Siempre pensé que el camino de salida de Sachsenhausen estaría plagado de obstáculos, pero estaba saliendo gracias a la suerte y encaminándome hacia una aventura. En el futuro incierto que me esperaba tenía cabida la promesa de un reencuentro con Rose. Me habría arrastrado sobre cristales rotos con tal de llegar hasta ella.

Estaba claro que el ángulo del retrovisor pretendía controlarme a mí y no ver los vehículos de detrás. Llegado el momento, el conductor abrió la guantera para revelar un revólver cargado. No pude evitar pensar en Chéjov.

—No eres como los demás —me dijo el conductor, cruzando la mirada con la mía por tercera vez en un momento.

Hacía tanto que no me hablaba un desconocido que mordí el anzuelo.

—¿No? —pregunté sin revelar ninguna información.

Jamás sabías en quién podías confiar.

—No eres un soldado, pero tampoco pareces… uno de esos. ¿Qué eres tú?

Llamar a alguien «uno de esos» me sentó mal, sobre todo después de lo que habíamos pasado. Descarté cualquier idea de escapar cuando el conductor echó el seguro a las puertas con el codo.

—No tengo ni idea de qué estás hablando —contesté, dando por zanjada la conversación.

Recorrer las calles de Oranienburg fue como despertarse de un sueño. Me sentí abrumado por las vías adoquinadas, la actividad humana y los maravillosos olores. El aire no estaba impregnado de los aromas de la humanidad: sudor rancio, excrementos y aliento fétido. En su lugar, todo estaba oculto detrás del perfume. Así era como estaba viviendo el resto del mundo. Era como si no existiera ningún campo de concentración al final del camino. Oranienburg estaba atrapada en una burbuja. ¿De verdad la gente era completamente ajena a lo que pasaba?

Con la cara pegada a la ventanilla, vi los escaparates de una floristería, una panadería, una joyería... Cuando nos detuvimos al lado de una casita apartada, tuve la sensación de que habíamos entrado en una postal. Un muro bajo de piedra protegía tanto el edificio como el exuberante jardín lleno de hortalizas y flores, dispuesto dentro de los límites de la propiedad como un ecosistema propio. La única cosa que estropeaba la estampa era el hombre que esperaba delante de la puerta de su casita de campo. Con un codo apoyado en la cadera, estaba reclinado en el porche de madera fumándose un cigarrillo con la mano extendida. Tardé un instante en procesar la imagen. Kurt Werner iba vestido con un chaleco, pantalones de traje y unos tirantes que le mantenían tersa la barriga.

El conductor se bajó, abrió mi puerta y se encaminó directamente a Werner. Delante de mí, ambos hicieron el saludo al aire antes de intercambiar algunos susurros. Werner levantó la mirada.

–Gottlieb, gracias por venir. –Parecía más calmado que cuando estaba en el papel habitual de nazi–. ¿Cómo se ha portado? –le preguntó entonces a Fritz, el conductor.

–No ha dicho ni una palabra.

Por lo visto había pasado la prueba inicial. Werner le dio al hombre el correo antes de despacharlo. Con un conjunto de sobres bajo el brazo, Fritz regresó al coche. El motor arrancó con un chisporroteo y se oyó un pitido errático mientras daba la vuelta al vehículo y retomaba el camino por el que habíamos llegado. Los chasquidos que emitía el tubo de escape mientras el coche desaparecía por la cresta de la colina impidieron cualquier tipo de conversación.

–Bueno –dijo Werner dando una palmada–, voy a enseñarte la casa.

Me pasó un brazo alrededor de los hombros y dimos la vuelta. Me iba a hacer el *tour* completo. Me fijé en que llevaba puestas una botas de agua. Por el amor de Dios.

Tras soltarme del extraño abrazo, Werner cruzó el pequeño huerto a grandes pasos y se detuvo delante de algunas coles. El sol se abrió paso como lo había hecho yo, iluminando la calva que tenía en la coronilla.

–Están creciendo rápido –me indicó, como si fuera la cosa más normal que podría decir un nazi.

Sin saber muy bien qué se esperaba que hiciera, caminé alrededor de las tomateras, las vainas de guisantes y los pepinos con mis zapatos robados.

–Hemos pensado en encurtirlos –dijo Werner sobre los pepinos–. Para el invierno. Está bien tener algunas verduras para pasar el frío.

Se percató de mi expresión.

–Creía que te podía interesar. ¿No se te daban bien las plantas?

–Solo cuando hay dinero de por medio –respondí.

Werner me señaló con una mano mientras se llevaba el dedo índice de la otra a su nariz recta. Tenía los ojos muy abiertos.

–Muy bueno.

No se rio.

–Por aquí tenemos... –empezó a decir, antes de frenar en seco tan repentinamente que choqué contra su espalda–. Disculpa. Ha sido un buen chiste. Eres judío. Ya sabes, los judíos y el dinero.

–Sí, claro –contesté, porque no sabía bien qué decir.

En la parte posterior de la casa se extendía una sombra que la hacía «un lugar perfecto para cultivar patatas». Tras rodear la casa y regresar al porche delantero, Werner me ofreció un cigarrillo.

–Gracias –le dije, cogiéndolo de la caja dorada a regañadientes mientras pensaba en cómo Piotr había encontrado la muerte.

Encendió el mío primero con un encendedor de oro y luego llevó la llama al suyo.

–Los dientes. –Exhaló hacia abajo–. Fundimos los que son de oro. Es un detalle bonito, creo.

Teníamos ideas muy distintas sobre lo que era un detalle bonito.

La casita tenía unas vigas que la recorrían de punta a punta, como si la propia fachada de Werner se apoyara en ellas. Después de haber pasado tanto tiempo saltando de un campo a otro, el nuevo espacio resultaba abrumador. Había tarros vacíos de mermelada con flores que descansaban en las numerosas superficies; un intento de darle un toque hogareño, como si allí no habitara un nazi. Debajo de algunos de los recipientes había unos tapetes blancos que protegían de las manchas la madera de la mesa, del aparador y de la mesita. En una de las paredes colgaba la imagen reglamentaria de Adolf Hitler, vestido con sus mejores galas. Aquello, aparte de la presencia de Kurt Werner y de un judío checo, era el único elemento inapropiado en un espacio tan encantador.

–Ahí es donde trabajarás –me dijo, indicándome el secreter que ya había captado mi atención.

La curiosidad hizo que me acercara. Él se abalanzó con los reflejos de un hombre más joven y cerró el libro que estaba encima antes de que pudiera leer más allá de la primera palabra. Nada se interpondría entre Kurt Werner y su diario, ni siquiera Georg Gottlieb.

Unos minutos después, sentados a la mesa, me detalló su plan maestro con un pequeño tapete debajo de una taza llena de un café que desprendía el aroma más rico que había olido en los últimos tres años. Mientras aquella negrura infinita emitía su vapor, mi cabeza se zambulló en una resaca de nicotina y cafeína. Por lo visto Werner tenía acceso al café auténtico.

–Este lugar fue un obsequio de Himmler. Lo recuperamos.

Lo que en realidad quería decir era bien sencillo: los propietarios originales estaban muertos. Lo más probable era que muchos de los adorables adornos que había por toda la casa fueran de ellos.

—Mi familia viene de visita cada dos fines de semana desde Berlín, pero el resto del tiempo tengo la casa para mí solo. Te vendrán a recoger y te llevarán de vuelta todos los días hasta que hayas completado el trabajo. No sería bueno para nadie que te quedaras a pasar la noche. A esos de Sachsenhausen les gusta mucho chismorrear.

Si debía seducirlo con un vestido de noche para asesinarlo y entonces escapar, que así fuera. A grandes males, grandes remedios.

—Al principio estaré contigo para asegurarme de que nos entendemos. Después, dejaré que trabajes a tu ritmo. Ambos sabemos cuáles serán las consecuencias si te pasas de listo.

—Por supuesto —dije con un ligero ceceo tras haberme escaldado la lengua con un café demasiado intenso para mi paladar en ese momento.

—Puedo asegurarme de que estés a salvo en el futuro y jamás te vas a tener que preocupar ni por ti ni por tu esposa. Si tú nos echas una mano, nosotros te devolveremos el favor.

En el fondo, me escocía regresar tarde en el transporte de Werner apestando a su *aftershave* después de ayudar a los nazis. Falsificar dinero podía hacerles ganar la guerra. Los documentos falsos les garantizarían un salvoconducto a todos esos cobardes. Así podrían alejarse de las atrocidades de las que eran responsables. Trabajar con Werner era un asunto distinto. Prepararle una vida cómoda en Sudamérica me parecía verdaderamente injusto.

¿Por qué debían Werner, Himmler o cualquier otro salir impunes de una situación que ellos mismos habían creado? Nosotros tendríamos mucha suerte si lográbamos sobrevivir.

¿Qué futuro podía esperarnos a Hendrich, Salomon o a mí? ¿Qué significaría para mis amigos de la unidad de falsificaciones que hiciera aquel favor? El intento de huida con Léon ya había puesto a algunos en mi contra y todavía estaba intentando ganarme su confianza de nuevo. Proteger a los nazis era una traición aún mayor.

Atrapado entre la espada y la pared y obligado a llevar a cabo las peligrosas peticiones de los nazis, mi contabilidad creativa tenía que ser un arma de doble filo. ¿Conseguiríamos salir no solo vivos, sino con una porción de la tarta más grande de lo que los nazis tenían planeado? Sería lo justo. No solo la habíamos preparado nosotros, sino que además estábamos famélicos.

–Gottlieb, ¿me estás escuchando?

Tras darme todas las explicaciones necesarias, Werner me dejó coger el café y llevarlo al escritorio. Levanté la persiana del mueble y encontré un tintero, papel y varios artículos de papelería. La base era un armario estático con dos puertas. Por desgracia, las rodillas me golpeaban contra ella. Les eché un vistazo a las plumas y el papel y me pregunté si podría causar más problemas bajo la atenta mirada de Kurt Werner.

–Es importante que comprenda adónde va mi dinero –me dijo–. Y cómo recuperarlo llegado el momento.

–La mejor manera es enviar pequeñas cantidades a una cuenta en Ginebra que vaya creciendo con el tiempo. Establecer una relación allí. Quizá sería una buena idea comprar una caja de seguridad.

–¿Eso qué es? –me preguntó.

Había picado el anzuelo.

–Una caja de seguridad es una caja pequeña y cerrada, parecida a una caja fuerte, que se guarda en una cámara acorazada del banco. No la pueden abrir si no está usted presente. Algunas tienen una única llave que guarda el propietario. Ese sería el lugar más seguro donde guardar objetos que no quiera que le encuentren encima.

—¿Como documentos falsos?

—Eso es, como documentos falsos. —Si tiraba del sedal con la fuerza suficiente, sabía que lo pescaría—. Tendría que estar allí en persona y darles su nombre y los detalles de la cuenta para que pudieran rastrearlo.

—No me parece que sea demasiado seguro —objetó Werner.

—Es seguro si nadie más lo sabe. Necesitaría una identidad falsa y ser la única persona que tuviera el número de cuenta de sesenta y cuatro dígitos. Sin esos dos elementos, la cuenta seguirá siendo secreta. Nadie más puede acceder a ella. Si otros nazis quisieran hacer lo mismo, su dinero se depositaría por separado, en otra cuenta con otro nombre.

—¿Has hecho esto antes?

—Muchas veces —mentí—. ¿Cómo cree que ocultan su dinero los combatientes por la libertad?

Durante los dos primeros días, Werner observó mis cálculos, intentando hallar la mejor manera para enviar aquel dinero conseguido de manera ilícita. El Banco de Ginebra no le hizo demasiadas preguntas cuando Werner llamó, así que nos decidimos por ese. Las cajas de seguridad disponibles tenían un buen precio. Pagó cinco años por adelantado.

Una vez que me sumergí en los números, Werner se aburría y se escaqueaba para preparar café o hacer algunas llamadas. Hice las cosas de forma legítima y seguí en su mayor parte lo que me había pedido. Si con aquello conseguía estar cerca de Rose, valdría la pena.

Cuando regresé a Sachsenhausen después de que apagaran las luces, unas cuantas cabezas se levantaron de las almohadas mientras estiraba mis huesos molidos en el catre superior. A pesar de presentir que Léon estaba despierto, un acuerdo tácito detuvo cualquier tipo de pregunta. Me parecía interesante lo cansado que podía llegar a estar después de un día entero trabajando sentado a un escritorio. Quizá sí que sentía algo de empatía por todos los adeptos a la burocracia que había en el mundo.

Esperaba poder descansar el domingo junto con los demás prisioneros. Una pausa bien merecida para ponerme al día con lo que había pasado durante mi ausencia. Nosotros habríamos preferido que el descanso fuera el sábado, pero los nazis nos obligaban a que fuese el domingo.

—Me ha sorprendido el trabajo que has hecho esta semana —me dijo Werner—. Tómate el día libre mañana. Lo retomaremos el lunes. Tengo un amigo que está interesado en tus servicios.

—Gracias —le dije, agradecido por cualquier cosa que Werner pudiera ofrecerme que me ayudara a reencontrarme con mi esposa.

Estaría de regreso a tiempo para el espectáculo de cabaré.

—Tengo que hacer algunos recados en el pueblo. Has estado bebiendo un montón de café y comiendo mucho pan.

Su rostro impávido traslucía que estaba hablando en serio. Los prisioneros solo conocíamos el pan y el café.

A sabiendas de que Werner tenía la fea costumbre de someterme a pruebas de confianza, me quedé junto a la ventana y observé su coche. Fritz, responsable de llevarme y traerme cada día, estaba sentado delante, con la mirada al frente.

Podían ver claramente si echaba a correr, así que me podían disparar por la espalda. Y no debía de costar demasiado apostar a un francotirador en la hierba alta que rodeaba el bonito jardín. Si bien me daba demasiado miedo intentar huir, nada me impedía fisgonear.

El traqueteo característico que hacía el coche me serviría como alarma antes de que pudieran ver la casa siquiera.

Después de diez minutos sin señales de una emboscada, empecé a explorar. Una búsqueda inocente por la cocina. Si me interrogaban, podía aducir que había ido a por un vaso de agua. Después de una semana en la casita, Werner se había cansado de irme a buscar bebida. Me había dado permiso para usar el grifo, un enorme paso en las relaciones entre nazis y judíos.

Cuando comprobé que nadie se abalanzaba sobre mí gritando «¡Al suelo!» y me hundía una bayoneta en el estómago, tenté la suerte.

Avanzando de puntillas por el comedor, abrí cajones que habían sido una fuente de curiosidad durante toda la semana. Encontré cubertería dispar, montones de libros prohibidos y una cantidad inquietante de alianzas de oro. La bilis me subió por la garganta al saber que se trataba del mercado negro personal de Kurt Werner. Aquellos objetos habían pertenecido a mi gente, robados antes de matarlos. Si ya lo tenía en baja estima, esta se reducía cada día que pasaba en su compañía. Consciente de que no podía salir nada bueno al abrirla, retiré la tapa de una lata de galletas que estaba encima del armario de Werner. Dentro había un pequeño cementerio atestado de dientes de oro. El ratoncito Pérez habría hecho su agosto. La cerré con tanta fuerza que los dientes tintinearon con rabia.

Me aventuré en el dormitorio, donde busqué en cajones y armarios cualquier cosa que me pudiera ser útil.

En el cajón de la mesita de noche había un montón desordenado de papeles y mapas. Mientras rebuscaba entre ellos, encontré un extraño artilugio de cuero con un falo de marfil adherido. Ya había visto demasiado, así que cerré el cajón, con unas ideas aterradoras llenándome la mente.

Mi talón se enganchó con el rodapié, que emitió un sonoro chasquido. Al girarme chirriaron unos goznes. Apreté las puntas de los dedos en el borde y apareció un panel en el chillón papel de pared del dormitorio; una entrada cuadrada de un metro de ancho aproximadamente. La puerta se veía claramente una vez que conocías su ubicación.

Unas escaleras de piedra bajaban en espiral y no me dejaron otra opción que proseguir con aquella aventura. El aire que salía de aquel extraño espacio nuevo era punzante y húmedo. Una sensación espeluznante me silbó en los oídos. En algún lugar, muy por debajo de la casita, había algo más. Algo oculto.

Las manos extendidas hacia delante me ayudaron a mantenerme erguido en la oscuridad. Los escalones se estrechaban y no veía absolutamente nada mientras descendía. Estaba claro que el resto de mis sentidos no iban a salir en tropel para protegerme. Se me había agudizado el olfato, pero solo era el resultado del hedor creciente.

Incapaz de ver lo que tenía delante, no supe que había llegado a la base de los escalones hasta que el pie resonó contra el suelo llano. El corazón también me latía con fuerza, reverberaba, sugiriendo que ante mí había un espacio mayor que el hueco de la escalera por el que acababa de descender. Era un sótano que se extendía debajo de toda la pintoresca casita.

–¿Hola? –preguntó una voz desde la oscuridad.

Capítulo 21

Avanzando a trompicones hacia lo desconocido, respondí a la llamada:

—Hola.

—¿Quién es? —contestó una voz femenina, aunque rasposa—. No eres Werner.

—No soy Werner —repetí yo—. Me llamo Georg Gottlieb. ¿Quién eres tú?

El sonido de una cerilla que se encendía un poco más adelante de aquel espacio maldito detuvo mis pasos. A la chispa le siguieron unos susurros, varias voces que discutían.

—¿Quién más anda ahí? —pregunté.

Notaba el corazón en la garganta, que me exhortaba a abandonar cualquier intención de hablar con desconocidos en la oscuridad. Además, era incapaz de distinguir ningún sonido procedente de arriba. Supuse que estaba a tal profundidad que era poco probable que oyera el regreso de Werner. Di un paso a un lado y toqué con las puntas de los dedos la pared.

El brillo de la cerilla que se quemaba lentamente unos metros más adelante me atrajo. La propietaria la sostenía al lado de un pómulo destrozado. Aunque todos estábamos rotos de distintas maneras, la suya era la más inquietante.

Di un paso adelante y me golpeé en la cabeza con una lámpara de gas que colgaba de un gancho. La cogí y la encendí. El objeto emitió un suave chasquido y se iluminó con una luz tenue.

El resplandor de la lámpara me condujo a la astilla de rostro que bailaba a la luz de una cerilla agonizante aferrada entre unos dedos huesudos. No me esperaba encontrar a nadie allí abajo y, desconcertado, me pregunté en qué me estaba metiendo y cómo se habían cruzado nuestros caminos.

Al alzar la lámpara en aquella sórdida mazmorra, me percaté de que la mujer estaba detrás de unos barrotes. A lo largo de la pared del fondo había una serie de jaulas robustas. En cada una de ellas, un catre, de los que usaban los soldados cuando estaban de instrucción militar. También había un cubo, restos de comida y papel de periódico esparcido por todo el suelo. Arrimadas contra los barrotes de cada jaula me miraban unas mujeres andrajosas y rotas. La que sostenía la luz habló en nombre del grupo.

—Hemos malgastado una cerilla por ti. Más te vale tener un buen motivo para venir a molestarnos.

Incapaz de responder, decidí que era mi turno de hacer las preguntas.

—¿Quiénes sois? ¿Qué hacéis aquí abajo?

—¿Por qué deberíamos decírtelo? —repuso ella—. No hablamos de lo que ocurre en el sótano.

No solo tenía el corazón desbocado, sino que una pátina de sudor me recubría la piel y la adrenalina me invadía las venas. Teníamos los días contados. Para ayudarlas necesitaba respuestas. Sus barrotes eran mucho más literales que los míos.

—Me llamo Georg Gottlieb. Soy un prisionero del campo de concentración de Sachsenhausen. He venido a salvaros.

En cuanto las palabras abandonaron mis labios supe que eran ciertas. Si debía idear un plan de huida, su alcance acababa de ampliarse. Me aseguraría de llevarlas a un lugar seguro. Después de haberlas descubierto allí abajo, ¿cómo no iba a hacerlo?

Las mujeres se me quedaron mirando. Estaba claro que había una portavoz, alguien dispuesta a hablar.

—A mí no me pareces un prisionero —argumentó ella—. No estás...

—¿Desnutrido? —le dije, agachando la mirada.

Consumía más carbohidratos que los demás prisioneros, pero distaba mucho de estar bien alimentado.

—Calvo —contestó ella con la frente arrugada, un gesto que hizo que la piel holgada le cayera por encima del esqueleto—. A los prisioneros los rapan, y sí, están muy delgados.

—Formo parte de un Kommando muy particular —le dije, sin saber muy bien a quién le profesaba lealtad la mujer.

—Muéstrame el brazo —me pidió.

Me arremangué la camisa y le mostré el tatuaje modificado. Como si formáramos parte de una ilustre sociedad secreta, ella imitó el gesto y se levantó la manga raída para mostrarme el suyo.

—Me llamo Greta —se presentó, reconociéndome como amigo—. Ellas son Aida, Katarzyna y Julia.

Las demás me dedicaron unos breves saludos, dando por hecho que yo no podía ser tan malo como Werner.

—¿Qué hacéis aquí? —inquirí.

—Nos separaron del resto al llegar a Sachsenhausen. Los nazis les sacan provecho a las mujeres jóvenes. A Werner le gusta que estemos disponibles para él.

Horrorizado, acerqué la lámpara a sus caras. Tenían marcas de abusos y agresiones por todas partes. A pesar de la tensión adicional a la que se habían visto expuestos sus cuerpos, eran claramente más jóvenes que yo. Aida tenía un ojo morado. Katarzyna apoyaba todo su peso en una sola pierna, herida de alguna manera espantosa e indecible. La portavoz, Greta, tenía el rostro fracturado y como consecuencia se le paralizaba cuando miraba en un ángulo en concreto.

Todas las veces que Werner nos había tratado con cordialidad había regresado a esa casita para apalear y violar a aquellas pobres chicas, encadenadas como si fueran animales. Me sobrevino una arcada y tuve que girarme, desesperado por una bocanada del aire fresco que quedaba en la superficie. Tragué y levanté la lámpara para prometerles más cosas.

—No sé cómo, pero vamos a salir todos de aquí. Algunos estamos planificando cómo escapar. No hay ningún motivo por el que no podamos trabajar juntos.

—No vamos a escapar —dijo con un resoplido Julia, la que estaba más lejos. Tenía un acento distinto..., ruso y orgulloso—. Primero intentamos ser obedientes. Luego nos rebelamos. Siempre acaba de la misma manera. Él pierde los papeles, nos pega y nos devuelve a estas jaulas. Ahora solo nos saca de una en una, le preocupa qué podría ocurrir si lo superáramos en número.

—Hemos visto demasiadas cosas como para sobrevivir —intervino Katarzyna—. No lograremos salir a menos que Werner nos venda. Y aunque así fuera, no podríamos mantener la cabeza alta en nuestros pueblos después de haber sido los juguetes de los nazis.

Las flores no brotan en los campos de concentración.

—Hay vida más allá de estos muros —insistí—. Viviremos un futuro diferente y rico cuando muera Hitler. Habéis hecho lo que debíais para sobrevivir. Lamento que Werner os haya puesto la mano encima. Me encargaré de que se enfrente a la justicia. Si podéis confiar en otro hombre, espero que pueda ser yo. Podemos...

El sonido de unos neumáticos derrapando en el piso superior terminó aquel encuentro. Un frenazo repentino. Un coche que se detenía.

—¡Ha vuelto! —me pareció que decían al unísono.

Arrojé la lámpara al suelo, donde se apagó, y desanduve el camino a toda prisa. Trepé por las escaleras. Al resbalar por el camino me desollé la cabeza y los codos, desesperado por llegar a la superficie antes de que Werner me descubriera. Me dolían los brazos y las piernas después de aquel súbito esfuerzo. No me movía así desde los ejercicios de Birkenau.

Un resquicio de luz se ensanchó poco a poco, devolviendo el color al mundo en blanco y negro que había descubierto en las entrañas de la casa. Allí estaban mis manos, agarrotadas y extendidas en busca de los escalones, clamando contra la piedra. Mientras pestañeaba, toda mi atención se centraba en el brillo que se iba expandiendo más arriba, procedente de la entrada secreta.

Crucé la puerta oculta, me sequé el sudor de la frente y con cuidado recoloqué el panel en su sitio para sellar el secreto.

Me agaché por debajo de las ventanas y regresé al secreter.

Me lancé sobre la silla justo cuando la puerta se abría detrás de mí. La fuerza del aterrizaje hizo que el asiento se balanceara hacia atrás. Me enjugué el sudor de la frente hacia el pelo con las manos agarrotadas y una exhalación entrecortada abandonó mis pulmones comprimidos. Las pausas diarias para fumarme un cigarrillo acompañado de aquel despiadado nazi violador venían para atormentarme. Con la esperanza de que el temblor de mis dedos no me delatara, escribí unos cuantos dígitos más en un cuaderno. La humedad se extendía por el cuello de mi camisa y casaba con los números enredados que escribía a toda velocidad. Cuando Werner dejó una bolsa de papel sobre la mesa de la cocina, pegué un salto.

–Qué bien ver a un judío trabajando duro –me dijo.

Su voz me puso los pelos de punta después de la revelación. Nada en su comportamiento podía explicarse con un simple «¡Sigo órdenes!», la frase que usaban los nazis como justificación durante la guerra, y también después. Allí estaba, en la presencia de un hombre proclive a lo enfermizo, lo perturbado, lo macabro. Aquellas pobres chicas atrapadas, alejadas del resto del mundo, desaparecidas en todos los aspectos solo para colmar las necesidades depravadas de Werner. Había un mundo de dolor extendiéndose bajo el suelo de aquella casita pintoresca; un río de lamentos con un núcleo que ardía constantemente.

Tras terminar de poner en su sitio los alimentos básicos que había comprado, Werner se acercó a mí y me colocó una mano en el hombro.

–He traído pan --me ofreció.

El tacto de su mano hizo que me estremeciera, lo mismo que debía de pasarles a las víctimas que tenía enjauladas. Era lo único que veía detrás de mis párpados. Todo lo relacionado con Werner era cruel e innecesario. No se saldría con la suya.

Forzando una sonrisa, me giré hacia él. Su mano seguía en mi hombro con un agarre férreo.

–Parece que todo va encajando –le dije, obligándome a no arremeter contra él, tirarlo al suelo y asfixiarlo usando una de sus hombreras–. Estamos esperando documentación que tiene que llegar de Ginebra, pero luego ya podremos enviar el dinero.

–Eso está muy bien –respondió, antes de dedicarme una mirada extrañada.

No me estaba mirando a los ojos, sino un poco por encima, en algún punto entre las cejas y el nacimiento del pelo.

–¿Qué es eso? –me preguntó mientras levantaba la mano de mi hombro.

Su rollizo pulgar, que tenía la uña demasiado larga, me acarició la frente, emborronando una línea de suciedad y sudor. Nada del trabajo sentado al escritorio justificaba aquella mancha. Me la había hecho al chocar con la cabeza contra la lámpara en la oscuridad.

–Será del lápiz –dije demasiado rápido y me giré para mirar el escritorio.

Werner se encogió de hombros, se limpió el pulgar y se acercó a la ventana.

–Necesitas aire fresco –me dijo, y agarró con ambas manos la parte de abajo de la ventana de guillotina para subirla.

Una oleada de primavera me golpeó y el polen me saturó la nariz mientras mi cuerpo se estremecía por el sudor de mi piel.

–Gracias, señor –le dije, tiritando mientras él dejaba de vigilarme y se entretenía con algo en la cocina–. ¿Ha habido algún avance en la búsqueda de Rose?

–¿De quién?

–Mi esposa.

–Ah, sí. Eso. Ya me encargaré, tú sigue con tus tareas.

Aunque el objetivo a corto plazo era que Werner estuviera contento y demostrarle que podía maquillar sus cuentas, la necesidad de cambiar nuestras circunstancias era cada vez más imperiosa. Ya no solo tenía que pensar en Rose y en mí mismo, sino que se habían añadido más personas.

Si los hombres de la operación Bernhard estaban dispuestos a ir a por todas, yo lideraría la contienda. Debíamos incluir en el cómputo a las mujeres de Oranienburg. Mientras completaba las sumas, la última tarea absurda que me había asignado, acabé de idear el plan.

Si lograba hallar la llave de sus jaulas, las chicas podrían convertirse en un recurso valioso. Cuantos más fuéramos, más posibilidades tendríamos de huir.

Había llegado el momento de convocar a un equipo de expertos al que hacía meses que observaba.

Léon, que dominaba varios idiomas, tenía conocimientos de medicina y falsificación y fue el amigo que me acompañó cuando el doctor Schwarz mató a Leib. No habría ningún intento de fuga sin él.

El siguiente debía ser Salomon Smolianoff. Había asumido al fin que era mejor falsificador que yo y no me podía quitar de la cabeza la imagen de su viejo rostro entristecido después de saber que Léon y yo habíamos intentado escapar sin él.

Si Piotr hubiese estado todavía entre nosotros, también habría formado parte del equipo. En su lugar, en honor a él, añadí a nuestra búsqueda colectiva de la libertad la promesa de arreglar las cosas con su familia.

Hendrich, Friedrich y Sal también tenían que estar, puesto que fueron los primeros hombres a los que conocí de la operación Bernhard. Cada uno de ellos tenía sus propias habilidades. Friedrich y Hendrich tenían inclinación por el engaño y los explosivos. La mente de Sal era brillante y sabía hablar varios idiomas; además, era un hombre de mundo.

Dado que eran los hombres que más tiempo llevaban sirviendo en la unidad, Artur Lewin y Oskar Stein merecían que al menos se lo preguntara, igual que el cabeza de familia que lideraba la bendición en el *Seder*. Cabía la posibilidad, por lo atados que estaban al régimen, de que prefirieran arriesgarse y quedarse del lado de los nazis que embarcarse en mi arriesgada apuesta, pero aun así se lo iba a proponer.

Ahí tracé la línea. Más gente sería demasiado arriesgado. No podíamos planear una fuga para los ciento cuarenta hombres que había en nuestro bloque. Primero, porque costaba saber a quién le eran fieles. Segundo, una hilera de hombres saliendo de la jaula podría ser ligeramente sospechoso. Si todo iba según lo planeado, nuestra fuga podría provocar un cambio que superaría lo que ofrecían los aliados. Si lográbamos salir, podríamos regresar con refuerzos.

Dejando en un segundo plano la contabilidad de Werner, hice una lista con los hombres con los que podía contar. Seis los tenía muy claros: Léon, Salomon, Hendrich, Friedrich, Sal y yo mismo, mientras que Artur y Oskar seguían en interrogante. Quería hallar un apodo atractivo para ambos grupos y pensé en los «Seis del *Seder*» o los «Ocho de Jánuca».

El sonido del teléfono me puso de los nervios. Oí los pisotones de las botas de Werner, seguidos de su mano, que se alargaba por encima de mi forma jorobada hacia el pesado aparato negro. Vi por el rabillo del ojo cómo descolgaba el auricular.

–*Guten Tag* –respondió, con su manera afectada alemana.

Intenté captar el contexto de la llamada, pero resultaba difícil cuando la mitad de la conversación que oía no era en mi lengua materna. Las ráfagas de palabras volaban por encima de mi cabeza mientras estaba tirado en tierra de nadie.

Se enderezó para devolver el teléfono a su lugar sobre la madera barnizada descolorida por el sol y después cogió dos vasos de cristal y los llenó con una abundante cantidad de un líquido ambarino servido de una licorera.

–Bueno, lo has conseguido –me dijo, obligándome a coger uno de los vasos.

En vez de explicarse, dio un sorbo. Estaba claro que no le gustaba el sabor. Era más bien un gesto forzado de celebración y masculinidad, dos elementos que obsesionaban a los nazis como Kurt Werner. Ocultó el malestar con una mirada pétrea.

–Eran nuestros amigos del Banco de Ginebra. Han recibido el primer depósito. Una parte irá a la caja de seguridad. Han reforzado su política sobre discreción.

–¿El banquero ha usado esas palabras? –pregunté, incrédulo.

Una voz desesperada en mi cabeza me dijo que bebiera. No se bebía en los campos. Había poco que celebrar. Solo los logros de los nazis merecían ese honor. A pesar de las circunstancias, era un privilegio.

–Palabras textuales –me confirmó–. Están acostumbrados a hacer la vista gorda.

Me pregunté si estábamos lidiando con banqueros o con topos.

—Esto no puede esperar. Traeré el resto del dinero aquí el lunes y lo mandaremos. ¿Puedes hacer lo mismo para Himmler?

—¿¡Heinrich Himmler!? —exclamé.

—¡El mismo! —se emocionó Werner—. Tendrás que repetir el truco de usar un nombre falso. Me ha propuesto uno: Heinrich Hitzinger.

Una cosa era acatar las órdenes de Werner, pero ayudar a Himmler era el colmo. Lo único que tenía en mente era el plan maestro. No verían nada del dinero.

—Cualquiera que necesite ocultar dinero puede hacerlo conmigo —le dije en un momento de enajenación, expandiendo la operación que en principio solo era para un hombre.

—¿Puedes abrirme algunas cuentas adicionales para mí también?

—¿Con el nombre de Kurt Weiner?

Esbocé una media sonrisa por el patético apodo que se me había ocurrido para él.

—Sí —contestó con los ojos entornados.

Me tomé un momento y le di un sorbo al brandi de ciruela. La mueca fue inevitable, pero no tan acusada como la que había puesto Werner, que parecía haber lamido un limón. Hacía mucho tiempo que no pasaba por mis labios algo tan sedoso y rico. El *slivovitz* tenía calor, pasión, aroma, sabor y cuerpo. Incapaz de contenerme, se me anegaron los ojos. Donde había brandi, todo lo demás se desvanecía.

—Gottlieb, ¿estás llorando? —me preguntó Werner.

Tenía que salir de aquel ambiente tóxico. ¿Dónde estaba mi derecho a llorar por el sabor del licor? Los nazis seguían empecinados en que no disfrutáramos con nada.

—No, me ha entrado algo en el ojo —respondí, enjugándome el rostro húmedo.

—Creo que ya has trabajado suficiente por hoy. Te has ganado el pan.

Media hora después, Fritz no me quitaba el ojo de encima por el retrovisor mientras yo llevaba media hogaza de pan en los brazos, el único pago por haber ocultado miles de libras esterlinas en unas cuentas suizas. Cuando el pueblo empezó a aparecer en el horizonte, el chófer se desvió para dejar la correspondencia de Werner en la oficina de correos. Aproveché el momento sin supervisión para esconder la mitad del pan en los pantalones. Si algo podía tentar a mis amigos a unirse a mi alocado plan, era el pan.

Después de detenernos delante del Bloque 18 y tras cruzar la verja de Sachsenhausen sin pasar ningún control, otra pieza de mi plan de fuga encajó en su sitio. Esa vez no habría errores. Teníamos que lograrlo. No contaba con que habría bajas.

Capítulo 22

—¡No! —me soltó Léon cuando le expliqué mi plan en un susurro, rodeados de la multitud que presenciaba el espectáculo de cabaré—. ¡No, no, no! ¡Ni hablar! No te voy a seguir en otro de tus estúpidos planes. Por poco consigues que me maten la otra vez. —Gunther Levy volvía a interpretar el número de Édith Piaf. Los hombres de la operación Bernhard estaban perdiendo los papeles con el suficiente volumen para ocultar los gritos de Léon—. Nos libramos por los pelos. Werner nos pisaba los talones.

—Te he traído pan —musité.

No había acabado de sacar la hogaza de los pantalones del todo cuando mi compañero de litera ya la había cogido con ansia. A nuestro director creativo lo estaban ovacionando de pie, pero parecía mirarnos con recelo. Estaba claro que alguna parte de Levy no nos había perdonado por el intento de fuga. A pesar de la algarabía, oí un crujido seguido de un gemido de Léon con una alegría que nadie quería oír en su compañero de litera.

—He cambiado de parecer —me dijo—. Te seguiré hasta la boca del lobo si hay más pan.

Uno menos. Iba a necesitar mucho más pan.

Después del espectáculo, Stein y Lewin estaban jugando al dominó en la sala recreacional con un set que los nazis habían usado para mantener el aburrimiento a raya. Vieron que me acercaba a ellos antes de que me sentara.

—Sea lo que sea, Gottlieb, no queremos formar parte de ello —dijo tajante Lewin.

Una multitud de prisioneros pasó junto a nosotros con los brazos echados por encima de los hombros de sus compañeros, disfrutando del habitual subidón de alegría que seguía a aquellos espectáculos esporádicos.

—De hecho —añadió Stein—, mejor no nos cuentes nada que más tarde nos pueda implicar en un delito.

—Necesitaremos poder apelar a una negación plausible —dijo Lewin.

—¿Acaso eres abogado? —pregunté.

Él puso los ojos en blanco.

—Lárgate, Gottlieb.

Podía intentarlo con los demás. «Los Seis del *Seder*» era mejor nombre.

A la mañana siguiente, Léon reunió a Sal, Hendrich y Friedrich en la misma mesa donde Stein y Lewin me habían rechazado. Como habíamos llegado juntos al campo, el compañerismo que nos profesábamos ocultó nuestras verdaderas intenciones. Para cuando me sumé a ellos, Léon ya les había hecho un resumen. Era comprensible que se hicieran miles de preguntas para averiguar si se trataba de un plan tan estúpido como habían creído en un principio.

—¿Qué tipo de distracción? —preguntó Sal mientras se apartaba a un lado para dejarme espacio.

La mesa estaba cubierta de tazas de café vacías y demás residuos.

—Todavía no lo tenemos claro —contesté, confirmándole que el artífice del plan era yo.

Si todo seguía adelante, necesitaba que todo el mundo hiciera su papel.

—¿Qué pasa? —preguntó Gunther Levy, obligado a reordenar toda la sala para dejarla como estaba antes de la función.

Si bien todo el mundo estaba dispuesto a asistir al espectáculo, siempre le costaba encontrar voluntarios para limpiar después.

–Piérdete –le espetó Léon con su tono parisino.

–No, espera –intervine yo de inmediato–. ¿Tienes algún hueco disponible?

Gunther se quedó parado, como esperaba que hiciera, y exhaló por la nariz.

–¿Para quién? ¿Para ti?

–Sí –respondí al instante, atrayendo la atención de todos los presentes en la mesa.

–¿Tienes algún talento? –me preguntó, derritiendo ligeramente el muro frío con el que me había topado un instante antes.

–Me gustaría hacer algo gracioso –le dije.

–Georg, a todos nos gustaría ser graciosos. ¿Quieres que te ponga de ayudante para algunos de los números de los artistas más veteranos?

–No, quiero contar chistes.

Gunther puso los ojos como platos. Los demás me miraron con la boca abierta. Lo único que necesitaba era paciencia, tiempo y astucia. Como prisionero, disponía de las tres.

–Si es lo que quieres... –aceptó Gunther, dejando la frase a medias–. ¿Necesitas tiempo para preparártelo?

–Por favor. Déjame que lo piense y te digo.

Mientras Gunther se alejaba mascullando, Léon fue el primero en hablar.

–¿Qué haces, Georg?

–Me habéis pedido una distracción. Os acabo de proporcionar una.

Extendí la mano hacia delante y recoloqué las tazas y un par de tapones de botella para formar un diorama. Al reorganizar esas piezas, el plan se desplegó tal y como yo lo entendía; mi confianza aumentaba a medida que hablaba.

—Esta taza soy yo —les dije, adelantándola a las demás— sobre el escenario.

Deslicé más tazas hacia delante, que se convirtieron en hileras de público.

—Mientras yo estoy allí arriba, vosotros cinco os pondréis eso —les indiqué, señalando los uniformes nazis que Gunther estaba cepillando después del espectáculo.

—¿Cinco? —preguntó Léon.

—Sí —contesté entre dientes, como si fuera obvio—. También necesitamos a Smolianoff —añadí, ajustando el plan tras la genial propuesta que acababa de proponerle a Gunther—. Vosotros cinco podéis actuar. Nada que sea ofensivo, una canción, por ejemplo.

—¿Una canción? —preguntó Sal, como si fuera yo el que estaba perdiendo la cabeza después de haber contraído la sífilis y no el querido Führer.

—O cualquier otra cosa. Lo que queráis. Lo importante es que actuéis antes que yo y os quedéis vestidos con los uniformes en la pared del fondo. Yo crearé la distracción y os daré el tiempo suficiente para que podáis salir por la puerta. Léon, enséñales a los demás cómo usamos la arandela para que no se cerrara la puerta.

Léon asintió. Arrastré los tapones de botella hasta el fondo de la mesa.

—Cuando os vea ahí abajo, donde los tapones, usaré el detonador.

—¿Qué demonios? —saltó Léon, quien hasta ese momento había estado de acuerdo con todos los puntos de mi plan.

—Solo tiene que ser lo bastante potente para que se incendie el escenario.

—¿Lo dices en sentido figurado? —preguntó Friedrich mientras se acariciaba la barbilla como si fuera un filósofo.

—No, absolutamente literal. Cuando estalle el caos, me escaparé por esta puerta trasera. —Señalé a mi lado de la mesa, donde quedaba la taza que me representaba a mí—. Todo quedará oculto detrás de la cortina colgada en la parte posterior del escenario.

Aparté los tapones de botella del final de la mesa con un capirotazo y arrastré la taza hasta mi regazo.

—¿Qué hay más allá del filo de la mesa en esta gran demostración? —inquirió Hendrich.

—Un coche. Me reuniré con vosotros allí y nos dirigiremos a la casita de Werner para liberar a sus esclavas sexuales.

—¿A la casita de Werner? —dijo Sal.

—¿Esclavas sexuales? —preguntó Hendrich.

—¿Un coche? —se extrañó Friedrich.

—Es muy sencillo. —Suspiré—. Yo atraigo la atención de todos los presentes en este lugar. Entonces, activo el detonador de la bomba.

—¡Bomba! —repitió Léon con énfasis—. ¿¡Ahora es una bomba!?

Me llevé un dedo a los labios para silenciarlo. Por más apretados que estuviéramos en la mesa, había ojos y oídos por todas partes.

—Vosotros cinco salís por la puerta vestidos con los uniformes nazis. Yo saldré por el escenario y desapareceré por la puerta trasera detrás de la cortina. Nos encontramos en el coche de Werner y vamos hasta su casa. Hay cuatro mujeres allí que las han pasado canutas. Nos ayudarán, y juntos nos dirigiremos hacia la frontera que veamos más adecuada. A esta mesa están sentadas algunas mentes brillantes. Hay dinero para nosotros y ¡podemos falsificar cualquier documento que necesitemos!

Aquella explicación detallada fue recibida con rostros impertérritos.

—Léon, cuéntales cualquier otra cosa que necesiten saber. ¡El siguiente paso es conseguir que Smolianoff se sume!

Arrastré la silla hacia atrás y luego tiré de Hendrich y Friedrich para que me acompañaran, pero ellos se aferraron a la mesa para evitar una caída colectiva.

—Todavía no hemos aceptado —dijo Hendrich.

—No, pero lo haréis. Estamos juntos en esto. Lo hemos estado desde Birkenau. Es lo que habría querido Piotr.

Me alejé antes de que armaran alboroto.

El único hombre que no aprovechaba las horas libres era mi viejo amigo ruso, Smolianoff. La parte inferior de su cuerpo permanecía visible mientras que la superior estaba metida debajo de una máquina. A mi llegada se levantó, como si el armatoste lo hubiese parido. Iba cubierto de aceite, no de fluido amniótico.

—Aguanta esto —me pidió.

La mugre que le recubría la cara traslucía la concentración que ponía en la tarea. Después de llenarme las manos con un puñado de muelles y engranajes, regresó dentro de la máquina, lo que me hizo repensar la metáfora. Ningún bebé volvía a meterse en el vientre materno.

—Estoy trabajando en algo —le informé, hablándole al lateral de la máquina—. Creo que puede haber una manera de salir de aquí.

El ruso volvió a levantarse. Costaba ver detrás de la pátina de aceite, pero una sonrisa se abrió paso en su rostro.

—Ah, así que finalmente vas a dejar que el viejo ruso conozca tus secretos. ¿Tiene algo que ver con tus desapariciones de esta semana?

—Sí y no.

—¿Tiene algo que ver con una mujer? —me preguntó, dándome un codazo juguetón.

—Sí y no. Sería más bien en plural.

—¡Ay, madre! ¡Un judío checo con varias esposas! —gritó—. Ver para creer.

Lo agarré por la sucia manga de la camisa y nos agachamos por debajo del nivel de las máquinas para seguir la conversación con mayor discreción.

—En resumen, tenemos que causar una distracción lo bastante grande para que podamos salir de aquí disfrazados de guardias alemanes. A las afueras del pueblo hay una casita en cuyo sótano Werner tiene retenidas a cuatro mujeres judías. Una vez allí, nos cambiamos y nos dirigimos a la frontera.

—¡Me encanta! —exclamó Smolianoff y me besó la mano. Luego empezaron a llover las preguntas—. Es como una novela de espías. ¿Y tu esposa?

Ya lo tenía todo pensado. Si a Rose la trasladaban a Sachsenhausen, podría unirse a nosotros disfrazada como una prisionera a la que mis amigos vestidos de guardias nazis estaban escoltando. Si no, la primera parada que haría sería en Birkenau, para asegurar nuestro futuro. El cómo todavía no se me había ocurrido.

—¿Qué quieres que haga yo? —me preguntó el ruso.

—¿Podrías decirme qué se necesita para fabricar un pequeño explosivo?

Léon y yo no habíamos logrado pasar de la verja, pero los Seis del *Seder* harían historia.

—Estaré en el coche —siseó Fritz a la mañana siguiente, antes de cruzar la habitación y salir por la puerta.

—Yo me ocupo de todo. Repasaré el plan con los demás —me dijo Léon mientras yo bajaba de la cama de arriba—. Las chicas serán cosa tuya. ¿Estás seguro de esto? Estoy poniendo mi vida en tus manos.

Podía llegar a ser muy melodramático a veces. Muy francés.

—Confía en mí —contesté y le guiñé el ojo.

Me puse una camisa por encima de la camiseta y me dirigí hacia la puerta por la que había salido el conductor hacía escasos minutos.

Carretera vieja. Doblar a la izquierda hacia la calle principal. Todo recto hasta la joyería. Girar a la derecha. Subir por el cerro. Árbol grande. La casita del fondo.

Estaba cavilando tantas cosas que me descolocó encontrarme frente a la casa de Werner y ver a un muchacho en pantalones cortos corriendo por el huerto. Al principio pensé que era un espejismo.

El muchacho se lanzó al ataque de un calabacín enorme y le dio un buen golpe con un palo: digno hijo de su padre. Una niña más pequeña con un vestido con volantes apareció de detrás de las verduras, rascándose la cabeza y luciendo un destacable ceño fruncido en el rostro. Se quedó mirando a su hermano medio segundo y echó a correr hacia la puerta, aullando.

Cuando llegó, la entrada se abrió de par en par y una preciosa mujer rubia salió de la casa. Me había adentrado en un sueño erótico ario. Werner apareció detrás de su esposa, le rodeó las caderas y se inclinó para abrazarla. Me pregunté si mostraba la misma intimidad con las mujeres que tenía en el sótano.

–Gottlieb, claro –dijo, con un tono dulce de lo más inusual.

Bajo el brazo sostenía el habitual fajo de correspondencia que Fritz tendría que llevar a la oficina de correos. Después de intercambiar unas palabras con el soldado, se volvió hacia mí.

–¡Por favor, pasa!

Abrí la verja y me aventuré hacia aquella extraña estampa familiar.

–Te presento a Hilda.

–Es un placer conocerlo –me saludó con un marcado acento austríaco.

A Werner le gustaban las mujeres que se parecieran a su querido Führer. Incluso tenía bigote.

–Encantado –contesté, completamente pasmado.

–Keekee me ha hablado de ti –dijo ella.

«¿¡Keekee!?».

–Nada de apodos delante de los prisioneros –advirtió Kurt, alias Keekee.

–¿Es un prisionero? ¿Quieres decir que es judío? No me dijiste nada de que fuera judío. –Hilda me miró de arriba abajo–. Ah, claro. Esa nariz. –Se quedó callada un instante–. Niños, venid a ver al judío.

–¿Lo puedo golpear con el palo? –preguntó el niño, que llegó antes que su hermana, jadeando.

–¡Puaj! ¿Un judío? –chilló ella.

Eso fue suficiente. Al cuerno con Kurt Werner y los imbéciles de sus hijos. Nada alrededor de un nazi puede conservar la amabilidad.

–A ver, niños –dijo Werner cuando pasamos adentro–, tenemos que trabajar. Jugad en silencio.

–¡Yo quiero jugar a la *Blitzkrieg*! –dijo uno de aquellos mocosos.

Sus voces se parecían tanto que costaba distinguir cuál de los dos hacía esos estúpidos comentarios. Desde el escritorio no podía mirarlos. En mi mente tenía presente que había cuatro mujeres a las que Werner mantenían cautivas. ¿Sabía Hilda lo que estaba pasando?

La palmada familiar en mi hombro aludía a la opresión que dispensaba.

–Todo va bien, amigo mío –me dijo.

Cuanto más me dejaba arrastrar por sus tonterías, más se alejaba la perspectiva de ver a Rose. Como consecuencia natural, manipularía a Werner y a todos los demás hasta dejarlos sin un céntimo. Mi propia estafa piramidal.

Frau Werner y los niños del demonio se quedaron una semana entera. Durante ese tiempo, me convertí en algo que sus hijos nunca podrían ser: una presencia silenciosa.

Ni se imaginaban que me iba a bajar la bragueta y mearme

en toda su dinámica familiar. Obtuve una información única sobre las idas y venidas de la familia Werner. Sus salidas de la casa para hacer recados, pícnics o pasar el día fuera me brindaron la oportunidad de bajar a la prisión sexual, secreta, judía y subterránea de Kurt Werner para hablar con Greta y las demás.

–Por favor, no la llames así –me amonestó Julia cuando pronuncié el término.

Durante el primero de los chequeos, llevé una de las muchas hogazas de pan que había en la cocina y les conté mi plan maestro.

–Hay una única llave y la lleva en la cintura –dijo Katarzyna–. Solo se la quita cuando se baja los pantalones.

–Como anoche –añadió Aida, recluida en una esquina.

No me hacía falta demasiada contabilidad creativa para saber que todo aquello se desarrollaba mientras su esposa y sus hijos estaban en la casa.

–Dentro de unas pocas semanas dejaremos de serle útil y nos venderá al mayor postor nazi, como pasó con Zofia –continuó Aida con voz triste.

–¿Zofia?

–Estaba aquí antes de que llegara yo –contestó Julia–. Werner se apresuró a liberarse de ella cuando se quedó embarazada. La envió de vuelta con su amigo el doctor.

Algo me decía que ya me había cruzado con ese doctor antes.

–Sé que estos días están siendo duros, pero solo es cuestión de tiempo. Estamos preparando un plan de huida y documentos falsos para vosotras.

–Tú y tu mundo de fantasía –terció Greta–. ¿De dónde vamos a sacar documentación falsa?

–La fabricaremos nosotros –le aseguré.

Mientras yo me encargaba de las tareas en la casita, el resto de los Seis del *Seder* se mantenían ocupados. Entre turnos, prepararon documentos adicionales. Todo debía hacerse sin que lo supiera nadie que no participara en la operación, ya fueran prisioneros o guardias. Del mismo modo que falsificábamos documentos para los nazis, nuestras habilidades nos salvarían de un apuro.

Smolianoff recolectó restos de pólvora de una cantidad ingente de balas usadas que había entre el barro alrededor del bloque. Sacar el polvo con una cucharilla era un proceso laborioso. La jugada maestra consistía en esconderlo entre las tapas de los libros de la biblioteca. Individualmente aquellos montoncitos de pólvora parecían sedimentos, pero me aseguró que su poder colectivo bastaría para darle chispa a nuestro plan.

A Friedrich le resultó bastante sencillo coger piezas de un despertador roto que había junto con algunos cables de cobre en las cajas de herramientas que formaban nuestro equipo de mantenimiento.

Todas las noches practicaban los movimientos. Sincronizaban los pasos de un lado a otro y las marcas de tiza en el suelo indicaban dónde estarían las hileras del público.

Una tarde, sentado a mi escritorio con las piernas incómodamente recogidas a un lado, mis ojos se posaron sobre una carta sellada que Werner había estado escribiendo a toda prisa antes de una salida familiar. El miedo me aferró el corazón con su puño helado cuando leí el nombre del doctor Schwarz. Schwarz significaba Auschwitz-Birkenau, que a su vez significaba Rose Gottlieb.

Puse un cazo a hervir y sostuve la carta sellada por encima hasta que el vapor deshizo la cola que la mantenía cerrada. Saqué el papel doblado en tres partes y lo alisé sobre la mesa de la cocina, consciente de que mi guardián nazi podía regresar en cualquier momento.

Tras analizar el escrito, me quedó claro que Werner y el doctor hacía un tiempo que se intercambiaban epístolas. Lo que leí subió el nivel de alerta de ámbar a rojo.

Schwarz:

Como mi representante en los demás campos, sobre todo en los de Polonia, necesito tu ayuda para encontrar a una prisionera, Rose Gottlieb, que supuestamente está en Birkenau. Las cuatro de aquí ya no sirven y las venderé el lunes que viene. Te propongo un intercambio. Te las puedes quedar para experimentar si me aseguras que Rose está entre las que vengan de recambio. Tengo una celda preparada especialmente para ella.

Se me heló la sangre. Aun sabiendo que Werner me había propuesto un pacto, no había ninguna necesidad de intercambiar a Rose de aquella manera. La carta destilaba sus verdaderas intenciones. Solo me quedaba asumir lo peor. Jamás confíes en un nazi.

Al girar la primera página, me di cuenta de que la segunda solo contenía el final de la carta.

No veo el momento de compartir unas copas de slivovitz la próxima vez que vengas por aquí. Hay un montón de participantes reacios para nuestros experimentos.

Heil Hitler,

Kurt Werner

Los toscos trazos de su firma seguían a la despedida. Miré por la ventana por si regresaba la familia Werner y me dirigí hacia la máquina de escribir. Martilleando un mensaje lo más rápido que pude, mis dedos frenéticos se inspiraron en el original para que no desentonara el tono.

Schwarz:

Me han puesto al corriente de que una prisionera en particular, Rose Gottlieb, está en Auschwitz-Birkenau, y si alguien es capaz de encontrarla por mí, ese es mi viejo amigo. Lo prepararé todo para que mis hombres vayan a buscarla. Partirán el sábado por la noche y llegarán allí en algún momento de la mañana del domingo, salvo que haya algún retraso. Es de suma importancia que Rose Gottlieb se ponga a mi disposición... Ya te imaginas el motivo.

Solo podía salvar a Julia, Greta, Katarzyna y Aida si conseguía liberarlas antes del intercambio propuesto. Una vez que las cambiaran por Rose, morirían antes de que terminara la semana. Conocía lo suficiente a Schwarz para saberlo a ciencia cierta. Si bien mi objetivo había sido en todo momento salvaguardar a mi esposa, de ninguna manera podía permitir que fuera a cambio del sufrimiento de otras mujeres.

Saqué la hoja de un tirón de la máquina de escribir y la primera página real se unió a otra correspondencia hecha una bola en la chimenea. Combiné la nueva carta con el final, igualé los pliegues y doblé ambas hojas en tres.

De espaldas a la ventana mientras la familia Werner subía alegremente por la colina opuesta, volví a meter la carta, la alisé y pasé un dedo por el pegamento húmedo. Al presionar, el sobre original se cerró de nuevo. Fritz lo recogería sin que Werner se diera cuenta del cambio. Si hubiera añadido una carta nueva al montón, sin duda lo habría notado, pero no había manera de que pudiera saber que el contenido de aquel sobre en concreto no era el mismo.

—Puaj —se quejó la hija de Werner cuando entraron—. El judío sigue aquí.

Mientras Werner vivía sus fantásticas vacaciones de verano,

sería fácil que la operación secreta siguiera su curso y Lewin y Stein no tardaron en hacer la vista gorda. Por supuesto, no tuvimos la misma suerte con todos los demás miembros de la unidad de falsificaciones. Prepararon once conjuntos de papeles que ocultaron posteriormente en el *Mein Kampf*. Para hacer sitio, Sal cortó las páginas originales y dejó un agujero en el centro. Luego tiró las palabras arrancadas del Führer entre el papel usado del taller.

—Tiene que ser esta semana —le dije a Léon al regresar al campo aquella noche.

—¿Qué? ¿Por qué?

—Todo tiene que estar listo para el sábado o no habrá esperanza. Hablaré con Gunther para ver cómo podéis actuar y que sea con los uniformes nazis.

La tarde del lunes, para no ensuciarse al recoger las patatas de su frondoso jardín, Kurt Werner se quitó los pantalones. Me bastó con sacar la llave de la anilla para tener en las manos el acceso a todas las celdas de Sachsenhausen, aunque sabía que no podía salvar a todos los prisioneros.

Tenía que rezar por que Werner no se diera cuenta de que faltaba la llave. Solo habría problemas si, a altas horas de la noche, se sentía particularmente amoroso y bajaba para proporcionarle a una de las chicas los tres minutos más incómodos de su vida.

Para curarme en salud, la escondí en la lata de los dientes robados. Los niños habían usado los dientes como fichas para jugar a las damas, así que cabía la posibilidad de que la llave hubiera caído ahí por accidente. Si la descubrían en mi bolsillo, no importaría lo crucial que fuera yo para el plan nazi.

Al día siguiente, martes, después de darle el parte a Léon por la noche y un viaje de regreso a la casita, se me presentó otra oportunidad.

—Saldremos a hacer un pícnic —me informó Werner—. Hace un día precioso. A los tuyos no les iría nada mal algo así.

No quise corregirlo, pero mi gente ya había echado varias jornadas al sol. Primero bajo el mandato de unos delirantes faraones que obligaron a mis antepasados a construir las pirámides y después por culpa de los alemanes.

En cuanto la familia puso un pie fuera, cargados con una cesta de mimbre para el pícnic, me apresuré hacia la lata que contenía los dientes de oro.

Oranienburg no sabía que yo era alguien sucio, un subhumano. Poco de mí destacaba. Me estaba encargando de mis propios asuntos con el bolsillo lleno de dientes de oro y una llave que abría una cárcel sexual nazi secreta. Todo de lo más normal.

Al entrar sonó una campanilla. Un anciano de rostro amable se volvió, vestido con un mono de trabajo y unas gafas en equilibrio en la punta de la nariz. Me di cuenta de inmediato de que había perdido la habilidad de mantener conversaciones anodinas, algo de lo que me enorgullecía en Praga.

—Buenos días, señor —me saludó, escrutando mi rostro preocupado en busca de señales de problemas. A pesar de la estampa de postal en la que Oranienburg hacía su día a día, estaban viviendo al borde de uno de los genocidios más atroces de la historia de la humanidad—. ¿Puedo ayudarle en algo?

Como respuesta apareció la llave, apretada entre mis dedos sucios. Un par de dientes salieron disparados de mi bolsillo y cayeron al suelo. Me afané en recogerlos y los devolví torpemente a los pantalones, intentando mantener una apariencia calmada.

—Tengo esta llave. —Por si no había quedado lo bastante claro que yo era un desastre balbuceante y sudoroso, allí estaba para demostrarlo—. ¿Podría hacerme una copia? Es por un motivo sentimental. Con oro.

—Voy a buscar el cuaderno —me respondió él tras dedicarme una mirada preocupada–. Tendré que calcular cuánto necesito.

–Tengo el oro.

–¿Lo tiene? –dijo, lo cual, a pesar del tono, no era en realidad una pregunta.

Saqué un puñado de dientes de oro del bolsillo y los coloqué sobre el mostrador de cristal.

La piel que le colgaba alrededor de la nuez se movió como una serpiente entre las sábanas.

–No es la primera vez que veo este tipo de oro –me dijo, acercándose el pulgar a la nariz–. Esto es cosa de Adolf.

–El oro que sobre se lo puede quedar como pago –le propuse, algo que pareció satisfacerlo.

Cogió la llave y la apretó contra un fragmento de arcilla. El molde que cubría el metal me recordó a mis circunstancias; mi forma robada por la voluntad de otras personas.

–Tardaré un par de días en fabricar la nueva.

–¿El jueves? –pregunté, metiéndome la llave en el bolsillo vacío.

Él asintió. Podía esperar hasta entonces, pero no mucho más.

De vuelta al exterior, más sudoroso si cabe, me bajé las mangas de la camisa para ocultar las marcas desiguales de mi brazo. No podía confiar en la gente de aquel pueblo.

Después de volver corriendo, me apoyé en el fregadero de la cocina y me serví un vaso tras otro de agua que engullí con voracidad. Era extraño saber que había estado en la calle sin vigilancia y que no había huido. Se me había presentado la oportunidad, pero no podía aprovecharla y dejar a todos los demás atrás cuando cabía la posibilidad de salvarlos.

Lograríamos salir juntos. Léon encontraría el camino de vuelta a París y retomaría los estudios que se había visto obligado a abandonar. Salomon podía volver a las andadas como falsificador internacional o cambiar de vida. Hendrich y Friedrich parecían decididos a empezar una nueva vida de cero. Poco les quedaba a lo que volver.

Yo tenía muchas cosas que me arraigaban al lugar, como las estrellas amarillas de los prisioneros judíos.

Para cuando regresó la familia Werner, casi me había recompuesto del todo, aunque me quedaban las manchas delatadoras de mis axilas.

—¿A qué huele, cariño? —preguntó Frau Werner tras detenerse en el umbral.

—Debe de ser el judío —dijo el niño.

—Abriré las ventanas —contestó el hombre.

No podía odiarlos más.

Esa noche me quedé trabajando hasta tarde. El desafortunado momento en el que Frau Werner invitó a su esposo a acompañarla a la bañera me pareció la oportunidad ideal. El nazi se desnudó a la velocidad de un hombre que no ha violado a nadie desde hace dos días. Del pequeño cuarto de baño me llegaron sonidos de succión excesivamente amorosos. Sus hijos dormían cerca. Me escabullí por la casita como si fuera un ratón de campo. El vapor se filtraba por debajo de la puerta, desesperado por liberarse de aquella tortura.

Volví a meter la llave de nuevo en la lata y tosí para disimular el sonido y para que se dieran cuenta de que ya era un entorno de trabajo lo bastante incómodo como para tener que sumarle encima el parloteo infantil de Werner.

Dos días después salí a escondidas de la casa cuando la familia Werner se fue a dar un paseo y me dirigí al pueblo nada más perder de vista el vehículo. Era uno de esos días soleados que Werner decía que le iría bien a la piel de los míos. Me subí las mangas para combatir las marcas del bronceado.

—Lo malo del oro —dijo el anciano, cuyas gafas seguían haciendo equilibrios en la punta de la nariz— es que con el tiempo se dobla. He hecho todo lo que estaba en mi mano, pero tendrás que ir con cuidado.

—Sí, sí, está bien —le dije, cortando la cháchara—. ¿Le ha llegado para el pago?

—Había suficiente. ¿Qué prisa tienes? —quiso saber.

—Me voy del pueblo —respondí, con la voz teñida de esperanza.

El anciano me miró el brazo y atisbó los números. Me los tapé de un manotazo, como si me hubiera picado algo.

—Tengo que irme —insistí—. Heil Hitler.

Cuando salí de la tienda, me pregunté si el hombre era consciente del calvario que vivía mi gente mientras él se beneficiaba del oro que nos arrancaban de la boca.

En la cima de la colina, con la casita a la vista, el sonido de un coche que se acercaba por detrás hizo que me echara a un lado, pisoteando la hierba con mis zapatos de piel. Los aromas dulzones de la naturaleza hacían que la huida pareciera incluso más fácil.

El coche redujo la marcha y se me puso al lado. El peso de la llave que tenía en el bolsillo era abrumador. Levanté la mirada. Nada podría haberme preparado para toparme con el rostro acongojado de Kurt Werner en el cristal.

Capítulo 23

Werner me estaba esperando cuando subí la colina corriendo en un intento desesperado por adelantarle, aunque él fuera en coche. A pesar de la soberbia intrínseca necesaria para urdir mi plan maestro, estaba claro que no podía engañar a la física.

—No hace falta que te diga que debo registrarte —me dijo, caminando con paso enfurecido mientras yo mantenía la cabeza gacha y los dedos entrelazados a la espalda.

Dando por hecho que Frau Werner se llevaría a los niños, me desabotoné la camisa. Nadie se movió. La arrojé sobre el huerto y me bajé los pantalones.

Al fin, les tapó los ojos azules a sus hijos con las manos de una manicura perfecta. Fue culpa de mi pequeño pene torcido. Tras alejarlos de la escena, estaba seguro de que los niños harían preguntas. Tenía la esperanza de que la imagen se quedara grabada en la retina de Hilda Werner.

—Date la vuelta —me ordenó Werner.

Giré sobre mí mismo y fijé la mirada en el coche. Fritz se quedó quieto como una estatua al lado del vehículo, desde donde seguramente tenía vistas privilegiadas de la escena.

—¿Qué estabas haciendo fuera?

—Lo siento, Herr Werner. Me dijo que debía tomar el sol. No me he cruzado con nadic y estaba volviendo a la casa cuando me ha adelantado. Sigo comprometido con nuestra causa y le pido disculpas si le he dado motivos para preocuparse.

—Súbete los pantalones —me ordenó asqueado.

Todavía tenía los dedos en las trabillas cuando Werner se me echó encima. Un agarre como el de una pitón me zarandeó el cuerpo mientras su bíceps se apretaba contra mi garganta, restringiendo el flujo de sangre a mi cerebro. Con los ojos en blanco, resollé algo ininteligible, aterrado por si vomitaba y revelaba la localización de la llave.

Werner gritó en alemán, una actitud inusualmente performativa. Fritz se acercó para ver mejor cómo le exprimían la vida a un judío como si fuera un recalcitrante tubo de pasta de dientes.

Recobré el conocimiento hecho un amasijo en el suelo, sin camisa y resollando el aire impregnado de abono. Todo se había acelerado.

Werner estaba sentado en los escalones de la entrada de la casa, fumándose cigarrillos alemanes importados. Fritz había desaparecido. El coche también. En su lugar había una puesta de sol que teñía el cielo de tonos rosados. Giré sobre mi cuerpo y me llevé una mano al cuello dolorido. Estaba frío y con la consistencia de un filete tierno.

—No sé cuántas oportunidades debo darte —dijo Werner.

—Gracias por no matarme —respondí mientras me masajeaba el cuello y me retiraba el estiércol de las cejas.

Al incorporarme me percaté de que había una maraña de judías verdes alrededor de mis piernas que debía de haber arrancado al caerme. Yo me recuperaría, pero ellas no. Más víctimas del nazismo.

—No me sirves de nada muerto. Me he dado cuenta de ello justo antes de romperte el cuello.

Lo que parecía un momento de franqueza, poniendo en tela de juicio sus acciones, era en realidad su actitud egoísta habitual. Lo odié con energías renovadas.

Tiritando de frío, me sacudí la tierra y me sobrevino un dolor punzante. El nazi me observó, impertérrito ante el daño que había ocasionado. Me puse de pie trastabillando y comprobé mi estado.

—¿Un cigarrillo? —me ofreció Werner, sosteniendo la caja dorada en mi dirección—. Te ayudará con la garganta.

Aunque, como siempre, su lógica era cuestionable, me pareció mala idea rechazarlo.

—No es conmigo con quien deberías disculparte —me dijo después de una larga exhalación cargada de humo—. Son mis hijos los que heredarán esta tierra. Es a ellos a quienes estarías privando de su futuro.

Pensar que los horribles hijos de Werner pudieran hacerse con el dinero me producía náuseas. Werner podría haber acabado conmigo allí mismo solo por eso. El mismo trato que le había dado a Piotr.

—Sabe que jamás haría nada que pudiera comprometer el equilibrio —mentí—. No volverá a ocurrir algo así.

Aquello pareció aliviarlo. Entretanto, la llave hacia la libertad me estaba dando retortijones.

—¿Que hiciste qué? —susurró Léon una vez que Fritz me hubo devuelto a Sachsenhausen.

—No tenía otra opción. Tuve que tragármela. Me obligó a desnudarme.

—¿Qué les pasa a los nazis que siempre quieren vernos desnudos?

—Deseos reprimidos, supongo. —Alguien en el dormitorio nos chistó, harto del ruido que estábamos haciendo. Ya se habían apagado las luces—. Tenemos que conseguir la llave como sea, ¡y antes del sábado!

—Oye, al menos ahí dentro está segura.

—¿Que hiciste qué? —susurró Greta a la mañana siguiente, una vez que Werner y su horrible familia se hubieron marchado.

—De haberla encontrado, yo ya no estaría aquí.

—¡La tienes dentro! —gritó Aida, olvidándose de lo mucho que me aterraba tener que evacuar la llave.

—Falta muy poco para que nos trasladen con el doctor y tú te dedicas a poner más trabas al plan —me recriminó Julia.

—Dejadme que yo me ocupe de la llave. Schwarz se va a llevar un buen chasco cuando descubra que habéis desaparecido antes de llevaros con él. Escuchad, esto es lo que necesito que hagáis.

Friedrich extendió un cable de cobre desde los laterales hasta el centro del escenario mientras los demás colocaban cajas de dinero falsificado encima y trataban de ocultar la hazaña haciendo una suerte de muro de hombres. La caja del despertador era del tamaño perfecto para encajarla entre los fajos de billetes. Al final optamos por accionar la bomba manualmente. No podíamos activar un temporizador sin estar seguros de que los artistas ya habían abandonado el escenario. Por muy irritante que pudiera llegar a ser Gunther, lo último que queríamos era volarle las piernas.

Como los demás miembros del grupo estaban ataviados con los trajes nazis, yo era el encargado de apretar el pequeño detonador, oculto en la tapa de la caja más alejada de las que formaban nuestro escenario. Solo tenía que agacharme y hacer volar por los aires el dinero. Friedrich nos aseguró que la explosión sería estruendosa y brillante, la distracción perfecta para que ellos pudieran irse por la puerta y yo me escapara por la que había detrás del escenario, aprovechando la confusión.

Lo justo era que yo también llevara un disfraz para distanciarme de la versión de Gottlieb que conocían todos.

Rebusqué en el almacén y encontré una chaqueta de frac que alguien había tenido la triste idea de meter en la maleta para ir a un campo de concentración. Nadie habría osado detener a una persona lo suficientemente importante como para llevar puesto un frac. Arranqué la etiqueta con el nombre sin mirar. Debía hacer el papel de comediante, no podía ponerme triste. Las mangas me iban un poco cortas, pero tener un aspecto ridículo jugaba a mi favor.

El día siguiente discurrió con una fluidez alarmante, igual que la llave. La parte complicada fue atraparla y limpiarla. Creo que no hace falta que cuente los detalles. Digamos que fue toda una suerte que el apretón me cogiera en la casita, porque pude evitar que cayera en el pozo negro que eran las letrinas. Sabiendo de dónde venía, Greta se negó a tocarla. Katarzyna la envolvió con su funda de almohada para dejarla a buen recaudo.

—¡La he limpiado dos veces! —insistí.

Estaba encorvado sobre el escritorio de Werner cuando este entró por la puerta. Me puse firme. Me sorprendió no haberlo oído llegar. Todos sus truquitos para pillarme desprevenido siempre habían sido en balde. Cualquier cosa indeseable que hubiese estado haciendo siempre lograba esconderla antes de que él llegara.

—¿A qué huele? —preguntó tras colgar su sombrero en el perchero. Había tenido que llevar a Frau Werner y a los mocosos a la estación de tren y eso me había proporcionado un agradable respiro. Para que este ratón pudiera bailar el gato debía irse de casa—. Como a cerdo quemado —añadió—. ¿Cómo puedes oler a cerdo, si no lo comes?

Se enjugó las perlas de sudor de la frente y me miró los pies descalzos.

—Con razón apesta —me dijo—. Hace mucho calor, ¿verdad?

Junté los pies, cohibido.

—¡Ja! —rio falsamente—. ¡Hoy eres un judío en el horno!

Inclinándose por encima de mí, Werner cogió un mechero de oro del escritorio para encenderse un cigarrillo. No iba a echar de menos aquel sentido del humor. Las chicas del sótano tenían una llave y los hombres de la unidad de falsificaciones estaban prevenidos. Todo lo demás dependía de mí.

—¿Eso es todo? —me preguntó, señalando un montón de libretas de ahorro apiladas detrás del tintero.

Había ocho en total, confeccionadas con variaciones de los nombres de varios nazis de alto rango. Individuos convencidos de que yo los sacaría del atolladero que era la segunda gran guerra de Europa.

—Sí, Herr Werner. Se pueden enviar el lunes. Las cuentas tienen todas un acceso secundario para usted. Si hubiera algún motivo para sacar el dinero en nombre de los demás, tiene esa opción. Cada una de las cuentas tiene un número de sesenta y cuatro dígitos impreso solo en la parte delantera de estos cuadernos. El saldo más bajo en cualquiera de ellos es de quinientos mil marcos imperiales.

Ambos sabíamos que Werner apuñalaría por la espalda a cualquier otro nazi con tal de arrebatarle el dinero, sobre todo si con ello se aseguraba un salvoconducto para toda su familia a Salerno, en Argentina.

—Luego regresaré al campo contigo. Me han dicho que vas a actuar —añadió, pensativo—. No me lo perdería por nada del mundo.

Aquella noche había un programa espectacular, escrito a máquina por Gunther, como siempre. Todos los espectáculos empezaban con un primer número de la banda local, Los Falseadores. Luego seguían unos monólogos, una actuación de *ballet* (Gunther de *dragqueen*) y la interpretación de los Seis del *Sedar*, que iban a bailar un cancán. Léon les había enseñado los pasos al resto. Los recordaba de una visita que hizo al Moulin Rouge. Yo cerraría la primera parte. Nos había costado una barbaridad convencer a Gunther de que aquel fuera el orden.

Observando entre bastidores con creciente impaciencia, más de una persona me dijo que nunca había visto a alguien tan pálido. Un cumplido desmesurado después de años en campos de concentración. Aparte de los miembros del grupo, nadie más sabía qué tenía planeado hacer.

Me bebí varios vasos de agua; notaba la garganta como si Werner siguiera aferrándomela.

La desastrosa actuación de Sal, Léon, Salomon, Friedrich y Hendrich ayudó muy poco a tranquilizarme, aunque ver a aquellos cinco hombres vestidos con uniformes nazis, levantando las rodillas casi al mismo tiempo mientras cantaban el cancán de Offenbach era una visión que no dejaba indiferente. Lo que no se esperaba nadie era que el público se sumara a la fiesta y se pusiera en pie. Mientras cantaban y aplaudían, las axilas de los uniformes que llevaban mis amigos empezaron a oscurecerse, acompañados de unos rostros tan rojos como el comunismo.

—¿El cancán? —preguntó Rebekah—. ¿Es lo que creo que es?

—Te lo voy a mostrar. Prepararé el montaje —dijo Georg, levantándose de la silla con suma facilidad.

Se acercó al aparador donde estaban los recuerdos de sus viajes y abrió la parte delantera para revelar una colección de copas de cóctel y una pared trasera con espejo. Debajo había un tocadiscos. Los laterales se abrieron y aparecieron unos altavoces.

—Según me han dicho, esta antigualla proviene de una tienda de muebles relacionada con los gemelos Kray, pero es demasiado fantasioso incluso para mí.

Le guiñó el ojo antes de sacar un disco de acetato, darle vueltas entre las palmas y volverlo a colocar. Tras soplar el polvo acumulado en la aguja, la bajó y la habitación se llenó con un chisporroteo cálido como si fuera un hogar radiante. A Rebekah le pareció paradójico tener algo tan antiguo en el mismo piso donde había una Alexa y enchufes inteligentes instalados en la cocina.

El estridente aparato sonó por toda la habitación mientras Georg se disponía delante para narrar la historia.

—Los hombres del grupo se colocaron por allí. Iban de aquí para allá levantando primero la rodilla y luego toda la pierna. Los cinco con los brazos entrelazados, eh.

Georg, como buen maestro de orquesta, levantó los brazos y se deslizó hacia todas las direcciones, incapaz de levantar las rodillas, pero dispuesto a mostrarle la coreografía. Cualquier dolor que le pudiera provocar el movimiento quedó oculto detrás de una sonrisa de artista. Cuando entraron los violines y los tambores, gritó por encima de la música.

—Terminaron el número, pero el público continuó de pie, muy entregado. Smolianoff me hizo un gesto con la cabeza mientras abandonaban el escenario. Yo me agaché y me desaté los cordones de los zapatos para disimular. El público cantaba a pleno pulmón y los Seis del *Seder* bailaban por el lateral de la sala. Saqué del bolsillo unos bastoncillos que tenía preparados, hechos con cera y retales de camisa, y me taponé los oídos. Necesitaba tomar precauciones. El público se hizo a la idea poco a poco de que el baile del cancán había terminado. Algunos, en cambio, se empecinaron en continuar bailando, armando tal escándalo que me pareció que estaba en la más sórdida de las tabernas clandestinas de la ciudad.

La música se alargó ocho compases más. Georg se subió los pantalones y se agachó todo lo que pudieron sus rodillas.

–Yo estaba aquí abajo, preparado. Gunther había salido del escenario. Mis hombres permanecían junto a la puerta.

La canción se elevó hacia su dramático final. Los instrumentos de viento tocaron una escala descendente, sonaron los platillos, los violines rasgaron notas agudas.

–¡Alargué la mano, toqué el borde de la caja y lo recorrí con los dedos hasta que sentí el bulto del detonador bajo mis callos! Cerré los ojos, me encogí y apreté el botón del olvido.

La canción acabó. Georg se quedó paralizado, inmerso en sus recuerdos. El disco continuaba girando, pero nada aguarda más allá del crepitar de la hoguera.

–¿Georg? –dijo Rebekah cuando la sala se quedó en silencio tanto rato que empezó a preguntarse si se había quedado dormido.

–Sí –contestó él con los ojos cerrados.

–¿Ya está? ¿Pudisteis salir todos? ¿Regresaste a Praga con Rose?

–Sí –contestó, esbozando un amago de sonrisa–. La habitación estalló con una luz blanca. Mis amigos salieron por la puerta y cuando las cajas volaron por los aires los billetes llameantes comenzaron a llover. Aprovechando el caos, me quité los bastoncillos de los oídos y salí corriendo por la otra puerta, regodeándome en el frío de la noche después del aire viciado del bloque. El coche se detuvo a mi lado y nos esfumamos. Cruzamos la verja sin que nos pidieran ninguna documentación y llegamos a la casita para rescatar a las mujeres y coger las ocho cartillas de ahorros a las que los nazis jamás tendrían acceso. Luego viajamos en el coche toda la noche hasta llegar a Birkenau para salvar a mi esposa y volver a lo que la vida había sido antaño.

–Entonces, ¿el dinero ardió? –preguntó Rebekah.

Georg puso una mueca engreída antes de negar con la cabeza, aún con los ojos cerrados.

—Recuerda lo que te he dicho cuando nos hemos sentado. Todo el lugar estaba podrido desde las raíces, pero los milagros ocurren.

—¿Qué quieres decir?

—A veces tienes que escribir tus propios milagros. Ahora te cuento lo que pasó en realidad.

Gunther pasó junto a mi cuerpo agachado y se plantó en el centro del escenario. Todavía tenía el detonador entre los dedos. Presionarlo no había servido de nada. De hecho, me quedé con él en la mano. Cableado defectuoso. No iba a servir de nada buscar culpables. De repente, me hallaba a la deriva. En ningún caso iba a hacer estallar al maestro de ceremonias, aunque con ello salvara a mis amigos. O a mí mismo. Aunque con ello salvara a Rose.

Con la cabeza dándome vueltas, me levanté, agarrando el inútil detonador entre los dedos. Los tapones para los oídos salieron con facilidad, pero me dejaron un residuo que amortiguaba el sonido del plan que se derrumbaba a mi alrededor.

Oí a Gunther decir:

—Caballeros y caballeros, por favor, demos una cálida bienvenida al escenario... ¡a Georg Gottlieb!

Me acerqué corriendo, demasiado consciente de mis brazos. Me palpitaban los oídos. Los ruidos desaparecieron. Se hizo un silencio sepulcral, solo roto por el suave pitido del micrófono. Sí, teníamos un micrófono. Los zapatos de cuero me rozaban desde el talón hasta los dedos de los pies, así que tenía dolorida toda la planta.

¿Debía decir algo? El público estaba al filo de sus asientos, expectante. En el fondo de la habitación, unas figuras oscuras avanzaban a lo largo de la pared. Contaban los pasos y se repetían las indicaciones para llegar a la casita de Werner. Mis cinco compañeros estaban tan absortos en sus papeles individuales que no se habían enterado de que algo había ido terriblemente mal.

Carretera vieja. Doblar a la izquierda hacia la calle principal. Todo recto hasta la joyería. Girar a la derecha. Subir por el cerro. Árbol grande. La casita del fondo.

Las luces me cegaban. Eran las mismas lámparas que se habían usado para los interrogatorios, ahora reconvertidas para iluminar nuestro pequeño y estúpido juego de entretenimiento. Teníamos demasiado tiempo por delante. Los traseros se removían incómodos. Alguien tosió en una mano ahuecada.

–¿Sabéis que...? –dije en un susurro–. Bueno, podéis decir lo que queráis sobre la vida en un campo de concentración, pero no se puede negar que va muy bien para mantener la línea.

Hubo un segundo de silencio. Oí un jadeo colectivo antes de que la habitación estallara en carcajadas. Los tenía en el bote.

Envuelto por la nublosa oscuridad, Léon se giró lentamente y me miró con ojos desorbitados al ver lo que estaba pasando. Era imposible comunicárselo, pero debía saber, por cómo le devolví la mirada, que no estaría con ellos cuando se alejaran del campo y se hicieran con una fortuna cada uno. Al viejo Georg Gottlieb le tocaba volver a la casilla de salida. A lo más que podía aspirar era a distraer al público lo suficiente para que mis amigos tuvieran la oportunidad de escapar. En aquel preciso instante ese pasó a ser mi papel en el plan. Adaptarse o morir.

–Mi mujer se quejaba todo el día por su peso... Imagino que ya no tiene motivos para hacerlo...

Más risas que ocultaban un mensaje para el grupo: «Yo estoy atascado aquí, pero hacedme el favor de sacar a Rose antes de que sea demasiado tarde».

–... porque probablemente esté muerta.

Rostros circunspectos. Estaban detrás de la última fila, donde el grueso del público veía el espectáculo de pie con los brazos cruzados. Tenía que seguir entreteniéndolos para que mis amigos llegaran hasta la puerta sin que los vieran.

–Las SS tienen dinero falsificado de sobra para comprarse unos trajes más bonitos. Todas esas telas apagadas.... ¡Hay que poner luz y color a la vida! ¿No creéis?

La gente se rio sin saber si estaba permitido.

–Y lo de las calaveras en las gorras ya es demasiado. ¡Nadie me ha pedido derechos de imagen para estampar mi cara ahí!

El público lo engulló, aullando y gritando sin medida. Entremedias, me aventuré a alejarme dos pasos del micrófono y bajé la mirada. Fijé los ojos en los soldados de la primera fila.

–Esta escena me trae recuerdos de mi boda, allí también la mitad de la sala quería verme muerto. ¡Qué alegría veros, chicos!

Al sentir que a los guardias no les hacía demasiada gracia ser el sujeto de aquel nuevo espectáculo, opté por volver a echar mano de los judíos.

–Mi madre me decía siempre que para alimentarme tendría que vender la casa. ¡Solo os digo que acabé en un gueto judío! Aunque no fue por comer mucho, creo.

Risas sonoras.

–Hoy por hoy la achicoria y el pan rancio me sacian un montón. Ese es el desayuno desde que estoy a régimen. Ah, por cierto, ¿sabéis dónde se toma un judío el café?

Había captado toda su atención. Vociferaban, concentrados únicamente en mí mientras que el número de verdad ocurría a sus espaldas. Smolianoff impidió que los demás salieran de la sala a trompicones, no podían llamar la atención. Gunther Levy se giró a preguntarles qué estaban haciendo, adónde estaban yendo.

–¡En el bar mitzvá!

Perdieron la cabeza. Al final resultó que mi vocación era ser comediante.

Con una mano sobre el micrófono para mantenerme erguido, escruté con la mirada cargada de pánico el fondo de la habitación, donde mis cinco compañeros no debían estar y sin embargo ahí seguían. Si terminaba el número, nadie podría escapar. La manera de conseguirlo era sacrificándome.

Unas sombras forcejeaban en el fondo. Gunther les bloqueaba el paso. Tenía que continuar. Dirigí la atención a la única persona que nadie se habría atrevido a mencionar.

—Qué bien tener entre nosotros a Herr Kruger. ¿Puedo pedir una ovación para el Führer de Sachsenhausen?

El público enloqueció. Usando el sonido como protección, una explosión improvisada, mis cinco compañeros cruzaron el umbral de la puerta mientras Gunther se desplomaba al suelo. Se había ganado un puñetazo por los problemas causados.

—Me consta que no fabricamos billetes para derrotar a los Aliados. Kruger usa los billetes de cien dólares como papel higiénico: está tan acostumbrado a que todo el mundo le lama el culo que quiere que lo haga también Benjamin Franklin.

La habitación se sumió en un silencio absoluto justo después de que la puerta se cerrara. Se oyó el pitido del acople del micrófono. Empecé a sudar.

—Soy Georg Gottlieb, habéis sido un público maravilloso —le dije a la nada—. ¡Buenas noches!

Habían logrado salir, pero al acercarme al telón del fondo del escenario me di cuenta de que había metido la pata.

Capítulo 24

Kruger se me echó encima antes de que pudiera huir. La vaga esperanza de que el estridente aplauso final amortiguara el salto detrás del escenario y los pasos apresurados hacia la puerta y el coche se desvaneció. Kruger estaba muy ofendido.

Los nazis golpearon a los prisioneros y los mandaron a sus literas. Reanudarían los espectáculos con la condición de que yo no volviera a participar en ellos bajo ningún concepto. Me parecía bien. Por lo visto, no valoraban lo que podía ofrecerles. Gunther echaba chispas. El entretenimiento del bloque estaba herido de muerte. Y algunos prisioneros habían escapado. Por más que avisara a gritos de ello, la anarquía que siguió a mi actuación impidió que lo escucharan.

Me sacaron a la fuerza del bloque. ¿Dónde estaba mi adorado público? ¿Dónde estaba el desfile en mi honor? Nadie más salió al frío del campo. Ojalá hubiese podido oír el coche alejándose y así cerciorarme de que el resto del grupo había iniciado el plan B, que consistía en abandonarme a mi suerte. Mientras caminaba, me sorprendió notar un tirón entre los omóplatos. Kruger me quitó el frac por la espalda y lo tiró al suelo. Volví a sentir tristeza por el dueño de esa ropa. Y entonces pensé en Rose y en el intento fallido de reencontrarme con ella.

Era lo bastante tarde para que no hubiese ni un alma mientras Kruger me empujaba hacia delante, clavándome los dedos en la espalda. Me preguntaba si tenía un plan o si se estaba dejando llevar por lo que le pedía su corazón en forma de esvástica.

—Acaba tú de quitarte esa ridícula ropa —me gritó tras detenerse y empujarme otra vez en la oscuridad.

Me planteé echarme a correr, arrojarme contra la valla electrificada o huir hasta que me dispararan por la espalda. Lo único que me permitió seguir adelante fue pensar que Léon y los demás quizá habían podido salir gracias al caos que había generado. Cuanto más tiempo sirviera como distracción, más oportunidades tendrían. Se encendió una luz, una torre de guardia. Volvía a estar sobre el escenario y era el centro de atención de un público muy específico e indeseado. El guardia de la torre divisó a Kruger.

—Heil Hitler! —dijo perezosamente.

—Heil Hitler! —respondió Kruger, con un poco de vergüenza.

Cuando me quité diligentemente la ropa del espectáculo, Kruger esbozó una sonrisa de suficiencia. Necesitaba igualar el marcador.

Levantó su enorme bota nazi y me propinó una patada en el estómago. Me doblé como una mesa abatible y me desplomé en el suelo. Resollando, desnudo como un gusano, decidí que lo mejor era permanecer quieto. Exhalé entrecortadamente. El suelo estaba duro después de tantos días de buen tiempo. Era como pasar mi trasero desnudo por un rallador de queso.

Kruger me condujo hacia una esquina del campo que no había visto nunca. Después de echarme una mirada que hizo que me encogiera y se me encogiera aún más, habló con los guardias. Compartieron algunas dudas y se rieron de algún chiste. Ese humor sí le parecía gracioso, pero no el mío sobre Benjamin Franklin. Tenía suerte de haber terminado el espectáculo cuando lo había hecho.

Kruger abrió la puerta de una celda vacía y me metió con otra brusca patada. El cubo que había dentro era mi único amigo. Ese objeto tenía una función muy clara. Difícilmente podría haberme servido como armadura. El Führer de Sachsenhausen no había terminado aún. Todavía furibundo por haberle hecho quedar como un idiota delante de sus hombres y de los míos, levantó la rodilla hacia mi entrepierna. No me quedó más opción que desplomarme en el suelo, intentando recuperar el aliento.

—Estoy desnudo —le dije patéticamente.

—Usa el humor para calentarte —replicó sin sentido; solo era una manera de tener la última palabra antes de cerrar la puerta de golpe y echar el cerrojo.

Miré alrededor y me pregunté si aquel era el lugar donde acabarían mis días.

El suelo estaba muy frío. Pensé que era poco probable que fuera a ver la luz de un nuevo día. No podía descansar de ninguna manera. Si me dormía, no me volvería a despertar. Sería un cuerpo más que arrastrarían y meterían en la carretilla para después depositarlo sobre un montón de cadáveres. No era como se suponía que tenía que acabar.

Léon, Salomon, Sal, Hendrich y Friedrich se habían escapado hacia la libertad. Estaba solo. Viendo cómo se iba consumiendo la noche pausadamente, los posibles desenlaces eran lo único que ocupaba mis pensamientos.

Cuando salió el sol, unas palabras en alemán al otro lado de la puerta me informaron del cambio de guardia. Tiritaba de la cabeza a los pies. Demasiado exhausto para levantar el puño, golpeé con el hombro, haciendo traquetear la puerta, hasta que capté su atención.

Descorrieron el cerrojo. Las bisagras chirriaron. Un par de ojos azules me miraron. Me arrojaron un fardo. En mi vida había estado tan contento de ver un uniforme de rayas, a pesar de que todavía guardara el hedor de otro prisionero. Los dedos me desobedecían cuando intentaba ponérmelo, demasiado fríos para aferrar el material áspero. Me lo enfundé y me tiré al suelo, acurrucado con la esperanza de que algo de calor regresara a mi cuerpo. Me quedaba poco con lo que aguantar, estaba funcionando a base de humo y esperanza.

El regreso desde el borde del abismo fue lento. Sin ventanas, poco importaba el tiempo, pero una pequeña cantidad de luz se filtraba por debajo del marco de la puerta, así que pude ver unos pies que se acercaban a mi jaula.

—Atrás —me ordenó una voz.

Se abrió una rendija en la parte baja. Una deliciosa taza llena del líquido favorito de la nación, sucedáneo de café, se unió a mí en la celda. Reptando por el suelo sucio, la rodeé con las manos y absorbí su calor. Le di un sorbo con cuidado, consciente de que si bebía demasiado de golpe podía ser una sacudida para mi cuerpo y causarme más daño que beneficio.

Sentado al lado de la puerta, capté una parte de la conversación que mantenían los guardias.

—Un muerto como mínimo —dijo el hombre—. Hubo un tiroteo... No tenía ninguna oportunidad.

Me apoyé contra la pared y sorbí el café lentamente con los labios agrietados, saboreando aquella maravillosa achicoria quemada y la muerte de millones de personas en cada trago.

¿Qué oportunidad podían tener los demás si habían disparado a uno? Había conducido a mis amigos a la muerte. Eran hombres buenos con los que había trabajado codo con codo, hombres que soñaban con que terminara la guerra. Iban a morir como resultado de mi liderazgo. ¿Estaban todos muertos ya? ¿O solo había llegado hasta mi celda la noticia del primer asesinato? Podrían haber seguido siendo pequeños prisioneros felices en la operación Bernhard hasta el fin de la guerra. En su lugar, había logrado que los mataran y disminuido las posibilidades de salvar a Rose.

Dicen que la hora más oscura es la previa al alba. Costaba saber si llegaría un nuevo día.

La ranura de la parte baja de la puerta se volvió a abrir y lanzaron dentro un pedazo de pan más grande que la ración habitual. Por lo visto, el guardia se había apiadado de mí.

Mientras hundía el pan en lo que quedaba de café para ablandarlo, me inventé un juego: ver cuánto tiempo podía sostenerlo dentro de la taza sin que perdiera su integridad. A pesar del acto de bondad, el pan estaba muy duro. Werner me había consentido demasiado. Estaba acostumbrado a comidas más delicadas, a que me dieran un pan comestible y apto para los dientes.

Cuando me estaba terminando ese intento de desayuno, escuché voces fuera otra vez.

–¿Todavía no ha muerto? –preguntó alguien.

–No, señor. Todavía le queda algo de vida dentro, y hambre.

La puerta se abrió y una figura intimidante bloqueó gran parte de la luz cegadora que se derramaba dolorosamente sobre mi compungida forma.

Mientras nos acercábamos al bloque de las duchas, Kruger dedicaba desganados saludos a los nazis con los que nos cruzábamos. Me daba un empujón cada dos pasos. Una vez dentro de las duchas, ordenó que sonara la alarma y el bramido de las sirenas envió a los presos de vuelta a sus bloques. La cabeza me daba pinchazos por los sonidos estruendosos después de haber pasado la noche aislado. Deshidratado, pronto descubriría que las cosas podían empeorar mucho antes de empezar a mejorar.

Que las duchas estuvieran desiertas era un lujo desconocido para mí. Esta vez no vería todo un catálogo de europeos desnudos.

–Apestas, Gottlieb –me dijo, resumiendo en una única expresión mi higiene personal y mis habilidades cómicas.

Mientras me preguntaba qué tenía planeado, me quité el uniforme y lo dejé en una esquina para que empezara una vida nueva. Se quedó acartonado; el recuerdo de mi cuerpo todavía persistía en él.

Kruger arrastró una silla desde la esquina y se sentó para asistir a mi calvario como un observador distraído.

—Eres una criatura curiosa, Gottlieb —comentó, reparando en mi circuncisión desigual—. Me pareces inteligente para ser judío, aunque hayas sido un estúpido. Es extraño para un hombre, o un judío, mostrarse estúpido con las palabras. Implica cierto nivel de inteligencia. Debías de saber que acabarías saliendo escaldado, y no me refiero a la ducha.

Se hizo una pausa. El chiste aterrizó como un paracaídas de emergencia que ha saltado de un avión abatido.

—No cabe duda de que lo que dijiste fue gracioso, en cierto sentido, pero no puedo mostrar señales de debilidad delante de mis hombres ni de los tuyos.

Eché la cabeza atrás y abrí la boca. El agua caliente me recubrió la lengua rancia y el cuerpo. Al tragar, el líquido bajó hasta mi barriga. El calor regresó a mi piel enferma.

—A partir de ahora vigilaré más de cerca lo que ocurre en mi nombre. Mi exceso de confianza ha causado problemas. No voy a tolerar unos controles tan laxos.

Me quedé callado. Era evidente que yo había participado en esos «problemas».

—Quiero saber si tuviste algo que ver con lo ocurrido anoche —continuó diciendo.

—No sé de qué habla.

Otras dos personas se unieron al juicio de Georg Gottlieb con los puños apretados. No es una buena señal cuando estás exponiendo tu caso al tribunal.

—Toma asiento —me exigió Kruger tras acercarme un taburete de una patada.

Se quedó trabado y se cayó de lado. Lo levanté con cierta dignidad y me senté. El agua me caía por la espalda. Aquella fue la señal para que una de las dos personas que estaban en las sombras diera un paso adelante. Incluso después de meses y campos de distancia, no había manera de escapar del doctor de la muerte. Su mirada vacía como la medianoche me dijo todo cuanto tenía que saber.

—Schwarz —susurré.

¿Sabían que había falsificado la carta que le había mandado en nombre de Werner? ¿Estaban al tanto del dinero que le había ayudado a apartar? ¿Cuánto sabían sobre el plan de huida? No me quedaba tiempo para hacerme más preguntas.

—Sujetadle las piernas —dijo el médico psicópata.

Se acercó a mí, extendiendo un trapo que llevaba en las manos. Antes de que pudiera levantarme, el médico se abalanzó sobre mí, caí de espaldas y me golpeé la cabeza contra el duro suelo de baldosas. Cualquier intento de defenderme resultaba patético, no tenía movilidad. Me echaron agua tibia mientras Kruger me apretaba los tobillos, haciendo que me crujieran los huesos. El doctor Schwarz me tapó la cara con el trapo. La tela húmeda me bloqueó las vías respiratorias. Más tarde descubrí que a esta práctica se la conoce como «el submarino». Los estadounidenses la popularizaron durante la «guerra contra el terror», pero en los años cuarenta era una novedad aterradora. Por encima del sonido del chorro de agua, Kruger gritó desde algún lugar por debajo de mi cintura.

—¿¡Qué sabes!?

—No... —musité.

Me quitaron el trapo. Agachando la mitad de mi cuerpo hacia delante, farfullé y tosí el agua de la ducha mientras Kruger me mantenía los tobillos inmovilizados. Schwarz estaba listo para asfixiarme, con una fría indiferencia esparcida por el rostro. Seguía habiendo un observador silencioso de mi tortura en las sombras. Al no responder, Schwarz volvió a cubrirme con la tela y me ahogó un poco más.

Sentía que me iban a fallar los pulmones. Bajo el peso opresivo de sus esfuerzos, unas manchas negras bailaban delante de mis ojos. A pesar del colapso de mis pulmones y de mis piernas, no me quedaba duda de que no me iba a ir así. En el túnel que quedaba de mi visión, Rose se presentaba de perfil.

Resollando contra la fuerza de dos hombres más grandes, mi cuerpo se aferró a la nada en el bloque. Podría haber significado mi final si me hubiese atrevido a contraatacar, pero no había ningún lugar al que ir, así que me ahorré pelear y provocarlos más aún.

Después de un rato agonizante, volvieron a retirarme la tela empapada. Los miré pestañeando con los ojos inyectados en sangre, resollando agua. Kruger estaba frenético, Schwarz, frío. Polos opuestos.

–¡Habla! –rugió Kruger.

–¡No sé qué quieren que les diga! –contesté.

Al incorporarme para evitar otro castigo, las manos me patinaron en el suelo.

–¡Dice que no sabe nada! –gritó Kruger hacia la esquina.

–Los vi –dijo el desconocido. El tono me resultaba muy familiar–. Siempre estaban juntos. Sabe algo.

–Aseguraste que tendría las respuestas –replicó Kruger–. Olvídate de nuestro acuerdo.

Kruger sacó su pistola de servicio y, después de dibujar un arco aterrador, bajó el cañón hasta colocarlo entre mis ojos.

–¡Espera! –dijo la voz de la esquina–. Pregúntele por los uniformes.

Conocía la voz, pero no me lo podía creer después de tanto tiempo. Me negaba a aceptar que uno de los hombres de la operación Bernhard me hubiera traicionado.

Con el peso de su decisión, Gunther Levy emergió de las

sombras. Algo renovaba su espíritu, como si aquella gran revelación significara que había cambiado de bando. Mi expresión sorprendida lo consolaba. Lo único que había querido siempre era estar a salvo. Menudo amante del drama. Me consoló un poco ver que tenía un ojo morado. Y parecía asustado, pero eso no era ninguna novedad.

Se descubrió el pastel. La figura sentada en la sala recreacional cuando Léon y yo hacíamos pruebas para la Operación Ametie tenía nombre. Los dos alemanes y el movimiento de pinza cerca de la valla norte eran fruto de un chivatazo. No se me había pasado por la cabeza que ya nos estaban buscando. ¿Qué otra información les había filtrado Gunther a los nazis?

—¡No sé nada de uniformes! —grité.

—Tú eres quien está detrás de todo —me acusó Gunther, con un tono más alto de lo habitual y un dedo acusador en el aire.

Nos fulminamos con la mirada, éramos dos perros intentando morder al otro. Los dos gritamos y la pistola de Kruger hizo la acusación por nosotros, apuntando a Gunther como si fuera un dedo.

—¡No sé de qué me hablas! —repetí con un grito, tenso, incapaz de olvidarme de lo que había oído, que alguien de los Seis del *Seder* había muerto.

—Vi cómo Léon y tú intentabais escapar. Por más que insistí, los demás hombres os protegieron. No había nada que Kruger pudiera hacer para demostrarlo sin revelar que tenía a un hombre infiltrado. Te he estado observando durante semanas. A ti, a Smolianoff y a los demás. Durante ese tiempo, te he estado prestando especial atención. Puede que se hayan escapado sin ti, pero ese no era el plan. ¡Arruinaste mi espectáculo y orquestaste la fuga!

—¿Se trata de eso, Levy, de tus espectáculos de cabaré?

—Se trata de supervivencia —repuso, escupiendo saliva—. Cualquiera de la operación Bernhard puede hacerse con una recompensa si aporta información. Puede que creas que eres especial, igual que otros hombres de nuestra unidad, pero no me he dejado engañar en ningún momento.

La manzana podrida. La moneda defectuosa. ¡El topo del Kommando de falsificación!

Kruger desvió la pistola de nuevo hacia mí. La peor versión imaginable de la ruleta rusa incluye una semiautomática.

—Muy bien —dije—, si soy yo quien está detrás de todo, entonces, ¿cómo diantres estoy aquí contigo? Si lo que dices es verdad, que soy la mente pensante del plan, ¿cómo es posible que no esté con el resto? ¿Por qué se iban a ir sin mí?

Se oyó un disparo ensordecedor. Cuando me repuse del susto, Gunther Levy cayó de rodillas. El agujero en el centro de su frente derramaba la sangre como si fueran lágrimas. Se desplomó y su mejilla chocó contra el suelo húmedo.

—Bueno, tenemos la respuesta, Herr Kruger —dijo el doctor Schwarz, más abrumado por el agua que por la severidad de la situación—. ¿Puedo quedarme con eso? —preguntó, señalando el cuerpo bocabajo de Levy.

—Adelante —contestó mi superior, y guardó la pistola de servicio en la cartuchera—. Gottlieb y yo tenemos más cosas de las que hablar.

El doctor abandonó el lugar arrastrando a Levy, que dejaba un rastro rojo tras de sí. El mutis de un cadáver.

Albergué la esperanza de que una noche en confinamiento solitario fuera castigo suficiente. Kruger tenía otras ideas en mente. Aunque estaba satisfecho porque yo no estaba en absoluto implicado en la huida, eso no me excusaba de la vergüenza que le había hecho pasar.

—Los demás hombres no pueden pensar que toleramos los actos de insubordinación —me dijo como explicación. Me llevó de nuevo a la celda y me hizo ponerme el mismo uniforme de prisión hediondo—. Estoy seguro de que hay otros que sabían que Gunther me pasaba información, pero parece que ni en él podía confiar. Os doy la mano y no tardáis en cogerme el brazo entero. Esta vez has conseguido librarte por la labia, pero tienes que pensar adónde te ha llevado todo esto –me dijo y, acto seguido, cerró la puerta de golpe.

Me pasé todo el día sintiéndome enormemente mal, no solo porque hubiese llevado a un amigo a la muerte, sino porque la experiencia me había dejado más preguntas que respuestas. Algo me obstruía la garganta, como si se hubiese quedado atrapado allí, negándose a subir o bajar. No iba a derramar ni una sola lágrima por Gunther Levy.

Mi mente corría en círculos. Eran muchas las desgracias que podían haber caído sobre mis amigos. Repasando el plan entero, comprendí la decisión ejecutiva que habían tomado después de dejarme en el escenario. El coche estaba al ralentí. Smolianoff había acelerado nada más subirse. Habían cruzado el portón de la entrada. A nadie se le ocurriría parar a Fritz cuando llevaba a cabo asuntos nazis importantes. Con las capas prendidas en los hombros y las gorras bien caladas, el equipo debió de pasar sin que les preguntaran nada. Los guardias debieron de suponer que se trataba de Werner y sus secuaces, que se iban del campo al acabar el espectáculo.

Aunque el grupo no había estado nunca en la casita, había dado instrucciones detalladas. El sábado de nuestro plan fueron capaces de recitarme de memoria todos los puntos de referencia que les había proporcionado.

Carretera vieja. Doblar a la izquierda hacia la calle principal. Todo recto hasta la joyería. Girar a la derecha. Subir por el cerro. Árbol grande. La casita del fondo.

No sabía hasta dónde les había conducido la aventura, pero no lo bastante lejos. Pensando en la manera en que me habían interrogado, me percaté de que no se había divulgado nada más. La información disponible era la misma que había oído por la noche. Alguien no lo había logrado. Tenía que asumir que los habían detenido, que posiblemente los hubieran matado a tiros antes de que pudieran forjarse un nuevo futuro. En realidad, había tres posibilidades: los demás habían escapado, estaban todos muertos o permanecían con vida, detenidos, negándose a dar más información sobre el plan y retrasando unas ejecuciones que era evidente que ocurrirían. No cabía duda de que los que estaban al mando establecerían una conexión entre el intento de huida y yo. Werner debía de ser consciente de que su secreto no estaba a salvo después de todo. No había forma de saber qué les había pasado a Greta y a las demás. Tenía que asumir lo peor.

No solo había arruinado cualquier oportunidad de encontrar a Rose yo mismo, sino que la oferta de Werner ya no estaba sobre la mesa. Al visualizar el plan, me di cuenta de que algunos puntos esenciales seguro que se habían ido al garete. Sin mí, habrían pasado por alto algunos detalles, sin duda. Quizá las pobres chicas de las celdas no habían logrado salir. Las cartillas de ahorro podían estar aún a disposición de Werner y los demás nazis, que habrían acelerado más sus planes después de aquel fallido intento de huida. Con acceso a todo el dinero que había tenido la esperanza de salvaguardar para nuestro futuro.

Tampoco podía esperar que Léon o algún otro intentara acercarse a Birkenau. Dado lo arriesgado que sería un viaje tan largo en esas circunstancias y que después de la huida los puntos de control habrían endurecido las medidas de seguridad, no podía culparlos por no arriesgarse. Si Rose no tenía los días contados antes, estaba claro que ahora sí. Si la carta que había escrito haciéndome pasar por Werner había llegado a Birkenau, ¿la tendrían esperando en algún sitio? Si Léon y los demás se presentaban allí, ¿confiaría en ellos?

Sobreviví hasta la noche. Por la trampilla apareció un cuenco lleno de una sopa de nabo aguada. Un estado febril me recorría las sinapsis. Me vi arrastrado hasta las profundidades, envuelto por un estado de ánimo sombrío.

Un sudor denso me perló la frente, dejándome deshidratado. Emergió por todo el cuerpo, de modo que la piel áspera, en contacto con el uniforme de la prisión, estaba empapada. No sabía de qué enfermedad se trataba, pero me consumía tanto como los nazis. La respiración fatigada y los quejidos llamaron la atención de mis guardias. Al sonido de apertura de la mirilla le siguió un escrutinio. La ayuda no iba a acudir. Como si fueran unos pervertidos, siguieron mirando. Los nazis dejarían que me pudriera mientras no tuvieran razones para torturarme.

Me bastó lo poco que veía a través de la rendija, el primer plano cinematográfico de un villano, para comprenderlo. Para Kruger debía de ser divertido que un hombre estuviera famélico y muriéndose por el embate del clima, sudando por la fiebre y yaciendo sobre el suelo de una celda. La rendija se cerró y me quedé solo y perdido en la oscuridad.

Me sumí en sueños viscerales y coloridos. Se estaba mejor fuera, en lo desconocido, que esperando a que el destino fuese a por mí.

Hubo un sueño en el que me estaba congelando en la ladera de una montaña y el único calor que me llegaba provenía de la mano de mi esposa, que sujetaba la mía. Su sonrisa, tan amplia como el área que dominaba Hitler de Europa, me llenó de amor. Existía lo conocido, lo desconocido y, en medio, Rose. A pesar de las dudas, la visión era más nítida que nunca, tan detallada como en la realidad. Vocalizó unas palabras que se llevó el viento, un vaho que parecía su alma escapándose. Al romperse el sueño febril, descubrí que me estaba aferrando las manos con los dedos entrelazados sobre el suelo de la celda. Tardé un segundo en reconocer el error de juicio. Rose no estaba allí. No estaba en ningún lugar.

Me dejé ir a la deriva y regresé a Praga. Era un muchacho con pantalones cortos que iba a buscar el periódico para mi madre y recibía una moneda brillante como paga. Me la metía en el bolsillo, se me salía y se iba rodando por una calle adoquinada. Aquellos recuerdos crueles me recordaban lo que había perdido.

Me hallaba en un estado de delirio, gritando por mis amigos muertos y por mi vida arrebatada. Levanté la cabeza del suelo y me sequé la saliva de la mejilla sin afeitar. La cabeza me palpitaba con tanta fuerza que me empañó la visión. Las paredes vibraban al ritmo de mis latidos.

Una mano trémula se levantó delante de mi cara, medio cubierta de vómito. No recordaba haber vomitado. No atiné a alcanzar el cubo y vomité en el suelo.

El cuerpo entero me palpitaba. Azoté el suelo con la mano y me escoció. Aquella extraña vibración me mantenía a flote. Lo hice otra vez.

¡Pam!

Delante de mí, la vibración del impacto originó unas ondas como una gota de lluvia en un lago. Volví a golpear con la mano, furioso y frustrado. Estaba claro que deliraba. Reconocerlo me hizo sentir mejor, pues sabía que probablemente recuperaría la cordura pronto.

Acabarme lo que quedaba de frío sucedáneo en la taza no me ayudó, pero al menos conseguí retenerlo.

Me sequé el sudor de mis gruesas cejas, pero ya era demasiado tarde, ya estaba llorando. La falta de información iba a ser mi tumba. La pena por no saber quién era el camarada caído. Lo último que necesita una persona deshidratada es perder aún más agua.

Comerme las raciones ayudó a mi lenta recuperación. Los días rascados en la pared cada mañana se convirtieron en semanas. Llegó un buen día en el que pude volver a pronunciar frases completas. Pero no había nadie con quien hablar. Reseguía la pared con el dedo como si estuviera escribiendo mi historia con un bolígrafo. Me aterraba que se abriera la puerta, como acababa de pasar.

Me sacaron de la sorprendente seguridad de la prisión hacia el frío. Grité mientras tiraban de mí. Después de tanto tiempo, aquella celda se había convertido en un refugio. La luz brillante que me bañaba la piel grisácea era como una extraña absolución. Una luz despiadada y unas manos sólidas que me arrastraban fuera. Aquella no era ninguna visión producto de la fiebre.

Arrodillado sobre la tierra, estaba a punto de abandonar el mundo de la misma manera que había llegado a él: frío, inquieto y separado de la mujer a la que amaba.

–¿Alguna última palabra? –me preguntó el soldado con el fusil preparado como una extensión de su miembro.

–Todo es una mierda –respondí.

Capítulo 25

–¡Hora de morir, judío! –me dijo el soldado a mis espaldas.

Habría sido horrible que eso fuera lo último que oyera. Otros escuchaban a sus camaradas decir: «Huele a gas». Por suerte para mí, una voz siguió a la amenaza:

–Mucho me temo que necesitamos a este prisionero para un trabajo de alto secreto –dijo Bernhard Kruger.

El nazi sin rostro que tenía detrás, tan dispuesto a segar mi vida, retrocedió respetando el rango y se puso firme.

–Gottlieb, ponte en pie –me ordenó Kruger.

Abrí los ojos. Se alzaba sobre una ligera pendiente y la luz se filtraba por entre las nubes detrás de él. Mi salvador.

Hice lo que me pedía y mantuve la cabeza gacha.

–Sígueme –me dijo, todavía disgustado.

Descalzo y tiritando, lo seguí chapoteando por el dulce barro de Sachsenhausen.

–Hemos empezado a trabajar con sellos postales ingleses –me informó Kruger.

Se sacó un peine de uno de los bolsillos del uniforme y se cepilló el cabello oscuro de una manera que cuadraba con sus largos pasos. Después de enterarme de que había pasado semanas en confinamiento solitario, y a pesar de que me dolían las articulaciones, arrastré los pies lo bastante rápido para seguirle el ritmo.

–Eso junto con los documentos que ya hacíais antes, además de las libras y los dólares. Queremos que los Aliados crean que están siendo manipulados por los poderes de Moscú. Para cuando terminemos, pensarán que no son más que marionetas de Stalin.

Debería haberme matado, como a Gunther. Como a Leib. Como a Piotr. Como a cualquier persona con la que había tenido trato por el camino. Conocidos, amigos y hasta gente que me resultaba desagradable en Praga. Todos estaban muertos. En vista de todo eso, pensar en volver al Bloque 18 y continuar con el trabajo para los nazis era un hecho difícil de procesar.

—El problema lo tenemos con la impresión, con una máquina en concreto. No sé qué han hecho esos idiotas, pero se han cargado algo. Les grité que lo arreglaran, pero no funcionó. Cuando los amenacé con matarlos, Oskar Stein mencionó tu nombre.

El bigote, que ya se montaba encima de mi labio superior, me ayudó a ocultar una sonrisa. Nos apaleaban hasta casi matarnos, pero no nos mataban. Kruger podía torturarme cuanto quisiera, pero la unidad de falsificaciones lo había convencido de que me necesitaba vivo.

—Dicen que eres el que tiene más experiencia con esa impresora, que trabajaste específicamente con ese tipo de maquinaria. Se refirieron a ti como el «susurrador de las imprentas». Dado lo que les ocurrió a los otros hombres, te necesitamos. ¿Lo entiendes?

—¿Qué les pasó a los otros hombres, Herr Kruger? —pregunté, esperando obtener la información que anhelaba durante el aislamiento.

Llegados a aquel punto cualquier desenlace era bienvenido.

—No lo sabes, ¿verdad? —me dijo con una sonrisa altanera—. Smolianoff y otros cuatro hombres se escaparon hace tres semanas. La noche que te sacamos del bloque. Levy me aseguró que tú estabas detrás. Robaron un coche y llegaron hasta Oranienburg antes de que Werner los atrapara.

No había previsto un desenlace en el que Werner estuviese presente.

—¿Qué ocurrió? —quise saber.

—Un asunto escalofriante —fue todo cuanto añadió Kruger.

El duelo por mis amigos, conmemorando su osadía, me embargó más rápido de lo que me esperaba. Aunque el tiempo de duelo parecía decrecer cada vez que moría alguien de mi entorno. Para empeorar aún más las cosas, todo había sido culpa mía: eran felices siguiendo sus vidas hasta que llegué yo.

No podía permitir que mi expresión delatara el dolor que sentía. Hacerlo confirmaría que yo había tenido algo que ver. Hasta que pudiera aclarar las circunstancias, debía centrarme en mi inminente supervivencia.

—El trabajo te hará libre. Con Salomon, Hendrich y los demás fuera de escena, esperaba que pudieras responder a algunas preguntas sobre Werner.

—¿No se las puede responder él mismo? —pregunté.

La ira empapaba mi voz. Durante un segundo, pensé que Kruger me golpearía otra vez, pero se desvaneció al instante. En su lugar, algo surcó el rostro del nazi. Tristeza.

—Creo que no has entendido lo que ocurrió —me dijo cuando nos detuvimos en la verja exterior del Bloque 18—. Léon, Sal, Friedrich… superaban en número a Kurt. Estaba claro lo que iba a pasar.

—¿Qué me está diciendo? —inquirí.

—Mataron a Werner y escaparon.

El destino de algunas personas no es la salvación.

—¿Cómo? —pregunté, incapaz de imaginarme a Werner muerto.

Si mis seres queridos desaparecían en mitad de la noche, no pasaba nada, no cambiaban las cosas, pero matar a un líder nazi era un asunto muy distinto. Si Werner podía morir, entonces era posible despedazar todo el sistema. Me invadió un extraño *kvell*, un orgullo. Otro fascista eliminado, como los que Friedrich había empujado a los canales de Ámsterdam.

Kruger solo disponía de lo que creía que habían sido los hechos basándose en lo que había encontrado en la escena del crimen. No había nadie que pudiera dar respuesta a sus preguntas. Tenía que apañárselas con lo que había quedado.

Una muerte. El cuerpo de Kurt Werner al lado de los restos humeantes de la casita, engullida por un incendio iniciado por cinco prisioneros de Sachsenhausen. No había señales de refriega. Al nazi le habían disparado en el corazón y la sangre había empapado la chaqueta de su uniforme.

Según los informes, los cinco habían desaparecido aquella noche tras escapar por una puerta abierta del Bloque 18 de Sachsenhausen. Se decía que Werner fue el primero al que informaron de la huida y asumió lo peor, a sabiendas de que tenía que proteger su casa. Se hizo con una motocicleta con sidecar y se lanzó hacia la noche solo. Nadie entendía por qué no esperó a los refuerzos.

Kruger saludó a los dos guardias apostados en la verja.

—El vehículo robado se localizó con tres neumáticos reventados. Disparos. A pesar de todos los esfuerzos, los cinco fugitivos siguen en paradero desconocido.

Una pátina húmeda me recubría las palmas, maravillado porque mis amigos siguieran prófugos. Solo me quedaba rezar por que hubiesen salvado a las mujeres y luego a Rose antes de que fuera demasiado tarde.

—Las órdenes son abatirlos si se cruzan con ellos, nada de preguntar —constató Kruger mientras esperábamos frente al bloque; me sorprendieron sus palabras, porque es lo que solían hacer.

La puerta se abrió y la habitación se sumió en el silencio. Ojos muy abiertos, bocas entreabiertas… Las noticias sobre mi muerte se habían exagerado enormemente. Sin permitirme ni un segundo para saludarlos, Kruger me dejó claro que debía seguirlo hasta la máquina que era la fuente de toda aquella frustración colectiva.

—Aquí es donde nos vamos a poner serios —me dijo, y desabrochó la tapa de la cartuchera para sacar su fiel revólver—. Tienes una hora para arreglar este cachivache.

Mientras trabajaba, identifiqué que todos los problemas eran resultado de una intervención manual. Kruger no había acabado con el interrogatorio. Pese a que sujetaba el arma todavía, tenía la mano más relajada. Aunque la amenaza de que me mataría si no arreglaba la máquina permanecía en el aire.

—Según tengo entendido, pasabas mucho tiempo con Herr Werner.

—Me pidió ayuda para ingresar dinero en un fondo fiduciario para sus hijos.

—Los judíos sois famosos por ser diestros con la contabilidad. ¿Qué hiciste por él?

—Le di algunos consejos sobre unas tasas de interés muy rentables, pero dudo que tuviera tiempo de iniciar ningún trámite. Ya sabe, antes de que nos lo arrebataran.

La manera como lo expresé sugería que Werner no había hecho nada que mereciera que lo mataran de un disparo en mitad de la noche.

—Hacer que la casa ardiera hasta los cimientos me parece una acción un tanto extraña. Supongo que jamás sabremos lo que encontraron allí.

Me vi obligado a asentir. Seguía en el aire la pregunta sobre qué había pasado con las cartillas y el cuaderno de Werner. Aunque el fin del nazi no me entristecía en absoluto, algo en el hecho de incendiar la casa me parecía raro. Incluso los pimientos del huerto se habían calcinado.

Durante las charlas sobre la huida, nadie mencionó en ningún momento la idea de quemar la casa. Proporcionarles a los nazis más motivos para darnos caza no era una idea muy atractiva. Un incendio habría sido como un faro para aquellos cretinos. El objetivo era desaparecer en la noche, dejando el menor rastro posible.

Lo segundo que no terminaba de cuadrarme era el tiroteo. Aunque hubiese varios motivos para disparar a Kurt Werner, mis compañeros no iban armados. Fritz había dejado un revólver en la guantera que, según las reglas de la narrativa, debió de dispararse en algún momento. Que alguien consiguiera adelantarse en un tiroteo a un hombre entrenado para matar y con mucha más experiencia no encajaba demasiado. Aunque algunos de los prisioneros eran criminales, en el perfil de los hombres que participaban en la operación Bernhard nada sugería que fueran asesinos.

—¿Los días que estabas allí presenciaste algo fuera de lo común? —me preguntó Kruger.

Me pregunté a qué se refería.

—Tenemos motivos para pensar que Werner tenía a mujeres encarceladas para su propio entretenimiento. Ha costado obtener información de los demás hombres involucrados, pero Schwarz mencionó algo. Las pruebas indican que retenía a varias mujeres en lo que había sido la bodega. El sótano apenas sufrió daños por el fuego. Las jaulas que descubrimos allí parecía que habían estado... —Kruger hizo una pausa, buscando la palabra apropiada al hablar de la más inapropiada de las circunstancias, hasta decantarse por una en concreto—: ocupadas.

Negué con la cabeza y redoblé los esfuerzos por recrear todas las maneras en que se puede mostrar confusión. Para evitar cualquier gesto delator, lo mejor habría sido toquetear las piezas de dentro de la máquina.

—No sabía nada. ¿Encontraron a las mujeres?

—Creemos que escaparon, como parte de un plan mayor.

Era extraño tener un as en la manga: la llave que les di el sábado por la mañana aprovechando la ausencia de Werner. Eran libres de llevarse cualquier cosa de la casita para su nuevo futuro. Lo único que les había pedido era que esperaran a la noche, a que llegáramos. Mis compañeros y yo, después de escapar, teníamos que cambiarnos de ropa en casa de Werner. No tendríamos problemas para escapar de Sachsenhausen vestidos con uniformes nazis, pero en el pueblo no pasaríamos inadvertidos. Seis guardias acompañados de cuatro mujeres era el tipo de sucesos que la gente del pueblo recordaría.

–No vi nada –mentí–. Werner solía estar ocupado mientras yo le hacía las cuentas.

–¿Te encontraste con alguien más? Puede que nos ayude con el interrogatorio.

–Solo con la familia de Werner y su conductor, Fritz.

–Sí, ya hemos hablado con Fritz y, por supuesto, con la apenada familia de Werner.

No cabía duda de que la familia de Werner estaría apenada. Podía imaginarme las caras con la nariz chata de aquellos niños cuando les dijeron que su padre había estirado la pata. Para suavizar el golpe podían servirse tanto *strudel* como quisieran sus oscuros corazones. No había nada redimible en los pequeños Werner y su esposa se había comportado como una auténtica imbécil.

–Pobre familia –dije en tono neutro–. Espero que cuiden de ellos.

–Sí, tenemos preparados unos protocolos para tales eventualidades, pero también hay algo raro ahí. Tenía la esperanza de que te hubiera mencionado algo…, ya que estabas actuando como su contable.

–Nada, Herr Kruger.

–Qué pena. Te tenía mucho aprecio. Insistió en que trabajaras con los dólares, aunque había otros que tenían un mejor perfil. En cualquier caso, es como si sus finanzas hubiesen desaparecido en la nada. Nos preguntamos si sus asesinos se llevaron algo.

En otras circunstancias, me habría opuesto a que Kruger tachara a mis amigos de ladrones o asesinos. Que un nazi adjudicara a alguien esos títulos era una muestra de desfachatez. Los nazis robaban a todas horas. Lo hacían nada más entrar los prisioneros en el campo y lo hacían también una vez que los mataban. Recordé los dientes de oro que guardaba Werner en la lata de galletas. Se merecía lo que le había pasado. La muerte era un final demasiado benigno para él.

–Bueno, si tú no lo sabes, nadie lo sabrá –dijo Kruger.

Mantuve los ojos fijos en la llave inglesa que tenía en las manos y cerré la compuerta lateral de la impresora para probar si había funcionado la rápida reparación.

–Encontraron esto –continuó, y se sacó un objeto ennegrecido del bolsillo trasero.

Tras echarle un vistazo a la tapa del pequeño libro, lo único que quedaba después del fuego, me sobrevinieron temores y emociones. En el lomo azul oscuro estaba escrita la palabra «Ginebra». Era la cartilla de Werner, la que, según mis planes, yo le presentaría al Banco de Ginebra haciéndome pasar por el ficticio Kurt Weiner. Sin tener acceso a los sesenta y cuatro dígitos impresos dentro sería difícil. Aun contando con el talento de los judíos para los números, me habría resultado imposible memorizar fiablemente la secuencia. Todas las estratagemas que había planificado con tanto cuidado para conseguir que mis amigos y yo escapáramos, para salvar a las mujeres y para llegar hasta Rose, se habían quedado en prácticamente nada. Tal vez ellos habían conseguido huir, pero yo estaba en una posición peor que al inicio. Que Werner estuviera muerto me complicaba las cosas.

–Hemos contactado con el banco, pero no tienen ninguna

cuenta a nombre de Kurt Werner. De todos modos, nos han dicho que no pueden hablar sobre sus clientes o sus cuentas con nadie.

La mente me iba a mil por hora. Si las cartillas habían ardido, entonces el dinero ingresado para Kurt Werner y sus superiores estaba retenido. A menos que alguien dispusiera de los números de aquellas cuentas, no había manera de liberarlo. Su pequeño cuaderno, el que siempre tenía a mano, también se había reducido a cenizas. Añadí un punto más en mi nuevo plan de huida. Eso si es que era capaz de formular uno.

Estaba furioso por no haberle dicho a Léon dónde podía encontrar las cartillas. Había dado por hecho que debía encargarme yo de recoger lo que necesitáramos de la casita. Si uno de nosotros lograba salir, entonces los demás seguramente también. ¿Era culpa mía por ocultar información a mis cómplices o era suya por prenderle fuego al lugar antes de huir?

De todos modos, la desesperanza que sentía por la desaparición de mis amigos dio paso a otra cosa. Todas aquellas maquinaciones eran inútiles si seguía encerrado. Puede que ellos hubiesen logrado salir, pero yo no y, por extensión, Rose tampoco. Sin embargo, cabía la posibilidad de que todavía pudiera lograrlo. No había abandonado mi mantra.

«Debes sobrevivir».

«Debes encontrar a tu esposa».

«Debes salir de aquí».

Tras tirar de una palanca, la impresora regresó a la vida, a diferencia de Werner. Una impresión salió lentamente como prueba de mi trabajo. A Kruger no le hizo falta decir nada.

–*Bitte schön* –le agradecí mientras se metía la pistola de nuevo en la cartuchera, aunque la amargura me carcomiera por dentro.

Lo más importante era que me había ido de rositas, me había alejado del fuego, de la huida y del robo. Los nazis no sabían nada. Podían dar comienzo los planes para mi tercer y último intento de fuga. Allí seguía, sin perder la esperanza.

La mayoría de los hombres estaban en la sala recreacional. Su tono jovial enmudeció cuando regresé.

—Confío en que esto te haya servido de lección —me advirtió Kruger, empujándome la cabeza una vez más y mirándome con más desprecio que nunca.

—Sí, señor —contesté mientras el resto me observaba pasmado.

—Espero que por la mañana regreses al trabajo habitual. Ya sabes cuáles son tus obligaciones.

Asentí. Kruger se marchó. Cuando la puerta se cerró tras él, todos se me echaron encima. Busqué desesperadamente por entre la multitud, aunque por supuesto no iba a localizar a Léon, Sal, Friedrich, Hendrich ni a Salomon.

Artur Lewin fue el primero en hablarme.

—Te creía muerto, amigo mío. Me he quedado con tu litera.

—No te culpo —le dije, lo bastante relajado como para que se me llenaran los ojos de lágrimas.

Otros se apiñaron alrededor, contentos de verme. Una chaqueta de traje apareció alrededor de mis hombros temblorosos. Por el tejido áspero, solo podía ser la mía, recuperada antes de que los nazis tiraran el resto de mi ropa. El aire estaba preñado de júbilo, algo altamente inusual en el bloque salvo los días de cabaré.

Cuando la multitud se fue dispersando, Oskar Stein me clavó la mirada. El padrino de la operación Bernhard lucía la sonrisa más grande que le había visto jamás. Abrió los brazos todo lo posible antes de atraparme en un abrazo que me exprimió la emoción como si fuera un limón. Estaba bien sentirse querido, pero ninguno de ellos era Rose.

—Bienvenido, señor cómico —me dijo.

—Gracias.

Sentí la palabra vacía cuando me abandonó los labios. No podía estar enfadado después de aquel recibimiento de héroe, pero no era lo mismo sin mi banda. Saber que los Seis del *Seder* se habían separado, que yo era el único que seguía encarcelado, era duro. Como con todas las pérdidas, llevaría su tiempo.

—No ha sido lo mismo sin ti —me dijo Oskar—. Creo que incluso los de las SS se dieron cuenta. Aunque te guste mucho estar de guasa, eres trabajador.

—Gracias por salvarme.

Si alguien podía haber orquestado aquella treta para que me liberaran, ese tenía que ser Oskar, que era más ingenioso que cualquier otro con el que hubiera tenido el placer de compartir cárcel. Stein me separó de su cuerpo, dejándome a un metro de distancia para que ambos pudiéramos escrutarnos los rostros.

—Es curioso lo resistentes que son estas delicadas máquinas a un buen golpe de martillo —me dijo, y me guiñó el ojo.

Al día siguiente volví a la rutina del trabajo. Notamos colectivamente la pérdida de algunos de los mejores miembros del equipo. Me imaginaba a Salomon girando en círculos en la cima de una montaña austríaca, libre al fin. Contento por volver a disponer de las raciones más grandes del Bloque 18, me serví una taza extra de aquel delicioso sucedáneo de café durante el desayuno en un intento de calentarme los huesos. A pesar de la extraña normalidad que retomé, la culpabilidad por no haber conseguido sacar a Rose se me enquistó. ¿Qué les pasaba a las prisioneras a las que prometían la salvación y no la obtenían? ¿Era demasiado tarde para ambos?

—¡Gottlieb! —exclamó una voz desde la puerta. Era uno de los guardias, rodeado por un halo de luz del mundo exterior—. Tienes orden de ir a darte una ducha —me informó.

Algo me olía mal, pero no podía negarme. Dejé la maquinaria, que funcionaba a la perfección, a cargo de mis camaradas y me encaminé al bloque de las duchas, donde Bernhard Kruger se había quedado mirando maravillado mi pene antes de atacarme junto con Schwarz y de matar de un disparo a Gunther Levy, ese pobre traidor.

—Adentro, judío —dijo el guardia que custodiaba la puerta del bloque de las duchas con una sonrisa en el rostro; la bandera ondeaba a media asta.

La habitación estaba tan fría y húmeda como siempre, pero con dos diferencias notables. La primera, que alguien había limpiado el rastro de sangre que conducía hasta la puerta. Muy probablemente había sido el trajín diario de los demás cuando entraban y salían. La segunda, que la figura de una mujer con la cabeza rapada esperaba justo al fondo de la habitación. Ansié que fuera Rose con todo mi ser. Mi preciosa esposa, que la habían sacado, por fin, del horror del campo.

Se escuchaba un goteo incesante. La luz se filtraba por detrás, dejando un halo alrededor de su contorno, como si acabara de salir directamente de uno de mis sueños. ¿De verdad la habían salvado de Birkenau gracias a las promesas que le había hecho a Werner, unas promesas que había quebrantado al traicionarlo?

Una parte de mí sentía que debía de haber un error. Que era una visión, una señal de mi propia locura. En efecto, no era Rose, sino alguien a quien no esperaba volver a ver.

Era Julia, una de las chicas que encontré encerradas en la casita de Werner.

Si estaba en el bloque de las duchas conmigo, ¿dónde estaban las demás?

—Hola, Georg —me saludó—. Qué curioso, creía que seríamos libres la próxima vez que nos viéramos. Y aquí estamos.

—¿Qué está pasando? —pregunté.

Me flojeaban las rodillas. Miré alrededor. No había nadie más aparte de nosotros.

—Tú tienes tus maneras de conseguir favores y yo tengo las mías. No nos interrumpirán.

Pensé en el guardia de la puerta y comprendí la expresión satisfecha de su rostro. Sexo. No podía juzgarla. Todos hacíamos lo que fuera necesario para sobrevivir.

—¿Qué haces aquí? Creía que habías escapado con los demás.

—Y así fue, escapamos, pero es un poco más complicado que eso.

Después de que Werner se marchara para asistir al espectáculo de cabaré, Greta las había liberado a las cuatro con la llave dorada. Estiraron las piernas, vaciaron la despensa y esperaron a que cayera la noche y regresara el coche en el que debía ir yo también, así como mis amigos.

«Podéis confiar en esos hombres», les había perjurado la semana anterior. El problema radicaba en que no había manera de que pudieran estar seguras de si en el coche que se acercaba había prisioneros fugados amigables vestidos de nazis o nazis propiamente dichos. Mi presencia era esencial para esa parte del plan.

En vez de esperar a los hombres que podían o no haberlas violado y matado, Greta se dejó cegar por la furia. Quería vengarse por todo lo que Werner les había hecho a las cuatro. A Julia, Katarzyna y Aida les parecía bien desaparecer en el bosque.

Tras rebuscar en todos los cajones de la casita, Greta encontró una de las pistolas ocultas de Werner, un revólver. Les dijo a las demás que aquello sería lo que usarían para defenderse si alguien enfilaba la colina, salvo que fuesen mis compañeros.

—No vamos a caer sin pelear —pronunció Greta.

Mientras las demás esperaban en el huerto, Greta perfumó la casa con gasolina que sacó de un bidón que había encontrado fuera. Usó uno de los encendedores de oro que había por el lugar, forjados usando los dientes de nuestra gente, e hizo arder la preciosa casita hasta los cimientos. En aquella casa estaban los papeles que necesitábamos para salvarnos todos, incluidas Rose y ellas mismas. Lo destruyeron todo sin ni siquiera saberlo. Esa es la peor forma de destrucción.

Para cuando Léon y los demás llegaron, Greta estaba fuera de sí. Los apuntó con el arma y les exigió saber dónde estaba yo y por qué no los acompañaba.

—No lo ha conseguido, pero estamos aquí para ayudaros.

—No necesitamos vuestra ayuda —le espetó Greta, y reventó tres neumáticos del vehículo.

Los cinco miembros del grupo estaban a su merced, vestidos como nazis y con los brazos alzados en señal de rendición. La casa en llamas o los disparos atrajeron a Werner, que se adelantó a sus hombres montado en una motocicleta prestada.

Sorprendido no solo por ver a cinco miembros de la unidad de falsificaciones fuera de la cama y vestidos con uniforme, sino también a sus cuatro mujeres fuera de las jaulas, Werner sacó una pistola y apuntó hacia ellos con manos temblorosas.

—En el nombre del Tercer Reich, ¿qué está pasando aquí? —exigió saber.

Léon, con las manos levantadas, respondió por el resto:

—Vamos a salir de aquí, no hay nada que puedas hacer para detenernos.

—Danos la pistola, Werner. No queremos más baños de sangre —añadió Sal.

Por la manera en que Werner habló a los demás hombres, con voz trémula, Julia fue capaz de convencer a Greta de que no podían ser nazis. El nuevo plan era adentrarse en el bosque antes de que llegaran los refuerzos que Werner necesitaba tan desesperadamente.

Mientras Greta bajaba el arma, Werner disparó al azar, haciéndola girar tan rápidamente que su atacante no tuvo tiempo de ver cómo ella levantaba la pistola en respuesta. Un único disparo al corazón y Werner cayó de espaldas como un fardo. Una pequeña fuente de sangre brotaba irregularmente del agujero. La escena quedó iluminada por su casa en llamas.

La boca de Werner emitió algunas sílabas inconexas. Podían ser los nombres de sus hijos, de su dios o de su Führer. No tenía importancia, porque acabaron ahogándolo. Al final, sus labios contraídos, que mostraban los dientes, se asentaron en una sonrisa cadavérica y Herr Kurt Werner abandonó este mundo.

Más de setenta años después, sigo enfadado con ese hombre por varias razones. A Werner lo tendrían que haber juzgado en los juicios de Núremberg. Todos los nazis deberían haber pagado por sus actos. Que lo mataran le hace parecer una víctima.

—Georg dijo algo sobre que nos cambiáramos de ropa —mencionó Salomon, mientras observaban colectivamente cómo moría Werner—. Y que cogiéramos algunos objetos de dentro.

Levantaron la mirada hacia la estructura que lamían las llamas. El momento de poder salvar algo ya había pasado. Lo más importante de entre todos aquellos ítems eran las cartillas que nos podrían haber proporcionado a cada uno una pequeña fortuna.

En vez de separarse para hallar caminos distintos a la hora de cruzar las líneas enemigas, las mujeres actuaron como prisioneras de los hombres y se fueron hasta el siguiente pueblo. Una adaptación sencilla del plan. Solo tenían que encargarse de comprobar el estado de Greta, a quien habían herido. Aida prometió guardar el arma que llevaba Greta mientras Léon le examinaba el brazo, donde le había rozado la bala de Werner. Desaparecieron antes de que llegara nadie más.

—Entonces, la pistola de la guantera… —dije, esperando confirmar la máxima de Chéjov.

—Ellos no llevaban ninguna pistola encima. Cogimos la de Werner y la que encontramos en la casa. Ya está. Dos armas para nueve.

—¿Llegasteis al bosque? Deberíais haber escapado del peligro.

—Llegamos —confirmó Julia—. Nos desplazábamos de noche y robábamos restos de comida de la basura. No nos poníamos de acuerdo en qué dirección debíamos avanzar, si debíamos hacerle caso a Greta o a todos los demás, que se oponían a ella. Tu amigo holandés, Friedrich, quería volver a Ámsterdam. Se hablaba mucho de ti. El francés quería volver a buscarte. Estuvimos deambulando durante una semana o así, perdí la noción del tiempo y las cosas empezaron a ponerse feas. Una mañana, después de haber encontrado un establo donde refugiarnos de una tormenta, salí para buscar ropa limpia. Me interceptaron unos nazis que patrullaban por el pueblo. Estaba débil, así que me atraparon con facilidad. No tardaron en encontrar el número de mi antebrazo y saber que me había escapado, por más que me negara a darles detalles. Me trajeron de vuelta aquí y no he visto a los demás desde entonces.

—Pero ¿estaban bien? —pregunté—. ¿Estaban a salvo?

—Sí, Georg. Estaban bien. Cooperaban en la medida de lo posible. Solo es cuestión de tiempo que nosotros también seamos libres, de una manera u otra. Los Aliados tienen a los nazis contra las cuerdas.

—Esa es una manera. ¿Cuál es la otra?

—Tus amigos encontrarán la manera de volver. No paraban de insistir en eso. Hacía mucho tiempo que no veía un aprecio así por otro hombre. No me sorprendería que se colaran en el campo solo para sacarte.

—Eso es lo último que quiero —repuse—. Son libres. Me reuniré con ellos ahí fuera. Ahora salir de aquí es cosa mía.

Estaba de vuelta en Sachsenhausen, pero no por mucho tiempo. Lo tenía decidido. La próxima vez no podía cometer ningún error.

Capítulo 26

Los días posteriores a aquella conversación secreta en el bloque de las duchas, mientras elucubraba diferentes maneras de huir, tuvieron la artillería pesada como banda sonora. Según los rumores, los Aliados estaban liberando los campos y Sachsenhausen sería el siguiente. Julia estaba en lo cierto.

Cuando quise sacar a colación el tema de nuestra libertad durante el desayuno, un guardia me dijo que en las instalaciones había una cámara de gas. La vieja eficiencia alemana. Sachsenhausen lo tenía todo, hasta el último servicio disponible. No les hubiese sido difícil liberarse de todos nosotros: era tan simple como cerrar una puerta y abrir el gas.

Los guardias de las SS estaban cada vez más callados y nerviosos. Nunca soltaban las pistolas. Kruger irrumpió una mañana en el comedor y nos ordenó a gritos que desmanteláramos la maquinaria y la metiéramos en cajas para su posterior transporte. Aunque parecía una locura, la orden iba acompañada de un tiempo límite de treinta y seis horas. Era la primera vez que se oía algo así en Sachsenhausen. Nos sentimos tan desarmados como nuestras máquinas.

–¿Qué significa esto? –le pregunté a Lewin.

Era el miembro que llevaba más tiempo de todo el equipo. Siempre sabía el trasfondo de todo y era un experto en el gran engaño nazi a todos los niveles.

–Destruirán la maquinaria para ocultar pruebas. Una vez que hayamos acabado el trabajo pesado, nos matarán.

—Genial —contesté.

Una de las pocas alegrías que me pude llevar ese día lúgubre fue la cara de preocupación de Kruger. Las arrugas hacían más fácil que nunca entrever sus emociones: todo lo que había soñado se iba al garete.

Esperaban de nosotros que desmanteláramos, etiquetáramos y pusiéramos en cajas todas las manivelas, tuercas y tornillos con la excusa de que volveríamos a armar las máquinas en otro lugar. Eso significaba que todavía había trabajo por hacer, lo cual limitaba el riesgo de muerte inminente, algo que siempre venía bien.

Quería encontrar a Julia y contarle las nuevas instrucciones, tranquilizarla. Éramos los dos que no habíamos logrado escapar y me parecía importante hacerle saber que estaba bien y que esas cosas eran inevitables cuando eras una pieza clave para la maquinaria de guerra nazi. El problema era que yo carecía de los atributos femeninos con los que había conseguido nuestro encuentro en el bloque de las duchas. Poco le podía ofrecer yo a un guardia, aunque me faltaran varios dientes…

Con tanto cambio no había ninguna oportunidad de escabullirme. Tenía sentido esperar, cabía la esperanza de que se tratara de un retorno a Birkenau, donde tendría la ocasión de acercarme a Rose, si es que seguía allí, si es que todavía estaba viva. Con los Aliados estrechando el cerco sobre varios campos, esperaba que llegaran a ella antes de que los nazis pusieran en marcha también allí la Solución Final.

Nos dividimos en diferentes grupos para gestionar aquel caos con mayor eficiencia. El primer equipo se cernió sobre las máquinas como si fueran una plaga de langostas, lo desarmaron todo y dejaron todas las piezas ordenadas en el suelo. El segundo equipo metió la maquinaria en cajas, vertiendo indiscriminadamente los elementos más pequeños por encima de los bultos más grandes. Espolvoreaban tornillos y tuercas como si fueran orégano. Ya lidiaríamos con ello en el futuro si es que esas cajas se volvían a abrir. El tercer equipo llevaba las cajas llenas y selladas hasta la estación.

Durante todo el proceso, Bernhard Kruger serpenteó por entre el barullo, gritando sus habituales amenazas de muerte con la pistola en alto.

Igual que con la maquinaria, los billetes también se sacaron de los montones temporales del Bloque 18. El dinero se cargó en unas cajas impermeables que parecían ataúdes. Una capa engomada dentro de la tapa mantenía todo a salvo de las fuerzas de la naturaleza. Nadie pudo hallarle explicación a un reloj roto que se encontró en una de las cajas, y por suerte no había tiempo para llevar a cabo una investigación en profundidad.

Aunque el plazo de entrega era ajustado, logramos terminarlo en treinta y cuatro horas. Mostró una vez más lo que éramos capaces de hacer cuando la muerte volaba sobre nosotros.

Asomé la cabeza al despacho de Kruger. El nombre de Werner lo habían arrancado de la puerta, otra víctima de aquellos tiempos.

–Herr Kruger –lo llamé, obligándolo a levantar la mirada del papeleo nazi–. Solo quería preguntarle qué hacemos ahora.

Alzó una de las hojas de encima del escritorio, en la que había unas indicaciones mecanografiadas.

–Empaquetad suficientes provisiones para cuatro días de viaje –dijo bruscamente.

Me quedé quieto, esperando más. ¿Era el momento de escapar?

–¡Venga, fuera de mi vista! –gritó, cortando de raíz mis cavilaciones e indicándome la puerta con el revólver de servicio.

Que tuviéramos que preparar provisiones para cuatro días significaba que el viaje sería como mínimo igual de largo. Era imposible imaginarme hasta dónde nos podía llevar el tren cruzando la Europa ocupada en ese margen de tiempo, en parte debido a que nunca estuve cien por cien seguro de dónde estaba Sachsenhausen. No debía de estar muy lejos de Berlín, ya que para llegar habíamos tomado un tren regional. Cuatro días de viaje era mucha distancia, una distancia que no hacía en dirección a casa. El mapa que llevaba cosido en el forro de la chaqueta daba fe de ello.

La taquilla que tanto me había sorprendido poder considerar mía rebosaba de recuerdos cuando la vacié para meter su contenido en la mochila que había improvisado: una funda de almohada. Los programas de los espectáculos de cabaré que había organizado Gunther, incluido mi propio condenado intento. Una baraja de cartas, un puñado de piezas de recambio de la maquinaria, calcetines. Finalmente, el esqueleto del ejemplar del *Mein Kampf*. Parecía poco probable que alguien fuera a hurgar en su contenido dada la apresurada recogida. Sabía en mi fuero interno que la manera de escapar se me presentaría de una manera u otra. A lo largo del camino salvaría a tantas personas como pudiera.

Tras unirme a los demás, fui incapaz de disfrutar de la última noche en aquellas sábanas suaves. No podía quitarme de la cabeza lo que estaba por venir. Si llegaba a Birkenau y lograba robar un uniforme y desaparecer en la confusión, entonces podría encontrar a Rose. Aunque no había podido huir después del espectáculo de cabaré, cabía la posibilidad de que pudiera hacerme pasar por un soldado alemán en busca de una chica judía de la que apoderarse. Una vez que estuviéramos juntos, seríamos libres. Si Salomon y los demás lo habían logrado, todo era posible.

Nos despertaron pronto solo para llevarnos afuera y cruzar el campo hasta la estación. Me pareció surrealista ver un tren allí, escupiendo volutas de humo, y más extraño todavía fue subirse en él. La gente no se iba de Sachsenhausen, del mismo modo que no abandonaba Auschwitz. Los trenes iban siempre abarrotados de gente al llegar, pero vacíos cuando partían.

Sentados hombro con hombro en el tren traqueteante, intentando disfrutar de lo que aparentemente era una huida, no pude evitar reconocer las vías que nos llevarían hacia nuestra muerte.

El suelo estaba cubierto de paja y había algunos bancos. A diferencia de otros transportes en los que había estado, en aquel había una pequeña estufa y combustible. No íbamos a morir congelados. Los pequeños detalles importaban. Como no había ventanas, nos turnamos para asomarnos por un conducto de ventilación. Cuando me tocó a mí, me fue imposible centrarme en nada que valiera la pena mientras cruzábamos a toda velocidad la campiña en dirección a vete a saber dónde.

Nunca había visto una proporción tan alta de soldados para tan pocos prisioneros. Nosotros éramos menos de cincuenta en el vagón y ellos, dieciséis. Algunos se quedaron atrás para empaquetar otros objetos. Estaba claro que no volveríamos a verlos. Cuando dejábamos de serles útiles, los nazis se deshacían de nosotros; éramos artículos de usar y tirar. Los nazis no separaban sus ansiosos dedos de los gatillos, una costumbre que habían adoptado durante las semanas precedentes.

La mayoría de los hombres se terminaron las raciones antes de que acabara el segundo día, yo incluido. Me apretaba con el antebrazo cada vez que el rugido de mi barriga vacía amenazaba con amotinarse. Aunque el gesto era útil, no era un buen sustituto de la comida.

—¿Dónde estamos? ¿Qué ciudad es esta? —preguntó Stein, entornando los ojos a través del conducto de ventilación cuando nos detuvimos en un lugar que nos ofrecía algo más que montañas y un jefe de estación con aire aburrido.

—Déjame ver —dijo un hombre.

Los demás se apelotonaron con la esperanza de que ocurriera algo emocionante. Observé la escena sentado con las piernas cruzadas sobre la paja.

–Ni idea. No es Berlín. De eso estoy seguro.

Solamente para ver algo distinto a la sucia oscuridad, a los prisioneros de ojos tristes y a los guardias nerviosos, me levanté y me acerqué a la cola para echar un vistazo a la misteriosa ciudad. Con una rodilla plantada en el suelo, arrimé la cara hacia la fresca brisa que entraba a través de la rejilla y que era todo un alivio.

Atisbé el castillo rodeado de neblina. Lo había visto antes. Era mi casa.

–Es Praga, muchachos –dije jadeando–. ¡Es mi ciudad!

Aunque ningún temblor me rompió la voz, las lágrimas corrieron por mis mejillas. Nadie puede imaginarse lo que significó para mí volver a ver Praga. Una metrópolis donde habían nacido el trabajo, el amor y la vida. Donde abundaban las oportunidades y el equilibrio.

Por más que la ciudad fuera un lugar mágico y dorado, habíamos parado solo para hacer acopio, que cargaron en otro vagón, tan lejos de nosotros como las mujeres prisioneras. Temían que lo arrasáramos todo si teníamos la oportunidad.

Detenidos allí durante dos horas, fue lo más cerca que había estado de volver a casa después de tanto tiempo. A pesar de hacer todo lo posible por contener las lágrimas, mis ojos se vertían descontrolados. Los demás intentaron consolarme, pero no era capaz de parar. Praga era importante, pero no entendí cuánto hasta que la vi. Aquello era amor.

Los prisioneros cambiaron de sitio y siguieron mirando a través de la rejilla. Había muchos más hombres entre nosotros que también eran checos y ansiaban divisar su casa.

Regresaba a la estampa a través de la rendija cuando tenía la oportunidad. La gente iba de camino al trabajo como si fuera lo más normal del mundo. Un tranvía rojo y blanco pasó cerca haciendo tañer la campana, cuyos retumbos se perdieron en la distancia. Los tenderos sacaban los carteles a las aceras. Los niños correteaban en pequeños grupos y se reían en silencio por la distancia que nos separaba. Me volvió a embargar la emoción.

Fue demoledor estar sentado en el suelo sucio del tren, aislado por una pared de metal de una ciudad que no esperaba ver nunca más. Aunque mi tono sereno aseguraba a los demás que estaba bien, el torrente continuo de mocos y lágrimas que caía por mi cara demostraba lo contrario.

Cuando Stein tenía la cara pegada a la rendija, una mujer que estaba en el andén de la estación miró en ambas direcciones por si había guardias, sacó un pedazo de pan de su bolso y lo metió a través del agujero.

Stein observó el gesto y nos explicó lo que acababa de suceder. Era el primer acto de generosidad que nos mostraba alguien que no fuera un prisionero desde hacía mucho tiempo. Cogió el borde del pan con los dedos y tiró de él hacia dentro. La gente tenía esperanza. El vagón se llenó de una melancolía y una nostalgia que flotaban en el aire. Nos repartimos la rebanada entre todos y nos comimos el pedazo ocultando la boca con la manga para que los guardias no se percataran.

Fue todo un orgullo que aquel pequeño acto, un hecho sobre el que estuvimos hablando una hora más, hubiese procedido de las manos de una ciudadana de mi ciudad.

Cuando el tren se puso en marcha de nuevo, volvieron a abrirse las compuertas de las presas de mis ojos. Al acercarse a mí en silencio, los amigos me ofrecieron la misma camaradería que nos había permitido sobrevivir a tantos días oscuros en Sachsenhausen. Ojalá Léon hubiese visto Praga conmigo. No sabía dónde habían ido a parar él y los demás, pero tenía que ser mejor que aquella vida incierta.

Pasados dos días más, el tren volvió a frenar; era un viaje que habíamos pasado en la oscuridad con hambre, desconcierto y temor.

Cuando el tren se detuvo, los guardias de las SS recogieron sus cosas, abrieron la puerta y bajaron. Delante de nosotros se extendía una vista solemne.

Otro conjunto de vías sobre piedras. Niebla. Un árbol solitario. Más soldados en la distancia.

No nos movimos porque nadie nos lo había ordenado. Famélicos y débiles después del viaje, no tenía ninguna garantía de que mis pies fueran a poder soportarme si echaba a correr. Sería una pena haber llegado tan lejos, donde fuera que estuviéramos, solo para que me dispararan y acabase yaciendo en el suelo del tren.

Lewin tomó la iniciativa. De pie en las fauces de la puerta abierta, miró arriba y abajo antes de saltar y aterrizar con cuidado sobre los guijarros sueltos que se acumulaban a lo largo de las vías. El crujido que emitieron sus zapatos de cuero al tocar el suelo fue muy satisfactorio. Permaneció cerca del transporte, como un niño pegado a las faldas de la madre nazi.

—Por algún retorcido juego del destino, yo también he regresado. Estamos en Mauthausen.

Se aupó hasta quedarse colgando con la barriga sobre el suelo del vagón. Algunos de nosotros le ayudamos a subir. Después di un paso al frente y cerré la puerta casi por completo para mantenernos al resguardo del frío.

—Vienen soldados —les avisé.

Vimos a varios nazis emerger de entre la niebla y la oscuridad.

En cuanto Lewin se sentó, la puerta volvió a abrirse de par en par. Era raro ver a otros soldados, hombres que no nos habían estado supervisando en el taller, nazis que no nos habían dicho cómo se llamaban sus hijos.

—¡Fuera! —dijo una voz profunda detrás de ellos; nos apuntaban con los rifles.

Todavía podía moverme cuando me lo ordenaban, sobre todo si me encañonaba un arma. Aunque debía de estar en algún lugar del tren, seguro que disfrutando de un tentempié en el vagón restaurante, Kruger no estaba cerca para informar a los demás nazis de que no nos podían matar.

La situación siempre podía empeorar. Mis rodillas se quejaron como si las hubieran atravesado a balazos y trastabillé al bajar del tren junto con mis compañeros. La gravilla no me hizo ningún favor. Soplaba un viento cortante, como parecía ser habitual en los campos de concentración, incluso en pleno verano. En el horizonte se divisaba una cordillera. Mi cerebro intentó ubicar Mauthausen en el mapa.

Los hombres de las SS del tren nos llevaron por las calles desiertas del pueblo, que había tenido la mala pata de estar cerca de un campo de concentración con el que compartir el nombre.

Sería descabellado clasificar los campos de concentración, pero Mauthausen quedaba por debajo de lo vivido hasta el momento. Era mi cuarto campo consecutivo y le iba a costar estar a la altura. Cuando pasamos por debajo de un arco de piedra decorado con una enorme esvástica con la estatua de un águila encima, no pude evitar pensar: «Ay, otra vez los nazis y sus tonterías».

Capítulo 27

Desde Mauthausen, era cuestión de días que nos trasladaran a Redl-Zipf (nombre en clave: KZ Schlier), un subcampo en las estribaciones de las montañas austríacas. Allí se reunieron con nosotros los demás, a los que habían enviado en otros trenes después de recogerlo todo en el Bloque 18. Todavía no estaban muertos.

Miré a las montañas y me vinieron a la mente los planes que tenía Rose de que nos fuéramos de aventuras antes de que todo aquel sinsentido se convirtiera en nuestra realidad. Si estaba en mis pensamientos, entonces seguía viva. Si los invocas, vendrán. Ese tipo de cosas. Solo podía esperar que con eso bastara.

¿Cómo iba a planear una fuga brillante si no dejaban de trasladarme de un lado a otro?

Había media docena de barracas de madera, rodeadas por una valla con alambre de espino y adornadas con los colores rojo, blanco y negro de la bandera nazi. Se pueden decir muchas cosas sobre los campos nazis, pero su decoración era uniforme. El campo, situado a los pies de los montes en un valle frondoso surcado por caudalosos ríos, tenía unas maravillosas pasturas verdes y una niebla espesa y helada. El entorno era intachable.

La primera tarea que nos asignaron fue rodear las dos barracas que ocuparíamos con rollos de alambre de espino. Siempre había querido visitar más partes de Europa, pero no de aquella manera. Las excursiones que organizaban a los judíos de los años cuarenta eran muy caóticas.

Para cuando hubimos terminado de colocar los contenedores en el almacén y nos encarcelamos en las barracas, ya se había hecho de noche. Las camas en Redl-Zipf distaban mucho de la comodidad de las de Sachsenhausen, pero al menos no teníamos que estar cinco sobre una litera cuyo colchón era un poco de paja, como en Birkenau. No tenía pensado adoptar el hábito de calificar los campos de concentración, pero disponía de mucho tiempo libre para que mi mente divagara. KZ Schlier habría alcanzado la modesta puntuación de dos estrellas.

A la mañana siguiente, mi compañero de litera Mika me despertó temprano. Era francés, como Léon, pero no se lo podía tener en cuenta. Me incorporé y me aparté el flequillo de la cara.

—Tienes que ver esto —susurró Mika con el rostro pegado al mío.

Me froté los ojos para desperezarme y miré alrededor de la barraca. Los que seguían en la cama se estaban despertando. Otros se habían reunido fuera. La luz grisácea de la mañana se filtraba a través de las ventanas sin cortinas. Era poco común despertarse antes de que los aterradores gritos de algún perverso nazi nos arrastraran a la intemperie para quedarnos firmes en el frío por ningún motivo aparte de satisfacer sus deseos sádicos.

Todavía tenían que establecer las normas del KZ Schlier. El trato en los campos variaba de malo a peor. Kruger había estado con nosotros desde Sachsenhausen y seguía al cargo, a pesar de su conducta enajenada. El cariz de secretismo de nuestro trabajo para los nazis significaba que los soldados rasos no sabían que éramos cruciales para su empresa bélica y no se nos debía matar. Golpearnos hasta casi matarnos parecía estar permitido, pero ese «casi» era el detalle que marcaba la diferencia.

Los demás se habían reunido musitando y mirando la cordillera que se levantaba delante de nuestra barraca por un motivo claro. Bajo la fría luz del día, podía verse perfectamente unas enormes redes de camuflaje colgadas al final de los caminos que daban a la ladera de las montañas. No teníamos ni idea de qué nos estaban ocultando. Era obvio que el campo de concentración de Schlier, cuyo nombre no tenía ninguna relación con los pueblos de alrededor, era un secreto casi tan bien guardado como lo éramos nosotros.

Kruger arruinó nuestras cábalas sobre los pasajes ocultos hacia las montañas obligándonos a volver dentro a palos antes de que atrajéramos la atención de cualquier otro guardia a quien los recién llegados pudieran suscitar curiosidad.

Mientras bajaba los escalones con una segunda rebanada de pan robada entre los dientes, una niña de no más de diez años apareció por entre la bruma. Parecía no saber lo secreta que era nuestra existencia para el resto de los residentes de la prisión. Me saqué el pan de la boca, en el que solo había dejado unas ligeras perforaciones de lo que quedaba de mis dientes, y lo apreté contra las manos de la niña. El gesto pretendía dar la impresión de que la estaba echando del sitio.

Me devolvió la mirada con una amabilidad que excedía lo que normalmente generaba un trozo de pan.

Nos esperaban unas hileras de cajas de aspecto siniestro. Estaban hechas de planchas de pino largas y delgadas. Parecían ataúdes de madera que yacían sobre la tierra. Unos gruesos clavos sobresalían por la parte de arriba. Me recordaron al funeral de mi padre y al momento de echar paladas de tierra sobre la caja simplona que contenía su cuerpo. Ahora llevaba las mangas de la camisa hecha jirones y la cara sin afeitar. Perdí la cuenta del número de cadáveres que había visto amontonados en los laterales de los caminos mientras cruzaba los campos para llevar a cabo alguna de las inútiles tareas que me habían asignado. Los cuerpos ya no me impactaban. Solo eran una decoración, una casa temporal para un alma infinita. Por encima de nosotros, más arriba de las nubes, flotaban seis millones de almas asesinadas por las prácticas bárbaras de los nazis: muerte por inanición, por frío, por las cámaras de gas, los fusilamientos, las palizas, la experimentación, las inyecciones letales y a saber cuántas cosas más.

Levantamos las cajas entre todos, pero era más fácil dar las órdenes que alzar los ataúdes. Siguiendo a Herr Kruger como un cortejo fúnebre, estaba claro que nos dirigíamos hacia aquellas amenazantes cortinas de camuflaje. Cuando nos acercamos, las retiraron como hacen para desvelar los premios en los concursos televisivos. Detrás se extendía un vacuo agujero abierto en la montaña mediante dinamita. Otro paraje destruido por los nazis.

Mientras avanzábamos lentamente, en parte debido a la sensación de una sentencia inminente, pero sobre todo por el peso, dos ojos rojos se nos quedaron mirando. Permanecieron sin pestañear en la insondable oscuridad. Por lo visto, nos dirigíamos hacia las profundidades del averno y pasamos a otro nivel del Infierno de Dante. La única esperanza que me quedaba era que en aquel infierno hubiera menos psicópatas y más almohadas de plumas.

Nos detuvimos delante de las luces de un camión, no ante algún demonio macabro o un villano cruel que nos aguardaba en la negrura. Cargamos los ataúdes, nos subimos encima y seguimos adentrándonos en la cueva. Durante el trayecto, botamos con bastante fuerza por los hoyos del camino como para golpearnos la cabeza contra el techo de metal. Era difícil adaptar la vista a la oscuridad, pero nos habíamos acostumbrado a estar en situaciones mucho peores. El vacío de nuestro silencio iba acompañado por una orquesta de chillidos y estruendos cuando el camión y la carga se deslizaban por el camino recién cavado. No había nada que pudiera darnos una pista sobre qué ocurriría a continuación.

El camión emergió del negro túnel a un almacén iluminado gracias a unas lámparas de gas colgadas de una serie de vigas de soporte. Puse una mueca con el cambio de luz. Unos puntos brillantes se apoderaron de mi visión, revelando cosas que anhelaba pero no podía tener.

Había incontables habitaciones, de trece metros de ancho por treinta de largo y con techos abovedados. No vi a nadie trabajando en los túneles, pero olí la sangre de mi gente, prisioneros a los que habían obligado a trabajar hasta caer fulminados y dejar de ser útiles para esos cerdos nazis.

El camión se detuvo. Delante de nosotros se alzaba un espacio vacío ocupado tan solo por una grúa de un color rojo sangre. Volvimos a cargar las cajas sobre los hombros mientras nuestros captores alemanes nos soltaban indicaciones a voz en grito. Yo iba delante, dando pasitos de gorrión, con las manos bien aferradas a las esquinas del ataúd y la mirada clavada en la grúa. ¿Cómo diantres la habían llevado hasta allí? ¿Acaso el espacio era lo bastante ancho para transportarla en camiones, como habían hecho con nosotros? Lo más probable es que la hubieran desarmado por partes y la hubiesen vuelto a ensamblar dentro... Era el equivalente nazi de un barco dentro de una botella.

Repetí mis afirmaciones:

«Debes sobrevivir».

«Debes encontrar a tu esposa».

«Debes salir de aquí».

Al depositar la primera caja, la grúa chirrió, como activada por magia. Levanté la vista hacia la cabina. Un pequeño operador nazi me saludó con la mano. Le devolví el gesto por instinto, como si fuera un niño. La grúa levantó la caja y la llevó hasta la esquina más apartada antes de soltarla y regresar a la posición inicial. Mis compañeros ya habían dejado la siguiente. Yo me quedé paralizado; no había visto una grúa desde Praga. Es raro las cosas que puedes llegar a echar de menos. Era como si estuviera descubriendo un animal salvaje, los movimientos gráciles de una bestia subterránea. Se encargó del segundo ataúd en un pispás, dejándolo encima del primero. Kruger llamó a más hombres para que ayudaran con la siguiente caja.

Regresé a toda prisa; no quería darle ninguna excusa para que me azotara. Me coloqué en la primera fila, junto a Mika. De repente, se me quedó el pie atrapado y tropecé. La caja que estaba ayudando a transportar se catapultó hacia delante y se estrelló contra el suelo. Si me hubiese caído encima, habría significado el fin de mis días. La caja se abrió por las juntas, los clavos de la tapa cayeron como si fueran bolos y miles de billetes de libras esterlinas salieron disparados hacia el aire y cubrieron la escena como si fuera confeti.

Si te acuerdas, aquí es donde he empezado antes.

–*Scheisse!* –gritó Kruger desde la zona de carga observando mis torpes movimientos. Se acercó con paso decidido, los nudillos blancos y los dientes apretados, untados de saliva blanca–. ¿Cuándo vas a dejar de hacer tonterías?

Recordé lo que había ocurrido después de mi monólogo y reafirmé que siempre me trataría con absoluto desprecio.

Me apresuré, pero no fue suficiente. El dinero había saltado por los aires y era imposible recogerlo y, al mismo tiempo, esquivar al nazi que se acercaba. Encorvado para juntar los billetes ondeantes, mi cabeza se quedó a la altura perfecta para el impacto. La fuerza del rodillazo que me propinó Kruger en la sien me hizo perder el equilibrio. Sonó el crujido de dos huesos que chocan. Caí hacia un lado, a punto de desmayarme, pero me quedé mirando aquel precioso cielo abovedado al tiempo que me pitaban los oídos. Kruger echaba humo mientras los demás contemplaban la escena horrorizados. Los pocos que todavía no habían visto cómo molían a palos a un hombre estaban a punto de presenciar un verdadero espectáculo.

El pitido de mis oídos remitió lo suficiente como para oír la palabra «insubordinación» antes de perderme en los golpes de mi último señor nazi.

Kruger levantó una bota bien pulida y me pateó la mandíbula. Para cuando me recompuse y las estrellas de David que veía empezaron a difuminarse, el nazi había cogido puñados de dinero. La sangre le recubría los dedos. Era una combinación de su precioso tono burdeos ario y mi sucio rojo asquenazí. Sus nudillos apenas tenían rasguños, pero mi cara era un desastre. No importaba, esa espeluznante escena nos mantendría unidos para toda la eternidad. Me agarró del cuello con una mano y me metió los billetes en la boca con la otra. Me atraganté y me repugnó todo lo que hacía ese hombre. Para él fue suficiente humillación como para soltarme y darme la oportunidad de recuperarme del ataque.

Tras escupir los billetes en el suelo, Kruger se alejó.

Con la ayuda de mis compañeros, devolví los billetes, un tanto agujereados, a la caja dañada. Me parecía que las costillas se me habían separado del resto del cuerpo y que flotaban libres. Sacudí la cabeza, esperando que se me pasara el mareo.

Cuando nos cercioramos de que la caja aguantaría, la levantamos con cuidado otra vez. Siempre estábamos deshaciendo nuestro propio trabajo.

Después de un día agotador, los billetes quedaron a resguardo en el túnel con la ayuda de nuestro amigo de la grúa. De vuelta en el camión, nos sentamos bien juntos mientras el vehículo avanzaba por los decadentes pasillos hacia el terror del campo de concentración.

Al observar la nuca de Kruger cuando salía de un salto del transporte y se alejaba, volvió a emerger en mí un deseo largamente reprimido. Cuando me limpié la sangre con el brazo, me dejé en la manga una mancha roja. De ninguna manera podía permitir que se fuera de rositas después de todo lo que había hecho durante tanto tiempo.

Cuando regresamos a la barraca, el doctor Kaufmann me limpió la cara lo mejor que pudo. Me negué a mirarme en el espejo, pues sabía muy bien que estaba magullado como una fruta podrida. Tomar un cuenco de sopa e irse a la cama eran las únicas opciones que nos quedaban, conscientes de que el día siguiente lo pasaríamos entero trabajando. Siempre había trabajo que hacer. Tenían maneras de mantenernos igual de ocupados que en Polonia.

A la mañana siguiente, la esvástica que ondeaba a media asta en el centro del campo era el tema que andaba de boca en boca. Salí al exterior y me quedé perplejo. Miré aturdido cómo bailaba por encima de mí. Los nazis eran unos autoritarios, les gustaba que su bandera de los horrores ondeara bien alto. Hacer las cosas a medias no era una característica suya. La Solución Final es un buen ejemplo. No fue la penúltima solución ni la semisolución.

El espectáculo de la bandera con la esvástica decaída en el asta era extraño.

Los pobres nazis, tristones, se enjugaban los ojos con los pañuelos que habían robado de las maletas de mi gente. El príncipe del pueblo alemán había muerto. Era el 25 de abril de 1945.

No solo se quitó la vida a sí mismo, sino también la de su problemáticamente joven esposa Eva y su pastor alemán, Blondi. No me gusta hablar mal de alguien que se suicida, pero hay muchos otros elementos sobre el líder austríaco de la raza dominante alemana que cabe destacar. Primero de todo, Hitler era una farsa. No me entra en la cabeza cómo un estudiante de arte fracasado con complejo de Napoleón pudo ser la persona que dirigiera el mundo hacia un futuro rubio de ojos azules. Hay que ver lo lejos que puede llegar un hombre diciendo unas cuantas frases pegadizas y desviando la culpa hacia cualquier otro lado.

En el KZ Schlier hicimos lo que pudimos para contener la emoción. Parecía que estábamos a punto de ver el fin inevitable de la guerra. El tiempo que me quedaba como prisionero casi no fue productivo. Simplemente nos dedicamos a curiosear.

Ver a los nazis cabizbajos, después de habernos tenido acorralados durante tanto tiempo, era como un bálsamo. Quizá tenían afinidad con Hitler, pero jamás sería igual el sentimiento que el nuestro, el de los prisioneros, con todas las personas que habíamos visto morir. Nuestros familiares y amigos habían fallecido. No porque no quisieran enfrentarse a las consecuencias de sus malvados planes, sino porque les arrebataron cruelmente la vida por la estúpida idea de que algunas personas son mejores que otras.

Escupo sobre las cenizas de Adolf Hitler.

A medida que los días se alargaban después del anuncio de la muerte de Hitler, los hombres de las SS se iban fracturando gradualmente y su preocupación aumentaba.

El tiempo discurría de una manera distinta. Nos despertaron gritando como locos que debíamos evacuar el campo.

—Los Aliados están a pocos kilómetros de aquí. Debemos dirigirnos a otra base de las montañas.

Parecía una locura acercarnos aún más a los Alpes. No quería quedarme atascado en una localización todavía más remota. Les habían llegado instrucciones desde Mauthausen. Unos trescientos prisioneros se quedaron en el KZ Schlier. Los ciento treinta y dos de la unidad de falsificaciones debían marcharse. Para entonces algunos habían muerto. Personas sin nombres. Cosas que pasan.

Kruger requisó unos camiones, pero, al no disponer de suficiente espacio para hacer el viaje de una sola vez, dividió al equipo en dos. Busqué excusas para rezagarme, pero todo el mundo tuvo la misma ocurrencia. Aquellos preciados minutos eran lo que diferenciaba la liberación de la muerte. Observábamos los montes, ansiosos por ver aparecer a los Aliados al fin y que nos salvaran. Tras haber pasado tantas horas juntos, nuestras mentes se habían fusionado. Todos los presentes parecían tener una excusa para ir al final de la cola.

—Creo que me he dejado el peine.

—Voy al baño un segundo.

—¿Me están llamando?

Haciendo lo que se le daba mejor, Kruger fue presa del pánico y arrojó su mochila en el camión para poder golpearnos mejor con la culata de su pistola.

—¡Cretinos! —gritó—. Tenemos solo unos minutos para salir de aquí, ¿no lo entendéis? —Su error radicaba en asumir que le teníamos miedo a la liberación, como él. Eso no evitó que nos encogiéramos—. Tenéis suerte de que no acabemos con todos vosotros como han hecho en otros campos.

El corazón se me detuvo.

—Herr Kruger, ¿qué están haciendo en los otros campos?

—Terminando el trabajo, Gottlieb. Cualquier conocido que pudierais tener en Auschwitz estará muerto antes de que termine la semana.

Me quedé paralizado en el sitio y otros hombres de las SS se unieron a Kruger para obligarnos a subir a los camiones. Tomé asiento con el ceño fruncido. Si Rose seguía con vida, me necesitaba más que nunca.

El conductor aceleró por el paso de montaña, consciente de que tenía que volver y hacer otro viaje con otra carga de prisioneros. A medida que mis amigos se hacían pequeños en la distancia, abandonados nuevamente a su suerte, un instante de claridad me destelló en la mente. Era como si estuviera otra vez en Praga limpiando el suelo de la fábrica. Los engranajes de mi mente echaban humo. Si me tiraba por el lateral del camión, muy probablemente algún nazi errante acabaría capturándome. No podría ayudar a nadie si eso ocurría.

Bajé los ojos a mis pies para mirar la funda de almohada que contenía mis artículos personales por decimoquinta vez ese día y sonreí. No solo estaba mi bolsa, sino también las pertenencias de Kruger. Había arrojado la mochila al transporte antes de darse cuenta de que tendría que quedarse atrás con los otros prisioneros. Mientras los demás intentaban entrever nuestro nuevo horizonte, mis dedos se escabulleron dentro de la mochila. Ser capaz de sentir algo era propio de un hombre libre.

Me hormigueaba.

Me quemaba.

Yo siempre sería yo.

Permanecimos juntos, en dirección al KZ Ebensee. Qué suerte la mía que me destinaran al último campo de concentración que todavía estaba operativo. Aunque era mucho más pequeño que los otros, no le iba a dedicar a Ebensee una reseña tan mala como la de Birkenau, el campo de concentración que evitaría a toda costa y no le recomendaría a nadie.

No pude evitar reparar en una fosa cubierta con unos químicos calizos donde amontonaban a los muertos. Un final terrible para sus capítulos finales.

Los Aliados estaban irrumpiendo en todos los campos e intercambiando los roles: hacían prisioneros a los nazis y liberaban a los judíos. Pensar en aquella inversión daba contenido a mis ensoñaciones, una versión de la realidad lo suficientemente distorsionada como para ser extravagante pero no del todo imposible. Ebensee se había convertido en el último bastión.

En una barraca de madera podrida en lo alto de la colina donde estaba situado el campo nos encerraron por última vez y nos dieron solo una pequeña porción de pan como premio de consolación. Unos altavoces ocultos emitían actualizaciones periódicas de la causa en alemán, antes de que sonara el himno nacional y otro obituario del viejo Adolf, su héroe cobarde.

La barraca no estaba diseñada para alojar a setenta hombres. Incapaces de movernos sin golpearnos con algún hombro, los nervios se crisparon. Estaba anocheciendo en todos los sentidos.

Cuando apareció la luna, calculé que debían de ser cerca de las ocho y aproveché la oportunidad para pensar en Rose. Había pasado mucho tiempo desde la última vez que la había visto. Aunque la separación había estado envuelta en un halo de romanticismo, había vivido decenas de vidas desde entonces. Era una persona distinta, una carcasa. Ser un prisionero evitaba que me obcecara demasiado. Mirar la luna nueva era mirar una nueva vida. Un ciclo. Con el tiempo, todo renacía. No iba a permitir que los amigos que me quedaban tuvieran que arrojar pronto paladas de tierra sobre mi ataúd.

Al lado de la ventana, mientras contemplaba el astro, vi a dos soldados con metralletas apostados cerca de la barraca. Sus siluetas eran peligrosas y agresivas bajo la luz blanca de la luna. Desde mi posición, apretado contra el delgado cristal, me pareció que esperaban la orden de terminar con nosotros. Era lo mismo que había experimentado con el Kommando de la madera.

Al parecer, había llegado la hora. Reconocía las señales. Los nazis habían enterrado el dinero y habían quemado el equipamiento. Las últimas pruebas tenían setenta latidos por minuto y esperaban dentro de la barraca. Había llegado la hora de regurgitar la Operación Ametie.

«Debes sobrevivir».

«Debes encontrar a tu esposa».

«Debes salir de aquí».

Me arrimé a la esquina y rebusqué en la mochila de Kruger. Saqué su chaqueta y descubrí que estaba decorada con sus medallas y charreteras, las que llevaban todos los oficiales nazis de alto rango. Apreté mi chaqueta, la camisa y los pantalones en la funda de almohada que contenía mis otras preciadas posesiones y luego lo remetí todo en la mochila de Kruger. Con la esperanza de que mi alemán fuera lo bastante bueno como para que colara y de que el impresionante rango de colores que llevaba prendido debajo de la solapa evitara demasiadas preguntas, me dirigí a la puerta.

Si podía salir de la cabaña sin que me detectaran, podría salvar al resto de los hombres. El rango de Kruger obligaría a esos soldados a apartarse de la barraca y ganaríamos tiempo para que llegaran los Aliados. Desde Ebensee podía ir hasta Birkenau. Si, como decían los informes, los Aliados se habían hecho con el control del campo, podría entrar en él y buscar a Rose.

Cuando me puse en pie, los demás retrocedieron espantados, incapaces de procesar cómo un nazi había aparecido de la nada. Para cuando se dieron cuenta de quién era y lo que estaba pasando, ya fue demasiado tarde. Estaban demasiado pasmados como para detenerme.

—Por Rose —dije en voz alta.

Tras ponerme la famosa gorra nazi con la calavera en la cabeza, abrí la puerta, listo para salvar a mis hombres y luego a mi mujer.

Capítulo 28

La puerta golpeó contra la pared con un sonido metálico, revelando un paisaje completamente nuevo. Los guardias nazis que observaban la barraca desde la distancia habían dado paso a un conjunto de personajes tanto de la Cruz Roja como del ejército estadounidense. O bien habían elegido el peor momento para liberarnos o yo había escogido el peor momento para vestirme como un nazi.

—¡Las manos arriba, alemán! —me ordenó uno de los apuestos soldados, con sus enormes dientes blancos brillando—. ¿Qué demonios está pasando aquí?

Con un sollozo, levanté los manos. Después de tanto tiempo de espera, las circunstancias eran muy distintas de lo que había imaginado. El soldado me agarró una de las manos, me retorció la muñeca y me obligó a pegar la cara al destartalado lateral de la barraca.

—Soy un prisionero —alegué—. Estoy con ellos.

Los demás podrían haberse dado más prisa en confirmar mi versión.

—Vistes como un nazi —repuso el soldado americano.

Eché el mentón hacia atrás para no dañarme con la pared de la barraca y la gorra nazi se me cayó de la cabeza.

—Mucho pelo para ser un prisionero —añadió el estadounidense. Luego les echó un vistazo a los demás hombres judíos—. Aunque todos tienen mucho pelo…

—Somos prisioneros —dijo Mika desde el umbral de la puerta–. Podéis mirarnos los brazos. ¡Los nazis guardaban todos los registros!

–¡Arremangaos! Vamos a tener que revisaros a todos.

Ignorando mis súplicas, vi claro que me iban a someter a un pequeño interrogatorio antes de ver cómo la Cruz Roja se apoderaba de Ebensee.

–Por favor –le imploré, con las manos encadenadas juntas por delante del cuerpo en su sala de interrogatorios.

Todavía estaba decorada al estilo nazi. La pintura de la pared se descascarillaba. Al menos alguien había tenido la decencia de quitar la fotografía de Hitler.

Arremangándome como pude la camisa de Kruger, mostré mi tatuaje. Había tenido el buen ojo de tirar la chaqueta con todas las medallas.

–Me llamo Georg Gottlieb. Nos sacaron de Auschwitz, Birkenau y Mauthausen y nos trajeron aquí como parte de un Kommando especial. Estoy casado, mi esposa Rose Gottlieb está en Birkenau.

Dos miembros de la Cruz Roja estaban sentados delante de mí, con sendas sonrisas comprensivas adornándoles el rostro.

–Mírelo desde nuestro punto de vista, señor Gottlieb. Hemos liberado el último campo de Europa y hemos encontrado a un hombre que parecía supervisar a un grupo de prisioneros. Tiene la cabeza llena de pelo, un tatuaje con números torcidos y va vestido como un nazi. De todos modos, en Birkenau no queda nadie.

Tenía que reconocérselo, habían hecho las investigaciones pertinentes. En aquel instante parecía ser tremendamente culpable. Muchos nazis afirmarían a toda prisa que no eran nazis. El estómago me dio un vuelco al saber que Rose ya no estaba donde la había dejado.

–Hasta que pueda demostrarnos que es quien dice ser, será tratado como un prisionero.

—¡Los demás pueden confirmarlo! —insistí.

Las cadenas de mis muñecas tintineaban.

—Con eso no basta. Todavía estamos verificando sus historias. Si hay algo de verdad en esta operación que dice que tuvo lugar aquí, encontraremos pruebas de ello.

—Pero si setenta personas os están diciendo lo mismo, que fabricábamos dinero en pro del esfuerzo bélico nazi, entonces debe ser verdad. Habéis visto en qué condiciones estamos, la manera en que nos mantenían presos, los maltratos que hemos sufrido. Puedo llevaros hasta el dinero.

—¿En las cuevas del KZ Schlier? —me preguntó el interrogador.

—¡Sí! ¡Está en montones de cajas de quince metros de altura!

Negó con la cabeza y golpeó con un lápiz repetidas veces en el escritorio.

—Pasamos por Schlier de camino a Ebensee. No había nada en aquellas cuevas. Lo que fuera que estaba allí guardado fue trasladado ante nuestra inminente llegada.

Entró otro miembro de la Cruz Roja sin llamar y entregó un telegrama. La mirada de mi interrogador me reveló la historia antes de que pronunciara palabra.

—A Georg Gottlieb lo mataron en Auschwitz-Birkenau. ¿Quién demonios eres tú?

Mientras los sonidos de la libertad me tentaban desde fuera, me metieron en una celda. Era fácil ver cómo había llegado a aquella situación. Había hecho todo lo posible por distanciarme de las atrocidades y estas habían dado un rodeo para darme una patada en el trasero. No esperaba acabar así la guerra, encarcelado como un nazi. Después de tanto tiempo aferrado a la esperanza, con todos aquellos sueños lúcidos provocados por el hambre y las palizas, ¿de verdad había terminado de esta forma?

Aquella experiencia de confinamiento fue ligeramente mejor que la de Sachsenhausen, pero no la recomiendo. Tuve la buena suerte de que mi celda diera al camino, aunque los barrotes me recordaban cuál era mi nuevo lugar, o al menos a qué lugar creían que pertenecía nuestros salvadores. Por aquel entonces, la única intención que tenían los nazis era salir cagando leches de allí. Los documentos falsificados les allanaban el camino. Después de todo, me di cuenta de que les había procurado un salvoconducto mientras que yo había acabado encerrado en otro tipo de celda.

Habíamos logrado lo imposible, pero la situación se había vuelto imposible de nuevo. Me eché a llorar.

Se elevó un grito que atrajo la atención al instante. Me arrimé a los barrotes, mirando hacia la verja de entrada. Unos hombres se estaban acercando por la colina oscura. No eran soldados. La Cruz Roja permaneció en sus puestos, sin saber qué hacer. El segundo grupo del KZ Schlier nos había encontrado.

Aquellos que ya estaban en Ebensee corrieron hacia el portón para explicar la situación, arremangándose y mostrando los números que habían tenido ocultos.

Tras dejarlos pasar a regañadientes, los supervivientes de la operación Bernhard se reunieron al otro lado de mis barrotes. Me daba vergüenza saludarlos en aquellas circunstancias.

—Voy a encargarme de esto —dijo Oskar Stein.

Solo fue cuestión de minutos que descorrieran el cerrojo de la puerta y la abrieran para encontrarme con tres personajes completamente distintos: Stein, un soldado estadounidense y un prisionero nazi.

—¡Gottlieb! —exclamó el nazi.

No se podía creer la mala pata de encontrarme vivo otra vez.

—¿Eres tú? —contesté.

–¿Este hombre es un oficial nazi? –le preguntó el estadounidense al hombre.

El nazi de pelo rubio puso una mueca de desdén; su habitual sonrisa burlona estaba partida por la sangre de sus labios.

–¡Qué va! Escúchalo. Es un quejica con voz gangosa. Debe de ser cosa de la nariz. Todas sus mentiras se ocultan ahí dentro.

El guardia lo devolvió de un empujón a su celda para que esperara a los juicios a los que siempre estará asociado Núremberg.

–Lo siento mucho –me dijo el estadounidense mientras me sacaba del agujero.

Oskar fue el primero en darme un abrazo, aunque los demás no tardaron en pedir turno.

Tras llegar a la barraca donde mis amigos habían guardado sus bolsas, me quité la camisa y los pantalones nazis; tuve que reconocer que ponerme aquella ropa no había sido la mejor de las ideas. El lugar más idóneo para aquellas prendas era el fuego.

De vuelta con mis camaradas, echamos cuenta de las provisiones de los nazis, nos servimos comida y cerveza alemana e intentamos rehacernos. Tardaríamos mucho en olvidar los horrores de los nazis.

Por todo el campo se extendía un ruido feroz de alegría, el tipo de sonido que me parecía no haber oído desde hacía décadas. Como resultado, era nuevo para mí. Un mundo nuevo de sonidos, de risas contagiosas. La gente corría no embargada por el miedo, sino por el júbilo. Clamaban sus plegarias y condenaban a Hitler con todo su ser.

El aire estaba impregnado de entusiasmo, de la sensación de que todo iba a ir bien al final, y, si no era así, significaba que todavía no había llegado ese final.

–L'*chaim* –brindaron, chocando unas copas llenas de cerveza alemana robada.

Por desgracia, mis pensamientos se desviaron hacia mi *mohel*.

Entre la muchedumbre, noté que una mano se posaba suavemente sobre mi bíceps. Me giré y me llevé una sorpresa al ver a Julia. Su sonrisa sugería que habíamos logrado salir al otro lado del túnel. En la bruma de sus hoyuelos radicaba la insinuación de que había más cosas que no me había contado. ¿De verdad Greta había sido la única que, llevada por la rabia, había prendido fuego a la casa y había apretado el gatillo para acabar con Werner? La versión de Julia era la única a la que tenía acceso. No volví a ver a Greta ni a las demás mujeres. Pero ¿acaso tenía importancia cuando el resultado era el mismo? Esperaba que mis acciones hubiesen alargado sus vidas, sin importar dónde acabaran.

–Lo hemos logrado –me dijo, tras lo cual se acercó a mi oreja y me dio un suave beso que me hizo brotar un sentimiento muy distinto.

Mis amigos se daban codazos mutuamente mientras miraban a Julia. Los rumores sobre el famoso falsificador todavía no habían cesado.

–No sé qué va a pasar a partir de ahora, pero espero que sea una vida buena –le dije, esquivando los muchos pares de ojos que miraban en nuestra dirección, iluminados con insolencia–. ¿Quieres cerveza? –le ofrecí, tendiéndole mi vaso.

Le dio un buen sorbo sin apartar los ojos de los míos.

–Oye..., si de verdad quieres celebrarlo... –me insinuó.

–Estoy casado –solté atropelladamente.

Un alboroto estalló detrás de nosotros. El resto de hombres del KZ Schlier se unieron a la fiesta después de encontrar catres y dejar sus pertenencias.

–¿No te lo había dicho?

Debía de ser la única persona que conocí durante el transcurso de esos años a la que no le había hablado de Rose durante mi discurso de presentación.

–Lo he dado por sentado. Perdona.

–No te disculpes. Ahora mismo vuelvo –le dije, y le solté la mano; un gesto que había hecho y que me había pasado desapercibido hasta entonces.

Al regresar al interior de la barraca, no pude evitar reparar en un prisionero agachado en una esquina. Estaba en el lugar exacto donde había escondido mi funda de almohada con mis pertenencias y las que le había robado a Kruger.

–¡Eh! –le llamé la atención.

El ruido de la puerta al cerrarse pareció sobresaltarlo más que mi voz. Se giró.

Antes de que pudiera coger aire, mis pies se tropezaron el uno con el otro, intentando huir. No podía ser. Era imposible.

El ladrón me persiguió y nos estampó a ambos contra la puerta, estrujando mi patética carcasa como si fuera una naranja. Incluso presa del pánico, en mi cabeza se arremolinaban pensamientos sobre cómo podía ser aquel el desenlace que me veía obligado a vivir.

Vestido con un uniforme de rayas de prisionero robado, Bernhard Kruger tenía un aspecto muy distinto del altivo nazi que me había roto las costillas y me había reducido a una masa jadeante en el suelo del túnel secreto.

Comenzó a ahogarme con la misma fuerza que era la responsable directa de muchas de las muertes de mi gente que le habían permitido subir de rango. Había cierta destreza que mostraba que aquella manera concreta de estrangular era algo que hacía con auténtica pasión.

En un acto reflejo y en un movimiento de pelea poco digno de un caballero, levanté la rodilla hacia su entrepierna, con el consiguiente repiqueteo de sus testículos nazis, y conseguí que se apartara tambaleándose. Tras un tiempo para recuperarme, de rodillas en el suelo, mi cara empezó a rebajar el tono morado que había adoptado.

Para cuando ambos estuvimos preparados para retomar la pelea, Kruger estaba de pie, con una pose de boxeo, dando brincos en el sitio.

–Siempre fuiste tú –me dijo–. Debería haberlo sabido.

Hice todo lo posible por recuperar el equilibrio, por hacerle frente, por dialogar.

–No sé de qué estás hablando, pero te voy a destrozar tu minúscula polla nazi de una patada.

Pueril pero efectivo.

Levanté las manos e imité su postura. Hacía unos veinte años de la última vez que alguien me había obligado a pelear. Nunca había terminado especialmente bien para mí en la escuela. Aun así, no me iba a hundir con el barco.

Kruger lanzó un puñetazo con la izquierda. Impactó en mi muñeca y me causó escozor, pero sirvió como aviso. Un disparo de advertencia.

–Sí que estabas ayudando a Werner. ¡Gunther Levy decía la verdad! ¿Adónde fue todo el dinero?

–No sé de qué hablas.

–Admítelo, judío.

–¡Nunca!

Aprovechando el momento para atacar, agaché la cabeza sin pensar, a ciegas, y cargué contra él. Golpeé a Kruger en el pecho, lo cual le vació los pulmones de aire; caímos sobre un catre destartalado y rodamos por encima de él. Kruger siseó, pero tuvo el buen tino de darme un codazo en la espalda.

Me aparté de él al tiempo que una descarga eléctrica me recorría la columna. No iba a ser una pelea justa. ¿Por qué debía serlo? ¿Qué parte de la guerra había sido justa? Durante todo el camino había sido una cuestión de vida y muerte.

En aquel momento era una cuestión de matar o que me mataran.

Inmovilicé a Kruger con las rodillas y con las manos rebusqué en sus costados para ver si había algún arma. Acabé aferrando un rollo de libras esterlinas escondido dentro de una copia de la obra maestra de Hitler. Con toda la gracia de que fui capaz, le metí los billetes en la boca. Ojo por ojo, diente por diente. Mordisqueándolos, Kruger se negaba a rendirse mientras sus manos forcejeaban con las mías. En mis antebrazos se marcaban tendones y venas al apretar hacia abajo. Todas las fuerzas que me quedaban estaban centradas en una única dirección.

Alguien más poético que yo te diría que los fantasmas de sus víctimas vinieron a ayudarme, prestándome su fuerza. Piotr, Felix, Gunther, todas las personas que Kruger había quitado de en medio estaban apretando sobre mis manos temblorosas y blancas. Un trabajo en equipo.

El rojo de la bandera nazi me nubló la visión, todos habían muerto bajo ese color y rugían por mi supervivencia.

Los segundos se paralizaron. Cada centímetro de mi cuerpo se quedó agarrotado. Apreté los dientes. La fuerza disminuía. Éramos dos hombres que gemían sucios, sudorosos.

Cuando volví en mí y regresé a la escena que tenía delante, su cuerpo estaba convulsionando. El estertor de la muerte hizo que sacudiera los pies por última vez y me acordé de los últimos instantes de Piotr. Entonces el silencio invadió la cabaña. Fuera, las multitudes de supervivientes seguían festejando. Tres hurras por aquella dulce venganza. Los billetes habían entrado hasta el fondo de la boca de Kruger y le habían momificado la lengua. Había visto muchos cadáveres, pero ver cómo se apagaba la luz de los ojos de Kruger fue algo completamente distinto.

Atónito por lo que acababa de hacer, me puse en pie trastabillando. De repente, vi la escena a través de los ojos de una tercera persona. Jamás fui capaz de contarle a nadie lo que hice. Curiosamente fue arrebatarle la vida a alguien lo que cambió la percepción que tenía de mí mismo y de mis capacidades. No pude evitar decir la última palabra.

–Quédate con el cambio, sucio animal.

El destino de algunas personas no es la salvación.

La gente se estaba poniendo *ferschnicket*, lo que vendría a ser como una cuba. Se elevaban unas fogatas cuyas llamas se alimentaban de esvásticas y documentos varios. Los hombres y las mujeres libres bailaban, disfrutando de la oportunidad de poder hacer algo después de haberse deshecho de los grilletes que les habían puesto a la fuerza por sus creencias. El júbilo tenía a todo el mundo tan abstraído que no se dieron cuenta de que un judío escuálido se esforzaba por sacar a rastras de una barraca distante un cuerpo enrollado en una manta.

Gracias a la titilante luz de la fiesta, hallé el camino hasta el foso. Allí estaban los incontables cuerpos de aquellos que habían estado muy cerca de conseguirlo, amontonados formando una extraña pila de brazos y piernas. No conseguí formular ningún comentario mordaz más, así que arrojé hacia el oscuro anonimato del foso al hombre responsable del tiempo que había pasado en la unidad de falsificaciones.

De pie, al borde de la fosa común, inhalé el aire de los muertos y me sequé el sudor espeso que me caía hacia los ojos. De golpe reparé en que había dejado una pequeña fortuna atascada en la garganta de uno de los peores seres humanos que he conocido jamás, más que suficiente para pagar al barquero. Lo más irónico fue que, disfrazado con el uniforme de preso, no podía distinguir su cadáver entre el amasijo de extremidades que había abajo. Se había ido para siempre.

—Amigo mío, ¿te has metido en una pelea? —me preguntó Lewin cuando regresé a la fiesta mientras me tocaba con cuidado un corte en la sien.

—Deberías ver cómo ha quedado el otro.

Le arrebaté la cerveza que tenía en la mano y me la terminé en un santiamén, respirando entrecortadamente por la nariz mientras tragaba. A pesar de todo lo que habían hecho, estaba claro que los nazis sabían cómo elaborar una buena cerveza.

Estremeciéndome después de lo que había ocurrido, me asaltó la justicia que había impartido por mi propia mano y me vi obligado a alejarme del fuego para vomitar espuma de lúpulo sobre la hierba. Tras escupir hasta el último resto, regresé junto a mi familia ampliada con los ojos rojos.

Sentados en círculo alrededor del fuego, los últimos miembros de la operación Bernhard que habían cruzado la línea de meta en Ebensee nos contaron lo que había sucedido. Reunidos en el centro de un campo de concentración, bebiendo cerveza y riéndonos, me di cuenta de que nos habíamos convertido en viejos amigos. Compartíamos un vínculo por todo lo sucedido que duraría para siempre. No se dieron cuenta del sudor nervioso que me cubría la piel.

Kruger y la segunda partida de hombres habían llegado al campo y se lo habían encontrado despojado de todos sus ocupantes nazis. Unos hombres con bandas de la Cruz Roja los detuvieron para saber qué querían.

—Debería haber otros hombres aquí —dijo él, frenético—. Están bajo mi mando, unos setenta trabajadores. Quiero que me los traigan.

Sentados alrededor del fuego mientras narraban su historia, me pregunté en qué momento se percató de que yo tenía su mochila. ¿Cuándo reparó Kruger en que no había revelado todo lo que sabía?

Tras fracasar en el intento de entrar como oficial nazi y desesperado por descubrir qué le había pasado a su unidad de falsificaciones, Kruger se cambió de ropa y se infiltró entre el grupo de prisioneros. A partir de ahí, investigando, encontró el suficiente contrabando para concluir que yo era el niño problemático. El palo en las ruedas.

Todo esto son elucubraciones mías, claro. Es lo que pude deducir después de haberle quitado la vida.

Nos quedamos despiertos toda la noche, sin dejar de celebrarlo. El mareo se negaba a abandonarme, igual que la culpa. Aunque no era tan necio como para creer que había cometido el crimen perfecto, los escenarios en los que me pillaban me parecían tan inverosímiles que no me los podía tomar en serio. ¿Quién iba a echar de menos a un nazi, dadas las circunstancias? Además, era una culpabilidad que llevaría conmigo siempre. ¿Quién era yo para hacer de juez, jurado y verdugo? Tras tanto tiempo rodeado de nazis, sus métodos se me habían contagiado.

Seguíamos bebiendo cuando el sol nos trajo la preciosa esperanza de un nuevo día. No fue hasta esa mañana, al alcanzar a oír el lento e inconfundible retumbo de los tanques que se acercaban, cuando de verdad nos creímos que se había acabado. Habíamos sobrevivido.

Los estadounidenses eran de una especie diferente. Tenían hombros anchos y poderosos, y maravillosas sonrisas. También olían distinto, a sándalo, jabón y salvación.

Para el tercer batallón de caballería era su primera visita a un campo de concentración. Ojalá yo hubiese podido decir lo mismo, pero tenía el honor de haber pasado por cinco.

Lo que le ocurrió a mi gente fue horrible, pero verlo a través de los ojos de unos hombres que desconocían que se hubiesen cometido unas atrocidades así hasta ese momento confirmó mis preocupaciones. Me resultaba difícil imaginar que el resto del mundo hubiese seguido como siempre, a pesar de la guerra. Durante un tiempo, me costó mirar a los ojos a cualquiera de ellos. Debíamos de parecerles muy raros. Las SS se habían asegurado de convertirnos en un número y me habían inculcado el miedo a cualquier tipo de autoridad.

Capítulo 29

–Los soldados que nos liberaron nos aseguraron que volveríamos a la vida que habíamos tenido antes –dijo Georg con rotundidad al tiempo que examinaba la mesa que tenía justo enfrente en busca de su preciada caja de cigarrillos–. No deberían habernos hecho una promesa así cuando todo había cambiado.

Con los movimientos, Georg tumbó la grabadora de Rebekah, que seguía sobre la mesa grabando la conversación. Cualquier distracción hubiese importunado a la periodista, que estaba sentada al filo de la silla, absorbiendo cada una de las palabras. Sería capaz de recitar muchos pasajes de la historia de Georg si se lo pidieran.

–Entonces, ¿cuándo pudiste volver a ver a Rose? –preguntó ella.

–Cuando intenté conseguir un salvoconducto para ir a Birkenau, me dijeron reiteradamente que habían clausurado el campo y los prisioneros habían vuelto a casa. Me lo dejaron muy claro.

–¿No fue hasta tu regreso a Praga, pues?

Tras encontrar los cigarrillos de la mesa, Georg se acercó el paquete con manos temblorosas. El amarillo de su esclerótica casaba con las manchas que tenía en los dedos índice y anular de la mano derecha.

–¿Te importa que me fume uno? –le pidió Rebekah–. Ha sido una historia demencial.

—Claro. —Georg sonrió—. No me importa. Aunque debes saber que son terriblemente adictivos. —Se rio hasta que la risa se convirtió en un resuello que no duró demasiado; una vida entera de malos hábitos le pasaba factura—. El médico me dijo que, si lo dejaba ahora, la conmoción me llevaría al otro barrio. Debo de ser la única persona a la que los médicos le recomiendan que siga fumando.

Georg le acercó lentamente el paquete, que crujía por encima de la mesa. Rebekah cogió un cigarrillo, consciente de que hacía meses que no fumaba y que había sido una auténtica pesadilla dejarlo. De todos modos, iba a salir del piso de Georg apestando a humo.

—Te puedo ir a comprar algún paquete antes de irme —se ofreció.

—No hace falta —contestó Georg con voz rasposa.

Levantó el encendedor entre los dos y se dispuso a encender primero el de ella mientras sostenía el suyo entre los labios.

En su mente, Georg todavía tenía el encanto de Rick Blaine. La única diferencia era que Humphrey Bogart no se habría permitido jamás hacerse tan viejo.

—Cada vez que Verity y su marido se van de vacaciones les pido que me traigan tantos Benson & Hedges como puedan del *duty free*. —Volvió a señalar la fotografía del aparador, la única en color, en la que salía con el brazo rodeando a su «sobrina» y ambos lucían amplias sonrisas—. Supongo que todo eso cambiará si Boris y Nigel se salen con la suya.

—Uy, se me ha prohibido hablar de ello con según qué miembros de la familia —dijo Rebekah—. Es un tema que causa divisiones.

—Ya he vivido suficientes asuntos divisorios —terció Georg y se encendió el cigarrillo—. No le guardo rencor a Alemania porque en los campos había tantos prisioneros alemanes como de otros países. He hecho amistades que han durado toda la vida con personas de esa increíble tierra. Decir que Alemania se equivocó es incorrecto. Es el poder de las palabras. Hitler empezó a hablar y mira dónde llegó. En cuestión de años, pasó de ser un artista fracasado a convertirse en el líder mundial más espeluznante y luego en un cadáver en un búnker.

Rebekah sonrió y le dio unos golpecitos al cigarrillo para que la ceniza cayera en el enorme cenicero de cristal.

–Me has mencionado que los soldados estadounidenses llegaron después de pasar por el KZ Schlier –dijo Rebekah, comprobando las anotaciones que había tomado aparte de la grabación–. Si entraron en las cuevas, debieron de ver alguna señal de que se habían llevado a cabo tareas para retirar las cajas. Me has dicho que me ibas a concretar dónde terminaron esas cajas, pero por lo que me has contado infiero que la última vez que las viste fue en aquella cueva. ¿Qué no me estás contando?

–Todo a su debido tiempo –contestó Georg.

Algo que había sido una constante durante la guerra habían sido los trenes. Todo lo demás lo habían arrancado o destruido, pero el transporte con ferrocarril siempre estuvo disponible. Hitler sabía cómo hacer que los trenes llegaran a la hora.

Sentado en un cómodo vagón, me deshice en lágrimas. No me transportaban como si fuera ganado, sino como un pasajero en un tren regional. El olor era increíble. No solo olía a limpio, sino que había una fragancia floral que no lograba identificar. Las flores no brotan en los campos de concentración.

Delante de mi asiento había una pequeña mesa sobre la que coloqué todas mis posesiones para poder vigilarlas. Tenía provisiones para dos días que me habían dado los amables soldados estadounidenses. Me bastarían para cubrir el viaje. A partir de ahí tendría que espabilarme. No sabía qué esperar ni qué haría después. La esperanza me ayudaría a avanzar.

La guerra había sido un periodo demasiado duro como para idear planes ingeniosos, eso lo tenía claro. Pero ya nada podía detenerme.

Al fin había llegado mi momento.

Estiré las piernas, las metí debajo del asiento de delante y miré por la ventanilla para perderme en mi reflejo de ojos oscuros antes de partir.

Había pasado mis años de juventud en los campos de concentración. Sin estar seguro de si mi familia seguía en Praga o viva incluso, podía percibir a Rose en el aire. Ya había vuelto. Me aliviaba saber que tendría un techo bajo el que cobijarme.

Además de las preocupaciones generales, había cambiado físicamente. Las líneas de mi rostro eran diferentes. Bueno, se habían desarrollado. Al inicio de la guerra tenía un rostro joven de ojos saltones en el que costaba que creciera un bigote decente. Después, me quedaron unas ojeras permanentes. Las noches en vela me habían dejado unas bolsas que los nazis no podrían requisar nunca. Una barba incipiente me recubría las mejillas. Que me faltaran dos dientes no me preocupaba demasiado cuando había tan pocos motivos para sonreír. Los moretones, producto de los dos encontronazos que había tenido con Kruger, no habían sanado aún.

Enfoqué la vista afuera mientras el tren esperaba en el andén. Una mano me saludaba, como despegada del cuerpo. Aparté a un lado mi monólogo interior y observé con más atención hasta reparar en el humano pegado al brazo, como suele ser el caso. Lewin, Mika y otros prisioneros de la unidad de falsificaciones se estaban despidiendo. Sus transportes llegarían más tarde. Levanté una mano, la apreté contra el cristal y noté lo frío que estaba al tacto.

Cuando el tren siseó y se puso en marcha, las lágrimas caían de mis ojos como la lluvia en un techo con goteras. Lewin colocó una mano sobre la mía al otro lado del cristal e intentó sonreír con su arrugado rostro. Caminó al lado del tren mientras los demás me decían adiós, rezagándose a medida que el tren cogía velocidad. Aquella fue la última vez que lo vi. Qué curioso sobrevivir a todas aquellas amenazas solo para que los designios de la muerte se te lleven al cabo de un año.

Las marcas donde había posado la mano me acompañarían durante todo el trayecto en tren hasta Praga. Sollocé durante la primera hora del viaje, asustado por estar tan solo. Estar confinado con mi propia compañía y pudiendo hacer lo que quisiera después de tanto tiempo me resultaba extraño. Me había acostumbrado a los movimientos, los murmullos y los olores de la gente que me rodeaba. A pesar del estruendo y los crujidos de la locomotora, echaba en falta los sonidos humanos. Los crudos inviernos que había soportado como prisionero en los campos eran distintos al frío que me trepaba por los hombros.

Como un niño, me quedé dormido cuando me harté de llorar. Al despertarme, horas después, cuando nos detuvimos en una estación, una madre y su hijo pequeño decidieron sentarse delante de mí.

—No mires —le dijo la madre en alemán.

Me giré para evitar la mirada fisgona del niño. Otro pueblo arrasado me arruinó las vistas. Permanecí retraído hasta que Praga, mi hogar, apareció ante mí, como si yo estuviera estático y el mundo se moviera a mi alrededor.

Tenía que ver el piso con mis propios ojos. Tenía que saber qué había sido de él y del barrio. Paseé por las calles y atisbé muchas tiendas que habían sido abandonadas, en las que se acumulaba el polvo en los estantes y unas gruesas telarañas colgaban en el interior de las ventanas. Los viandantes eran pocos y esparcidos. Los vecinos sonrientes eran ahora desconocidos de expresión taciturna y preocupada. Muchos grafitis y la propaganda antisemita se habían deteriorado con el tiempo o los habían tapado con una capa de pintura. La gente sabía adónde los había llevado ese odio, adónde nos había llevado a mí y a mi familia, fracturada como los escaparates de los negocios regentados por judíos. No contemplaba la opción de quedarme en Praga durante mucho tiempo. Una mezcla de recuerdos alegres y tristes se agolpaban a cada paso. El programa de intercambio patrocinado por el Führer me había brindado la oportunidad de visitar otros lugares: Austria, Alemania, Polonia. Quizá Rose y yo podríamos explorar alguno más.

Subí las escaleras y me encontré la puerta del piso tapiada. Si quería ver algún cambio, debía tomar yo las riendas; todo lo demás había desaparecido. Ya nadie podía detenernos. La guerra había acabado. Los problemas también.

Deslicé los ásperos dedos por debajo de una tabla clavada en la puerta y tiré fuerte. El trozo de madera voló hacia atrás por el pasillo, por encima de mi cabeza, antes de caer estrepitosamente. Repetí el proceso, tirando de todas las tablas y arrojándolas hacia el pasillo hasta que me sangraron los dedos por la madera sin pulir. No podía sentir las perforaciones de las astillas debido a la piel endurecida.

La notificación de desahucio nazi, escrita en alemán, seguía colgada en la madera, como una advertencia. La arranqué y le hizo compañía a los demás escombros del pasillo. Ninguna parte de mi ser quería ver su nombre allí. En la cima del marco de la puerta había una llave de reserva en caso de emergencia. Había sido idea de Rose. Todas las mías consideradas inteligentes eran suyas indirectamente.

La puerta se abrió y no encontró ningún obstáculo. Como yo, nuestro hogar no era más que piel y huesos. Había marcas en el suelo en los lugares donde habían estado los muebles. Áreas en las que se había acumulado el polvo. El aire estaba cargado de recuerdos y piel muerta. El aliento se me atascó en la garganta y el corazón me latía dolorosamente. Estaba despojado de todo menos de mis recuerdos.

En una esquina había una mancha roja en el suelo donde se me había caído un cuenco entero de sopa de tomate después de un intento chapucero de prepararle una cena romántica a Rose, una noche en que los pequeños problemas nos parecían mucho más grandes.

Noches en casa escuchando la radio, prestando una atención especial a las noticias, besándola cuando sentía que nada de lo que estaba pasando en el mundo tenía sentido para mí. Había una enorme alfombra en el suelo sobre la que habíamos bailado, fingiendo que éramos una pareja en un baile de gala y no un par de rebeldes a la fuga.

En ese preciso instante, apareció una figura en el umbral de la puerta abierta, iluminada por la bombilla desnuda del pasillo, que me devolvió una esperanza a la que me había aferrado durante un tiempo infinito.

Rebekah levantó la mirada de sus preguntas garabateadas con los ojos empañados. Había bastantes lagunas en la trama, pero seguía deseando escuchar la conclusión de los labios del anciano.

—Y apareció justo allí, en la puerta.

—Eso es —contestó él también con los ojos llenos de lágrimas y la voz rasgada—. Imagínatelo. Después de tanto tiempo, nos reuníamos de nuevo. Todo como debería haber sido desde hacía tanto. No la he soltado desde entonces.

Rebekah pestañeó, y con ello las lágrimas que mantenían un equilibrio precario en sus ojos se deslizaron por sus mejillas.

—Ay —se quejó, decepcionada por haber roto su norma de periodista según la cual debía permanecer imparcial e impasible.

Cogió un pañuelo de su desordenado bolso y se dio unos golpecitos en la comisura de los ojos, con cuidado de no desdibujar las líneas del lápiz de ojos. Luego se sonó la nariz y tomó un sorbo de té frío antes de proferir una profunda exhalación entrecortada, que más que de los pulmones parecía proceder de su alma.

El anciano estaba reclinado en la butaca, con la mirada vidriosa al frente, la boca caída con esa expresión de rana que tienen las personas mayores. El cigarrillo seguía consumiéndose.

–¿Georg?

No respondió.

–¡Georg!

Para cuando Rebekah hubo salido al pasillo y tirado del cable rojo de emergencia, el corazón le latía tan rápido como parado estaba el del anciano.

En una vorágine de actividad, el personal irrumpió en el piso. Abriéndose paso por el humo del cigarrillo, le dieron unas palmadas en la cara a Georg por si respondía, antes de intentar un masaje cardíaco. Una ambulancia ya estaba desafiando el tráfico de la tarde londinense.

La periodista fue con él. Le dijo al personal del hospital que era su sobrina, para asegurarse de que alguien estuviera con el anciano.

Esa noche, cuando regresaba a la sala que le habían asignado a Georg con una taza llena de algo que según indicaba la máquina expendedora era café, se lo encontró tirando del tubo de oxígeno que tenía metido dentro de sus enormes fosas nasales.

–Georg, ¡no te levantes! –le ordenó, apresurándose hacia él, incapaz de hablar con la voz tranquila–. Has sufrido un infarto. Acuéstate.

Tras colocar el café en la mesita, Rebekah se arrimó a la cama; el metal se le clavaba en las costillas. Era una cercanía inusual con un hombre al que se había pasado todo el día entrevistando y del que solo había sabido algunos detalles antes de conocerlo en persona. Para confirmar que él sabía que ella estaba presente, que estaba cerca y que era lo correcto, Georg puso una mano fría y apergaminada sobre la suya.

–Rose –murmuró. Rebekah miró alrededor, pero estaban solos. Se preguntaba si debía llamar a la enfermera–. Tengo que decírtelo –bisbiseó con la voz rota.

–¿El qué, Georg?

–Ábrelo, lee el texto en diagonal. Dios se encargará del resto.

Alargó inconscientemente la mano hacia su bolso, metido entre la cama y la incómoda silla naranja en la que ella había estado sentada mientras esperaba con paciencia y esperanza a que Georg se despertara. Rebekah lo abrió por la última página, que naturalmente era la primera. En el interior, el nombre de Rose Gottlieb estaba escrito con una tinta negra desgastada. Al girar la página, se encontró que, igual que con el ejemplar del *Mein Kampf* de la historia de Georg, el libro de plegarias estaba vacío. Aunque las páginas estaban todas, las habían cortado con precisión, dejando solo los cantos y un agujero lleno de varios documentos.

Rebekah vació el contenido con cuidado sobre su regazo. Los borrones en la tinta y los pliegues de las hojas dejaban claro que los papeles se habían abierto en varias ocasiones. El primero era una carta.

Cuando Georg habló, lo hizo con palabras lentas pero decididas, arrastradas de su interior, ayudadas por el flujo de oxígeno que tenía puesto en la nariz.

–Todavía no hemos terminado nuestra historia –le dijo de una manera lenta y fatigada que no pudo evitar convertir en una sonrisa triste–. Esta parte será la que más te gustará. A los periodistas os encanta atar los cabos sueltos, saber que la verdad está ahí fuera.

Capítulo 30

Dicen que cuando llegue una guerra nuclear, solo las cucarachas y la señora Hess sobrevivirán. Ella es quien estaba en el umbral. Le había llegado la noticia de mi regreso a Praga antes que a cualquier otra persona que se me hubiera pasado por la cabeza avisar. Se había encargado de coger el correo de la puerta de mi madre y había acudido para proporcionarme algunas respuestas. Una de las cartas en cuestión la tienes ahora en las manos.

—Ay, Georg, lo siento mucho —me dijo la señora Hess y me arrimé a ella después de haber estado sola durante bastante tiempo.

A sus dos hijos se los habían llevado poco después que a mí y no regresaron jamás. La vieja señora Hess siempre había tenido el aspecto de una anciana. El pelo gris recogido en un moño alto le tiraba ligeramente de las arrugas de la frente y el contorno de los ojos.

Preparó un poco de té negro usando el único cazo que no habían robado en los años intermedios y unas bolsas de té rancio que quedaban en el fondo de uno de los armarios. Después de haber tomado tantas tazas de sucedáneo, me había olvidado de que el té era una opción. Nos sentamos en el suelo de la cocina fría y triste. Con la taza de cerámica aferrada con ambas manos, la miré fijamente.

—Pasó hace unos meses —me dijo. Mientras hablaba, examiné el montón de correspondencia sin abrir—. Vinieron por la noche y se la llevaron. Según se dice, se la llevaron a un campo, pero no sabría decirte a cuál. Se han ido tantas personas. El barrio que conocías ha muerto.

Por más que disfrutara de la actitud positiva que me traía la señora Hess, no pude evitar pensar que le había fallado a mi pobre y dulce madre. Había llegado casi al final. ¿Cómo era posible que esos actos brutales todavía se siguieran cometiendo en aquellos últimos días?

No sé quién leerá tu artículo, pero que todo el mundo les diga a sus seres queridos lo mucho que han cambiado gracias a ellos. Ninguna de las dos partes lamentará la emoción que eso suscita. Las personas que nos rodean son las que hacen que valga la pena seguir con vida. Son el motivo para esforzarse, la razón para respirar. Son las risas y las lágrimas. Esto lo dice alguien que durante mucho tiempo no entendió nada: las personas son la sangre que corre por nuestras venas.

Las lágrimas cayeron por mis mejillas, esquivando por los pelos la taza abandonada de té frío. Era culpa mía que mi madre hubiese muerto. Si no me hubiesen detenido, ella no me habría esperado. Se habría ido a la tierra prometida y se habría escondido en algún kibutz. La relación que tenía con el partido comunista había propiciado que se me llevaran pronto. Solo lo hice para acostarme con una chica guapa.

Era un niño perdido, responsable de la posición en la que me encontraba. Nunca había tenido en cuenta el huracán que podía generar cuando batía las alas.

—¿Puede estar atenta por si hay alguna novedad? —le pedí a la señora Hess—. Cabe la posibilidad de que regrese. Estaré una temporada en Praga.

Me quedé callado al reparar en la siguiente carta del montón, escrita hacía solo unas semanas, la que tienes ahora en las manos. A pesar del tiempo que había pasado, aquella letra era imposible de olvidar. La abrí, desesperado por obtener respuestas.

Querido muchacho:

Te escribo en estas circunstancias con el corazón encogido. Cuando eras mi empleado, mantuvimos varias conversaciones sobre tu esposa, Rose Gottlieb. Recuerdo haberme mostrado algo frívolo sobre ella y el amor que le profesabas al sugerir que lo más probable era que estuviera muerta. Debido al trabajo que hiciste para mí, incluso cuando fingiste tu propia muerte, dejándome con un sustituto inferior que solo era capaz de cubrir tres kilómetros de camino, jamás podría olvidarme de la ayuda que me proporcionaste cuando nadie más lo hizo. Esas cosas están por encima de la cuestión de los judíos y nuestra raza dominante.

Junto con mi agradecimiento, te escribo con las peores noticias que podría darte. Dejando a un lado mi opinión sobre el matrimonio, no me congratula en absoluto decirte que tu esposa, Rose Gottlieb, perdió la vida el invierno de 1942. Te ahorraré los detalles porque lo más probable es que ya hayas tenido que lidiar con demasiado de esos desde la última vez que nos vimos.

No tengo ni idea de si esta carta llegará hasta ti, pero siento que es mejor enviarla mientras aún pueda hacerlo, antes de que las cosas se tuerzan de verdad y sea demasiado tarde.

Tu antiguo jefe,

Lukas Meier

A pesar de todas las veces que había asegurado que todo iba a salir bien, la verdad solo tolera que la doblequen hasta cierto punto. El corazón es el que manda, y el mío prácticamente desfalleció cuando intenté ocultar el trágico final al que se había visto abocada mi querida Rose. Te he dicho que las flores no brotan en los campos de concentración. Bueno, pues eso incluye a mi esposa. A veces, por más tiempo que haya pasado, me sorprendo hablando de ella en presente. Todavía sigo aferrado a esa esperanza.

Lo único positivo que saco de todo esto es que tuve la oportunidad de verla en el campo. Marion nos permitió compartir ese momento. Luego, cuando estaba metido en el barril, la vi. Aquel debió de ser su último invierno, el de 1942. A partir de ahí solo estuvo en mis sueños y mis historias, mi pequeño milagro, mi *ketzele*.

Cuando vuelvo a relatar esos acontecimientos, ella también es una falsificadora. ¿Recuerdas lo que te dije? Cuando estás sentado en la sala de espera de Dios, tienes mucho tiempo para rumiar sobre las decisiones que has tomado en la vida.

Cómo conocí a Rose, cómo nos enamoramos, jamás será una copia exacta de los acontecimientos. Simplemente es mi historia y poco se puede hacer por intentar duplicarla. El amor verdadero no se puede replicar. En nuestros corazones, donde de verdad importa, sabemos siempre lo que tenemos que darle al mundo. Sea fabricar dinero falso o estar sentado aquí contándote mi historia, siempre hay algún relato. Ahora no puedo contenerme, como no pude por aquel entonces... Yo soy el falsificador de Auschwitz.

Ah, Verity me compró uno de esos cacharros que se activan con la voz y ponen música... Te pone la radio o te dice qué tiempo hace. Incluso me compró algunos adaptadores para la tetera y las luces. Me dijo que podía configurarlo para que respondiera por el nombre que quisiera y, bueno, para mí siempre ha habido solo uno.

Y si viste a alguien entrar o salir, solo podía ser un miembro del personal. Siempre están ojo avizor por si estoy fumando. Puede que parezca una fachada, pero siempre ha sido la manera que he empleado para mantenerla viva. Todavía tengo la cabeza lúcida.

Una parte de mí puede que hable de Rose en presente, pero eso no significa que no sepa lo que significa que alguien ya no esté. Me sienta mejor vivir con esperanza y amor que aceptar que el doctor Schwarz torturó y mató a mi esposa.

—Espera —lo interrumpió Rebekah—. ¿Qué le pasó a Marion? Recolectaba todos esos pintalabios y demás cosas.

—Dudo que le llegaran a Rose —contestó Georg entristecido—. Así como yo hice lo que debía durante la guerra, y Greta, Julia y las mujeres hicieron lo que debían, otros se aprovecharon. No sé qué hizo Marion con aquellos artículos, probablemente los intercambió para mantenerse a salvo. Lo digo sin acritud. No tengo tiempo para eso. Todos hicimos lo que debíamos. Aunque al final no le sirviera de nada. Fue otra víctima del barril antes del fin de la guerra.

¿Adónde fue a parar el dinero? Esta es la parte más emocionante.

Justo estaban abriendo la tienda cuando subí los escalones con un aspecto que recordaba a Charles Chaplin. Esperando que me echaran nada más poner un pie dentro, me quedé maravillado cuando el hombre cerca de la puerta no desvió la cabeza con repugnancia. Después de tanto tiempo, me parecía que cualquier persona que ostentara alguna posición de poder me iba a encontrar repulsivo. Debía de correr el año 1946. Tiré de las solapas de mi chaqueta de traje y erguí la espalda con la intención de aparentar normalidad.

—¿En qué le puedo ayudar..., señor? —me preguntó otro hombre tras una pausa entre «ayudar» y «señor», como si estuviera buscando la manera adecuada para dirigirse a mí.

—Ah, sí, hola —contesté, olvidándome de cómo me debía

comportar y qué protocolos debía seguir–. Soy cliente suyo y necesito ayuda.

El hombre no pudo evitar esbozar una sonrisita de suficiencia.

–¿Tiene una cuenta con nosotros? –preguntó, cerciorándose de que no hubiese entrado en su establecimiento por error.

Debía de dar la impresión de estar equivocado o loco.

Asentí, más convencido para mis adentros de lo que aparentaba.

–¿Sería tan amable de presentar la documentación? –me pidió.

–Por supuesto.

Metí la mano en mi mochila y saqué el ejemplar del *Mein Kampf,* que hizo un sonido impío cuando lo coloqué sobre el escritorio. Los demás trabajadores desviaron la atención de lo que garabateaban sus lápices. Me miraron durante un segundo por encima de las lentes y regresaron a aquellos trabajos que les proporcionaban una satisfacción engreída.

–Señor, esto no es... –empezó a decir, examinando el libro, antes de que pudiera abrir la tapa y revelar la cavidad de dentro, que contenía una sola hoja de papel doblada, escondida bajo mi fajo de billetes robados, los que habían hecho que a Kruger lo consumiera una rabia asesina.

Que él supiera, yo era el único prisionero que había salido de las instalaciones durante todo el tiempo que el taller de falsificaciones estuvo operativo. Cuando me había preguntado por los asuntos personales de Werner, había recibido por mi parte solo un rostro en blanco. Ni siquiera la tortura me había roto. En mi lugar había disparado a Gunther, había matado al agente doble equivocado. Aquel cretino nazi puso tarde las piezas en orden, fue el último caballo en cruzar la línea de meta.

Cogí el papel doblado del foso del centro del libro y se lo

entregué. La expresión del empleado destilaba preocupación por si iba a pillar algo al tocarlo.

—Mis documentos —le especifiqué.

Abrió el papel y comprobó los detalles a conciencia.

—¿Weiner? —dijo, preguntándose si se trataba de una broma.

La palabra era graciosa, incluso para un suizo, porque significaba «quejica». Y faltaba la parte más graciosa. Mira en el libro de plegarias. Debería haber uno de los pasaportes de Kurt Weiner, aunque con mi foto. Es increíble lo que puedes conseguir oficialmente hoy en día si dispones de la suficiente documentación.

Había llegado el momento de que todo se viniera abajo.

—Eso es, Kurt Weiner —le dije sin atisbo de duda—. De Berlín, Alemania. Verá que no solo hay una cuenta a mi nombre, sino varias de prestigiosos caballeros alemanes, incluido Heinrich Hitzinger. Debería tener acceso a esas también.

Sus ojos se iluminaron al comprenderlo y fichó el fin de su turno de trabajo.

—Cómo no, señor Weiner. Déjeme acompañarlo hasta su caja de seguridad mientras mi compañero comprueba las cuentas. Supongo que no tendrá los datos con usted.

—No se lo va a creer, pero perdí toda la documentación cuando un fuego devastador consumió mi casa en Austria.

El empleado se quedó callado, preguntándose hasta qué límites de la locura podía llegar aquella conversación. Estaba a punto de hacerle volar la mente.

—Me temo que no puedo permitirle el acceso sin el número de cuenta —me dijo, al recordar los procedimientos cuidadosamente establecidos que se pasaba las noches leyendo cuando debería hacerle el amor a su esposa.

Aquel era el punto en el que cualquier otra persona se habría quedado atascada. Pensé en lo que habría dicho Werner cuando me estaba acercando al último obstáculo de mi plan.

–Los tengo grabados, pero tendrá que perdonarme el gesto. Antes de que el empleado me pudiera preguntar qué era lo que tenía que perdonar, levanté la pierna y la dejé caer sobre el escritorio, golpeando primero con el talón. Como antes, atraje miradas por encima de las lentes, banqueros que perdían de vista sus últimos cálculos solo para observarme. Me quité el zapato de piel y el calcetín. Tenía un agujero parecido a una mordedura cerca del dedo gordo y la planta desnuda dirigida al empleado. Puedes saber muchas cosas de un hombre por sus zapatos. Todavía más por sus pies.

Tatuada en la planta de mi pie izquierdo había una serie de dígitos. Confundido, pero consciente de que estaba lidiando con un hombre particularmente excéntrico y rico, el empleado escribió a toda prisa los números usando, sin la mínima ironía, una estilográfica Mont Blanc en una hoja con membrete. Al ver los garabatos húmedos en el papel, sonreí.

Puede que haya sido un error mío como narrador. ¿Recuerdas cuando te conté que estaba trabajando para Werner en la casa y él regresó después de hacer un recado y me dijo «¿A qué huele? Como a cerdo quemado. ¿Cómo puedes oler a cerdo si no lo comes?»?

Quizá recuerdes que en ese momento, cuando me sorprendió, junté los pies. En aquellos días, usé el material de oficina a mi disposición, así como el encendedor de oro de Werner, para tatuarme los dígitos en la planta de los pies. Los sesenta y cuatro números de la cuenta que había abierto para Kurt Weiner. Una vez confirmadas, me permitían acceso a las otras cuentas asociadas a los demás nazis destacados. Después de haber pasado por tantas cosas y de haber fracasado en tantas ocasiones, había aprendido que era mejor hacer una copia de todo.

Descalzo y con tanta riqueza que jamás sabría qué hacer con ella, el empleado me llevó a una pequeña sala rectangular.

Una infinidad de taquillas no más grandes que los azulejos del metro de Londres decoraban tres de las cuatro paredes. En el centro había una enorme mesa de roble forrada de cuero.

–Aquí tiene, Herr Weiner –me dijo el empleado, dejando un conjunto de llaves sobre la mesa que habrían sido la envidia de las de Werner–. Están todas etiquetadas.

Me dejó con mis asuntos, aunque me dedicó una mirada acusatoria por encima del hombro por mi reacción. Sin perder ni un segundo, comprobé el número de una de las llaves y abrí la primera de las muchas cajas que había habilitado para Herr Weiner y sus cómplices falsos.

Tras sacar el cajón entero de la pared y colocarlo sobre la mesa, levanté la tapa para descubrir más documentos para Kurt Weiner. Debajo de ellos había un fajo de billetes de libras esterlinas grueso como un tomo de *Crimen y castigo*, todos agujereados por la insignia de Britania.

«Ah, sí, los fabriqué yo», pensé para mis adentros.

Salí de la sala con la fortuna de un rey. Yo también tenía que hacer reparaciones.

Capítulo 31

Georg señaló en dirección a Rebekah, apuntando con el dedo a la jarra y el vaso que había sobre la mesita, al lado de su nefasta taza de café. La pintura azul de la pared se descascarillaba.

—¿Quieres agua? —le preguntó ella.

Lo único que pudo hacer él fue asentir, seguido de una profunda inhalación, una buena dosis de oxígeno a través de la cánula nasal. Rebekah llenó un vaso, le metió una pajita y se lo acercó. Georg era incapaz de levantar las manos, así que ella lo sostuvo mientras el anciano daba un sorbo lentamente que le empapó los labios más que entrar en la boca. Aun así, tragó.

Después de coger el dinero de las cuentas de aquel banco suizo, me aseguré de que los hombres de los Seis del *Seder* obtuvieran su parte. Por aquel entonces, Léon y los demás habían hallado el camino de regreso a casa, pero la vida no era un viaje fácil para los judíos, ni con la guerra concluida. Ese dinero le permitió a Léon retomar los estudios y convertirse en un experto de los fármacos. Salomon empezó una vida nueva, dejando aparcadas sus inquietudes con la falsificación. Friedrich y Hendrich volvieron a Ámsterdam. Sal se dedicó a viajar. Todos mantuvimos una relación estrecha hasta el final. Léon fue el último de ellos que falleció.

Georg se tumbó y un arrebato de tristeza sorprendió a la periodista. Le había costado bregar con sus emociones y con el fin de la historia, que la estaban ahogando. ¿De qué habían servido a todas esas personas las experiencias que habían vivido?

En su afán por perseguir la noticia, era difícil de comprender la pérdida real de vidas, pero esta vez se lo narraba una de las personas que habían sufrido dichas pérdidas. Rebekah pensó en todas aquellas figuras esquivas que pasaban por su existencia en un instante, sin influir en el resultado. Qué erróneo podía llegar a ser. El día siguiente sería otro día laborable. Ese pensamiento se quedaría con ella mucho más tiempo que el que tardaría en completar el artículo.

El libro vacío que contenía los efectos personales de Georg seguía en su regazo. Era la prueba de lo que había ocurrido, de quién había sido él. La confirmación de que, a pesar de haber disfrutado narrando su historia, la verdad seguía estando allí.

Acurrucada en la silla junto a la cama, la mente de Rebekah divagó mientras vigilaba a Georg. No tenía claro cuándo se acabaría su turno, si alguien más aparecería para visitarlo. La única persona que Georg había mencionado que no hubiese expirado era la hija de Léon, Verity.

Tras estirar las piernas doloridas, se levantó y fue a ver cómo estaba el anciano.

—Georg –lo llamó–. ¿Hay alguien a quien quieras que avise?

Sus ojos se abrieron, regresando del abismo que estaba mirando.

—Lo mejor será llamar a Verity –contestó él–. Dile que no pienso bajar del burro.

—¿Cómo?

—No voy a ir a ninguna maldita fiesta de cumpleaños.

Un escalofrío recorrió la columna de Rebekah cuando esbozó una sonrisa para él parecida a la actuación que había hecho él para ella. Después de todo, una parte de lo que le había contado le había parecido falsa. Georg le rodeó la muñeca con el pulgar y los dedos, manteniendo el equilibrio en el lado levantado de la cama.

—Al final, nada de eso importa —dijo él—. Ni el dinero, ni los riesgos, ni siquiera los nazis. La única constante para mí siempre fue el amor, fue Rose. Recuérdalo por mí.

Rebekah asintió.

Mientras el personal de enfermería hacía el cambio de turno y se intercambiaba los historiales, a Rebekah le llamó la atención un conjunto de ruidos y movimientos en el pasillo. Después de la quietud del día que había pasado con Georg, sin contar el infarto, aquel caos la inquietó.

Miró la lista de llamadas recientes de su teléfono en busca de Verity. Los suaves pitidos que se negaban a establecer conexión le decían que no había señal. El reloj de la pantalla le indicaba que quedaba media hora para que acabara el tiempo de las visitas. Si se afanaba, Verity todavía podría llegar a tiempo. Tomó las escaleras, ya que una camilla estaba ocupando el ascensor, aunque prefería no alejarse demasiado de Georg.

Después de llamar a Verity fuera del hospital, Rebekah despertó a Adam.

—¿Qué pasa? —contestó él de golpe.

—He llegado al final de la historia de Gottlieb, y es un material muy interesante, pero me temo que no podremos imprimirlo. Algunas de las cosas que sostiene...

Rebekah le narró a su compañero toda la historia, desde la huida hasta el cobro del dinero en Ginebra.

—No sé qué decirte —repuso Adam—. Me suena un poco a *Cadena perpetua*. Te diré lo que he encontrado.

Rebekah se apretó el teléfono contra la oreja, para bloquear los sonidos del hospital mientras una ambulancia emergía de una salida de emergencia a su lado.

—Poco después de la guerra, Gottlieb consiguió que le concedieran un préstamo para fundar una empresa de transportes.

Rebekah reparó en que aquella parte había estado ausente en la versión de los hechos de Gottlieb, pero él solo la había conducido hasta el final de la guerra. No sospechó al instante. Adam prosiguió.

–Les fue muy bien en los primeros años de la década de 1950, cuando encontraron todo tipo de restos. Recuperaron artículos que se vendían en subastas a precios de escándalo. Una de las fotos que me has enviado estaba tomada en el Christie's de Londres.

Puso la llamada en altavoz y abrió las fotografías que había tomado de los cuadros de la pared de Georg. Dándole dos golpecitos a la pantalla, amplió cada una de ellas hasta que pasó por la que aparecían Georg y Léon estrechándose la mano delante de un letrero. Tras arrastrar la imagen con los dedos, centró en la pantalla el nombre de la casa de subastas que había entre los dos.

Como una olla que hervía a fuego lento, acabó haciendo la conexión. Georg le había contado un final que se apartaba de la verdad. No por ser nefasto, sino para no mancillar el recuerdo de los miembros de los Seis del *Seder*. No cabía duda de que sus intenciones eran puras. Aquellos amigos habían recibido su compensación.

Para confirmarlo, abrió los documentos que había dentro del libro de plegarias. Extendidos sobre el camino de hormigón, se imaginó un cordel rojo que los conectaba a todos.

–¿Rebekah? ¿Sigues ahí? –preguntó Adam.

–Sí –respondió ella, aunque su mente estaba en otro lugar. Él volvió a hablar.

–Parece ser que ese tal Léon Dubois le compró a Georg muchas cosas en subasta. Tiempo después, hicieron negocios de una manera más directa.

—En nuestros corazones, donde de verdad importa, sabemos siempre lo que hemos fabricado. Siempre hay un detalle revelador —repitió ella.

—¿Qué? —le preguntó Adam.

El último documento doblado del libro de plegarias parecía el más antiguo de todos, pero un mapa de Europa es un mapa de Europa. Una cruz roja mostraba la localización del tesoro. La X indicaba el destino. Una mancha azul en los Alpes austríacos: el Toplitzsee. ¿Era muy descabellado pensar que el dinero que los falsificadores habían enterrado en la ladera de la montaña se hubiese hundido en un lago? Georg había mencionado los sellos herméticos, algo que ya no podía decirse de su historia.

Quizá no había accedido a la cuenta suiza de Kurt Weiner, pero Georg podía haber sacado el dinero británico falsificado del fondo del lago y luego blanquearlo con la ayuda de Léon Dubois. En ningún momento le había contado qué había hecho en los años posteriores a la guerra y su conexión con Londres seguía siendo un misterio. No sabía qué podía haberlo atraído de la ciudad, pero fue suficiente para que ambos pasaran allí una vida cómoda.

—Todavía hay más —dijo Adam—. Entre los dos, Dubois y Gottlieb, fundaron organizaciones sin ánimo de lucro por toda Europa. Escuelas para huérfanos de guerra, programas de justicia para los supervivientes. Incluso financiaron investigaciones sobre los nazis que se fueron a Sudamérica huyendo de la justicia. Su propio juicio de Núremberg.

«Solo ha habido un nombre, después de todo este tiempo».

—La bautizaron como la Fundación Rose Izelis —dijo Adam.

Mientras Rebekah regresaba al interior del hospital, mareada por las noticias, el tono en el pasillo le reveló que todo había cambiado. La emoción de decirle a Georg que Verity estaba de camino, de preguntarle por las sospechas que tenía. Parecía imposible. Había tardado más de lo esperado en obtener la información, pero, de alguna manera, no había anticipado todo aquello.

Georg había estado en lo cierto. No iba a acudir a ninguna maldita fiesta de cumpleaños.

La conclusión más natural, sin tener en cuenta sus invenciones, era que Georg regresara con su Rose. Después de más de setenta años separados, había muchas historias que podía contarle. Algunas incluso fueran completamente ciertas. Podían regresar a las noches de baile y estar juntos otra vez, como tenían planeado. Tal como había contado su historia, la pareja se había reencontrado para no separarse en toda la eternidad.

Pasaron con la camilla junto a Rebekah, una sábana le cubría la cabeza y los pies quedaban a la vista. Ella asintió para sí misma, tras la salida de escena de Georg. Sabía qué versión debía imprimir. Una sonrisa de labios apretados se extendió por su rostro, refrenando las lágrimas. Sintió que era una última despedida.

Eran las ocho de la tarde.

Agradecimientos

Este libro no existiría si no hubiese crecido envuelto por un fuerte sentimiento de ser judío y celebrarlo. En cada una de sus páginas hay algún guiño al ingenio autocrítico que me legaron.

Debo darle mi más profundo agradecimiento a James Wills por el tiempo que, como mi agente literario, nos ha dedicado tanto a mí como a mi obra. Las llamadas hasta altas horas de la noche hablando sobre *Ocean's Eleven* y *Forrest Gump* lo convirtieron en el libro que es ahora.

Todas las personas de Watson Little han mostrado un apoyo incondicional tanto a mí como a esta historia. No estaría aquí de no ser por Helena, Vic, Rachel, Annie y todos los demás que han tenido que soportar mis correos electrónicos.

También me gustaría darle las gracias a la editorial Newton Compton por haber confiado en mí.

Georg Gottlieb y yo estamos muy agradecidos por haber encontrado a Stuart Budgen como editor. Gracias por embarcarte en este proyecto y reconocer lo mucho que significaba para mí.

Durante todo este proceso, he sido lo bastante afortunado como para tener a una mejor amiga, compañera, chef personal, orientadora, compañera de carrera, colega de copas, editora en casa y madre de nuestro Pomerania a mano a todas horas. Todo eso en una sola persona y es increíble. Gracias, Emily Clark. Te quiero.

El falsificador de Auschwitz no tendría la estructura que tiene si Jordan Gray y yo no hubiésemos mantenido una extensa charla en el Starbucks local. Eres un icono y una inspiración.

Le debo a Benjy Adams que sea mi barómetro de comedia y mi hermano en el judaísmo.

Cuando estaba pasando un momento especialmente complicado en mi vida, Scott Rose no solo me proporcionó un lugar donde escribir, sino también un sitio donde vivir. Significaba compartir la cama y solo comer una vez al día, pero jamás olvidaré esa época, tu generosidad ni tu amistad.

De todas las cosas que soy, ser hermano es mi favorita. Les doy las gracias a Robert y a Edward Schiernecker por acompañarme en esta aventura. Puede que seáis unos idiotas, pero sois mis idiotas. Gracias por haberme hecho tío además de hermano. Espero poder estar presente para todos vuestros salvajes hijos en todo lo que necesiten.

Además, gracias a vuestras maravillosas parejas, Kelly Schiernecker y Angelina Smith. De verdad que no sé cómo los aguantáis.

Tiene sentido que termine dándoles las gracias a mis padres, biológicos y de otro tipo, que han secundado mis muchas ambiciones con cuidado, apoyo y amor. Jamás podré escribir lo afortunado que soy de teneros, aunque sea a eso a lo que me dedico. Gracias a todos.

Les debo a las siguientes personas mi más sincero agradecimiento por haber leído los primeros borradores:

Scott Rose, Karen Green, Jen Puddick, Lottie Lay, Dani Keepings, Jon Eglinton, Rhys Tyler, Felim O'Donnell, Amani Rahman, Monica Wiegand Hilgenberg, Ashley Edwards, Annette Edwards, Nina Jervis, Layla Wilson, Sarah Deakin, Scott Rose, Michael Wheeler, Nina Evangeli, Emily Clark, Sheila Clark y Amy Mason.

Índice